KB181231

일천개의 시련
일만개의
희망

## 일천 개의 시련
## 일만 개의 희망

**초판 1쇄 인쇄일** 2014년 1월 6일
**초판 1쇄 발행일** 2014년 1월 11일

**지은이** 이덕행
**정   리** 홍세영
**만든이** 이정옥
**만든곳** 평민사
**출판등록** 제10-328호
**주소** 서울시 서대문구 증가로 12길 1
**전화** 02-375-8571~2  02-597-4671~2
**팩스** 02-375-8573

ISBN 978-89-7115-602-5 03800
**값 17,000원**

# 일천개의 시련 일만개의 희망

이덕행 지음

평민사

내 아버지, 내 어머니, 내 아내, 내 가족에게
지난날 제 불편함을 용서해준 모든 분께 이글을 드립니다
특히 내 손자 성하에게…

# 비탈에 선 나무

비탈에 선 나무가 더 단단하듯이,

그렇게 묵묵히 어떤 시련에도, 또 고난에도 포기를 모른 채 달려온 아둔한 사람이 있습니다. 이덕행, 그는 그 비탈에 선 나무처럼 오랜 시간을 묵묵히 견뎌내고 지금 이 순간, 많은 사람들 앞에 비로소 자신의 이야기를 전하고 있습니다.

시련이란 놈에겐 특유의 '건망증'이 있습니다. 아무리 힘겹고 고통스러운 순간이더라도, 이를 헤쳐 나오고 나면 언제 그랬냐는 듯 다시 한 번! 맹렬히 몸을 부딪쳐 새로이 도전하게 만드는, 그 고집스러운 '망각의 힘'으로 그는 또 한 번 새로운 희망을 향해 도전합니다.

비탈에 선 나무는 물러설 곳이 없습니다. 뿌리 밑으로 아무리 큰 바위를 만난들 그대로 부딪히고 또 이겨냅니다. 그는 그렇게 추운 겨울도, 갖은 시련도 이겨내고 여러분 앞에 더 큰 사람, 더 단단한 희망을 품은 사람으로 함께 할 것입니다.

　이 한 권의 책에는 작게는 그의 인생이, 크게는 어떤 시련에도 포기하지 말라는 한 인간의 힘 있는 외침이 담겨 있습니다. 희망, 그 달콤하지만 평범한 진리를 향해 천 번의 시련에도 만 번의 주먹을 힘껏 움켜쥐었던 그의 지난 시간들에 박수를 보냅니다. 그리고 더 단단히 맞서야 할 앞으로의 시간들과 시련에도 끝까지 맞서 싸울 그의 용기와 의지에 진심어린 응원을 보내는 바입니다.

2014년 1월

문희상

"안녕들 하십니까?"
요즘 우리 현실 사회를 너무 강렬하게 드러낸, 작은 함성입니다.

제가 어릴 적 동네 어른들을 뵙게 되면 드리는 인사말이 "진지 드셨어요" 혹은 "잘 주무셨어요" 이때의 감정과 동시에 오버랩되는 것이 전혀 이상하지 않습니다.

아침에 일어나면 습관처럼 먼저 저에게 이렇게 중얼거립니다.
'어제 하루도 잘 견뎌내고, 오늘을 또 맞이하는구나! 감사하다고.'

여기 지난날 내가 보고 겪었던, 나를 중심으로 한 사건 중심의 얘기들을 두서없이 옮겨 보았습니다. 가물거리는 기억들을 끌어내는 데여간 애를 먹었습니다. 내 큰아이 건우에게 아버지 얘기를 들려주는 조금은 허풍도 포함된 그런 것입니다.

왜냐면 건우가 저처럼 영화일을 하기 때문입니다. 하여튼 이 책 속에 주인공은 저입니다.

주인공은 그 많은 총알을 다 피하고 늘 살아남고, 환호 속에 박수받는 폼잡는 영웅?이잖아요. 그런데 저는 늘 초라한 주인공이었습니다, 혹시 주변 분들에게 불편할 수 있습니다. 이 책 속에서 주인공이 저임을 용서 바랍니다.

큰마음 먹고 결국 끝을 볼 수 있었던 것은, 몇 분 도움이 있었습니다. 이 책을 만드는 데 많은 도움을 준 평민사 대표, 작가 홍세영 님 그리고 몇 분 더 계십니다. 깊은 감사드립니다.

2013년 12월 14일
이덕행

# 차례

나의
'영화행정'
이야기

# 영화관에서 영화'官'을 가다

"덕행이 영화하지? 그럼 영화진흥공사로 가야 되겠다!"
"허허허, 제가 거길 왜 갑니까?"

처음 불현듯 찾아온 제의도, 그에 대한 내 대답도 심플했다. "너 영화 좋아하지? 그러니 영화를 '위해서' 일 한 번 해봐라" 하는 제안에 "나 영화 좋아합니다. 그러니 영화랑 '자유롭게' 살랍니다" 하고 당시엔 이를 정중히 고사하였다.

때는 1998년이 시작되던 겨울, 김대중 대통령의 취임을 앞두고 당시 청와대 정무수석 내정자이자 '연청'에서 함께 활동해 오며, 나와 돈독했던 문희상 선배에게서 '영화진흥공사'에 대한 이야기가 처음 흘러 나왔다.

그때 나에게 영화란 '자유로움' 그 자체였고, 내가 가장 좋아하는 것 중 하나였다. 특히 예술영화에 대한 애정과 관심은 남달랐고, 이를 보다 많은 관객들과 공유하고 싶은 욕심에 1988년, 늦깎이 영화인으

영화관에서 영화'官'을 가다 015

로 영화판에 뛰어들었던 거다. 그렇게 해외 예술영화들의 수입 및 배급 사업을 시작한 지 10년, 이젠 제법 사업이 자리를 잡아가던 시점이기도 했다.

그때 영화란 내게 어디로든 갈 수 있는 '자유', 그리고 사람들의 마음을 어디로, 어떻게 움직일지 모르는 '흥분제'이자 '시한폭탄'과 같은 늘 두근거리는 존재였다. 그러한 영화를 '생업'이 아닌 '업무'로 마주한다는 것도, 그러한 영화를 통해 관직(官職)에 오른다는 것도 당시의 내겐 맞지 않는 일이라 여겼었고, 또 상상조차 해본 적 없는 일이었다. 그때 그 일이 있기 전까진, 그때 그 풍랑을 만나기 전까진 말이다.

## 소피 마르소를 집어삼킨(?) 한 척의 배
## 나를 쓰러뜨린 거대한 할리우드 풍랑

당시 나에겐 흥행을 확신하며 준비해 온 야심작이 있었다. 바로 소피 마르소 주연의 〈파이어 라이트〉라는 예술영화로, 97년 '산 세바스찬 영화제' 심사위원 특별상과 촬영상을 수상하기도 했던 수작이다. 소피 마르소는 당대 최고의 여배우이자 스타였고, 작품성 또한 입증된 영화였기에 스스로도 꽤 자신이 있었다. 그렇게 〈파이어 라이트〉의 수입과 국내배급을 위해 꽤 많은 공을 들였고, 마침내 98년 2월 극장에 걸 수 있었다.

이 영화가 한국 관객들에게 얼마나 많은 주목과 사랑을 받을 수 있을까. 그 기대감과 흥분감, 이와 동시에 불안감이 가슴을 가득 채워오던 그 순간이었다. 단 한 번도 내게 순탄한 길을 열어 준 적이 없던 운명의 여신이 다시 한 번, 끝도 보이지 않는 심연의 나락으로 나를 밀어 넣어 버렸다.

바로 그 해 그 계절, 그 배(?)를 만난 것이다. 대한민국의 모든 극장을 집어삼킨 한 척의 배와 거대한 풍랑. 지금까지도 대한민국은 물론 세계에서도 그 흥행기록을 지키고 있는 영화. 레오나르도 디카프리오를 순식간에 탑 스타의 반열에 오르게 한, 〈타이타닉〉이었다.

보통 선두를 제하고라도 그 다음으로 많이 보는 영화, 세 번째로 많이 보는 영화 등의 2위, 3위라는 '흥행순위'라도 있기 마련인데, 당시엔 그조차도 허락되지 않을 만큼 〈타이타닉〉의 흥행돌풍과 쏠림현상은 상상초월이었다. 대한민국 극장 전체가 〈타이타닉〉으로 도배되었다 해도 과언이 아닐 정도였다. 그렇게 〈타이타닉〉과 개봉시점이 맞물렸던 모든 영화들은 채 빛도 보지 못한 채 영화관에서 쓸쓸히 사라져야만 했고, 나의 영화 또한 마찬가지였다.

할리우드의 풍랑이 스쳐 간 후, 그 후폭풍은 대단했다. 〈파이어 라이트〉의 흥행 참패로 인한 쇼크로 쓰러져 응급실 신세를 지기도 했으니 말이다. 당시 내놓으라 하는 대기업을 제외하곤, 나와 같은 작은 배급사들에겐 수입한 외화 한 편의 흥행 여부가 사업의 흥망을 좌우했던 시절이었다. 그렇게 나의 사업, 나의 건강, 나의 모든 것을 휘청거리게 할 만큼 실패의 말로는 충격적이며 위력적이었다.

## 새로운 '판'을 만들기 위해 새로운 '세계'로 가다
### 영화진흥공사 입성기

심연의 나락은 꽤 오랫동안 계속되었고, 나는 스스로에게 묻고 또 물었다. 나의 선택은 틀렸던 걸까. 우리의 영화는 잘못 됐던 걸까. 아니다. 나의 선택은 틀리지 않았고, 그간의 영화인생을 걸고 말할 수 있을 만큼 좋은 영화가 분명했다. 다만, 상상조차 하지 못했던 대항마를 만난 것이다. 질문을 바꾸어 본다. 그것은 내가 싸울 수 있는 상대였는가. 아니, 싸울 '기회'조차 있었는가. 아니다. 싸움은커녕 대항할 수도 없을 만큼 '불가항력'의 적을 만났던 거다.

당시 영화계는 소위 '큰손'들에 의해 움직이고 있었다. 상상할 수도 없는 자본 규모로 중무장한 '메이드 인 할리우드'의 블록버스터 대부분을 국내시장의 대우, 삼성과 같은 대기업이 독식하던 시절이었다. 그렇게 큰손과 큰손이 맞잡아 만들어낸 '판'에 나와 같은 수십, 수백의 작은 손들은 손가락 사이로 빠져나가는 모래알을 보듯 허망한 패배와 함께 사업의 위기까지 맞이하는 일이 다반사였다.

'그것은 옳은 것인가' 또 한 번 스스로에게 물었다. 이것은 살아오면서 위기와 불의의 순간을 맞닥뜨릴 때마다 스스로에게 물어왔던 질문이기도 했다.

소위 큰손들의 담합에 의해 영상콘텐츠의 '다양성'이 죽고, 관객의 몫으로 돌아가야 할 '선택의 기회'는 사라진다. 그 자체만으로도 충분히 빛나고 아름다운 작품들이 관객을 만날 수 있는 영화관 하나 마련할 수 없다는 이 '현실'이 과연 옳은 것인가. 그렇다면 이 현실들을 조금이라도 바로 잡을 수는 없나. 그것에 조금이라도 일조할 수만 있다면 나는 어디에서 무엇을 할 수 있을까.

그 물음들로 나의 머릿속은 꽉 채워져 있었다. 꼬리에 꼬리를 무는 나의 상념들이 굳이 입 밖으로 내지 않아도 전해졌던 것일까.

"고민할 게 뭐 있어. 너 영화진흥공사로 가라! 그곳에 네가 보지 못했던 영화의 또 다른 세계가 있을 거다."

곁에서 지켜보던 대학동기이자 나의 영화사를 믿고 투자까지 해주었던 평생지기, 문병철이 그런 나를 다독였다. 그곳에 내가 보지 못했던, 또 알지 못했던 영화의 또 다른 세계가 있을 거라고. 영화를 위해 내가 만들 수 있는 새로운 길이 있을 거라고 말이다.

'가볼까? 해볼까? 그래! 영화를 위한 '집'이 아니라 '길'을 내보자.'

그렇게 마음의 결정을 내리는 순간, 가슴속으로 묘한 파장이 일었다. 우리의 영화인들을 위해, 그리고 한국의 영화계를 위해 무언가를 할 수 있다는 묘한 흥분감, 내가 사랑하는 영화예술이 조금이라도 바른 방향으로 갈 수 있도록 힘을 보탤 수 있다는 막연한 기대감 같은 것들이 그간의 절망감 사이로 서서히 스며들었다.

'그래, 가자. 영화진흥공사에서 내가 할 수 있는 일을 해 보자!'

결심은 뜨거웠지만 막상 아내를 보니 쉽사리 이야기가 나오지 않았다. 이러니저러니 해도 그간 사업을 하며 딱히 부족하진 않게 해주었는데, 돌연 그 벌이의 절반 정도밖에 안 되는 공직 생활을 하겠다 선언한다면 아내는 무어라 할까.

그런데 뜻밖에도 아내는 흔쾌히 웃으며 답했다. 이제 달마다 꼬박꼬박 들어오는 '월급'이라는 걸 받아 보겠다고. 그러니 가서 열심히 해 보라고 말이다. 그렇게 주변의 응원과 믿음 속에 영화관을 떠나 영화'官'을 향한 새로운 걸음을 시작했다.

여기 고스톱 안 쳐본 사람 있어?
나도 몰랐던(!) 도박전과가 발목을 잡다

"선생님, 도박 전과가 있으시더군요. 알고 계셨습니까?"

"예? 제가 말입니까?"

듣는 순간 내 귀를 의심했다. 내가 도박전과라니. 그야말로 날벼락 같은 소리였다. 영화진흥공사 행을 결심하고 이력서를 비롯한 꽤 많은 서류를 청와대에 제출하고 얼마 되지 않아 걸려온 전화였다. 청와대에서는 일정 공직에 대한 내정자가 선정되면 인사 스크리닝이라는 것을 진행한다. 이 인물이 해당 기관에서 해당 보직을 수행하는 데 있어 적합한가, 결격 사유는 없는가를 소위 스캔하는 작업인데 그 과정에서 '나도 몰랐던' 나의 도박 전과가 드러난 것이다.

도박이라니. 지금껏 내 생에 있을 수도 없는 일이었다. 기껏해야 명절이나 연휴에 가까운 지인들과 화투 몇 판 쳐봤을까. 아니면 여행지에서 카지노에 들러 재미삼아 룰렛 몇 번 해본 것을 말하는 것일까, 순간 별의별 생각이 다 들었다. 대체 무슨 일인가 싶어 득달같이 자세한 내막을 살펴보니 문제는 그것이었다. 수년 전, 설밑에 영화인들과 친 고스톱 한 판이 화근이었던 거다.

영화 쪽에서는 영화 배급사들이 경기도와 강원도 판권을 가진 회사에 찾아가 매해 말일에 연말 수금을 하는 절차가 있었다. 당시 규모가 가장 큰 곳이 경기도와 강원도 업체였고, 12월의 마지막인 31일이면 영화 쪽의 다양한 업체들과 배급사들이 시끌벅적 모여들어 수금과 함께 그들만의 망년회가 조촐하게 벌어지는 것이 연례 행사였다. 이때 막걸리 한 잔씩을 주고받으며 소소하게 함께 어울렸던 고스톱 판이 문제의 '전과기록'을 남긴 것이다.

사건은 이랬다. 당시 누군가가 화투판의 판돈을 가지고 시비가 붙자 빈정이 상해 그대로 나가서는 파출소에 신고를 해버린 것이다. 그것도 '억대 도박판'이 벌어졌다는 허위신고로 기동대까지 출동해 한

바탕 난리를 치렀었다. 그러나 당시 나의 판돈은 만 이천여 원이 고작이었고, 현장에 있던 대부분의 사람들 역시 훈방조치로 풀려났다.

그러나 도박행위로 현행 체포된 점이 인정되어 약속기소로 30만 원의 벌금형이 내려졌는데 이마저도—당시 사건이 벌어졌던—판권회사대표께서 미안하다며 일괄적으로 벌금을 모두 처리하곤 상황을 정리해버린 것이다.

그것이 무려 1990년, 약 8년 전의 일이었고 나는 이를 까맣게 잊고 있었다. 이전까지 공직의 근처조차 가 본 일이 없었으니 그런 기록이 남아있단 사실도, 그것이 앞으로도 지긋지긋하게 주홍글씨처럼 나를 괴롭히게 될 것이라는 것도 그때는 미처 알지 못했다.

생각지도 못한 난관에 순간 정신이 아찔했다. 그러나 마음을 차분히 가다듬고, 글 몇 줄에—진실과는 상관없이—세포처럼 퍼져 나갈지 모를 오해와 오명을 당장 씻어야겠다는 생각을 들었다. 당장 소명자료를 준비해 청와대 측에 전달했고, 이와 함께 김대중 대통령의 차남 김홍업과 당시의 박주선 법무담당 비서관 등 여러분이 나를 믿고, 나의 명예회복을 위해 조언과 도움을 주셨다.

미리 밝힌 바와 같이 이 '도박 전과'라는 불명예스러운 기록은 이후 국회의원 경선 때도, 공천심사 때도 지워지지 않은 낙인처럼 끊임없이 나를 괴롭혀왔다. 그럴 때마다 '나'라는 사람을 믿어준 여러분의 도움을 받는데 특히 공천심사 당시 공천심사위원장이었던 김광웅 교수(서울대 행정대학원)의 말을 잊을 수가 없다.

"여기 고스톱 한 번 안 쳐본 사람 있으면 손들어 보시오! 날도 12월 31일에, 벌금 30만 원이면 우리네들도 다 해본 정도 아니오? 이게 정말 문제가 돼서 이러는 겁니까?!"

그 역정 섞인 반문에 아무도 이의를 제기하지 못했고 덕분에 공천 심사는 만장일치로 무사히 마칠 수 있었다. 잘못이 없다는 건 아니다. 이젠 억울하다는 생각도 없다. 하지 말라는 것을 했고, 그것이 낙인이 되었으니 평생 지고가야 할 숙제라는 걸 겸허히 받아드릴 뿐이다.

그렇게 나조차도 잊고 있었던 '도박전과'라는 해프닝과 이에 따른 해명과 명예회복을 위해 무려 한 달여가 넘는 길고 지루한 시간을 보낸 끝에, 마침내 어느 날 아침 7시, 한 통의 전화가 걸려왔다.

"여기 청와대입니다. 어르신께서 영화진흥공사 감사로 낙점하셨습니다."

드디어 청와대의 답변이 떨어졌다. 순간 알겠다는 대답과 함께 길고 깊은 한숨이 나왔다. 참으로 수년의 시간처럼 느껴졌던 한 달이었다.

## 깡통맨이 무슨! '진짜' 영화인이어서 '진짜' 안 돼?!

"여기 청와대입니다. 어르신께서 영화진흥공사 감사로 낙점하셨습니다."

순간 '이제 다 됐구나' 하는 안도감과 '내가 감사를?' 하는 의아함이 동시에 밀려왔다. 나는 쭉 '전무직'을 생각해 왔었다. 아무래도 책상 앞에 앉아 있는 일보다는 직접 뛰고 움직여야 하는 실무가 좋았으니까. 그런데 그보다 한 단계 윗 단계인, 감사직에 낙점 됐다는 것이다. 정부예산이 투자되는 공기업에서 감사직이란 매우 중요한 보직 중 하나다. 국가를 하나의 기업으로 보자면, 이는 '대주주'이자 국가라는 기업을 이끄는 'CEO'인 대통령의 대리인인 셈이다.

고민은 그만큼 더 깊고 진중해졌다. 그 위치, 그 자리에서 영화계를 위해 무엇을 일구고, 이루어가야 할까. 앞으로의 계획과 행보에 대해 자문하는 사이, 문화관광부에서 임명식에 참석하라는 연락이 왔다.

아침 아홉 시까지 참석하라 했지만 그보다 훨씬 이른 시간에 도착했던 걸로 기억한다. 태어나서 처음, 생애 처음으로 국가의 공직자가 되는 날인데 행여 늦을까, 혹시 실수라도 할까 싶어 긴장된 마음으로 이른 아침 당도해 중앙청 앞을 서성이고 있었다.

그런데 임명식을 30분 앞둔 여덟 시 30분 쯤이었던가. 문화관광부에서 불쑥 전화 한 통이 걸려왔다. 전화기 너머의 목소리는 간결했다.

"오늘 임명장 수여가 취소되었습니다."

돌연 수여식 30분 전에 통보받은 사실이었다. 어안이 벙벙하여 "연기됐다는 겁니까?" 하고 물으니 재차 "취소되었습니다"라는 답변이 돌아왔다. 이 날만을 기다리며 그간 감내해왔던 모든 시간과 품었던 모든 포부가 말 그대로 하루아침에 수포로 돌아갔다.

역경을 넘으면 더 큰 역경이, 고개를 겨우 하나 넘으면 태산이 앞을 가로막듯이 또 한 번 찾아온 절망과 위기에 이젠 헛웃음이 날 지경이었다. "그래, 좋다! 이유라도 알자!" 싶어 그대로 국회로 찾아갔다. 그 길로 찾아가 이유를 물으니 "그분들께서 반대를 하십니다"라는 것이다.

여기서 그분들이란 하나, 기존의 영화인들 즉 당시 영화계의 주요 인사들이었고, 또 하나는 영화진흥공사에서 임원직을 역임해온 기존의 '라인'들이었다. 그리고 공통되게도 두 집단 모두 '나'라는 사람에 대해 NO를 외쳤다는 것이다.

이유는 간단했다. 내가 '깡통맨' 출신이라는 것이다. 영화필름이 든

깡통을 매고 충무로를 뛰어다니는 수많은 영화인들을 우리는 '깡통맨'이라 불렀다. 나는 그 수많은 깡통맨들 중 하나일 뿐이었다. 내놓으라 하는 큰손도 주류도 아닌 영화계의 삼류 요즘 말로 '듣도 보도 못한' 이덕행이란 인물이 그들에겐 적군인지 아군인지 아니, 도대체 누구인지 가늠조차 되지 않았던 거다. 영화인들 쪽에선 '검증'되지 않은 인사라는 이유로, 공사 쪽에선 공직 경험도 없는데다 영화계의 직접적인 이해당사자 출신이란 이유로 모두 반대의사를 내비쳤다고 한다.

내가 '진짜' 영화 일을 했기 때문에, 내가 '진짜' 영화판에서 발로 뛰었던 사람이기 때문에 영화 행정인으로 받아드릴 수 없다는 아이러니. 더더군다나 영화진흥공사가 곧 폐지되고 이듬해 영화진흥위원회가 결성될 예정이었기에 구태여 1년짜리 감사직이 필요하냐며 문화부장관이 최종승인을 고사했다는 거였다.

"영화계 출신이 감사를 하면 왜 안 되는 것이냐. 그럼 예전 군부 출신이 영화계 공직을 맡았던 것은 말이 되는 일이냐!"

"이건 된다 안 된다의 문제가 아니라 그 자리가 굳이 필요가 없다는 이야기다. 어차피 1년 후면 영화진흥공사가 폐지되고 영화진흥위원회가 설립될 텐데 굳이 감사가 필요치 않기 때문이다!"

"단순히 내년이라는 예정만 있지 구체적인 일정은 아직 없지 않느냐, 그 기간만이라도 감사를 받아라!"

그렇게 그들에겐 느닷없이 나타난 이단아이자, 질서 잡힌 태양계에 느닷없이 날아 온 혜성과도 같은 '나'라는 존재를 두고, 그 후로도 몇 달을 의견이 분분하였다고 한다. 그렇게 공사 내부에서도 한두 달 간을 치열한 공방전과 밀고 당기기가 벌어졌고, 마침내 "기간이 어떻든 공사의 '감사직'은 필요하며 이에 예정대로 이덕행을 임명하라!"는 결정이 내려졌다.

그것이 1998년 9월 1일, 처음 영화진흥공사의 임원직을 제의받고 반년이 훌쩍 넘도록 지리멸렬한 설전과 지독한 진통 끝에 얻은 결과물이었다.

9월 1일, '드디어' 영화진흥공사의 감사로 취임하던 날, 그간의 모든 일들이 주마등처럼 스쳐지나갔다. 그간의 시간들이 마치 무엇 하나도 녹록치 않았던 내 인생의 축소판을 보는 듯했다. 그와 함께 새로운 긴장감이 몰려왔다. 그런 나인데, 어떤 길도 쉬이 가는 법이 없고, 어떤 것도 쉬이 이뤄본 적 없던 내가 영화진흥공사에서 시작하는 새로운 인생의 2막에서는 과연 어떠한 시간들을 헤쳐 나가게 될까. 그 설레는 긴장감 속에 드디어 영화진흥공사로의 첫걸음이 시작되었다.

### 낙하산 인사 반대 시위, 첫 출근 날의 풍경

첫 출근하던 날, 그날의 풍경이 아직도 머릿속에 생생하다. 문화관광부에서 임명장을 받아들고 드디어 영화진흥공사에 발을 디디는 순간, 가장 먼저 나를 반겨준 것은 노조들의 요란한 꽹과리 소리였다.

'낙하산 인사 반대!', '부정인사 철회 하라!' 공사 건물 앞에서는 노조들의 시위가 한창이었다. 여기저기 피켓과 현수막을 들고 목소리를 높이는 노조들, 어수선하고 소란스러운 공기 속을 묵묵히 걸어 건물 안으로 들어섰다. 건물 엘리베이터 앞에 가만히 마주서자, '이덕행'이라는 이름 세 글자가 적힌 새로운 인사발령 대자보가 눈에 들어왔다.

마중이나 인사를 나온 이 하나 없이 건물 안은 고요했고, 경비 업무를 보는 이가 다가와 "어디서 오셨습니까?" 하고 묻는 게 다였다. 나는 가만히 대자보를 가리키며, "이 사람이 접니다. 낙하산 안 타고 택시 타고 왔습니다" 하고 반은 웃고 반은 웃지 않은 채 대답했다. 그 모든 것이 마치 영화 속의 한 장면처럼 느껴졌다.

당시 영화진흥공사는 '공사'에서 다음 해, 영화진흥위원회라는 이름의 '민간자율기구'로 변모하기 직전, 혹은 막 변화를 준비하던 시기였다. '공사'라는 국가의 공적기관이 구성원의 자율 의지와 협의로 움직이는 '민간자율기구'로 다시 태어난다는 것. 이것은 단순히 기관명이 '교체'되는 것만을 의미하는 것이 아니었다. 그 안에 담긴 '사람'을 바꾸고, 지금까지와는 다른 '정책'과 '방향'과 '지향점'으로 기관의 향후 행보 자체가 달라짐을 의미하는 것이었다.

그리고 그 변화 과정에서의 진통은 이미 시작되고 있었다. 이쪽에서는 저 사람이 '부정 인사', 저쪽에서는 이 사람이 '부정 인사'였다. DJ 정부가 시작되기 이전, 그간 나름대로 평온하게 고여 있던 연못에 느닷없이, 새롭게 밀려들어오는 샘물은 물이 아니라 '기름'이었다.

영화진흥위원회의 신진 세력은 '구세대는 물러가라!'를 외쳤고, 기존 세력은 '젊은 세대가 혁명군인 양 느닷없이 들이닥쳐 기관을 망치려 든다!'며 서로를 향한 맹렬한 거부 반응이 계속되었다. 결코 섞일 수 없는, 성분 자체에서부터 이미 불화가 예견된 물과 기름. 그 극명한 대비의 경계선에 내가 있었다.

혹자는 내가 공직생활을 한다고 했을 때, 이젠 책상 앞에 느긋하게 앉아 지내는 편한 '팔자'가 되겠다며 우스갯소리를 했었다. 하지만 그건 내 진짜 '팔자'를 몰라서 하는 소리다. 평생을 살면서 '순탄'과 '평탄'이라는 놈들을 곁에 둬 본 적이 없다. 그렇지, 이래야! 이 정도는 돼야 이덕행의 '운명'이지 싶을 만큼의 고난과 풍파를 '벗'으로 알고 살았던 나다.

그리고 그 혹자가 몰랐던 사실이 한 가지 더 있다. 이제 그곳은 평온하고 고요한 공직의 장이 아닌, 새로운 정부시대의 서막을 알리듯 신·구와 보·진의 극렬한 대치와 충돌이 벌어지는 DJ정부의 첫 번째 '전쟁의 장'이 될 것이라는 사실을 말이다.

'영화진흥위원회'의 출범에서 영화진흥위원회의 기본 구성원을 구성하는 데만 무려 1년 반이 넘도록 계속되었던 난항과 반목, 갈등과 진통들. 이와 함께 스크린 쿼터제를 둘러싼 미국의 압력과 우리 영화계의 강렬한 대항의 시대의 한가운데, 바로 그 태풍의 눈 속에서 나의 첫 공직 생활은 시작되었다.

## 영화진흥위원회 출범
## 신·구 세력 간의 접점, 혹은 경계선이 되다

본 업무인 감사직 자체를 수행하는 데 있어서는 큰 어려움이나 갈등은 없었다. 나의 소신대로, 그리고 원리 원칙대로 국가의 예산이자 국민의 세금이 우리의 기관 안에서 정해진 약속 하에 잘 집행되고 있는지를 점검하고 확인하면 되는 것이었다. 다만 업무의 성질이나 강도와 관계없이 나를 긴장시켰던 건, 당시 막 시작되었던 '영화진흥위원회'를 위한 정부의 꽤 고무적인 지원사업과 정책들이었다.

당시 김대중 정부는 우리나라 영화계에 '두 가지' 사항을 약속했다. 하나는 그동안 '서비스업'으로 인식되었던 영화계를 '제조업'으로서 재정립하고, 엄연한 하나의 '산업분야'로서 보다 원활하게 사업자금이 유입될 수 있도록 하겠다는 것과 두 번째는 영화진흥위원회의 새로운 출범, 이와 함께 영화진흥 기금 1500억의 정부출연을 약속한 것이다.

이와 함께 문화예술분야를 위해 '문화관광부' 예산을 1%로 책정, 지원하겠다는 약속을 했다. 김대중 대통령은 이를 지킨 유일한 대통령이자 문화예술을 누구보다 사랑하고, 또 이를 국민에게 돌려주길 원했던 대통령이었다.

바로 그 공약의 직접 관계 부처이자, 관련 예산과 기금에 대한 소위 '돈 관리'를 맡게 되었으니 업무에 더욱 신중과 집중을 기하는 것은 당연한 일이었다. 그렇게 정부 공약과 영화계와의 브리지 역할이라는 또 하나의 사명으로 분주한 시간을 보내던 중 드디어 '공사'의 시절이 끝나고 1999년 5월, '영화진흥위원회'가 출범하게 된다.

일전에도 말했듯 영화진흥위원회의 출범은 많은 의미를 내포한다. 그간의 임명제로 운영되었던 획일적, 수직적 조직이 아닌 수평적 조직으로의 변화와 함께 민주적 합의를 통해 영화인들과 영상관련 교육자, 전문가 등의 현장인들이 대거 투입되는 기회를 마련한 것이다. 해서 진정한 영화 현장의 목소리를 영화 정책에 반영한다는 것이 본래의 취지였고, 나 또한 이에 찬성의 목소리와 박수를 보내는 바였다.

그러나 정부가, 그리고 내가 너무나 순진했던 탓일까. '이상의 실현'보다 '이데올로기의 진통'이 더 먼저, 더 거세게 밀어 닥쳤다. 영화계의 신구 세력 간의 대립이 극명했던 것이다. 영화인 협회를 중심으로 충무로를 움직이는 기존 주류 세력에는 김지미, 곽정환, 강대진, 정진우 감독 등이 있었고, 이 반대편엔 젊은 영화인들을 중심으로 구성된 배우 문성근, 명계남, 유인택, 영화감독 정지영, 박광수, 이은 등과 함께 이들을 위한 실무를 총괄하고 있던 김혜준(당시 한국영화연구소 실장) 등의 신진 세력이 대치하고 있었다.

급기야 문성근으로 대표되는 충무로포럼은 배우 김지미를 비롯한 영화계의 거성들을 '한국영화의 개혁과 진보적 발전을 막는 영화계 5적'으로 발표하기에 이른다. 이에 한국영화인협회 등의 기존 세력들은 강력한 불쾌감과 함께 문성근 측에 경고문을 보내는 등 두 세력 간의 골은 점점 깊어져 갔다.

이 대립은 영화진흥위원회의 새로운 출범과 함께 위원장을 비롯한 10인의 위원을 선정하는 과정에서 더욱 과열된다. 이러한 분위기를 어느 정도 파악하고 있었던 문화관광부는 구세력과 신세력, 그리고 중립적 입장의 영화인들을 고루 배치하여 10인의 제1기 영화진흥위원회 위원을 위촉한다. 이 10인의 위원과 함께 영화진흥위원회의 초대 위원장으로 신세길, 부위원장에 문성근이 선임되었다.

그렇게 어느 정도 일단락되는 줄 알았던 영화진흥위원회 위원 구성은 돌연 새로운 파국을 맞는다. 위촉장을 수여하던 날, 구세력의 대표격이었던 배우 김지미와 전 영화진흥공사 사장이었던 윤일봉이 아예 불참을 하고, 급기야 새롭게 구성된 위원회에 불쾌감을 표시하며 위원직을 사퇴하기에 이른다.

잡음과 불화는 여기서 끝이 아니었다. 어떤 곳이든 결국 '장'이라는 자리가 싸움을 만드는 것이지만, 영화진흥위원회의 '위원장'과 '부위원장'을 두고 벌인 양측의 신경전과 대립은 점차 극에 달하고 있었다.

갈등과 반목 속에 위원장과 부위원장이 거듭 교체되며 영화진흥위원회는 시작부터 대혼란에 휩싸인다. '자리'를 향한 반복되는 선임과 사퇴, 여기에 위원들의 불신임까지 더해져 초대 위원장과 부위원장을 정하는 데만 무려 1년 반의 시간이, 이와 함께 10인의 위원 구성에만 세 번의 재구성을 거치며, 가까스로 제1대 영화진흥위원회 위원 구성을 완성하게 된다. 이처럼 영화진흥위원회는 DJ정부에서 가장 먼저 개혁이 단행된 조직임과 동시에 가장 극렬했던 보·혁 갈등의 중심지였다.

그 소용돌이 한가운데서 나는 참 독특한 존재이자, 내가 보아도 참 재미있는 포지션에 놓여 있었다. 충무로 3류 출신, 영화계의 대표되는 '젊은 피' 세력도 아닌, 당시 영화계를 주름 잡던 주류 인사들도 아닌, 그 어디에도 속하지 않는 사람. 그렇다고 공사 내에서 소위 '라인'을 잡고 있는 베테랑 공무원이나 임원 출신도 아닌, 공직이라고는 처음 맡아보는 신출내기.

그러나 오래도록 대통령의 가까이에서 그를 지지하고 존경해온 사람. 대통령의 아들 형제와 가까운 벗, 당시 청와대 정무수석비서관을 거쳐 국정원 기조실장을 역임하고 있던 문희상과 아주 오래된 사이, 해서 필요한 순간이라면 언제든 해당기관의 장을 찾아 이야기를 전할 수 있는 존재. 이와 동시에 두 대립각의 어느 편에도 서지 않은 중립적 존재이자 정점, 그게 바로 당시의 '나'라는 존재였다.

이러한 독특한 포지션과 위치 때문이었을까. 당시 위원 구성과 위원장 선출을 놓고 벌인 신·구세력 간의 힘겨루기와 눈치 싸움 속에 나를 향한 다양한 접촉과 제안은 계속되었다. 바로 이 과정에서 배우 문성근을 비롯한 원로 김지미 등과의 의도치 않은 오해와 반목, 그로 인해 서로 한껏 각을 세우기도 했었던 영화진흥위원회의 '숨겨진 비화'가 시작된다.

## '위원장' 직을 놓고 벌이는 대립각
## '배려'를 '배신'으로 돌려받은 쓸쓸한 깡통맨

어느 날, 불쑥 장선우 감독에게서 문성근과 함께 만나자는 연락이 왔다. 기억하기로 당시는 '공사' 시절로, 영화진흥위원회가 꾸려지기 직전이었다.

새로운 위원회의 위원장으로 영화배우 김지미(당시 영화인협회장)가 거론되면서 이에 대한 소문이 암암리에 퍼져나갔다. 이는 문화관광부와 청와대 측의 암묵적인 합의하에 거의 기정사실화된 상황이었다. 문성근이 나와의 만남을 원했던 이유 역시 이 때문이었다.

요지는 그랬다. "김지미를 막아 달라!", "김지미가 위원장이 되어서는 안 된다", "위원회가 이전과 똑같은 양상으로 흘러간다면 영화계의 새로운 활로를 모색할 수 없다!"라며 목소리를 높였다. 물론 배우 김지미를 겨냥한 것이 아닌, 기존 보수 세력을 향한 강한 거부반응이었다. 그러면 누가 좋겠냐 물으니, 본인이 새로운 위원장을, 그리고 나는 곁에서 행정업무를 총체적으로 담당하는 사무국장으로서 함께 해보는 게 어떻겠냐는 제안이었다.

'김지미냐, 문성근이냐.'

고심하던 나는 결국 신진세력인 문성근에게 힘을 실어주기로 결심한다. 조심스럽게 문화관광부 측에 위와 같은 내용을 전달하자, 내부에서는 뜻밖에도 난색을 표했다.

"우리는 문성근을 잘 모르겠다", "배우 출신이라는 것 외에 검증 된 바가 없다", "데이터가 없는 인사를 섣불리 위원장으로 선택할 수 없다"라는 것이었다. 저변에는 그의 급진적인 성향에 대한 내부의 부담감도 일정부분 작용하고 있었다. 한마디로 '너무 빠르다'는 것이 내부에서 바라보는 문성근의 모습이었다.

이렇게 신진세력의 반발로 김지미도, 문성근도, 결국엔 모두 위원장으로 부적합하다는 데 의견이 모아졌고, 이에 대한 해결책은 전혀 엉뚱한 방향으로 흐르게 된다.

그렇다면 누구도 아닌 "제3의 새로운 인물, 실무에 강한 전문 CEO를 위원장으로 하자!"라는데 의견이 모아졌고, 이로서 문화관광부는 당시 삼성물산 사장 출신의 신세길을 영입, 위원회를 통해 그가 초대 위원장으로 선임된 것이다.

그렇게 문성근 측과의 계획은 본의 아니게 수포로 돌아갔고, 누구도 원하던 바를 이루지 못한 채, 신·구세력 간의 싸움은 승자 없는 엉뚱한 결말에 이르는 듯 했으나 그것이 끝이 아니었다. 문제는 그 다음의 '부위원장'과 내가 약속 받았었던 '사무국장' 자리로 넘어간다.

위원장의 뜻을 이루진 못했으나, 문성근은 '부위원장'에 선임되었다. 그러나 나는 순식간에 갈 곳을 잃게 되었다. 문화관광부에서는 '사무국장' 자리는 영화진흥위원회의 수장인 위원장이 결정할 사항이라며 본인들에겐 권한이 없다 말했다. 같은 영화계 사람으로서 함께 일을 도모하기도 했던 김지미도 문성근도 아닌, 말 그대로 뉴페이스인 신세길 위원장이 나 또한 낯설고 난감하기는 마찬가지였다. 그러나 나에 대한 거처를 결정할 수 있는 권한은 공교롭게도 그에게 있었고, 그는 내가 원하는 대답 대신 엉뚱한 제안을 해왔다.

"그러지 마시고 상담직을 해보시면 어떻겠습니까."

상담직이라. 순간 어안이 벙벙했다. 그것은 내게 일종의 고문이자 그저 조언자로서의 자리를 제안한 것이었다. 말이 상담직이지 일종에 허수아비 같은 허울을 씌워주겠다는 소리였다. '방은 하나 주겠다. 명함도 하나 만들어 주겠다. 그렇게 마무리를 하자'라는 이야기였다. 이는 나 같이 일이 하고 싶어 몸이 달은 사람에게 "대우는 해주마. 감투도 주마, 그렇게 자리 하나는 내어 줄 테니 앉아서 놀아라"라는 말이나 다름없었다.

부당한 처우였지만 누구도 내게 목소리를 보태주는 이는 없었다. 신진세력에서도 이렇다 할 별다른 태도를 보이지 않았고, 나는 그렇게 혼자였다. 아마도 그들은 진보세력답게, 속도감있게 조직을 바꿔가고자 했고, 그렇게 일을 도모하고 진행하는 데 있어 사무국장으로서 내가 있을 경우, 자신들의 속도를 따르기 어려울 거라 생각한 모양이었다. 보수 세력을 견제할 때는 일종의 디딤돌 마냥 나를 찾아와 힘을 보태줄 것을 부탁하던 이들에게 이제는 '걸림돌'과 같은 존재로 여겨진다는 생각에 그 쓸쓸함은 이루 말할 수 없었다.

진심으로 서운했으며 허망했다. 사실 그 저변에는 이제야 말할 수 있는 또 다른 비화가 숨겨져 있었다. 이는 문성근이 나를 찾아오기 한참 전의 일이다.

"김지미 위원장과 이덕행 사무국장 체제로 위원회를 이끌어 가시지요."

위원회가 구성될 무렵, 영화진흥위원회의 초대 수장을 모색하던 당시 이미 문화관광부와 나눈 이야기가 있었다. 내부에서는 초대 위원장으로 김지미, 초대 사무국장으로 이덕행이라는 '김지미-이덕행' 체제에 대한 이야기가 오간 상태였다.

당시 박지원 문화부장관은 "앞으로 영화에 관한 모든 정책은 이덕행 동지와 의논하라"는 말과 함께 "나는 영화에 대해 잘 모른다. 하지만 당신은 문화예술에 조예가 깊은 대통령 측근이자, 연청 사무총장을 지내며 그분의 의중을 누구보다 잘 아는 인물이지 않겠는가? 무엇보다 영화에 대해 잘 이해할 것이고 또 기존 세력이든 신진 세력이든 어디에도 국한되지 않는 새로운 사람이니 그 생각이나 판단이 우리 국민의 정서와 뜻에 잘 맞을 것이다. 그 뜻을 잘 존중해 줄 터이니 김지미 위원장을 도와 힘껏, 마음껏 일해보라"는 게 영화진흥위원회가 꾸려지던 당시 내부의 뜻이었다.

그것이 최초의 계획이었고, 내가 수용한다면 그대로 전개될 수순이었으며, 조금 더 욕심을 부려 이를 도모하였다면 오히려 내겐 그 편이 훨씬 더 안정적이고 수월한 길이었다. 그런 나에게 문성근이 다가와 자신을 필두로 한 새로운 제안을 해왔고 그 때문에 순간, 그렇게 고뇌했던 것이다.

'김지미냐, 문성근이냐.'

나는 과감히 '안락한 보장'을 버리고, '새로운 바람'을 택했다. 기존 세력에 대항하여 영화계를 새롭게 바꾸고 싶다는 그 포부를 응원하며 대의(大義)를 위해 내가 가진 패를 버리고 두말없이 그들을 지원사격했던 것이다.

김지미(보수세력)을 저지하고 싶다며 찾아온 그들을 문희상 기조실장과 접촉할 수 있도록 조찬 자리를 마련하여 그 뜻을 위쪽에 전달할 수 있는 기회까지 제공하였던 나였다.

나 그리고 문성근 부위원장, 이 두 사람에게 10인의 위원회를 구성하는 데 있어, 적합한 인물을 고르고 또 추천할 수 있는 상당한 권한이 쥐어졌음에도 개인적인 욕심이나 사심 없이, 영화 현장의 목소리를 전달할 수 있는 사람, 영화계를 위한 현명한 정책을 모색하고 또 시행할 수 있는 사람이라는 나름의 기준으로 그 대부분을 소위 진보 쪽, 신진 세력의 이들로 하나하나 채워나갔던 나였다.

당시엔 그것이 옳다고 믿었기에, 그들이 더 순수하게, 더 진심으로 영화진흥위원회를 이끌어 갈 것이라 믿었기에 개인의 입장은 내려놓고, 그들이 비록 나를 내부인으로 바라보지 않더라도, 변방의 깡통맨이라는 편견을 저변에 깔고서 나를 대하더라도, 진보 개혁 쪽 젊은 활력의 손을 들어준 나였다.

그날 집으로 돌아와 홀로 소주잔을 기울이며 울적했던 심상들이 고스란히 되살아난다. 그 모멸감은 이루 말할 수가 없었다. 결국 또 이렇게 중요한 순간, 외면 받는 이방인이 되는 구나, 발목에 묶인 보이지 않는 사슬처럼 '깡통맨 주제에!' 하는 목소리가 귓가에 메아리 치는 것만 같았다.

결국 누구를 위해, 무엇을 했던 것일까. 이토록 나에 대한 조금의 배려도, 진심에 대한 투영도 없는 이곳에서 '대체 나는 무엇을 한 것일까'라는 회의감만이 나를 채우고 있었다.

## 영화정책연구원장으로 가는 길
## 그 길고도 지루했던 마침표

그렇게 상담직을 거절하고 지내던 어느 날, 친구인 홍일을 만나게 된다. 잘 지내냐는 안부 인사에 속상한 일이 좀 있었다는 말과 함께 짧게 이야기를 나누었다. 친구는 별 말 없이 너무 마음 쓰지 말라며 돌아갔고, 이후 조용히 영화진흥위원회 임원 및 위원 구성 과정에 대한 진상을 파악한 결과 그간 위원장과 부위원장 직을 놓고 벌어진 일정 위원들 간의 담합과 그 사이에서 일어난 나의 상황이 드러나게 된다.

마주 했을 당시엔 별 이야기가 없었던 홍일이 오랜 지기가 처해 있는 부조리한 상황에 대한 진위 여부를 국회문화관광위원회에 알아보라고 한 모양이었다. 그렇게 내가 처해있었던 불합리한 상황을 해소하고자 당시 국회 문광위 최재승 위원장, 문화산업국의 오지철 국장이 자리를 갖게 된다.

이미 외부에서 신세길 위원장을 영입해 온 상태에다 부위원장으로 문성근을 내정하는 것으로, 오랜 진통 끝에 전반적인 세팅이 끝났다 싶었던 문화관광부는 난감할 수밖에 없었을 것이다. 나 역시 그 모든 과정을 곁에서 지켜봤기에, 또한 모두를 곤란에 빠뜨리면서까지 무언가를 얻고자 하는 것이 아니었다.

고심하던 오지철 국장은 조심스럽게 부위원장과 같은 위치의 '영화정책연구원장'이라는 보직을 새롭게 정하여 이를 담당해 주는 것이 어떻겠냐며 의사를 물어왔다. 더 이상 상황이 복잡해지는 것을 원치 않았기에 이를 수락하며 그간의 일을 마무리짓기로 결심한다.

그러나 상황은 내 생각처럼 순탄하게 마무리되지 않았다. 영화정책연구원은 영화진흥위원회의 산하기관으로서, 원장과 부원장을 청와대에 올려 결제를 받아야 하는데 각 직책에 그 후보를 2인씩 추천하게 되어 있었다.

위원장에는 나와 또 다른 인물이, 부위원장에는 당시 신진세력의 주요 인사였던 김혜준과 유명 영화평론가인 수원대의 조혜정 교수가 후보로 올랐다.

의심할 것 없이 원장에는 내가, 부원장에는 김혜준으로 결정될 것이라 예상했으나, 청와대에서는 돌연 원장에 이덕행, 부원장에 조혜정 교수를 낙점, 발표하기에 이른다. 이는 또 한 번 신진 세력들의 반발과 나에 대한 적대심을 증폭시키고 만다.

당시 김혜준은 문성근과 함께 신진 영화인의 대표격으로, 진보 세력의 핵심인물이었다. 하여 그는 반드시 영화에 관한 전반적인 정책을 건의하고 또 조정할 수 있는 영화정책연구원의 일원이 되야만 했던 것이다. 그런데 돌연 생각지도 않았던 조혜정 교수에게 밀려 이것이 무산되었으니 내가 일부러 그를 누락시키게끔 손을 쓴 것이라는 오해를 하는 모양이었다.

변명할 가치도 없는 일에 입을 열어야 하나 싶은 기분이 들어 한숨부터 나왔다. 그들은 왜 그토록 날이 서 있는 것일까. 이 또한 신진의, 젊은 세력의 성향인 것일까. 왜… 나이가 어느 정도 지긋한 나 같은 인사는 무조건 보수의 편이라는 편견 속에 경계의 날을 세우는 것일까.

당시 김혜준은 나 역시 참 좋아했던 영화인이자 영화행정정책에 관한 광범위한 지식과 깊은 생각을 가진 인물이었다. 위원회의 위원 구성 시에도 나와 문성근이 합의하에 선택한 인물일지라도 꼭 그에게 의견과 찬반여부를 물었었다. 이밖에도 일을 진행하는데 있어 고민이 되거나 조언을 얻고 싶을 때, 허심탄회하게 이야기를 나누고 싶을 때면 찾아가곤 했던, 지금도 돈독한 관계를 유지하고 있는 젊은 벗 중 하나다. 그런 내가 왜 가운데서 그런 얄팍한 술수를 부렸을 거라 생각한 것일까. 내가 개인의 이해관계에 따라 인사를 자행하는 인물이었다면, 과연 그간 그 수모를 당하면서도 '나'라는 사람으로 계획되었던 모든 걸 다 제쳐두고서 이토록 고단한 길을 선택했을까? 하고 오히려 되묻고 싶었다.

그 길로 즉시 정지영 감독을 비롯한 영화계의 신진 그룹과 만남을 갖는다. 문성근은 김혜준 실장을 누락시킨 것이 나인양 단단히 오해하고 있었고, 오히려 그간 '나'라는 인물을 곁에서 겪어보았던 김혜준과 정지영 감독이 "이덕행은 그런 사람이 아니다. 우선 자초지종을 들어보자"며 나를 믿고 옹호해 주었다.

그 자리를 빌어 서로 간의 오해 아닌 오해를 풀고, 누명 아닌 누명을 거두며 '나는 참 고단하게 사는 인물이구나!' 하고 다시 한 번 느꼈다. 이 지긋한 나이에, 왜 마음만은 늘 새 푸른 풀밭처럼 진보와 새로운 세력을 찾고 또 응원하게 되는 것일까. 그래봤자 엉뚱한 오해와 의심의 눈초리만을 받는데, 참으로 공도 없는 인생이다 싶었다. 그러나 어쩔 수 없었다. 나는 그런 인물이니까.

그렇게 다시 한 번 '바보'가 될 지언정 그래, 내가 해야 하는 일, 할 수 있는 선택을 하자. 그 위치에서 정말 개혁을, 변화를 이끌 수 있는 이를 한 번 더 '도와주자!'라는 마음으로 청와대에 영화정책연구원의 부원장으로 김혜준을 다시 건의하게 된다. 박지원 장관은 나의 뜻을 존중하여 '김혜준'으로 결정을 내렸고, 부원장보다는 실무를 하며 현장에서 직접 뛰고 싶다는 그의 의견을 존중하여 영화정책연구원의 연구실장으로 그를 임명한다. 이를 계기로 그는 영화진흥위원회를 위한 핵심 인물 중 하나로서 이후 10여년간 중요한 역할을 수행하게 된다.

바로 이것이 지금까지 그때 그 시절, 영화진흥위원회를 떠올렸을 때 나의 가슴을 자긍심과 떳떳함으로 채우는, 치열했지만 보석 같은 기억들이다. 기존 주류 세력과 나란히 그 보직이 보장되었음에도, 안전하고 편안한 길을 머릿속으로 알고 있음에도, 가슴이 시키는 대로, 그 모멸감과 깊은 상처에도 꿋꿋이 새로운 바람, 새로운 혁신을 위한 진보 쪽의 손을 들어주었다는 사실이 늘 자랑스럽다.

끊임없이 계속되었던 신구 세력 간의 치열했던 대립각. 그 안에서의 오해, 불신, 암투, 배신이 반복되며 진통 끝에 새롭게 완성되었던 영화진흥위원회의 모습은 어쩌면 1999년, 세기의 끝자락, DJ 국민정부의 모습이었을지도 모른다. 틀을 깨고, 혹은 그 틀과 맹렬히 부딪히며 새롭게 시작되던 새 시대의 축소판을 닮은 바로 그곳에 내가 있었다.

바로 그 시간들이 영화 현대사의 중요한 분기점이었다. 그 난항과 격동을 헤쳐 나와 오늘날 한국영화의 보다 나은 환경과 활로를 마련하게 된 중요한 시작점을 나는 온몸으로 맞이하였다.

그 시간들을 지나 오늘날, 우리는 천만 관객 시대를 이루었고, 한국영화는 한류의 선봉장이 되었다. 이토록 문화콘텐츠 사업의 기반을 새로이 다지며, 오늘의 문화강국을 이룬 시작점이자, 행정 일선의 중심, 그 한가운데 있었음을 늘 행운으로 여기며 감사하고 있다.

# 한국의
# '유니버설스튜디오'를
# 꿈꾸다

한국영화의 메카에서
남양주를 위한 문화공간을 꽃 피우다

남양주시 조안면 삼봉리 100번지. 당시 북한강변 40만 평 부지에
3만 평 규모의 야외세트장과 400평의 대형 스튜디오 6동의―정부
가 650억 원의 예산을 들여 6년 7개월 만에 완성한―아시아 최대
규모의 영화촬영소가 드디어 일반인들에게 문을 열었다.

"우리 한 번 제2의 에버랜드, 아니 한국의 유니버셜스튜디오를 만
들어 봅시다."

처음 종합촬영소가 개관하고, 당시 영화진흥위원회의 유길촌 위원
장은 촬영소의 초대 소장으로 가게 된 나에게 당찬 포부이자 응원의
메시지로 그런 말을 했다. 그것은 나 역시도 절대적으로 동의하는 바
였고, 그 꿈을 이루어야 할 선봉장으로서 남양주로 떠나는 발걸음은
묘한 긴장감과 함께 설레기까지 했다.

사람들은 '남양주종합촬영소'가 독립된 촬영지 내지는 테마파크인 줄 알지만, 이는 엄연히 정부의 문화관광부 소속, 영화진흥위원회의 산하기관으로 한국영화의 메카이자 영상콘텐츠 허브를 조성하기 위해 정부가 오래도록 야심차게 준비해 온 '국립영화촬영소'이다.

영화진흥공사 시절 감사로서 1년, 영화진흥위원회의 정책연구원장으로 2년여의 시간을 정신없이 보내던 내게 2000년, '남양주종합 촬영소'의 초대 소장이라는 새로운 역할이 주어진다.

그것이 나와 '남양주'와의 본격적인 인연의 시작이었다. 처음 마주한 남양주는 내게 조금은 묘한 느낌으로 다가왔다. 서울과 그리 멀지 않은 곳에 자리한 꽤 넓은 면적을 지닌 곳, 아직은 이렇다 할 큰 성장 동력을 갖추지 못한 조용한 도시, 그러나 분명 타지에 비해 뛰어난 도시 접근성과 함께 자연과 문화, 레저를 아우르는 자원과 잠재력이 금방이라도 샘솟을 듯, 저력을 지닌 도시임이 단번에 느껴졌다. 바로 그 남양주에서 영화촬영소와 함께 할 3년의 임기 동안 정말 원 없이, 하고 싶은 일, 또 할 수 있는 일을 하기로 마음먹었다.

내가 진정 원하는 일이자 가장 신명나게 할 수 있는 일이란 그런 것이었다. 설사 그 무모함이 반대에 부딪히더라도, 끊임없는 노력과 결단으로 필요한 행정과 정책을 실현하여 좋은 한국 영화를 한 편이라도 더 완성하는 것, 나아가 지역사회 주민들이 한 번이라도 더, 한 명이라도 더 문화예술을 접할 수 있는 '기회'를 만듦으로써 촬영소가 남양주를 위한 진정한 문화와 행복의 메카가 되는 것, 그것이 '남양주에서의 3년'을 결심한 포부이자 사명이었다.

나라의 녹을 먹는 공직자가 흘린 땀이 그대로 지역주민의 피부에 와 닿을 수 있는 실질적인 행정, 영화를 위해 존재하는 국가기관이 홀

류한 한국 영화 한 편을 완성하기 위해 진정으로 그 역할을 다 하는 것. 이를 위해 '남양주종합촬영소'에서의 시간을 원 없이 달려보기로 결심했다. 그리고 그 첫 번째 움직임으로 먼저 '남양주 주민들의 마음 속으로 파고들기'를 위한 '지역밀착형' 미션을 수행하게 된다.

## 닭죽 한 그릇과 삼봉리 시네마천국, 4,300명의 남양주 '영사모'를 만들다

그때가 2000년이었으니 벌써 십수 년 전 이야기다. 처음 남양주에 왔을 당시 깜짝 놀랐었다. 그 넓은 땅에 제대로 된 극장 하나가 없는 것이었다. 극장이 없는 도시, 주민들이 영화를 접할 공간조차 없는 곳에 영화촬영소가 떡하니 들어서 '협조를 요합니다' 한들 주민들이 이를 어떻게 이해하고 받아드릴 수 있을까.

이래서는 안 된다는 생각이 들었다. 대한민국 '국민'을 위한 영화보다 먼저, 남양주 '주민'을 위한 영화와 관람 공간을 만들어 제공하는 것이 급선무라는 생각이 들었다. 그 길로 당장 '남양주 주민을 위한 극장 만들기'에 돌입하게 된다.

촬영소는 영화의 A to Z까지 모든 작업이 가능한 곳으로, 편집에서 필름 현상은 물론 마지막으로 제작물의 테스트 상영을 위한 극장 또한 마련되어 있었다. 400석 규모의 극장도 있겠다, 이것을 그대로 주민들을 위해 문만 열면 되겠다는 판단이 서자 즉시 '우리 영화 보기' 프로그램을 시작하게 된다. 때마침 영화진흥위원회에서는 '우리 영화 보기 운동'으로 한국영화를 보자는 캠페인이 한창이었고, 남양주 또한 종합촬영소를 통해 자연스럽게 이 운동에 동참시킨 것이다.

그렇게 한 달에 한 번, 원한다면 누구나 참석하여 좋은 한국영화를 관람할 수 있도록 영화 관람 모임이 촬영소 내에 꾸려진다. 처음 그 이름은 엉뚱하게도 '닭죽회'로 불려졌다. 영화보기 모임의 이름이 '닭죽회'라고? 하고 의아할 수도 있겠지만, 이것 역시 팍팍한 도시문화와는 결이 다른, 정겨운 지역사회이기에 가능한 발상이 아니었나 싶다.

처음 영화 상영을 시작했을 때, 촬영소의 기본 업무가 방해 받지 않도록 촬영소의 일과가 모두 끝난 후 저녁시간을 활용해야 했다. 그 시간은 대체로 오후 다섯 시 반, 자연스럽게 출출함이 몰려오는 저녁시간으로 잡혔고, 영화를 관람하러 온 주민들에게 닭죽을 제공했던 것이다.

영화 상영에 있어 최소한의 유지비 정도는 후원을 받아야 운영이 가능했으므로 천 원이고 이천 원이고 대중없이, 주민들이 재량껏 건네는 닭죽 값을 받았다. 이는 한 그릇의 닭죽 값이기도 했고, 영화의 관람료이기도 했으며, 주민을 위해 영화 상영관을 마련해준 촬영소에 대한 고마움의 표시이기도 했다.

그렇게 처음으로 지역주민 스스로 촬영소 안으로 들어서는 계기를 만든 것이다, 이로서 촬영소 또한 남양주의 한 부분이자, 한 가족으로 느낄 수 있는 자연스러운 장이 마련되었다. 이후 촬영소의 영화 상영은 주민들에게 큰 호응을 얻었고, 점차 입소문이 퍼져 남양주의 영사모(영화를 사랑하는 사람들의 모임)라는 정식 명칭으로 한때는 회원이 무려 4천3백 명까지 늘어나게 된다. 물론 지금이야 남양주 시내 몇 곳에 극장도 생겨나고, 영화를 접할 수 있는 콘텐츠도 다양해짐에 따라 2천여 명 정도로 회원이 줄었지만 아직까지도 그들은 한 달에 한 번 촬영소에서 꾸준한 만남과 모임을 지속하며, 남양주 최초의 극장이자 최고의 상영관으로서 '남양주종합촬영소'를 추억하고 있다.

## '서울'에서 '남양주'로 가다

### '서울종합촬영소'에서 '남양주종합촬영소'로의 명칭변경

또 하나, 종합촬영소 소장으로 역임하며 가장 뿌듯했던 일이자 잊을 수 없는 사건을 떠올려 보자면 바로 '남양주종합촬영소'라는 그곳의 진짜 이름을 찾아준 일이다.

처음 종합촬영소의 정식 명칭은 '서울종합촬영소'였다. 종합 촬영소 건립이 확정되고 이를 진행하던 시점은 1988년, 막 서울 올림픽과 함께 '서울'을 대표로 한 문화콘텐츠 시설이 집중되던 시절이었다. 종합촬영소 또한 자연스럽게 '서울종합촬영소'라는 이름이 붙여졌다. 그러나 남양주 주민들에겐 결코 달가울 리 없는 이름이기도 했다.

"여기가 서울입니까? 왜 남양주에 와서 서울을 찾습니까?"

남양주 주민들은 그렇게 촬영소 간판을 보며 난색을 표했다. 엄연히 남양주 땅에 자리하여, 누가 보아도 명백한 남양주의 종합촬영소이자 향후 지역을 대표하는 명소로 자리할 것임이 분명한데 '서울', '서울' 하며 그것을 부르는 것이 그들의 입장에선 불쾌했던 것이다. 그것은 당연한 반응이었다. 나 역시 의미적으로든, 대외적으로든 그들에게 제대로 된 이름을 찾아주는 것이 옳다고 믿었다.

국가의 특정 기관이 특히나 문화콘텐츠를 기반으로 하는 국가기관이 한 지역사회에 뿌리를 내린다는 것은 결코 저절로 이루어지는 일이 아니다. 더 나아가 그 지역사회를 기반으로 유지되고 성장해야 한다면, 가장 먼저 해야 하는 일은 바로 지역사회 주민들의 마음속으로 들어가 그들과 '관계를 맺는 일'이다.

그러기 위해선 그들에게 '자랑'이자, '우리의 것'이라는 생각이 들 수 있도록 그 기반을 마련해줘야 한다. 이를 위해 지역사회의 주장대로 촬영소의 명칭을 '남양주종합촬영소'로 바꾸기를 결심하고 이를 추진하기에 이른다.

그러나 '당연한 일'이라 생각했던 나의 결심과 지역사회의 생각은 뜻밖에도 영화진흥위원회 노조의 반대에 부딪힌다. 노조가 '남양주종합촬영소'로의 명칭 변경을 강하게 반대하는 것이었다. 그들의 주장인 즉, 촬영장소 제공에서부터 제작과정에서의 협조와 관련하여 영화 크레딧 화면에 이미 '서울종합촬영소'로 명시가 되어 있고, 이로 인해 '서울종합촬영소'라는 이름은 한국을 넘어 전 세계적으로 알려져 있는 상황이라는 것. 또 하나, 이미 푯말이나 이정표, 인쇄물과 광고매체에 이르기까지 온갖 관련 자료가 '서울종합촬영소'로 되어있는데 이를 전부 바꾼다면 그에 대한 부대비용과 예산은 어떻게 할 것이냐는 것이었다.

노조의 말도 일리는 있었다. 교체와 관련된 부대비용, 즉 예산확보가 무엇보다 가장 큰 난관이었다. 그렇다고 여기에서 포기한다? 엄연히 남양주 땅에 위치하여 남양주 주민의 양해와 응원 속에 자리하게 될 촬영소에게 온전한 이름을 찾아주지 못한다? 그럴 수는 없다. 난관이 있다고 '옳은 일'이라 결심한 것을 포기하거나 멈춰 본 적은 없는 나였다.

그 길로 당시의 이광길 남양주 시장을 찾아갔다. 약속할 수 있는 부분과 약속을 받아야 하는 부분은 이미 분명했다. "촬영소가 영화를 비롯해 남양주가 원하는 모든 문화 예술콘텐츠의 허브가 되어 드리겠습니다. 그만큼 남양주는 촬영소 운영에 성심껏 지원해 주시는 것으로 하고, 온전한 '남양주종합촬영소'를 만들 수 있도록 힘을 보태주십시오"라고 나의 뜻을 전달했고, 시장은 고심 끝에 이를 수락하였다. 그렇게 남양주시와 촬영소는 MOU를 맺고, 촬영소 명칭 변경에 필요한 상당 비용을 시에서 부담하기로 결정, 갖은 난관 끝에 마침내 일을 성사시키게 된다.

'서울종합촬영소'는 '남양주종합촬영소'로 제 이름을 찾게 되고, 이후 제작 및 개봉되는 영화 엔딩 크레딧에는 '남양주종합촬영소'라는 이름으로 전국의, 그리고 세계 속의 천만관객과 당당히 함께 하고 있다.

처음 '서울종합촬영소'의 소장으로 들어서서 마지막엔 '남양주종합촬영소'의 소장으로 떠나온 것. 이로서 지역사회에 랜드마크로서 당연한, 그리고 꼭 필요한 그들의 이름, '남양주'를 찾아주었던 일. 그것이 어쩌면 나도 모르게 시작된 '남양주'와의 깊은 인연의 출발점이자 첫 고리였는지도 모르겠다.

### 당연하지만 참 멀었던 길 2
## '파견직'에서 '가족'으로 함께 가다

**용역업체의 파견직에서 촬영소 직원으로의 배려**

남양주로의 명칭 변경 시 노조와 겪었던 줄다리기를 생각하니 떠오르는 또 하나의 일화가 있다. 노조와 나는 참 묘한 인연인 걸까. 처음 영화진흥공사로 향하던 날, 나를 반겨주던(?) 것 역시 그들의 시위

현장이었고, 이후에도 수차례 우리는 생각의 차이이자 이해관계의 차이로 참 많이 부딪혔었다. 그 중 한 사건이 바로 촬영소의 파견직 직원들을 우리의 온전한 촬영소 식구로 받아들이는 과정에서의 해프닝이다.

당시 촬영소에는 여러 인력들이 근무를 하고 있었는데, 공무를 보는 기관 직원들과 기술자들 외에 안내 업무를 맡았던 젊은 여직원들이 꽤 있었다. 25~26명 정도의 제법 많은 젊은이들이 근무하고 있었는데 그들 대부분이 아웃소싱 형태로 용역회사에서 파견된 파견직이었다. 최근 들어 그나마 파견직과 비정규직이 겪는 차별과 부당대우에 대한 목소리가 쏟아져 나오며 이를 바꾸기 위한 다양한 시도들이 행해지고 있지만, 당시엔 아웃소싱이란 형태의 파견직이라는 교묘한 행태와 부조리가 막 퍼져나가는 시점이기도 했다.

사람이 똑같은 공간에서, 똑같이 일을 하며, 똑같은 시간 동안 자신의 임무를 다하지만 그 '대가'는 혹독하리만치 차별적인 것. 촬영소에서는 그들의 몫으로 정당하게 급여를 지급해도, 일정부분은 얼굴조차 본 적 없는 용역업체에게 수수료 명목으로 떼인 후 훨씬 적은 임금을 받게 되는 것. 그것이 당시 내 눈에 비친 파견직의 실상이었다.

그 광경들은 당시 쭉 개인 사업을 해오다 처음 공직에 입문하고 겨우 몇 해가 지난 나에겐 도무지 납득할 수 없는 것이었다. 非관료적 인물이자 非관행적 인물이었던 터라 그 생리가 익숙하지 못한 탓이기도 했지만, 도저히 그 부조리와 편협함을 참을 수가 없었다.

"정당하게 일하는 친구들을 왜 이렇게 대우합니까. 우리가 아예 직접계약을 합시다."

"곤란합니다. 그렇게 되면 나중에 그 친구들을 정규직으로 써야 합니다.”

“아니, 그게 당연한 거 아닙니까?”

내부에서는 나의 목소리에 난색을 표했다. 비정규직 보호법에 의해, 비정규직 채용 후 2년이 지나면 법적으로 정규직으로 전환이 되어야 하는데 이에 대한 정부의 T.O.(해당 예산 책정과 규정)가 없다는 것이다. 해마다 문화관광부와 관련 부서에서 T.O.가 책정되는데, 그 지원받은 예산에서 인건비 부분을 아웃소싱을 통한 파견직으로 돌리면서, 해당 예산부분을 묶어 버리는 일종의 편법을 사용하고 있었다.

내부의 반대와 함께 또 한 가지 놀라운 것은 바로 노조의 반발이었다. 파견직 직원들을 촬영소와의 직접 계약 관계로 전환하겠다고 하자 노조에서 들고 일어선 것이다. 내부에서야 비용 측면이나 그간의 관행에 있어 충분히 부딪힘이 있을 거라 예상했지만, 노조에서 혼연일체가 되어 파견직의 계약직 전환을 반대하고 나설 줄은 전혀 예상하지 못했다.

그들에겐 한 공간에서 함께 일하면서도 파견직과 자신들을 구별 짓는 상하관계가 무섭도록 뇌리 속에 박혀 있었고, 행여 이를 흩트림으로서 자신들의 이해관계에 조금이라도 흠집이 생길까 하나같이 날을 세우고 이를 반대하였다. 나는 그들을 향해 똑바로 말했다. 당신들은 참 비겁하다고, 결코 정의롭지 못하다고 말이다.

결국 노조란 무엇일까. 결국 누구의, 무엇을 위한 목소리인 걸까. 과연 그들이 추구하는 ‘정의’와 내 세상에서의 ‘정의’는 평행선처럼 닿지 않는 것일까. 그 이기적인 행태에 그런 근원적인 물음까지 스스로에게 묻곤 했다. 대단한 정의를 실현하겠다는 것도 아니고, 지극히 당연한 것을 향해 바로잡겠다는 것인데, 내가 참 하릴없이 순수한 것인가, 아니면 꿈 많은 이상가인가? 하고 스스로에게 묻기까지 했다.

그 젊은이들 역시 일정의 동등한 교육과정과 절차를 통해 촬영소에 채용된 만큼 열심히 일하고자 하는 꿈 많은 인재들인데, 내 눈에는 그들이 누군가와 견주어 절대 부족하거나 부당한 대우를 받을 이유가 없어 보이는데, 그런 이들을 촬영소의 직접적인 '식구'로 받아들이자는 것이 그토록 문제인 것일까. 일을 한 만큼, 노력한 만큼 정당한 대가가 그들에게 고스란히 돌아갈 수 있도록 촬영소 측과 1대1로 계약관계를 맺어주자는 것이 그렇게 대단한 이상향이었을까.

아마 그때 다시 한 번 강하게 온몸으로 부딪히고 또 실감했던 것 같다. 행정 일선이라는 곳의 뿌리 깊은 편의주의와 '다 그렇게 함으로 다 그렇게 해야 한다'는 식의 획일화된 관례와 관료주의, 그리고 이를 고수하려는 세력의 목소리를.

하지만 그렇다고 물러설 내가 아님, 한 번 옳다고 믿으면 타협이 없는 나라는 것을 무엇보다 잘 알고 있었다. 이후로도 끈질기게 노조들과 논쟁을 벌이고, 의견을 굽히지 않은 채 끊임없이 나의 뜻을 전달한 끝에 마침내 파견직 직원들을 촬영소와 직접 계약을 맺는 계약직 형태로 전환하는 데 성공하였다.

'당연한 일'을 싸움을 통해 쟁취해야했던 당시의 과정들이 퍽 고단하기도 했지만 이후 그들에게서 기쁜 소식들이 들려올 때면 참으로 보람된 일이었다는 생각이 든다. 이를 계기로 현재 당당하게 정직원으로 영화진흥위원회 본사에서 근무하고 있는 친구도 있다. 물론 본인이 그만큼 능력을 발휘하고 부단히 노력한 덕이겠지만, 그 발판을 마련해주었다는 생각에 그 친구는 내게 고마움을, 나는 그들에게 뿌듯함을 느끼며 각자의 자리에서 모두 열심히 살아가고 있다.

사람들은 늘 누군가가 나보다 뒤처지기를 바란다. 내가 그보다 앞서간다면 다행이지만, 나의 능력이 그렇지 못할 때, 조금은 사악하게도 누군가의 걸음이 나보다 몇 걸음 묶여 있기를 바란다. 정규직과 파견직 사이의 거리도 이러한 이치가 아닌가 싶어서 너무 안타깝다. 나보다 뒤떨어진, 혹은 뒤처진 누군가가 나와 동등한 높이를 갖추게 된다 해서 무엇이 그토록 두려운 것일까. 무엇을 잃게 될까봐 그토록 불안한 것일까. 그들을 촬영소의 직접적인 계약직 관계로 전환한다 하여 누구도, 무엇도 잃는 것이 없는데 말이다. 모든 것은 본인이 노력한 만큼, 본인이 성실히 원하는 만큼 얻는 것임에도, 마치 타인의 기회를 앗아감으로써, 자신이 위치와 이익이 상대적으로 안전하다고 믿는 심리, 그 불안감이 안타까울 뿐이다.

촬영소 역시 그들과 직접 계약관계를 맺음으로써 잃은 것보단 얻는 것이 훨씬 더 많았다. 임금 부분이야 기존과 동일하게 지급하되, 이제는 고스란히 본인에게 돌아갈 뿐 손해 될 것이 없었다. 하지만 정작 그들에게는 '세상'이 달라지는 것이다. 이제는 오롯이, 그리고 당당하게 촬영소를 '나의 직장, 나의 일터'로서, 그리고 스스로를 '촬영소의 가족'이라 믿는 '주인 의식'을 더해 촬영소와 함께하는 것이다.

주인은 자신의 집을 찾은 손님에게 더욱 상냥해진다. '나의 집'을 찾은 '나의 손님'이란 생각으로 더욱 정성스럽게 손님을 맞는다. 그것은 서비스의 품격을 높이고, 더 많은 방문객들이 촬영소를 찾게 만드는 고리가 된다.

누가 되었건, 무엇이 되었건 상대방의 입장이 되어 보는 것, 누구보다도, 무엇보다도 수요자의 입장에서 생각하는 것, 나는 그것이 너무나 당연한 이치라 믿는 사람이었고, 이러한 소신에 대한 행보는 그 후로도 계속되었다.

## 촬영소는 살아있다!
## 365일 시민을 위한 적극개방과 소통공간

처음 막 촬영소를 오픈하던 때, 이것저것 준비할 것도 많고 안팎으로 꽤 부산스러울 수밖에 없었다. 보통은 이런 시기에, 평소와 다른 생경한 풍경이나 기타 소음 등으로 지역 주민과 마찰이 일어나기가 쉽다. 그러나 다행히 자랑스러운 것은 우리 촬영소는 첫 부임부터 나의 임기기간 내내 단 한 번도 지역주민들과의 갈등이 없었다는 사실이다.

이것은 말처럼 쉬운 일이 아니다. 외부와 접촉 빈도가 낮은 지역사회일수록 외부의 것에 대한 거부감은 강렬한 법이다. 그렇다면 우리는 무엇을 무기로 지역주민을 사로잡을 수 있었을까. 답은 간단하다. 바로 우리가 직접 그곳의 지역주민이 되는 것. 그들의 가장 가까운 이웃이 되어 그들의 일상 속으로 '흡수'되는 것이었다.

농사철에는 마을에 트랙터를 기증하여 힘을 보태고, 촬영소의 지하수를 뽑아 올려 당시 상하수도 시설이 미흡했던 농가와 논밭에 물을 대주고, 마을이 축제를 한다고 하면 흔쾌히 축제의 장으로 촬영소를 내주었다. 촬영소의 출퇴근 인력을 위해 제공되었던 셔틀버스를 마을 주민들도 이용할 수 있도록 개방하였다. 비록 적은 예산이었지만 지역사회의 문화교육기관인 '다산문화교육원'을 위한 지원을 아끼지 않았고, 행사 등을 위해 촬영소를 제공하는 등 다양한 지원 사업을 펼쳤다.

또 한 가지 지역주민과 함께 했던 잊지 못할 일화로, 팔당생협과 함께 했던 '한옥지붕 볏짚 갈기' 작업이 떠오른다. '팔당생명살림생협(이하 팔당생협)'은 종합촬영소가 위치한 남양주 조안면을 위주로 조성되어 유기농업 등에 종사하는 팔당지역 농가 단체다. 당시 촬영소에는 다양한 시대의 거리와 가택을 재현한 세트장이 많았는데 특히 한옥과 초가집의 경우 일정 주기마다 지붕의 볏짚을 갈아줘야 했다.

그런데 세트장이 워낙 규모가 있다 보니 작업해야 할 지붕이 상당수에 이르렀고, 발생 용역비만 해도 일이천만 원 가량이 소요되었다. 나는 이를 팔당생협 조합원들에게 용역의 형태로 위탁하였다.

가까운 거리, 가까운 위치에서 국가기관과 지역주민이 서로에게 필요한 용역과 용역비를 맞교환하는 것이다. 또한 돈을 떠나 팔당생협이라는 지역 기반의 조직이 본래의 성격에 맞게 노동 체험을 함께 공유하며, 협동정신을 다시 한 번 되새길 수 있도록 일종의 이벤트를 제공해주었던 것이다. 지역의 조합원들은 함께 일을 나누며 크게 즐거워했고 이후에도 협동조합에서 필요로 하는 공연이나 행사 등을 지원하며 그 교류를 끊임없이 이어갔다. 이렇게 3년을, 촬영소는 자연스러우면서도 진심이 담긴 지역밀착 사업을 통해 남양주 주민이자 이웃으로서 그들의 일부가 될 수 있었다.

또 한 가지, 촬영소가 문을 연 순간부터 단단히 다짐한, 반드시 실천하리라 계획했던 바가 있었다. 바로 '종합촬영소를 지역주민을 위해 적극 개방한다'는 것과 '종합촬영소는 지역주민이 필요로 하는 모든 예술문화의 창구가 된다'라는 것이었다.

종합촬영소는 분명 '영화'를 위한 공간이다. 그러나 '영화만을' 위한 공간은 결코 아니라고 생각했다. 결국 영화라는 것은 누구를 위해서, 그리고 누구를 향해서 창조되는 것인가. 그것은 '사람'이다. 영화에 숨을 불어넣는 것은 '사람'이고 역으로 '삶'에 새로운 숨을 불어넣는 것이 '영화'다. 둘은 결코 떨어질 수 없으며 늘 함께하는 동시에 서로에게 숨을 불어넣는 존재라는 것이 당시 나의 철학이자 영화예술에 대한 신조였다.

촬영소도 마찬가지였다. 오프라인에서 온라인, 하드웨어에서 소프트웨어에 이르기까지 훌륭한 세트장과 첨단장비로 최고의 영상단지이자 최적의 콘텐츠를 보유한 이곳은, 영화를 촬영하고 작업할 때는 그 역할의 최대치로 활용하면 된다. 그러나 촬영이 없을 때, 혹은 업무를 마친 후의 오후 시간 등에는 얼마든지 영화가 아닌 사람, 즉 남양주 주민들을 위한 공간이 될 수 있는 곳이었다.

먼저 나는 촬영소의 대표명소이자 조선시대의 양반가옥을 그대로 재연한 99개의 아름다운 '운당'을 지역 주민들을 비롯한 일반인들에게 그대로 오픈하여, 이를 체험하고 숙소로 이용할 수 있도록 하였다.

이와 함께 영화인들을 위한 숙소를 마련하기 위해 문화관광부와 영화진흥위원에서 지원하여 만든 영화인들의 숙소 '춘사관' 또한 후에 일반인들에게도 개방하였다. 24시간, 매일같이 영화인들이 이 숙소에 머무는 것은 아니었기에, 사용의 빈틈에는 얼마든지 일반 시민에게 그 몫을 돌려주는 것이 마땅하다고 여겼었다.

2002년에는 한일월드컵과 함께 촬영소를 찾는 외국인이 크게 늘어났다. 그들에게 촬영소는 한국의 전통과 문화를 체험하기 위한 최적의 장소라고 판단, 일명 '문화월드컵'이라는 이름으로 다양한 한국문화체험 콘텐츠를 개발하여 외국인 관광객에게 선사하기도 했다.

특히 외국인들에게 꾸준히 사랑받고 있는 '템플 스테이'에서 착안한 '촬영소 스테이' 프로그램을 만들어 운당과 함께 우리의 전통가옥을 체험하도록 하고, 다양한 공연도 실시하여 당시 외국 관광객 및 방문객에게 큰 호응을 얻었다.

전시 및 문화행사에도 다양한 시도와 공을 들였다. 그 중에서 특히 연꽃전시를 비롯한 다양한 정원 전시 행사를 진행하였을 때, 애를 많이 먹었던 터라 유독 기억에 남는다. 그렇게 처음 연꽃전시를 기획하여 항아리 하나하나를 전부 옮겨 둥그렇고 고즈넉한 항아리마다 가득 연꽃을 피웠던 일, 1월이면 매화꽃 전시회를 열고, 이와 함께 분경이라 하여 작은 정원, 풍경 같은 것을 조성하여 방문객을 맞았던 일, 그 색색이 아름답고 영롱한 꽃과 자연의 자태로 촬영소 안이 장관을 이루고, 이를 찾은 주민들은 크게 즐거워하였던 기억들이 떠오른다.

세계야외공연축제가 시작될 때에는 그 중심이 남양주종합촬영소였다. 대규모의 행사와 축제의 장, 야외 영화 상영을 진행하는 등 2천여 명의 관람객을 모두 수용하여 축제를 해내었던 일 또한 생생하다.

또 하나 잊을 수 없었던 이벤트는 1년의 마지막 날이었던 12월 31일, 1월 1일 새해가 밝기 직전 벌어졌던 마라톤 대회다. 코스의 지점으로 지정된 촬영소를 수천 명에 이르는 사람들이 우르르 통과하던 모습은 마치 어둑한 새벽을 여는 새로운 물결처럼 가슴속에 남아있다.

일전의 협동조합과의 용역계약이 하나의 '민관협치'를 이룬 것이라면, 마라톤 대회를 비롯한 지역사회와의 꾸준한 문화 교류와 지원사업이야말로 남양주시청과의 '관관협치'로서, 우리 촬영소가 지역사회가 지향해야 할 참된 '상생'을 이루는 데 한 몫을 하지 않았나 하는 자부심을 느끼고 있다.

또 한 가지, 촬영소를 꾸려가며 나의 가슴을 따뜻함으로 채웠던 인연들이 있다. 바로 추석이나 설 연휴와 같은 대명절에 소년소녀가장들과 고아원 친구들을 촬영소로 초대하여 이들과 함께 나누었던 시간들이다.

추석날이면 운당으로 이 친구들을 초대해 송편도 빚고, 전통 지방을 직접 쓰는 과정을 함께하며 차례를 지내기도 했다. 아이들에게 더 이상 '외로움' 아닌, 즐거운 명절의 추억과 따뜻함을 안겨주고 싶었다. 이와 함께, 운당에서 전통예절학교를 운영하며 우리의 전통을 아이들에게 배울 수 있도록 해주었던 일 등이 지금까지도 가슴을 따뜻하게 적시는 감동으로 남는다.

특히 남양주는 다른 지역에 비해 다문화가정 비율이 높은 편이다. 이에 다문화가정의 어린이들과 결혼 이주여성들, 그리고 외국인 근로자 등을 위해 성공회 신부님을 도와 촬영소의 문을 열어 이들을 위한 공연과 이벤트 등의 다양한 지원을 펼치기도 했다. 당시의 남양주성공회 이정호 신부님께선 지금까지도 그때의 일을 고마워하시며 볼 때마다 인사를 건네곤 하신다. "그때 촬영소가 있어 참 고마웠다고, 그리고 그때의 촬영소가 참 그립다"는 아쉬움을 섞어서 말이다.

재미있는 일화는 또 있다. 임기 내내 내가 유지했던 또 하나의 철칙이 바로 '촬영소 연중무휴, 365일 개방'이었다. 그 전까지 촬영소는 방문객을 위해 주말에 집중하여 오픈하고 월요일은 문을 닫는 식이었다. 그런데 여기에 대해 '왜?'라는 의문이 들었다. '세상에 극장이 쉬는 날이 있던가?' '이곳이 국민을 위한 극장이고, 더 나아가 그 이상의 테마파크가 아니던가'라는 의문과 동시에 월요일 휴무를 없애고 일주일 전체를 방문객들에게 개방하였다.

이것은 주민에 대한, 그리고 방문객에 대한 일종의 예의이자 의무

같은 것이었다. 물론 이를 위해 직원들을 혹사시키거나 한 것은 아니었다. 휴무일이야 교대근무를 통해 충분히 커버할 수 있는 부분이었기에 월요일에도 운영이 가능하도록 대체근무를 시행했고, 이는 수월하게 진행되었다. 내부의 어렵지 않은 조율로 '월요일의 방문객'을 헛걸음하지 않게 하는 일. 나는 그것이 우선이라고 믿었고, 믿음대로 연중무휴, 365일을 방문객에게 돌려주었다.

이렇게 휴무일을 없애고 나니, 이번엔 촬영소 '개방 시간'이 문제였다. 규정에는 오전 아홉 시에서 다섯 시가 개방시간이었다. 주말이야 그렇다 쳐도, 평일에는 보통의 직장인이나 학생들이 도무지 일과를 마치고 찾아올 수 없는 시간대였다. 왜일까? 하고 다시 한 번 물었고, 답은 명료했다. 관람시간이 수요자가 아닌, 철저한 직원들의 출퇴근 시간, 즉 공급자의 편의를 위한 업무 시간에 맞춰져 있기 때문이었다.

그러다보니 지방에서 관광차량을 대절하여 올라오는 수학여행 학생들이나 단체 관람객들이 새벽같이 올라와 일곱 시에 도착하면 일곱 시부터, 여덟 시에 도착하면 또 여덟 시부터 그 많은 이들이 아홉 시 정각에 촬영소의 문이 열리기만을 꼼짝없이 기다리는 형국이었다.

그건 내 상식으로는 도무지 말이 안 되는 일이었다. "우리에게 정해진 시간은 이렇소. 이 시간에 와서 관람을 하려면 하고, 아니면 마시오"라는 논리라니. 즉시 일곱 시건 여덟 시건 관람객들이 도착하는 대로 바로 촬영소를 둘러볼 수 있도록 개방시간을 유동적으로 조절하였다. 수백 명의 관람객이 시간을 허비하지 않도록, 그 기대감과 즐거운 마음을 고스란히 안고 촬영소로 즉각 들어설 수 있도록 개방시간을 자유롭게 조절한 것이다. 나아가 점심시간이나 퇴근시간 등의 자투리 시간에도 얼마든지 관람객이 방문할 수 있도록 촬영소를 오픈하였다.

이것이 옳다고 믿었고, 또 당연하다 여겼는데 당시 촬영소의 직원들에겐 고단하고 불편한 일이었을까. 나의 3년의 임기가 끝난 후 그 즉시 월요일 휴무가 다시 재개됨과 동시에 촬영소 안에서의 행사와 이벤트들이 확연히 줄어들었다는 이야기를 전해 들었다. 그 소식을 들으니 성공회 신부님이 촬영소의 옛날을 회상하며 "그때 참 고마웠다. 그때가 참 좋았다" 하고 쓸쓸하게 웃으시던 웃음이 더욱 가슴에 와 닿았다.

나는 잘 모르겠다. 영화를 위한 공간에 끊임없이 사람을 채우는 일. 그것이 무엇이 그토록 고단하고 어려운 것일까. 혹자는 종합촬영소를 두고 말한다. 영화를 위한 공간이며 엄연히 영화인을 위한 공간이 아니냐고. 그렇게 쓰라고 책정된 예산이자 정책들이 펼쳐지는 곳인데 왜 이것을 일반인들에게 오픈하고, 그 혜택을 제공하냐며 비판의 목소리를 내기도 한다. 그것 또한 일리있는 말이라고 생각한다. 그러나 그들이 말했다시피, 이것은 영화를 위한 공간이자, 영화인을 위한 예산이 집행되는 곳이다. 어느 것도 일반인들을 위해 추가 편성되거나 별도의 노력이 기울어진 것들이 아니다. 애초에, 그리고 이미 완성된 것들을 그저 영화인을 넘어 일반인들도 사용할 수 있도록 배려함으로써 관람객과 지역사회에 좀 더 가까워지는 것뿐이다. 그렇게 촬영소를 향한 수요자와 수혜자의 스펙트럼을 넓혔을 뿐 달라진 것은 아무것도 없다.

아니 달라진 것이 있다. 일반인에게 끊임없이 촬영소를 오픈하고 접촉하게 함으로써 그곳에 '사람'의 '숨'을 불어 넣었다는 것. 그 무엇이든 사람의 손길이, 숨결이 머물지 않는 공간은 곧 죽어 버린다. 이미 죽은 공간은 어떤 방책으로도 되살아나기가 어렵다.

사람이 떠나지 않는 곳, 사람이 끊임없이 머무는 곳만이 그 생명력과 함께 숨을 쉰다. 그 숨은 사람을 부르고, 사람은 그곳에 다시 새로운 숨을 불어넣는다.

이 선순환 구조의 첫 번째 주인공이 바로 지역 주민이고, 그 다음이 공간을 찾는 다양한 방문객과 공간을 꾸려가는 사람들인 것이다. 이렇듯 촬영소의 진짜 주인공들을 위해 할 수 있는 한 최선의 노력을 다 했기에 나의 선택과 행보들에 후회는 없다.

다만 떠나온 후에도 여전한 관심과 애정을 보내며, 남양주종합촬영소에 대한 바람이 있다면, 그 후로 오랫동안, 아니 영원토록 남양주종합촬영소가 '생생하게' 살아있는 공간으로서 남양주 시민들과 '상생'하였으면 하는 것이다. 누군가 나와 같이 신명나게 남양주 주민과 영화촬영소를 잇는 다양한 노력들로, 이곳을 최고의 복합문화 클러스터로 만들어 주기를 늘 바라고 있다. 그러나 이마저도 남양주영화촬영소가 매각되어 곧 부산으로 이전된다는 소식에 속상한 마음과 함께 유감을 금할 길이 없다.

## 종합촬영소는 '남양주'의 것!
## 남양주촬영소 부산 이전에 대한 강력유감

말이 나온 김에 영화진흥위원회와 남양주종합촬영소의 부산 이전 계획에 대한 애석함을 담아본다. 노대통령 정권 시절, '공공기관 지방 이전 방침'에 따라 영화진흥위원회가 부산으로 이전하고 산하기관인 '남양주종합촬영소' 역시 함께 이전시킨다는 소식을 접했을 때, 이에 대한 의문과 안타까움은 이루 말할 수가 없었다.

영화진흥위원회를 부산으로 가라? 부산국제영화제가 있다고 해서, 부산이 아시아를 잇는 지리적 요충지라 해서 그 명분이 합당한 것일까. 현재 모든 영화 인프라는 '서울'에 있는데 말이다. 이와 가장 가까운 남양주에 영화 촬영에 필요한 모든 것이 있는데 말이다. 그렇다면 남양주에 있는 촬영소도 함께 가라?

오랜 세월 뿌리를 내리고, 가지를 드리워 형성되는 '문화', '예술'이라는 것, 그리고 이를 위해 차곡차곡 얼개를 만들어 온 '인프라'라는 것이 말처럼 쉽게 부산으로 가시오! 어디로 가시오! 하는 한마디에 뚝딱 옮겨질 수 있는 것이던가. 나는 결코 아니라고 생각한다.

영화제작자들부터 해서 제작환경, 기술과 자본에 이르기까지. 현재 그 모든 인프라는 소위 충무로로 대두되는 서울과 경기도에 집중되어 있다. 그들의 주 활동 영역이 수도권인데 그 많은 인적, 물적자원이 과연 부산까지 어떻게 오갈 것이며 그 거리를 오가며 과연 영화 촬영과 제작이 순조롭게 진행될는지 그저 걱정스러운 바다.

무엇보다도 종합촬영소가 '남양주'의 공간으로서 자리잡기 위해 그간 들였던 노력들과 비로소 꽃을 피우듯 지역사회와 유연하게 연계하여 형성된 다양한 인프라들이 그대로 사라진다는 것에 대한 '속상함'이 크다.

무려 650여억 원의 예산을 투자하여 '남양주'에 뿌리를 내리고, 40만 평 부지에 야외세트만 3만 평 가까이 꾸려온 곳이다. 서울과 근접한 위치에서 촬영은 물론 후반 편집까지 완전히 처리할 수 있는 곳이다. 이러한 명백한 장점들로 자리잡은 지 이제 채 20여 년도 지나지 않았다. 더 안타까운 것은 채 20년도 되지 않는 기간 동안, 종합촬영소가 이루고 또 주민들에게 돌려준 것이 참으로 많았다는 것, 그리고 앞으로가 더 많을 것이라는 사실이다.

남양주종합촬영소는 〈공동경비구역 JSA〉, 〈취화선〉, 〈실미도〉, 〈태극기 휘날리며〉 등의 수백 편의 한국영화가 탄생한 곳으로 연간 40만 명이 찾아오는 남양주 대표 테마파크로서 지역사회의 활력을 불어넣었다. 상수원 보호지역으로 묶여있던 곳이 촬영소로 말미암아 경기 회생의 희망을 얻었었다. 인근에 위치한 '다산문화유적지'와 '천주교성지, 마재', '유기농 테마파크', '천마산 군립공원' 등 지역 문화유산과 연계하여 전통과 예술을 담은 국제적 영화테마 관광지로 나아갈 수도 있다. 그 무궁무진한 매력들에 일본과 중국, 동남아의 영화계에서 참으로 부러워했던 것 중 하나가 바로 남양주종합촬영소였다.

극장 하나도 채 없었던 곳에 '영화'와 '문화콘텐츠'에 대한 첫 뿌리를 내리고, 주민들을 위한 문화예술과의 접촉 기회를 처음 안겨주었던 곳. 그런 남양주종합촬영소가 '국가균형 발전'이라는 이름 아래, 경기 북부의 남양주에서 오히려 우리보다 더 잘 사는 도시, 부산으로 옮겨간다는 것은 아이러니다. 남양주종합촬영소는 오로지 남양주종합촬영소일 때 가장 큰 시너지를 발휘할 수 있다. 부디 오래도록 '남양주종합촬영소'로서 이곳과 함께 하기를 염원해 본다.

## 남양주 오남을 영상산업의 메카로!
### 오남읍 영상산업단지 추진위원회

'서울종합촬영소'를 '남양주종합촬영소'로 변경하는 것과 아울러 남양주의 영화문화산업 도모를 위해 당시 이광길 시장과 다양한 이야기들을 의논한 적이 있다. 그 중 가장 열심히 했던, 그래서인지 가장 아쉬움이 많이 남는 것이 바로 오남 지역의 영상산업단지 구성을 추진하던 일이다.

종합촬영소는 여러 가지 의미로 남양주 영상문화산업의 시발점이자 구심점이 될 수 있었다. 무엇보다 영화제작자와 자본이 응집되어 있는 서울과 가까운 곳에 자리하고 있으며 영화에서 애니메이션에 이르기까지 영상기술에 대한 대부분의 시설과 인프라를 갖추고 있다. 이러한 요소들은 촬영소를 중심으로 한, 영상 산업단지 형성의 충분한 밑그림이 될 수 있었다. 스튜디오 사업에서 미술과 음악, 기술 부분에 이르기까지 거의 모든 것이 구현 가능한 공간. 이것을 기반으로 나는 만들고 싶었다. 남양주를 소위 문화산업의 허브이자 영상산업단지의 메카로 말이다.

이를 위해 오남읍 저수지 인근에 약 40만 평을 부지로 정하고, 나와 이광길 시장을 필두로 한 영상산업단지추진위원회를 구성하게 된다. 위원장으로는 이광길 시장을, 부위원장으로는 내가, 그리고 위원으로는 임권택 감독, 〈용의 눈물〉 등으로 유명했던 김재형 PD, 배우 장미희와 사업에 투자를 하겠다며 찾아온 임진만이라는 젊은 사업가(한국영화교육원의 초대 설립자) 등으로 구성되었다.

이처럼 뜻을 함께하는 영화계의 주요인물과 지역사회의 인사들로 위원회를 구성, 구체적인 계획안을 만들고 경기도와도 단지조성에 필요한 기본적인 도로망과 예산 확보 등을 의논하게 된다.

그러나 결국은 본격적인 진행을 이루지 못한 채 시장 교체와 함께 무산되고 말았다. 나는 이후에도 정권교체, 책임자 교체로 인한 비슷한 좌절과 고난을 수차례 겪게 된다. 도모하는 사업에 힘을 실어주고,

선봉장이 되어 일을 진척시킬 수 있는 시장에서부터 도지사, 그리고 지역사회의 주요 권력이 교체될 때마다 애써 준비하던 지역사회 사업이 수포로 돌아가는 것이다. 충분히 가능한 일이며 충분히 필요한 지역사회의 발전안임에도 정권교체와 이에 따른 실무진의 교체가 이루어지면 그대로 무산되고 마는 것이 늘 안타까웠다. 비록 전 세대가 진행하던 일이더라도 이것이 지역사회를 위한 일이라면, 다양한 수익 형성으로 지역사회의 수익모델이 될 수 있다면, 후 세대가 충분히 이를 검토하여 전 세대를 이어 진행해 나갈 수 있는 것 아닐까. 아마 그 안타까움과 물음에 대한 답으로 나는 '남양주 시장' 선거에 도전해 왔는지도 모르겠다.

현재는 당시 조성하려 했던 남양주영상산업단지가 와부 지역으로 옮겨져 약 100만 평 부지에 '영상문화단지(Dream Valley)'라는 이름으로 조성된다는 소식을 접하고 있다. 나의 원래 계획은 오남 지역이었는데, 이곳이 다른 지역에 비해 상대적으로 낙후되어 있고 발전 속도가 느린 도시이기에 영상산업단지로 말미암아 해당 지역이 조금이라도 살아났으면 하는 바람이었다. 게다가 오남 지역은 한강의 제한을 받지 않고 각종 규제도 덜 받는 곳으로 산업단지 사업에 여러 모로 부합하기도 하였다.

그러나 이는 아쉽게도 이미 '사라진 이야기'가 되어버렸다. 그렇기 때문에, 나는 남양주종합촬영소 이전 소식이 더 안타까운 것이다. 당시 남양주종합촬영소를 주축으로 영상산업단지가 조성되었다면, 촬영소를 떠나보내야 하는 위기는 오지 않았을 텐데… 촬영소와 영상산업단지가 클러스터 개념으로 복합적이고 유기적으로 연결되어 단단하게, 그리고 자랑스럽게 남양주를 대표할 수 있다면… 하는 아쉬움이 그래서 더 크다.

비록 오남 영상산업단지는 이러한 여러 가지의 아쉬움과 애석함을 남기고 무산되었지만, 와부지역의 '영상문화단지(Dream Valley)'만이 라도 착실하게 진행되어 앞으로 영화에서 다양한 문화, 예술에 이르 기까지 남양주의 복합문화 클러스터로서 전진기지가 되어 주길 바라 본다.

## 아시아우드를 향한 동남아 순회 & 중국 장춘스튜디오와의 인연

2000년대 초반, 대한민국을 넘어 아시아와 세계를 들썩들썩하게 만든 2가지의 사건을 꼽자면 단연 월드컵과 한류의 붐이었다. 각종 드라마와 K-pop을 선두로 한류가 아시아를 넘어 유럽까지 퍼져나 가던 그때, 아시아 최대 규모의 영화촬영소를 꾸려가는 일꾼으로서 제 역할을 한 번 해야겠다! 하는 결심과 함께 영화와 영상 산업의 교 류를 위한 '동남아 순회'를 다짐하게 된다.

마침 '2002 한일 월드컵'에 맞추어 한국유네스코에서는 우리의 뛰 어난 영상기술을 아시아 사회와 공유하고 이를 네트워크화 하는 프 로젝트를 기획한다. 이에 '한국영상자료원'의 정홍택 원장과 '남양주 종합촬영소'의 나를 중심으로 영화학 교수와 영상 전문가 등의 드림 팀을 꾸려 동남아시아 전역을 향한 여정을 시작했다.

여정의 목적은 단순하면서도 분명했다. 아시아의 영상기지화를 위 하여! 한국을 필두로 동남아시아를 한 바퀴 돌며 영화뿐만 아니라 애 니메이션, 방송 등 영상산업과 관련하여 각국의 전문가들이 서로 유대 관계를 갖게 하자! 해서 영상 쪽으로 조금 더 발돋움 하고 싶은 개발도상국들과 영상산업 쪽에서 조금이라도 앞서 나가고 있는 나라간의 네트워크를 만들어 아시아가 '영상산업'을 통해 하나가 될 수 있는 '동기부여'가 될 수 있으면 좋겠다는 것이 주요 골자였다.

더 나아가 우리의 문화예술이 한류라는 이름으로 세계에서 꽃 피우고 있다면 문화콘텐츠의 꽃 중의 꽃인 영상산업을 통해 우선 아시아를 무대로, '아시아우드'의 시작점을 대한민국으로 만들고 싶은 꿈이었다. 그 열정 하나로 베트남, 인도네시아, 싱가폴, 필리핀 등 아시아의 각 지역을 돌며 영화, 방송 등의 기술적인 부분에 대해 우리의 노하우를 전달해주고, 또 반대로 대한민국을 방문하여 직접 보고 싶다면 언제든지 우리에게 와라! 기술과 노하우를 나누어주겠다! 하는 환영의 메시지를 전달하며 다양한 나라들을 초빙하기도 했다.

당시 아시아권에서는 규모면에서도 최고였지만, 우리 촬영소처럼 영상에 관한 모든 기술이 한 곳에 집중되어 있는 시스템은 거의 찾아볼 수 없었다. 이에 여러 나라에서 촬영소를 직접 방문하여 촬영기술에서부터 다양한 영상기술을 직접 체험하면서 놀라워하기도 하고, 참으로 부러워하기도 했었다. 나의, 그리고 대한민국의 자긍심인 '남양주종합촬영소'가 그렇게 아시아 전역의 '워너비'가 되었던 순간들이 아직도 생생하다. 그리고 이때, 지금까지도 잊을 수 없는 특별한 인연을 만나게 되는데 바로 중국의 '장춘스튜디오'다.

중국에는 소위 '3대 영화촬영소'가 있는데 바로 장춘, 상해 그리고 북경스튜디오다. 이 중 가장 큰 규모를 자랑하는 것이 '장춘스튜디오'로, 2000년대 초 이곳 소장이 처음으로 '남양주종합촬영소'에 방문을 했었다. 40만 평 부지 안에 조성되어 있는 촬영지, 각종 기자재, 녹음 및 편집장비 등이 일체화되어 꾸려져 있는 인프라를 보고 그는 참 놀라면서도 부러워하였다. 당시 중국은 경제에서 문화 전반에 이르기까지 모든 것이 폭발할 듯 고도성장을 향해 들끓어 오르던 시기였다. '장춘스튜디오'의 소장은 과거 일제 강점기의 잔재로 시작된 스튜디오 부지를 이전하여 크게, 그리고 새롭게, 마치 중국의 '남양주종합촬영소'처럼 만들고 싶다며 포부를 밝혔다.

그 길로 장춘의 소장은 자신들의 스튜디오로 나를 초대했다. 자신들의 스튜디오를 어떻게 키워나가면 좋을지에 대한 다양한 의견을 듣고 싶다는 것이었다. 초청을 받고 '장춘스튜디오'를 방문하자 때마침 '장춘국제영화제가' 한창이었다. '장춘영화제'는 중국의 5대 영화제 중 하나로 2년마다 개최되어 다양한 탑 스타들이 참석하는 초대형 영화행사 중 하나였다.

당시만 해도 중국이 활발하게 문을 개방하여 외부의 문물을 받아들이던 때가 아니었다. 한국과도 원활한 수교활동을 벌이고 있지 않은, 모든 것이 조심스럽게 교류되기 시작한 시점이었는데 덜컥 한국의 촬영소에서 '이덕행'이라는 인물이 '장춘영화제'에 초대된 것이다. 당시 한국에선 초대 받은 인물은 단 한 사람, 나뿐이었다. 중국의 영화제에 한국인이 왔다, 그것도 한국의 국립영화촬영소에서 왔다라는 사실이 그들에게는 꽤 고무적인 일인 듯했다.

한국 영화촬영소의 최고 책임자이자 한류의 중심에 있는 영상단지의 행정 관료가 참석했다는 사실이 그들에겐 몹시 특별하고 귀한 손님으로 비춰졌는지 덕분에 가벼운 마음으로 방문했던 나는 생각지 못한 수많은 취재와 인터뷰 세례 등의 깊은 환대를 받게 된다.

나 역시 '장춘스튜디오' 방문을 통해 알게 된 놀라운 사실은 '장춘스튜디오'의 주요 인력 중 상당부분이 '조선족'이라는 사실이었다. 영상기술 부분, 특히 애니메이션 부분에 있어서는 세계 어디를 가도 한국인 작업자들을 쉽게 찾을 수 있다. 특유의 감각과 인내, 꼼꼼함과 집념으로 다양한 영상산업 현장의 일선에서 '한국인'을 발견할 수 있는데, 중국 역시 마찬가지였다. 더 놀라웠던 것은 당시 중국의 주석이었던 등소평이 지정한 공식 인민군 군가, '인민해방국가'를 만든 중국의 3대 작곡가이자 저명한 음악인의 일대기를 다룬 영화를 작업하고 있었는데, 그 주인공 역시 바로 한국 출신의 정율성 선생이라는 사실이었다.

국가를 향한 자긍심이 대단한 나라, 외국과의 교류의 문을 좀처럼 활짝 열지 않던 단단한 나라, 그러한 중국의 영화시장과 영상기술 분야에서조차 이토록 한국인이 한몫을 하며 의미를 지닌다는 것, 그리고 나 역시 그러한 한중간의 교류에 한몫을 했다는 사실에 굉장한 뿌듯함을 느끼게 된다.

하지만 뭐니뭐니 해도 중국을 경험하며 가장 놀라웠던 건 중국 영화시장의 엄청난 규모였다. 지금이야 대부분이 디지털화가 되었지만 당시만 해도 필름을 현상하여 영화를 상영하던 때였는데, 이 현상시설이 누구나, 어디에서나 쉽게 운영할 수 있는 성질의 것이 아니었다. '남양주종합촬영소'는 국립촬영소인 만큼 이 시설을 몇 개 정도를 보유하고 있었고, 내심 뿌듯한 마음으로 장춘의 소장에게 보여주기도 했었는데, 중국을 방문해보니 세상에! 그들은 그 필름 현상시설을 일괄적으로 생산해내는 공장 자체를 아예 따로 운영하고 있는 것이었다. 우리나라가 한 편의 영화를 개봉할 때 필요한 필름이 보통 500개 정도라면 중국은 이것이 5,000개에서 10,000개로 실로 엄청난 규모였다.

이것은 곧 영화시장으로의 '필름 조달 능력'의 규모 상징하는 것으로, 한 영화가 얼마나 많은 스크린을 동시에 확보할 수 있는지를 말해주는 것이었다. 예를 들어 우리나라에서 흥행돌풍을 일으키며 국민영화라 불릴 만큼 대 흥행을 했다면 보통 '천만 관객' 이상이 되어야 한다. 천만 관객으로 인한 영화 수익은 대략 300억 정도의 규모인데, 이것을 중국 시장에 단편적으로 적용해보자면 인구 대비 26배의 수익, 약 7800억의 흥행수익을 낳게 되는 것이다. 영화 한 편으로 파생되는 매출 규모와 수익구조에서 보여지듯 이미 중국에게 그리고 할리우드에게 '영화'란 예술이 아닌, 시장과 나라를 움직이는 5대 산업의 하나로 자리하고 있다.

자료에 의하면 중국은 최근 10여 년간 영화 흥행수익이 18배로 급증, 2010년 이후 세계 3대 영화제작국가로 자리 잡았다. 2012년, 중국의 연간 영화 흥행수입이 처음으로 일본을 넘어서 이제는 미국의 뒤를 이어 전 세계 제2대 영화시장이 되었다. 바로 이러한 때에 우리의 영화계와 문화계가 움직여야 한다. 중국의 거대한 시장과 자금에 우리의 뛰어난 제작기술과 인프라를 더하여 함께 시장 진출을 할 수 있는 방안을 어느 때보다도 신중하게 고민해야 한다.

그래서 나는 오남의 영상산업단지 사업에서부터, 동남아 순회를 통한 한국 중심의 아시아우드 형성, 먼 훗날 한류우드 건설에 이르기까지 쉼 없이 도전하고 쉼 없이 달려갔는지도 모른다.

문화란, 영화란, 영상산업이란 이토록 무궁무진하고 위대하게, 그 어떠한 경계도 뛰어넘어 세상을 움직이는 거대한 자본시장이자 힘이 되는 것이다. 이를 위해 가깝게는 중국과 한국, 일본, 이 세 개의 나라만이라도 하나의 시장으로 만들어야 한다. 삼국의 네트워크를 만들어 그 경계를 허물고, 자본을 하나로 만들어 각국의 배우를 공유하는 등 '아시아우드를 조성하여 서로의 마켓을 공유하자!'라는 것이 당시의 나와 영화진흥위원회의 목표요, 꿈이었다.

　—이는 후에 한류우드 스토리를 통해 자세한 이야기를 전하겠지만—이때, 아시아 일대를 모두 순회하며 보고 배우고, 느꼈던 시간들. 바로 이 시간들이 훗날 한류와 영상산업을 위한 전진기지로 '한류우드'를 만드는 일의 초석이 된다.

　이러한 일련의 인연들로 '장충스튜디오'와는 꽤 오랫동안 교류하였다. 서로의 촬영소를 지속적으로 방문하기도 하고, 새로 지어질 '장춘스튜디오'의 설계 도면을 직접 보여주며 자문을 구하기도 하고, 한국의 좋은 영화를 가지고 중국으로 직접 가서 함께 관람하기도 하였다. 특별한 말이 필요 없는 것, 어떠한 경계도 뛰어넘을 수 있는 것, 바로 '영상문화'가 만들어준 소중한 인연을 바탕으로 한·중 간의 수교 활동에 하나의 역할을 하지 않았나 조심스럽게 자부해 본다.

# 좋은 영화를
# 위해서라면,
# 못할 것이 없다

〈원더풀 데이즈〉에서 〈화려한 휴가〉까지
'좋은 한국영화' 제작을 위한 지원과 노력들

**원더풀 데이즈! 원더풀 코리아 애니메이션!**

영화를 비롯해 대부분의 창작물을 존중하고 사랑하는 나이지만, 거기에 다른 장르보다 조금 더 개인적인 안타까움과 애착이 느껴지는 분야가 있다. 바로 한국의 '애니메이션' 부문이다.

자타공인 일본은 오래도록 애니메이션의 강국으로 세계시장에서 군림하고 있다. 영화를 비롯한 다양한 영상콘텐츠의 수입액을 모두 합친 것보다, 애니메이션 한 분야의 수출액이 더 많은 유일한 나라이다. 그런데 그런 나라의 애니메이션 현장을 가보면 누가 있는 줄 아는가, 미국의 내놓으라 하는 픽사, 디즈니, 드림웍스 등의 제작사에서 한 컷 한 컷 구슬땀을 흘리고 있는 현장 일선의 상당수가 누구인 줄 아는가. 바로 한국인이다.

중국 '장춘스튜디오' 방문기에서도 언급했다시피 영상분야에 있어 한국인의 기량은 놀라울 정도로 뛰어나며 특히 긴 작업시간과 인내심을 필요로 하는 애니메이션의 현장에서 그들은 특유의 월등한 집념과 집중력을 발휘하고 있다.

그럼에도, 그토록 뛰어난 기량을 뽐내고 있는 인재들의 나라, 정작 대한민국에서는 이렇다 할 애니메이션 흥행작 하나가 없다. 충분한 인적, 물적 인프라를 갖추고 있으면서도 정작 대한민국이 제작한 대표작 하나 없다는 사실이 늘 걸렸었다. 왜 다 갖추고도 우리는 일본처럼, 미국처럼 애니메이션 분야를 산업으로 키울 수 없는 것일까. 우리도 한 번쯤 그들처럼, 아니 그 이상으로 세상을 놀라게 할 작품을 탄생시켜보자, 우리도 이제 애니메이션 분야의 새로운 사업모델을 만들어보자! 하는 결심을 했던 순간, 만난 것이 바로 〈원더풀 데이즈〉였다.

〈원더풀 데이즈〉는 당시 40대의 젊은 감독이자, 수십 편의 탁월한 CF 연출을 통해 천재감독이라 불리던 김문생 감독이 처음으로 도전하는 장편 애니메이션이자 1997년부터 작업을 시작해 완성되기까지 5년여의 제작기간과 무려 130억의 자본이 투입된, 한국 애니메이션의 사활을 건 듯한 초대작이었다.

어느 날 김문생 감독이 남양주종합촬영소를 찾아왔다. 이야기는 담담하면서도 담백했다. "우리가 애니메이션을 만들어야 합니다. 도와주십시오." 나의 대답도 간단했다. "해 봅시다." 그 즉시 촬영소 내에서 지원 가능한 기술적인 부문 대부분을 무상으로 지원해 주었다. 애니메이션의 작업량과 작업분야는 상상할 수 없을 정도로 방대하다. 애니메이션은 그 어떤 영상콘텐츠보다도 시간과 자본, 그리고 기술의 싸움이다. 당시 남양주촬영소에는 그들에게 필요한 3D 및 2D 작업,

CG와 미니어처 작업에 이르기까지 필요한 대부분의 시설과 인력을 국내에서 유일하게 보유하고 있었기에, 할 수 있는 한 모든 지원을 아끼지 않았다.

애니메이션에는 작업물을 합성하기 위한 렌더링 프로그램이 필요한데, 보통 4~5억원의 고가 장비로 일반 애니메이션 업체에서 감당할 수 있는 액수가 아니었다. 해서 우리는 영화진흥위원회의 승인을 받아 해당 프로그램을 구입하여 그대로 〈원더풀 데이즈〉 제작사에게 후원, 그 후에도 사용할 수 있도록 촬영소 내에 설치하였다.

촬영소에선 촬영소대로 지원하고 배려해줄 수 있는 부분들을 최대한 도와주었고, 나는 나대로 그들을 돕기 위해 촬영소 밖으로 분주하게 움직였다. 말했다시피 애니메이션 작업은 긴 인내심과 함께 꾸준한 자본의 유입을 필요로 한다. 〈원더풀 데이즈〉는 당시 우리가 구현할 수 있는 애니메이션 기술의 집대성과도 같은 작품이었고, 이를 뒷받침 해줄 자본이 무엇보다 중요했다. 때마침 삼성그룹 측에서 애니메이션 분야의 투자를 놓고 투자할 가치가 있는가, 없는가에 대한 고심을 하고 있다는 소식을 접한다. 나는 그 길로 삼성그룹을 찾아가 간절하면서도 힘있게 읍소했다.

"〈원더풀 데이즈〉의 후반작업 일체를 우리 남양주종합촬영소에서 책임지고 있다. 정부기관도 관심을 가지고 지원하는 작품으로 국가가 투자하고 있는 작품이다. 그 가능성을 믿어 달라!"는 것이 나의 요지였다. 이후 다행히도 삼성의 투자지원이 성사되었고, 촬영소에서도 기술적 지원 외에—촬영 후에 미니어처 등 애니 관련 작업물을 전시하는 조건으로—5억여 원을 추가로 투자지원 하였다. 이와 같은 물심양면의 협업과 지원 끝에 마침내 2003년 〈원더풀 데이즈〉가 완성되고, 세상에 공개되었다. 정말 모두가 간절하게, 그리고 할 수 있는 한 모든 걸 쏟아 부어 사활을 걸고 완성하였기에 그만큼 기대도 컸다. 하지만 〈원더풀 데이즈〉는 생각만큼 세간의 관심과 관객의 사랑을 받지 못한 채 개봉 후 얼마 되지 않아 극장에서 사라지고 말았다. 처음부터 끝까지 그 과정을 함께 하며 큰 기대를 걸었었기에 〈원더풀 데이즈〉의 흥행 부진은 지금까지도 씁쓸한 아쉬움으로 남아있다.

〈원더풀 데이즈〉가 성공했더라면 어땠을까. 100퍼센트 우리의 기술로, 그리고 남양주종합촬영소의 인프라와 지원 속에 대한민국을 대표할 애니메이션이 탄생하였다면 어땠을까. 그 부질없는 물음은 지금까지도 이따금씩 머릿속을 맴돈다. 영상문화란 특히 그렇다. 한 번 봇물 터지듯 물꼬가 트이면, 그것은 캐릭터와 테마파크 조성 등 끊임없이 연관 콘텐츠를 생성해내는 화수분이 된다. 해당 지역사회는 그대로 그 화수분의 수혜지역이 되는 것이다. 〈원더풀 데이즈〉가 탄생한 곳인 촬영소를 보기 위해 많은 이들이 남양주종합촬영소를 찾았을 것이고, 남양주종합촬영소는 관람객에게 더 큰 만족도를 주기 위해 다양한 콘텐츠를 개발할 것이고, 이것은 자연스레 지역사회와 연계하여 함께 고민하고 나누며 방문객을 위한 편의 및 위락시설 등의 상권을 형성하며 남양주의 새로운 수익 모델을 창조해가는 시발점이 되었을 것이다. 그렇게 〈원더풀 데이즈〉로 말미암아 '원더풀 남양주'를 만들 수 있었을 텐데 하는 아쉬움이 남아있는 이유도 바로 이 때문이다.

얼마 전 기쁜 소식을 들었다. 바로 〈원더풀 데이즈〉의 김문생 감독이 소설가 베르베르 베르나르의 〈개미〉를 애니메이션으로 제작한다는 소식이다. 들리는 이야기로 프랑스 '제라르메 국제 판타스틱영화제'에서 〈원더풀 데이즈〉가 애니메이션 부문 최우수상을 받았는데 당시 심사위원이 베르베르였다고 한다. 베르베르는 〈원더풀 데이즈〉를 보고 결심했다고 한다. '아, 내가 개미를 영화로 만든다면, 저 사람이었으면 좋겠다. 저런 영화를 만든 사람이라면 맡길 수 있겠다' 하고는 프랑스 제작사에게 김문생 감독을 데려와 일할 수 있냐 물었다는 것이다.

비록 당시에는 흥행도, 큰 관심도 끌지 못했지만 나의 믿음과 우리의 땀은 틀리지 않았다. 명작은 영원히 명작이요, 보석은 세월이 아무리 흘러도 빛이 나는 법. 〈원더풀 데이즈〉는 메시지면 메시지, 기술이면 기술, 흠 잡을 것이 없는 걸작이었다. 그 훌륭한 한국의 애니메이션과 한국의 훌륭한 인재가 세계로 발돋움할 수 있도록 일조했음을 위안으로 여기며 기쁜 마음으로 응원과 박수를 보내는 바이다.

**국가가 지원하는 애니메이션 배움터를 만들자!**

당시 〈원더풀 데이즈〉의 제작을 도우며 나는 또 다른 결심을 하게 된다. 곁에서 보았던 김문생 감독을 비롯한 이하 스텝들은 너무나도 훌륭한 대한민국 애니메이션계의 인재들이었다. 그래, 비록 지금이야 우리가 애니메이션 시장의 변방이지만, 인재들을 키우면 이야기는 달라진다. 언젠가 그들로 말미암아 반드시 우리의 애니메이션도 빛을 볼 것이다. 그 인재를 키울 수 있는 국가기관이 필요하다! 는 것이 나의 생각이었다.

촬영소 부임 전, 나는 영화진흥위원회에서 운영하고 있는 '영화아카데미' 원장을 또한 역임하고 있었다. 국립교육기관으로 기자재며 시설, 교수진 등 모든 것이 대한민국 최고 수준이었다. 바로 이곳에서 허진호 감독, 봉준호 감독, 이정희 감독, 한국예술종합학교의 총장으로 있는 박종원 감독, 영화 평론가 유지나 등 기라성 같은 영화인들이 탄생했다. 한국영화를 이끌어가는 감독과 인재들의 상당수를 배출한 '영화아카데미'를 보며 그래! 애니메이션 또한 이러한 배움터와 커리큘럼이 필요하다고 판단, '애니메이션 아카데미'를 설립하여 〈머털도사〉 등 80~90년대의 국내 창작 애니메이션의 르네상스를 이끈 인물이자, 국립애니메이션고등학교 초대 교장이었던 황선길 교수와 '남이섬의 전설'을 이루어낸 조형미술 분야의 강우현 등을 교수로 초빙하여 애니메이션 아카데미의 초대 원장을 겸임하게 한다.

당시 '영화아카데미'는 홍릉 본원에, '애니메이션 아카데미'는 남양주종합촬영소 내에 위치하여 이를 오가느라 꽤 분주하게 지냈던 기억이 난다. 현재는 두 곳의 아카데미가 통합되어 한 곳에 자리하고 있지만 당시엔 촬영소 내에 처음으로 설립된 교육기관으로서 '애니메이션 아카데미'는 나에게 상당히 의미있는 곳이다.

당시에도 그리고 지금까지도 자신있게 말할 수 있는 것 중 하나는 나는 누구보다 한국의 애니메이션을 깊이 사랑하고 또 응원하고 있다는 사실이다. 그리고 여전히 믿어 의심치 않는다. 한국 애니메이션이 언젠가 활화산과 같은, 한류의 또 다른 성장동력이 되어 대한민국 문화콘텐츠의 미래를 이끌어 갈 것임을, 그 꿈과 희망을 언제까지고 버리지 않을 것이다.


**이재수의 난? 시대극 의상의 난!을 잠재우다**

남양주종합촬영소에 가기 전, 공사의 감사 시절 이야기다. 막 감사로 부임했을 당시 영화 〈이재수의 난〉을 만들고 있던 박광수 감독을 만나게 되었다. 〈이재수의 난〉은 박광수 감독이 메가폰을 잡고, 이정재, 심은하, 명계남 등의 탑 배우들이 열연한 제주도 배경의 시대극이자 저항영화였다.

그런데 1900년대 초를 배경으로 하는 시대극이다 보니 세트와 의상 제작비의 규모가 상상초월이었던 것이다. 영화사 측은 당시를 재현한 세트장 대부분을 MBC 미술센터에서 건설하고, 의상소품 일체를 제작, 의뢰하여 사용하고 있었는데, 정해진 날짜에 해당 제작료를 지불하지 못하자, MBC 측에서 의상과 소품 일체를 회수하여 그대로 철수하겠다며 엄포를 놓은 것이다. 당연히 영화 현장은 올 스톱이 되었다. MBC 측에서는 비용 지불을 하지 않으면 절대 세트고 의상이고 내어주지 않겠다고 버티고 있었고, 영화사 측은 당장 그 돈을 융통할 수 없어 진퇴양난의 상황을 겪고 있었다.

제작사 측은 그 어려움을 토로하고 해결방안을 모색하기 위해 공사를 찾아와 나를 만나게 된 것이다. 당시 웬만해서는 영화인이 공사를 찾는 일이 극히 드물었으므로 그만큼 절박했던 것이다. 상황을 듣고 "대체 무슨 영화입니까?" 하고 물었고, 그는 "사회영화이며, 시대의 영화이고, 저항영화"라 답했다. 언제나 그렇듯 박광수 감독다운 작품이었고, 이는 내가 박광수 감독과 그의 작품을 좋아하는 이유이기도 했다.

스스로가 아무리 고달프고 고난의 연속에 놓인다 해도, '할 말은 하는 작품', 시대에게 '정신'을 그리고 '정의'를 묻는 작품을 늘 만들어왔고, 또 그에 따르는 고충을 여지없이 즐겼던 박광수 감독의 영화라면 필히 완성되어야 한다고 믿었다.

그 길로 당시 국회문화관광위원회의 최재승 위원장을 찾아갔다.

〈이재수의 난〉이라는 영화가 지금 MBC와 이런 일로 트러블이 생겨 어려움을 겪고 있는데, 제작이 중단되어서는 안 되는 영화다. 사회적으로나 역사적으로나 참 의미있는 영화이니 제작될 수 있도록 도와달라는 부탁을 드렸다. 최재승 위원장은 흔쾌히 MBC측과 영화사 측의 조율자가 되어 중재에 나섰다.

그렇게 나와 함께 MBC 미술센터의 이대우 사장, 〈이재수의 난〉의 제작사였던 '시네마서비스'의 대표 강우석 감독 등이 함께 한 긴 시간의 마라톤 협의가 시작되었다. 긴 협의의 끝에 마침내 영화진흥공사의 감사인 내가 개인보증을 서고 강우석 감독이 약속어음을 제공하는 것으로, MBC는 영화가 완성될 때까지 해당 의상과 세트를 원래대로 지원하기로 합의한다. 이러한 우여곡절 끝에 영화는 촬영을 재개, 마침내 완성하기에 이른다.

그러나 영화는 사회적으로 크게 주목받거나 흥행하지 못하였고, 당시 의상과 소품 관련 비용을 끝내 MBC 측에 지불하지 못해 재판 소송까지 벌어졌었다. 그래서일까. 그 후 양쪽 모두에게 미안함과 불편함을 오래도록 간직하고 있다.

조금만 더 빨리 영화 현장의 어려움을, 애로사항을 알았더라면… 좀 더 유연하게 대처하여 이를 도와줄 수 있었을 텐데… 하는 아쉬움과 조금 더 확실히, 그리고 꼼꼼하게 상황을 살폈더라면 MBC 측에 폐를 덜 끼쳤을 텐데… 하는 양립하는 마음을 교훈 삼아 그때를, 그리고 영화 〈이재수의 난〉을 늘 가슴속에 새기고 있다.

**가끔은 오락영화처럼 다이나믹하게!**
우리 영화가 다양한 내·외부의 난제들로 어려울 때마다 기꺼이 내가 할 수 있는 한 모든 것을 다해 도움을 주었지만, 한국영화라 해서 무조건 발 벗고 도왔던 것은 아니다. 거듭 강조하듯 그 시대의 관객들에게 '의미'가 있고, '메시지'가 되는 영화들이라는 나름의 철학과 전제조건이 따라 붙었었고, 이러한 조건에 합당하다 싶은 영화만을 위해 움직이던 나였다. 그런데 단 한 번, 그러한 '저항'의 영화도 '시대'의 영화도 아닌, 평소 나의 취향과는 맞지 않는 어느 시원한 오락영화의 제작을 도운 적이 있다. 이는 관객에게 더욱 편안하게, 가까이 다가갈 수 있는 대중 영화를 향한 새로운 도전이었다.

그것은 작품 그 자체에 대한 에너지보다는 '사람', '좋은 인연'들을 서로 잇고 나누며 생긴 일종의 즐거운 해프닝과도 같은 추억이다. 2000년대 초, 당시만 해도 영화 시장에 큰 부분을 차지하고 있던 홈비디오 시장에 삼성전자 계열의 '스타맥스'라는 국내 회사를 일본이 인수하게 된다. 공포영화 〈링〉 등을 제작했던 영화사로 1차적으로는 스타맥스의 인수와 함께, 좋은 한국영화에 투자할 수 있는 기회를 얻고, 또 한국의 영화 관련 기관의 다양한 지원제도와 시스템 등을 배우고 싶다며 영화진흥위원회에 방문을 요청했다. 취지가 취지인 만큼 우리는 이에 기쁘게 응하며 그들의 한국방문에 적극적으로 협조하였다. 이때 인수 관련 업무를 담당하고 있던 후배, 전태섭과 부쩍 가까워지게 된다.

그리고 또 하나의 인연으로 영화사를 운영하던 시절, 충무로에서 늘 곁에 가까이 두고 가깝게 지냈던 후배 임갑환이 있었다. 나의 소개로 두 사람은 자연스럽게 친해졌고, 일본의 자본을 어느 정도 융통할 수 있었던 전태섭은 한국에서 영화를 제작하고 싶다는 뜻을 밝혔다. 때마침 꼬리에 꼬리를 무는 재미난 인연으로 후배 임갑환은 그에게 이순열이라는 친구를 소개한다. 이순열은 임갑환, 그가 투자 지원했던 영화의 제작자였다. 때마침 이순열이라는 친구가 '기가 막히게 재미있는 시나리오가 있다'는 것이었다. 아이템과 시놉시스를 살펴 본 모두는 '괜찮은 예감' 속에 함께 영화를 제작하기로 결심한다.

그러나 엉뚱한 곳에서 문제가 발생한다. 제작에 들어가려고 보니 다름 아닌 주연 여배우가 말썽이었다. 이전 영화 출연 당시의 불미스러운 계약 관계가 발목을 잡은 것이다. 일전에 다른 영화에 캐스팅이 되었던 여배우는 영화사 측에서 출연료를 미리 지급받은 상태였는데 영화 제작이 차일피일 미루어지며 이런 저런 이유로 제작이 잠정 보류된 것이다. 그러자 해당 영화에 투자 지원을 했던 영화진흥위원회에서 (여배우의 개런티를 포함한) 투자금의 회수를 제작자에 요구하는 상황이었으나, 소녀가장에 가까웠던 여배우에겐 이미 지급받은 출연료를 반환할 여건이 안 되었던 것이다.

이에 세 친구의 SOS의 눈빛이 일제히 나에게로 향한다. 딱한 사정을 듣고 여배우를 구제하기 위한 일종의 후원회장을 자처하여 여배우가 영화 출연과 함께 다시 연기를 펼쳐 나갈 수 있도록 이를 돕는다.

이러한 재미난 인연들과 관계 속에 탄생한 영화가 바로, 그러한 우여곡절 끝에 재기에 성공한 여배우가 바로, 〈조폭마누라(1)〉와 '신은경'이었다.

당시 영화계에 넘쳐나던 조폭 영화 중 처음으로 '여두목'을 내세운 코미디 영화로 〈조폭마누라〉는 대흥행을 기록하였고, 대세 배우들 사이에서 이름이 잊혀져 가던 신은경이 보란 듯이 재기에 성공한 그 절체절명의 영화, 평소의 신념이나 취향에 비추어 생전 즐기지도, 본 적도 없던 한국의 시원한 오락영화를 탄생시킨 당시를 지금까지도 재미난 에피소드로 추억하고 있다.

### 한 폭의 〈취화선〉에서 〈천년학〉의 날개를 달기까지

〈조폭 마누라〉가 나의 신념과 취향을 배제한 채, '사람'과 '인연'의 끈으로 완성된 영화라면 철저히 나의 신념과 존경의 마음을 담아 제작을 도운 영화가 있다. 바로 임권택 감독의 〈취화선〉과 〈천년학〉이다.

대한민국을 대표하는 영화계의 진정한 거장, 감히 누구로도 대체될 수 없는 우리 영화계의 유일무이의 존재, 칸영화제에서 초청 받을 수 있는 한국의 몇 안 되는 한국감독, 내게 임권택 감독은 그런 존재이자 언제나 마음속의 존경의 대상이었다.

하지만 언제나 우리의 깊은 정서와 전통을 영화의 주요 소재로 삼았던 임권택 감독의 영화는 〈서편제〉 이후로 한국 관객들의 외면 속에 이렇다 할 흥행 성적을 내지 못했고, 철저히 흥행감독이라는 타이틀에게만 몰리는 자본시장에서—비난할 수 없는 영화 시장의 당연한 생리이다—이젠 누구도 임권택 감독의 영화에 투자를 하려 하지 않았다.

〈취화선〉 역시 시작부터 이러한 난항을 겪고 있었다. 투자지원이 좀처럼 이루어지질 않아 한참 애를 먹고 있었다. 그런데 이때 임권택 감독의 〈취화선〉에 투자를 하겠다는 이가 나타났다. 바로 태흥영화사의 이태원 대표였다. 태흥영화사는 〈장군의 아들〉 시리즈 등을 제작하며 한 시대를 풍미했던 유명 영화사다. 과거 임권택 감독의 영화를 제작하기도 했기에, 저버리지 않은 '의리'와 '존경'의 마음으로 그는 흔쾌히 〈취화선〉의 제작에 나선다. 투자문제가 해결됐다는 소식에 안도하는 사이, 어느 날 이태원 씨가 촬영소를 찾아온다. 내게 부탁하길, "우선 세트장이 시급하니 좀 도와달라!"는 것이었다. 〈취화선〉이 조선을 배경으로 한 시대극이다 보니, 도성거리를 비롯한 사극 세트장이 필요했던 것이다. 1800년대를 배경으로 한 도성거리를 조성하기 위해 약 3천 평 규모의 부지와 11억 원 정도의 예산이 필요했다. 제작사 측에서는 도성거리를 비롯한 세트장 일체를 촬영소 측에 기증할 터이니 절반에 해당하는 5억여 원을 지원해 달라는 부탁을 해왔다.

그러나 이것은 내 임의로 결정할 수 있는 사항이 아니었다. 다행히도 당시 영화진흥위원회에 '영화 후반작업지원정책'이 있었다. 그런데 이것이 최종 통과되기까지는 몇 달 가까이 소요되는 것이 또 문제였다. 당시 칸 출품은 4월로 그때까지 기다리기엔 시간이 촉박했다. 당장 세트가 시급한 상황이었다.

"우선 진행하시죠. 책임은 제가 지겠습니다."

상황의 급박함을 누구보다 잘 알기에, 이태원 씨와 나는 우선 세트장을 짓는 것에 주력하기로 합의하고 세트장 지원과 함께 현물지원을 진행한다. 여기서 '현물지원'이란 영화의 필름 현상, 녹음, 편집 등의 실제적인 제작과 후반작업에 드는 비용이 발생하지 않도록 이것을 촬영소에서 자체적으로 해결할 수 있도록 지원해주는 것이었다. 액수로 치자면 4~5억 정도의 규모였다. 때마침 영화진흥위원회에서는 지원할 만한 한국영화를 선정하여, 제작지원을 해주던 시기였다. 나는 그 길로 임권택 감독의 〈취화선〉 제작 지원과 관련한 결제안을 제출, 영화진흥위원회와 함께 영화 제작을 도울 수 있었다. 세트장 건립과 함께 원래 지원금액인 5억 원에 1억 원을 더해 6억 원 가량을 추가로 더 지원하였다.

〈취화선〉은 그렇게 물심양면으로 촬영소와 내가 할 수 있는 모든 것을 동원하여 마침내 완성되었다. 그러나 이 과정에서 모진 비난과 비판의 목소리 또한 고스란히 받아내야 했다. "이덕행 소장의 독단적인 행등을 봐라! 위원회에 통과도 안 하고 세트장을 짓게 했다! 5억으로 편성되어 있던 현물지원을 6억 원으로 늘려 임의로 특혜를 주었다!"라는 비난의 여론을 영화가 완성되는 순간까지 감내해야 했고, 마침내 〈취화선〉은 완성되어, 그해 1946년 칸영화제가 창설된 후 한국영화 최초로 장편 경쟁부문에서 감독상을 수상하게 된다.

결과가 좋았기에 망정이지 생각해 보면 온갖 비난 속에서도 무모할 정도로 맹렬하게 임권택 감독과 그의 영화를 도왔던 것 같다. 아마 내가 일반 공직자나 공무원이었다면 그러한 결심을 하지 못하였으리라. 엄연히 지켜야 할 일의 일정한 절차와 순서, 그리고 이것에 소요되는 시간 등이 있었기에 아마 '영화인'이라는 이력이 없었다면 이를 진행하지 못했을 것이다. 다행히도 누구보다 영화계를 잘 알기에 〈취화선〉이 완성될 수 있도록 신속한 결정 내리고 또 제작이 진행될 수 있게끔 배포있게 밀어붙였던 것이다. 덕분에 영화진흥위원회를 비롯한 정부는 이 뜻있는 한국영화에 상당부분을 지원했다는 자부심을 얻었고, 영화는 해외에서도 그 작품성을 인정 받은 명작으로 관객과 함께 하고 있다.

그리고 약 2~3년 후, 임권택 감독이 다시 한 번 메가폰을 잡는다. 이번이 마지막이라는 심정으로 이 영화를 만들고 싶다는 포부를 밝히셨고, 그것이 바로 〈천년학〉이었다. 그러나 마찬가지로 제작 투자와 지원 부문이 문제였다. 당시엔 촬영소 소장직에서도 물러나 있던 상황이라 이전처럼 도움을 드리기도 쉽지 않았다. 그러나 언제나 그랬던 것처럼 "임권택 감독이다", "이 영화는 반드시 만들어져야 한다"

라는 일념으로 우산 '제작비 확보'를 위해 팔을 걷어붙였다.

당시 나는 촬영소를 그만두고 영화투자펀드사인 센트럴캐피탈의 고문으로 근무하고 있었다. 다행히도 이때, 영화진흥위원회와—후에 한류우드 사업을 통해 인연을 맺게 되는—프라임그룹 계열의 '프라임엔터테인먼트'라는 영화사 등이 함께 모여 〈천년학〉의 제작투자를 결정하게 되는데 작게나마 일조할 수 있었다.

다행히도 당시 대기업이나 대형그룹의 엔터테인먼트 계열사에서는 그룹의 이미지 쇄신 등을 위해 대외적으로 '좋은 영화, 작품성 있는 한국영화를 만들자'라는 분위기가 일고 있던 시점이었다. 바로 그 틈새를 이용해 '대기업의 자본'과 '천년학의 날개'를 잇는 기회가 닿은 것이다.

그렇게 가까스로 영화제작이 결정되었고, 이후 영화제작 발표와 함께 고사를 지내던 날, 물끄러미 바라보았던 임권택 감독의 뒷모습이 아직도 생생하다. 아마 그 뒷모습을 향한 나의 바람은 이런 것이 아니었을까 싶다.

부디 오래도록… 나의, 그리고 우리의 거장에게 끊임없이 작품을 할 수 있는 '기회'가 주어졌으면 좋겠다. 오래도록 그분의 영화를 우리가, 그리고 세계가 보고 기억하였으면 좋겠다. 그가 만드는 우리 민족의 혼과 역사가 담긴 '문화'와 '사람'의 일대기를 영원토록 보고 싶다. 부디 오래도록 누구도 그에게서 사랑하는 영화를 빼앗지 않기를 기도하였던 기억이 난다. 그 순수한 바람과 함께 이를 위해 내가 조금이나마 역할을 하고, 일조했다는 사실이 지금까지도 늘 자랑스럽다.

### 〈화려한 휴가〉 광주항쟁 영화의 '화려한 부활'

영화투자 펀드사에 근무할 당시, 소위 영화기획자 1세대로 불리는 유인택이 광주항쟁과 관련한 영화를 제작하고 있다는 소식을 듣는다. 광주, 그리고 민주화운동… 어렴풋 장선우 감독이 작업했던 영화 〈꽃잎〉이 떠올랐다. 안병주 대표의 영화사, 미라신코리아에서 〈꽃잎〉이 제작되던 때에도 옆에서 모든 과정을 지켜보며 영화가 완성되기까지 할 수 있는 모든 것을 다해 도왔었다. 그것은 늘 내가 만들고 싶었던 이야기였고, 언제나 응원하고 싶은 이야기 중 하나였다.

그런데 〈화려한 휴가〉가 마무리 단계에 접어들 즈음 어려움을 겪고 있다는 이야기를 듣는다. 약 25억 가량의 제작비용이 부족하다는 것이었다. 영화판이라는 곳엔 늘 변수가 있기 때문에 책정된 예산에 딱 맞추어 작업하기란 쉽지가 않다. 그렇기 때문에 최초에 계획했던 제작비가 오버되거나 후반 작업 중 자금이 부족해 어려움을 겪는 일들이 왕왕 발생하곤 했다.

이야기를 듣고 당시 영화진흥위원회 사무국장이었던 김혜준 국장과의 만남을 갖는다. 영화는 반드시 완성되어야 한다는 결론을 내린 우리는, 센트럴캐피탈의 대표와 제작자 유인택이 함께하는 자리를 마련한다. 나는 회사 대표에게 25억 가량의 화려한 휴가의 후반 작업비를 지원해 줄 것을 그 자리에서 부탁했고, 대표는 고개를 갸웃하며 다소 난색을 표했다.

"광주 영화 아닙니까. 요즘 이게 되겠습니까?"

일전에 이미 다양한 방식으로 광주와 민주항쟁을 소재로 한 영화들이 제작되었고, 또 시기상으로도 이것이 흥행이 될지 미지수라는 것이었다. 어느 정도 예상한 반응이었다. 영화진흥위원회의 김혜준 사무국장과 자리를 함께한 것도 이 때문이었다. 당시 그 회사는 영화진흥위원회가 투자한 펀드를 운영하고 있었다. 영화진흥위원회는 그만큼 목소리를 낼 수 있었고, 김혜준 사무국장의 암묵적인 회유와 나의 끈질긴 설득 끝에 대표는 마침내 투자를 결정한다. 이로서 25억 원의 후반제작비 조달로 〈화려한 휴가〉는 무사히 완성, 개봉되었다. 이제는 한물 간 소재, 혹은 해묵은 이야기라 치부 받던 광주 이야기의 화려한 부활을 알리며 〈화려한 휴가〉는 700만의 대흥행의 기록을 세운다.

그러나 결과가 좋았기에 그저 다행이라 여길 뿐, 결코 결과가 좋다 해서 다 좋은 것이라 치부하진 않는다. 지금도 〈화려한 휴가〉는 뿌듯한 기억이자 동시에 부끄러운 기억이다. 다행히 대흥행을 기록해 투자한 펀드사에도, 영화진흥위원회에도, 제작사에도 면목이 섰지만 영화를 완성해야 한다는 욕심에 펀드사의 고유의 권한을 침범했기 때문이다. 회사가 판단하고, 또 결정해야 할 투자 부분에 있어 자율성을 침해했다는 죄책감 속에 〈화려한 휴가〉를 떠올릴 때마다 늘 스스로를 반성하고 있다.


〈KT〉 혼신을 담아 DJ의 생애를 담다.

영화 제작과 관련한 일화들은 대부분 뿌듯함과 행복감, 그리고 자부심을 느끼게 해주지만 단 하나 떠올릴 때마다 가슴 한편을 욱신거리게 하는 비운의, 그러나 나에겐 최고의 영화가 있다. 바로 김대중 대통령의 동경납치사건을 다룬 〈KT〉다.

〈KT〉의 이야기를 시작하려면 공사에 입사하기 전 영화사를 운영할 때로 거슬러 올라간다. 그리고 그때 인연을 맺은 일본 영화사 시네카논의 이봉우 사장과 그 접점이 닿아있다. 조총련계의 재일교포 출신으로 그는 영화 배급사를 통해 태극기 휘날리며, 〈공동경비구역 JSA〉 등 한국의 대표적인 흥행작을 수입하여 일본에 개봉, 한국영화를 일본에 알림과 동시에 사업적으로도 큰 성공을 거둔 친구였다. 특히 다분히 한국적인 색채를 지닌 임권택 감독의 〈서편제〉 등을 과감히 수입, 배급하여 성공을 거두기도 한 상당한 안목과 한국에 대한 애정을 지닌 인물이었다.

이런 이봉우 사장과의 인연 역시 되짚어보면 참 재미있다. 영화사를 운영할 당시 수입 및 배급을 할 작품을 선택하기 위해 칸, 밀라노 영화제나 유럽 쪽 영화제를 찾아다니곤 하는데 그때마다 마음에 꼭 드는 작품을 고르고 보면, 꼭 내가 사고 싶은 영화를 먼저 사는 친구가 있었다. 대체 누구인가 해서 보면 바로 이봉우, 그 친구였다. 그렇게 한국에서는 내가, 일본에서는 그 친구가 같은 영화를 선택하는 경우가 빈번했던 것이다. 아마 영화에 대한 취향이나 기호가 서로 맞았던 모양이다. 물론 회사의 규모면에서는 판이하게 달랐던 탓에 작은 개인 영화사인 나는 당시 〈십계〉라는 10개의 시리즈물 중 〈사랑에 관한 짧은 필름〉 하나를 아주 어렵게 구입하여 개봉을 하는 반면, 영화 배급사에 극장까지 소유하고 있었던 그 친구는 말 그대로 1편부터 10편까지 전 시리즈를 모두 구입하여 개봉하고는 하였다.

이러한 인연으로, 한국과 일본, 각국의 '아트필름 전문수입사'였던 우리는 가까워졌고, 이후에는 예술 영화와 관련하여 서로가 조언도 구하고 의견도 나누는 각별한 사이가 되었다. 어느 날 문득 영화 이야기가 하고 싶으면 이 친구가 좋아하는 김치를 싸들고 툭 일본으로 날아가 그의 사무실에서 함께 한국에서 챙겨온 김치와 소박한 도시락을 나눠먹으며 영화 이야기를 나누곤 했다.

그렇게 성공한 사업가이자 훌륭한 영화제작자이기도 한 그를 존중하고, 또 굉장히 좋아했는데 나아가 이 친구를 존경하게 만든 일대의 프로젝트가 시작된다. 그는 제주 출신으로 일전에 〈이재수의 난〉과 원작인 〈변방의 우짖는 새〉와 같은 제주의 저항운동에 대한 관심과 조예가 깊었다. 이는 대한민국 전체의 민주항쟁, 그리고 저항의 시대에 대한 관심으로 이어졌고, 한국 문화를 누구보다 사랑했던 그는 어느 날 불쑥 이런 말을 했다.

"DJ 영화를 만들면 어떨 것 같은가. 동경납치 사건 말이야."

순간 머리를 한 대 얻어맞은 기분이었다. 아버지 세대부터 조총련계로 일본에서 자라온 재일동포가 우리조차 생각도, 시도조차 해보지 못한 이야기를 꺼낸 것이었다. 그리고 그것에 도전하겠다 말했다. 그를 위한, 그를 주인공으로 한 영화를 만들겠단다. 나 역시도 그분을 오래도록 존경해오며 곁에서 모셨던 인물로서 반드시 이를 함께 도모하여 성공시키고 싶다는 생각이 불끈 솟아올랐다.

좋다. 하지만 영화적인 측면에선 냉정하게 생각해보자. 이것이 과연 영화로서, 시나리오로서 가능할 것인가. 이 영화가 과연 될 것인가라고 스스로 물었고, 답은 확고했다. 가능하다. 영화로 제작된다면 분명 드라마틱한 부분이 충분하다. 승산이 있다! 라는 결심이 서자 즉시 함께 '김대중 대통령의 동경납치사건'을 영화화 하기로 결정한다.

친구는 총 제작비로 30~40억 정도를 예상했고, 이의 절반은 자신이 감당할 테니 나머지 절반을 한국에서 투자해 달라고 부탁했다. 나는 제작비 조달을 위해 한국에 새로운 회사를 설립하게 된다. 일본의 '디지털 사이트'라는 영상 관련 유명 회사의 한국 지사 격으로 '디지털 사이트 코리아'라는 회사를 설립하고 바로 시나리오 작업에 들어갔다. 그리고 얼마 후 '김대중 대통령 일본 동경 납치사건 진상규명 위원회'의 위원장이자 존경받는 인권 변호사였던 한승헌 위원장에게 먼저 시나리오를 보여드린 후, 김대중 대통령께 완성된 시나리오의 일본어 원문 대본 1부와 한국어 대본 1부를 전달하고 긴장된 마음으로 청와대의 답변을 기다렸다.

이후 청와대에서 오케이 사인이 떨어지고, 그 길로 한승헌 위원장과 배우 장미희, '디지털 사이트 코리아'의 이재성 대표이사와 소위 일본방문단을 구성하여 일본으로 날아가 제작발표회와 함께 기자회견을 열어 본격적인 영화 제작에 착수한다.

그러나 한 고비를 넘기면 두 고비가 오는 것이 나의 운명이었을까. 이제 본격적인 진행에 들어가기만 하면 되는데, 백방으로 뛰어도 아무도 투자를 하지 않는 것이었다. 약속한 대로 총 비용 중 약 20억 가량을 투자받아야 하는 상황이었는데 도무지 투자를 하겠다고 나서는 이가 없었다. 대통령 임기 말, 게다가 연이어 터지는 청와대의 로비와 불미스러운 사건들 속에 당시 DJ의 인기는 바닥이었고 만들어 봐야 망할 게 뻔한 게 아니냐는 조소 속에 영화는 기약 없이 지체되어 급기야 제작이 불투명해지는 사태에 이른다.

허탈하면서도 뜻 모를 배신감 같은 것이 몰려왔다. 대통령께서 당선 직후부터 지금까지 우리의 문화예술계를 위해, 그리고 영화계를 위해 얼마나 많은 정책을 단행하고, 얼마나 많은 배려를 해주었던가. 그 특혜를 받았던 이들은 지금 다들 어디로 갔을까. 모두가 그의 신세를 지고도 모두가 그를 외면하고 있었다.

그렇게 영화가 무산될 위기에 놓여있던 어느 날, 구세주를 만난 듯 우리는 기적같이 새로운 투자자를 찾게 된다. 그는 내게 진심으로 고마운 은인이면서도 한편으론 너무나 쓸쓸하고 나 자신을 부끄럽게 만드는 인물이었다. 한 젊은 사업가가 이야기를 듣고 자신이 투자하겠다며 뜻을 전해 왔는데 그는 다름 아닌, 일본인 투자자 '카게누마'였다. 한국을 오가며 사업을 하고 있던 젊은 일본인 사업가가 투자 의사를 밝혀 온 것이다. 하물며 일본의 재일교포가 영화제작 결심을 하고, 일본에 적을 둔 타국의 사업가가 뜻 있는 일이라며 흔쾌히 영화에 투자하겠다는데, 정작 그의 희생과 고난의 시간으로 혜택을 얻고 있는 대한민국은 온갖 냉대와 무관심으로 일관하고 있다니 참으로 야속했다.

그렇게 가까스로 투자를 지원받고, 우여곡절 끝에 마침내 영화를 완성하게 된다. 영화는 일본의 유명 감독인 사카모토 준지가, 출연은 우리나라 배우 김갑수가 맡아 열연해 주었다. 이후 '베를린영화제' 본선 진출과 '전주국제영화제'의 개막작으로 선정되어 관객과 세계인들을 만나게 된다.

비록 당시에는 정치적 시기와 맞물려 큰 주목도, 흥행에도 성공하지 못했지만 나는 그것으로 말미암아 영화계와 문화예술계에 베풀어준 DJ에 대한 보답을 조금이나마 하지 않았나 하고 스스로 위로해 본다.

### 김정일 북방위원장과 〈반지의 제왕〉 007 작전

촬영소 소장 시절 겪었던 일로 '이제는 말할 수 있다' 급의 은밀하고(?) 거대한 비화가 하나 있다. 촬영소에는 수시로 국정원의 출입이 잦았었다. 남양주종합촬영소는 '정부보호프로그램'에 들어가 있는 곳으로, 디지털 및 아날로그 형태의 수많은 영상자료들, 특히 국가적으로 상당한 의미와 중요도를 지닌 자료들을 보관하고 있었기에 언제나 그들의 보안과 감시를 받는 곳이었다. 그러던 어느 날, 늘상 출입해 오던 국정원 담당자가 불쑥 그러는 거였다.

"원장님께서 〈반지의 제왕〉을 보고 싶어 하십니다."

순간, '어쩌라는 건가? 극장에 가서 보면 될 것이 아닌가' 하는 생각이 들었다. 요지는 이러했다. 〈반지의 제왕〉을 개인적으로 볼 수 있도록 국정원에 필름을 빌려 줄 수 없냐는 것이었다. 정말 알아서 하는 소리인가, 몰라서 하는 소리인가 싶었다. 영화촬영소는 더더군다나 한국영화도 아닌, 외국영화를 그렇게 사사로이 개인을 위해 조달해주는 곳이 아니었다. 그런데도 국정원 측에서는 완곡하게 영화의 필름을 구할 수 없냐며 재차 물어왔다. 더는 거절하기 곤란해 당시 해당 영화의 수입사였던 태원엔터테인먼트의 정태원 대표를 찾아갔다. 태원엔터테인먼트는 〈가문의 영광〉 등을 제작한 제법 큰 규모의 영화사로 정 대표는 나와 꽤 두터운 친분이 있었다. 국정원에서 이런 이런 이유로 영화 필름을 요청한다. 줘도 되겠냐 물었고, 별 수 있냐며 보호만 철저히 해달라는 당부와 함께 정대표가 허락해 주었다. 그렇게 국정원 측에 〈반지의 제왕〉 필름을 전달했다. 국정원 내부에도 소극장 규모의 영상상영 공간이 있었으므로 내부 간부들끼리 관람이라도 하려나 싶었다. 극장에서 보면 더 재밌을 걸 그저 유난스럽다 생각하며 대수롭지 않게 넘겼던 기억이 난다.

그런데 하루이틀이면 돌아올 줄 알았던 필름이 도통 돌아올 생각을 않는 것이었다. 그렇게 한참을 기다리고 무려 보름이 지난 후에야 필름은 돌아왔다. 국가기관이 이래도 되나 싶어 조금은 언짢았지만 돌려받았으므로 됐다 싶어 당시엔 별말 없이 이를 넘겼었다.

그러나 세월이 흘러 〈반지의 제왕 2〉가 개봉하자 이번에도 필름을 빌려 달라는 것이었다.

"이유가 뭡니까?"

문득 뭔가 이상하다는 생각이 들었다. 당시 필름을 부탁했던 국정원의 문화관광부 출입 담당자에게 재차 묻자, 담당자는 한참 만에 조심스럽게 답했다.

"사실은 위에서 보고 싶다 해서 보내 주었었습니다."

"위라니요, 어디 말입니까?"

이야기를 들어보니, 지난 번 〈반지의 제왕〉 1편의 필름을 원했던 이는 바로 북한의 故 김정일 국방위원장이었던 것이다. 한국에도 공공연하게 알려졌을 정도로 굉장한 영화 마니아였던 故 김정일 국방위원장이 〈반지의 제왕〉이 보고 싶다며 국정원 측에 요청을 해왔고 이에 국정원이 촬영소를 통해 이를 공수, 북측에 보내준 것이 내막이었다.

이제야 군이 영화의 필름을 원했던 이유도, 필름이 보름이 지나서야 돌아온 이유도 납득할 수 있었다. 그러고 나자 슬며시 웃음이 났다. 故 김정일 국방위원장이 〈반지의 제왕〉 1편이 꽤 재밌었던 모양이다. 2편이 개봉했다는 소식을 듣고, 다시 한 번 국정원 측에 부탁한 것을 보면 말이다. 순간 퍼뜩 나의 '사서 고생하기', '작은 틈이라도 파고들어 일 만들기' 세포가 꿈틀거리기 시작했다. 이것은 분명 흥미로운 이벤트를 만들 수 있는 물꼬가 된다! 그렇게 판단한 나는 당장 일을 꾸미기 시작한다.

당시 나는 전주국제영화제의 고문으로 영화 행사와 관련하여 이런저런 자문을 해주고 있던 상황이었다. 이때 동국대의 영화학과 교수이자 '전주국제영화제'의 집행의원장이었던 민병록, 그리고 〈아리랑〉이라는 북한영화전문수입배급사 대표 등과 즉시 자리를 갖고 일을 도모하기에 이른다.

"이왕 이렇게 됐으니, 우리 재미있는 일을 한 번 만들어 봅시다."

영화를 보내는 데 있어서는, 이왕 보내는 거 영화를 제대로 볼 수 있게 해주자! 하는 이야기가 오갔다. 때마침 당시 촬영소에서는 아날로그 필름을 디지털 형태의 DVD로 전환시키는 시스템을 갖추고 있었기에 아예 화질과 편리성 면에서 월등한 DVD 형태로 변환하여 전달하자! 라는 이야기가 오갔지만 정작 북측에는 그 DVD를 플레이할 수 있는 시스템을 갖추고 있지 못했다. 이에 우리는 영화와 함께 홈씨어터 형태의 영화를 관람할 수 있는 시스템까지 함께 마련하여 전달하기로 결정한다. 그에게 디지털 미디어로, 차원이 다른 영화의 세계를 경험하게 해주자! 단 이에 대한 조건을 걸자! 는 것이 주요 골자였다.

우리가 요구하는 조건이란, 곧 있을 '전주국제영화제'에 북한의 배우들을 초청하는 것이었다. 북한의 고려항공을 타고, 한국 땅에 내려서 카메라를 향해 손을 흔들며 그들이 '전주국제영화제'에 참석하게 하는 것이다. 지금까지 단 한 번도 일어나지 않았던 전무후무한 빅 이슈이자 이벤트가 될 것이다! 어디 난리나는 이벤트를 한 번 만들어보자! 라는 계획을 세운 후 즉시 우리는 밀라노로 날아갔다.

그렇게 북한영화수입사 대표와 함께 국정원의 비호 아래 북측과 은밀하게 접촉했다. 국정원에서는 우리의 일정을 세세하게 체크하며 모든 일정을 함께 하며 촉각을 곤두세워 우리의 일거수일투족을 주시했다. 마치 007작전을 펼치는 것만 같았다. 어떻게 보면 이것이야말로 작은 007작전이 아닌가. 문화의 한 부분이기에 가능한, 영화이기에 꿈꿀 수 있는 우리만의 작지만 위대한 007작전이 그렇게 펼쳐졌다.

우리의 시나리오대로라면 작전의 골자는 이랬다. 고려항공 편으로 故김정일 국방위원장의 생일에 맞추어 선물로 영화를 보낸다. 김정일 국방위원장의 생일이 있고 두어 달 후면 전주국제영화제다. 이에 답례 차원으로 북한 배우들이 영화제를 찾아오는 것이다! 라는 나름의 야심찬 계획이었다. 그렇게 은밀한 작전을 펼친 끝에 고려항공편으로 북경을 통해 DVD 5.1 채널 시스템을 전달하고, 이를 어떻게 설치, 조립해야 하는지에 대한 방법까지 꼼꼼히 알려주었다. 이제 4월의 영화제만을 기다리면 되는 것이었다. 그러나 어쩜 그리도 운명의 여신은 나에게 얄궂은 것일까.

4월영화제를 앞두고 돌연 북핵문제가 터져 버린 것이다. 북한의 핵실험 강행으로 남북관계는 더없는 냉각상태. 결국 우리의 007작전은 북한의 돌아오지 않는 메아리로 끝나고야 말았다. 그렇게 모든 것이 수포로 돌아갔으니, 본의 아니게 전주국제영화제 위원장에게도 사기꾼(?)이 된 셈이었다. 지키지 못할 약속으로 한껏 고생만 안겨드렸으니 이후에도 위원장을 뵐 때마다 어찌나 미안했는지 모른다.

그 일이 있고 몇 해 후 정부 측과 북한과의 회담이 있었는데, 북한 측 대표단이 돌연 우리 남양주종합촬영소를 방문하기를 원했다고 한다. 그리고 이는 뉴스에 보도되기도 했다. 그러나 애석하게도 촬영소로 오는 도중, 교통체증과 다음 일정으로 인해 촬영소를 방문하지 못하고 그대로 돌아가고 말았다. 보통 북측의 방문 시 '남양주종합촬영소'를 방문하는 일도, 방문을 요구하는 일도 이전까진 없었다. 아마 추측컨대, 그때 그 일에 대한 고마움을 표시하고 오라는 故김정일 국방위원장의 메시지가 있었던 건 아닐까 홀로 짐작해 보는 바다.

# 나의 전부였던 영화진흥위원회 ·
# 영화진흥위원회의 전부를 위했던 나

처음 영화진흥공사 시절 감사로 1년, 영화진흥위원회로 변모하는 과정에서의 온갖 진통과 신구세력 간의 힘겨루기의 한가운데서 2년, 그리고 남양주종합촬영소에서 3년. 햇수로 만 7년. 그 세월 동안 나는 영화진흥위원회의 대부분의 직책을 지나왔다. 감사, 영화정책연구원장, 영화아카데미 원장, 애니메이션 아카데미 원장, 사무국장 직대(직무대행)에 이르기까지….

현장에 임하고, 일을 할 수 있는 직책이라면 마다함 없이 영화진흥위원회의 거의 모든 실무장은 거쳐 왔다. 한때는 영화, 애니메이션 아카데미 원장, 사무국장, 영화정책연구원장까지 4개의 보직을 동시에 역임하기도 했었으니 말이다.

그간 참 여러 가지 일이 있었고, 여러분을 만났으며, 여러 영화를 도와 관객과 만날 수 있도록 하였다. 내가 할 수 있는 한, 그리고 힘을 보탤 수 있는 영화진흥위원회 내의 모든 영역에서 나는 최선을 다 해 왔다.

꼭 보여주고 싶었다. 처음 공사에 들어서던 순간 '낙하산 인사 반대'라는 비난으로, 그리고 '정의'가 아닌 본인들의 '이해관계'를 위해 대적했던 (일부)노조들에게. 김대중 일가의 후광으로 들어와 하릴없이 자리나 차지할 것이라며 나를 비아냥거리고 신뢰하지 않았던 모든 이들에게 나는 꼭 보여주고 싶었다.

나의 하루가, 1년이, 그리고 7년의 시간이 당신들 그 누구보다 얼마나 치열했으며 매 순간 내가 가진 모든 것을 얼마나 쏟아 부었는지, 그래서 무엇을 이루었는지. 이러한 노력들로 말미암아 좋은 영화들이 스크린을 통해 얼마나 많은 관객과 만나게 되었는지, 남양주와 종합촬영소가 얼마나 서로에게 필요한 존재가 되었는지, 대한민국의 문화콘텐츠가 어떻게 세계와 호흡하게 되었는지, 그 모든 것을 위해 고스란히 바친 나의 7년과 그 결과들을 자신 있게 말해주고 싶었다.

　하나만 아는 바보에게 후회란 없다. 우리의 영화산업과 영상콘텐츠를 위해 나는 원 없이, 그리고 후회 없이 내 모든 것을 바쳤다. 나는 지금도 자신있게 말할 수 있다. 그 시절, 7년의 시간, 영화진흥위원회는 나의 전부였고 나는 그 전부를 위해 내 전부를 바쳤었다고 말이다.

나의
‘영화인생’
이야기

**4**

영화,
'너는 내 운명!'

## 문화예술의 꽃,
## 영상콘텐츠에 흠뻑 빠지다

내가 처음 영화세계에 빠져든 것은 1988년, 영화인생은 물론 내 인생의 모든 희로애락 또한 1988년으로 귀결되지 않나 싶다. 그 해는 대체 어떤 운명의 시간들이었기에 그토록 다이나믹 했을까 싶어 떠올리면 이따금씩 입가에 웃음이 번지기도 한다. 연청과 DJ 선거 캠프 활동, 그리고 안기부의 연행과 구사일생 등의 일련의 사건들을 겪으며 88서울올림픽과 함께 진행될 '국제민속축제'를 준비하고 있을 때였다. 이때 나의 인생행로 자체를 뒤바꿀 인연을 만나게 되는데 그가 바로 통칭 '송영감님'이라 불리던 송갑빈 옹이다. 행사 준비와 진행을 맡았던 김정률 대표가 여러 가지 자문을 구하기 위해 모셔온 분이었는데, 당시 제법 규모 있던 영화관, 단성사에서 30년을 근무해 온 영화계의 베테랑이었다.

영화사와 행사장을 오가며 일을 봐주곤 했던 그는, 영화계 바닥에서 일어난 웬만한 야사와 비하인드를 속속들이 꿰고 있는데다 이야기는 또 어찌나 구성지고 재미있게 하는지 그가 하는 이야기를 듣다 보면 밤이 새는지 날이 새는지도 모를 지경이었다.

아마 그때부터였던 것 같다. 영화와 연극, 희곡과 인문학에 관해서는 어린 시절부터 워낙에 파고들기를 좋아하고, 즐겨 봐왔지만 그것을 제작하고 만드는 입장에서의 이야기를 접한 것도 처음이요, 배우와 감독, 그리고 스태프들이 만들어가는 영화 제작현장에서 생생한 생동감과 에피소드들에 단단히 매료되었다.

거기에는 단성사의 30년지기 송영감님과 태멘의 김정률 대표가 있었다. 둘 다 각자의 분야에서, 그리고 영화계에서 기라성 같은 인물들이었기에 함께 작업하며 시시때때로 그들이 전하는 영화의 뒷 세계와 메이킹 스토리에 흠뻑 빠져들었다.

이와 함께 올림픽 행사를 위해 KBS 측에서 초청한, 〈메피스토〉의 감독인 헝가리 출신의 이스트반 자보 감독, 임권택 감독과 오래도록 함께 작업해 온 구중모 촬영감독, 김광일 조명감독 등 영화계의 다양한 인물들을 곁에서 지켜보며, 또 한 번 가슴속에서 생각지 못한 도전의 DNA가 꿈틀거리기 시작했다.

"이번엔 영화다! 영화를 만들어 보자!"

말 그대로 이번엔 '영화'에 단단히 꽂혀 버린 것이었다. 한때는 섬유사업을 하던 경영인에서 느닷없이 연청의 열혈 단원으로, 그리고는 88올림픽 축제를 준비하는 이벤트 마케터로, 이번엔 영화제작자로의 꿈을 갖게 된 것이었다. 어디로 튈지 모르는, 엉뚱하지만 거침없는 도전과 행보에 새로운 영역이 하나 더 추가된 것이다. 아내가 들으면 이번엔 또 무슨 영화냐며 기함을 할 소리였다. 그러면서도 아마 한숨 한 번과 함께 따라 줄 것이다. 한 번 발동이 걸리면 도무지 말릴 수 없는 위인이라는 것을 이 세상 누구보다도 잘 알고 있으니 말이다.

그렇게 영화제작자로서의 꿈을 키우며 우선 진행하고 있는 올림픽 축제 준비를 잘 마무리하자는 다짐 속에 일을 진행하던 어느 날, 생각지도 못한 사고가 터지고 만다. 여느 날처럼 귀가하여 무심결에 9시 뉴스를 보는데 방금까지도 작업을 하고 있었던 축제현장에 불이 난 것이었다. 깜짝 놀라 그 길로 상황을 알아보았다. 당시 축제 장 내의 '무료장터개설권'을 요구하며 몰려온 상이군경 40여 명과 이를 저지하던 태멘 경비 측간의 충돌이 일어나자 상이군경들이 홧김에 축제 종합상황실에 불을 지른 것이었다.

당시에는 축제나 대형 호재 때마다 조직원들을 대동하여 이권 다툼을 벌일 정도로 그 세력과 기관 간의 충돌과 마찰이 극심했으며 그만큼 과격했다. 그렇게 소방차 6대가 동원되어 진압 작업을 펼쳤음에도 종합상황실은 전소되었고, 상황실 안의 축제 팸플릿과 홍보 책자 등 대부분의 자료 또한 그대로 소실되고 만다.

생각지 못한 대형 사고에 축제를 주관하던 서울시도, 기획사인 태멘 측도, 공동 사업자인 KBS 측도 비상이 걸린다. 현장으로 달려가며 '조금만 더 신경쓸 걸' '조금만 더 주변을 살펴볼 걸' 하는 후회가 밀려왔다.

그저 순진하고 안일하게 세계인의 웃음과 평화가 넘치는 축제현장만을 생각해왔지 주변의 이권다툼과 관련한 메커니즘을 전혀 인지하지 못했던 것이다. 그것은 기획자로서 내 책임이 컸다. 주변을 꼼꼼히 살피지 않은 것 또한 '관리 소홀'이라는 자책 속에 나의 책임임을 통감하며 이후 이를 수습하기 위해 서울시청 담당자와 태멘의 김정률 대표 등과 함께 무척 애를 썼던 기억이 난다.

참으로 뭐 하나 순조롭게 넘어가는 일이 없는 인생사였다. 그러나 호사다마라 했던가, 이러한 돌발 상황과 악재 속에서도 우여곡절 끝에 할 수 있는 한 최선을 다해 상황을 가까스로 마무리하였다. 이로서 다행히도 마음의 짐을 조금은 덜어내고, 나는 나의 새로운 꿈, 나의 시네마천국, '영화산업'을 향한 발걸음을 시작했다.

〈꽃잎〉에서 〈펄프픽션〉까지<br>영화판 초짜의 종횡무진 10년사

### 〈꽃잎〉 장선우 감독과의 첫 만남

사람이 아무리 무모하다 한들 이토록 무모할 수 있을까. 영화사 시절을 돌이켜보면 목표를 향한 나의 맹렬함과 무모함이 마치 '정점'을 찍은 시절 같아 설핏 웃음이 난다. '하고 싶다!'라는 열정과 '해야 한다!'라는 의지만으로 덤빈 영화판은 결코 녹록한 곳이 아니었다. 당시 내가 영화사업을 결심하는데 가장 큰 영감을 준 이들이자 영화계에 닿아있는 유일한 인맥 또한 '송영감님'이라 불리던 송갑빈 옹과 태멘의 김정률 대표가 전부였다.

우선은 송영감님을 모셔와 회사의 전무직을 맡겼다. 회사 운영에 필요한 이런저런 자문은 주로 김정률 대표에게 구했다. 처음엔 그것 말고는 아무것도 없었다. 하지만 아무것도 없기에 대책 없는 자신감과 설렘 비슷한 것들로 가슴속은 충만하였다. 영화는 사업을 하기 전에도 가장 좋아하는 것 중 하나였다. 어렸을 때부터 영화, 연극, 이를

위한 희곡과 시나리오, 그리고 이에 근간이 되는 동서양 고전과 인문학 서적에 이르기까지. 손에 닿는 대로, 또 집히는 대로 보고 듣고 읽는 것을 즐겼었다.

꼬맹이 학생시절에는 직접 대본을 작성하여 동네분들을 모시고 연극 무대를 연출해 본 적도 있었다. 연극은 제법 흥하여 나름 동네에서 히트를 치기도 했던 기억이 난다. 문화란 것이 별것인가. 이토록 우리의 삶 속에 그리고 추억 속에 어디든지 있는 것이 문화다. '문화'와 '예술'의 콘텐츠라는 것은 대단한 것도 아니오, 멀리 있는 것도 아니오, 우리의 아주 가까운 곳에서, 아주 오래전부터 삶 속에 스며있는 '모두의 이야기'인 것이다.

그렇게 사업을 시작하고, 슬슬 '진짜' 필드에서 활약하고 있는 '선수'와 어떻게든 접촉해야겠다는 결심을 한다. 언제까지 송영감님과 김정률 대표만 바라보고 있을 수는 없는 노릇이었다. 우선은 영화를 만드는 제작자, 감독 등을 찾아내야겠다! 라는 결심이 서고, 영화 쪽에 제법 인맥을 가지고 있던 '고광진'이라는 고등학교 후배의 도움을 받는다. (후에 미래에셋 그룹의 박현주 회장과도 인연을 맺도록 도움을 주었던 친구다.)

"어디 괜찮은 감독 없나? 일을 한 번 같이 했으면 하는데."

"재미있는 친구가 하나 있긴 한데. 만나 보실래요?"

그게 바로 숱한 화제작과 문제작을 동시에 낳으며 우리 영화계의 8,90년대를 풍미했던 장선우 감독이었다. 이야기가 오가고 장선우 감독을 만난 것은 89년 초쯤으로 기억한다. 당시 그가 시나리오를 각색한 정지영 감독의 〈남부군〉이 상영중이던 대한극장 앞에서 그를 만난다. 처음 그를 대면하는 순간, 그가 던졌던 한마디가 아직까지도 생생하다.

"돈 많으세요?"

그의 첫 마디였다. 조금은 당돌하다 느꼈지만 크게 드러내지는 않았다. 대답 대신 슬며시 웃으며 왜 그런 걸 묻냐고 되물었다.

"광주 이야기가 하고 싶어서요."

역시나 심플한 대답이 돌아왔다. 그게 바로 〈꽃잎〉의 시작이었다. 장선우 감독은 이미 오래전부터 광주 이야기를 준비하고 있었다. 그러나 이때는 김대중 대통령이 당선되기 한참 전이다. '광주'의 이야기를 꺼낼 수 있는 시대가 아니었다. 당시에 누가 감히 그 영화에 돈을 댄단 말인가. 그렇게 영화는 사람들의 외면 속에 투자 한 푼 받지 못한 채, 영원할 듯한 제자리걸음 중이었다. 그 절박함과 또 거듭되는 좌절에서 오는 초연함과 담담함 등이 응집된 것인지 초면인 나에게 대뜸 "돈 많으세요?"라는 첫 마디를 던진 것이었다. 사정을 듣고 나서야 조금은 그를 이해할 수 있었다.

물론 그의 물음대로 그다지 '돈이 많지 못한' 신생영화사이자 아직은 광주 이야기를 다룰 정도로 규모를 갖추지 못했기에 그의 영화제작을 도울 수는 없었다. 그러나 후에 가장 가까운 지기이자 동업자였던 친구, 안병주의 영화사 '미라신 코리아'를 통해 마침내 영화 〈꽃잎〉을 피울 수 있었다. 오랜 계획 끝에 그리고 포기하지 않는 그의 열정이 마침내 영화 〈꽃잎〉을 탄생시켰고, 이를 곁에서 물심양면 도왔다는 사실이 지금까지 나의 영화사 인생 중 가장 뿌듯한 자부심으로 남아있다.

〈전봉준〉에서 〈보시〉까지, 영화제작의 꿈과 난관들

'내 손으로 영화를 한 번 만들어 보자!'

영화사를 차리고 얼마 후, 영화를 직접 제작해 보겠다는 뜻을 세운다. 내가 처음으로 영화화하고 싶었던 소재이자 주인공은 바로 '전봉준'이었다. 동학농민운동을 이끌며 녹두장군이라 불린, 그의 전설과도 같은 일대기를 꼭 영화에 담고 싶었다. 그러나 정부의 검열 작업에 의해 반려될 것이 분명했다. 당시에는 영화제작에 앞서 시나리오, 하물며 영화의 제목까지도 정부의 허락을 받아야만 제작될 수 있는 국내 영화계에는 암흑기와도 같은 시기였다.

그렇게 채 시작도 해보기 전에 전봉준 영화는 뜻을 접어야 했고, 새로운 이야기를 찾아야 했다. 어차피 나야 시대의 정신, 그리고 저항운동과 같은 '메시지'에 열광하는 인물이었으니, 당시로서는 무엇을 선택한들 정부에 거부당할 것이 뻔했다. 그렇다면 본인만의 매력적인 이야기를 가지고 있는, 해서 이것을 영화화 하고 싶어 하는 연출자를 만나 함께 작업 해보자라는 결론을 내렸고, 이때 만난 것이 원정수 감독이었다. 후에 김혜수와 강우석 주연의 〈잃어버린 너〉 등을 연출, 흥행시킨 걸출한 감독이다.

송영감님을 통해 알게 된 그는 불교의 '보시'를 소재로 한 영화를 만들어 보고 싶다 했다. 보시라는 행위가 내포한 의미, 자신이 가진 모든 것을 내어주는 여인과 그녀를 사랑한 한 남자의 이야기 등이 주된 스토리였다. 들어보니 제법 이야기가 된다 싶었고, 얼마 되지 않아 ㈜금도문화의 첫 영화이자, 첫 메가폰을 잡는 주인공으로 원정수 감독과 계약을 맺는다.

배우 캐스팅에 있어서는 당시 TV에서 '토지'가 한창 인기리에 방영 중이었는데, 그 남자 주인공이었던 배우 윤승원을 선택하게 된다. 캐스팅 후 "여자 주인공에는 누가 좋겠소?" 하고 물으니, 윤승원은 "같이 광고를 찍는 신인 여배우가 하나 있는데 괜찮을 것 같습니다" 하고 추천해 왔다. 며칠 후 오디션의 명목으로 윤승원은 자그맣고 앳된 여배우를 사무실로 데려왔는데, 그가 바로 故최진실이었다. 당시 최진실은 이름조차 세상에 알려지지 않은 신예로 윤승원과 금성냉장고 광고를 찍고 있었다. 첫인상은 나쁘지 않았다. 오밀조밀하고 단아한 이목구비와 작은 체구 등이 극의 주인공과 어느 정도 매치가 되었다. 그런데 문제는 그 다음에 발생했다.

"머리를 좀 올려 봐요."

〈보시〉는 당시 시대극이었다. 해서 여주인공은 머리를 모두 뒤로 넘긴 쪽머리를 해야 하는데, 이 친구가 머리를 넘기고 보니 이마가 제법 넓어 이마 부분에서 도통 예쁜 그림이 나오질 않는 거였다. 결국 캐스팅을 고사할 수밖에 없었다. 그렇게 후에 대스타이자, 대한민국을 대표하게 될 여배우를 순전히 '이마' 때문에 놓치게 된 해프닝으로 지금까지도 종종 회자하고 있다.

결국 여주인공 캐스팅을 잠시 미루고 서브 남주인공을 먼저 캐스팅 하게 되는데 이때 만난 것이 바로 배우 최종원이다. 오랫동안 충무로와 안방극장에서 사랑을 받은 감초 역할의 대가인 그를 이때의 인연으로 지금까지 20여 년간 형, 동생 하는 막역한 사이로 돈독하게 우정을 쌓아가고 있다.

그렇게 출연진을 조율해가며 동시에 연출진을 꾸려갔다. 이때 두 번 생각할 것도 없이 단박에 찾아간 이가 있었다. 바로 88올림픽 준비 당시 연이 닿았던 구중모 촬영감독이었다. 그는 이전에 같은 소재인 불교를 다룬 임권택 감독 연출, 강수연 주연의 〈아제아제 바라아제〉등을 촬영했기에 누구보다 이 영화 〈보시〉에 대한 이해도가 높을 것이라 예감했다. 그는 함께 작업하면 훨씬 수월할 거라며 〈아제아제 바라아제〉의 조명에서 미술팀에 이르기까지 대부분의 스텝을 고스란히 데려왔다.

'일이 뭔가 좀 되려나보다'라는 기대감과 '웬일로 일이 이렇게 술술 풀리는가' 하는 불안감이 교차하던 찰나, 혹시나 했더니 역시나 생각지 못한 사고가 불쑥 터지고 만다.

강원도 철원 한탄강 부근에서 첫 촬영을 마치고 출연진과 주요 스텝이 함께 모인 회식 자리였다. 그런데 이때, 느닷없이 감독과 여배우가 싸움이 난 것이었다. 남배우도 아니고 여배우가, 그것도 당시 배우들에겐 크나큰 존재인 감독에게 대들어 시비가 붙은 것이었다. 처음에는 고성이 몇 번 오가다, 급기야 참지 못한 감독이 불판으로 여배우의 머리를 내리치는 참사가(?) 일어난다. 누가 뭐라 말릴 새도 없이 순식간에 일어난 일이었다.

그렇게 감독은 감독대로 여배우는 여배우대로 골이 잔뜩 난 채 돌아가 버렸고, 결국 회식현장은 아수라장이 돼 버리고 난다. 세상에 어떻게 이런 일이 다 있을 수 있을까. 신인 여배우가 감히 하늘 같은 감독에게 변죽을 올리듯 무례를 범하는 일이 어찌 일어날 수가 있으며, 평소 불같은 성미였다던가 하면 모를까 그 점잖고 고요하던 감독이 그것도 여배우의 머리를 불판으로 내려치다니, 그 기막힌 상황에 '그럼 그렇지. 이덕행 인생이 쉽게 가는 법이 있나' 싶어 이젠 달관한 듯 헛웃음이 다 나왔다.

그 후로는 한마디로 진퇴양난, 곤혹스러운 상황의 연속이었다. 여배우는 당장 감독을 바꿔 달라며 울고불고 난리, 감독은 감독대로 당장 여배우를 다시 캐스팅하라라며 으름장을 놓으며 버티고 있었다. 나는 연신 두 사람을 오가며 설득해 보려 애썼지만 모두 요지부동이었다. 그러나 나는 감독도, 배우도 도저히 교체할 수 있는 상황이 아니었다.

당시 영화계의 물정을 전혀 몰랐던 나는 배우부터 스텝들까지 계약하는 순간 계약금 일체를 완불하여 모두에게 지급했던 것이다. 지금 생각해보면 '기분 좋게 대가를 지불하면 기분 좋게, 그리고 열심히 내 영화를 만들어 주겠지' 하는 순진한 발상을 지녔던 모양이다. 그러고 나니 영화사에는 남아 있는 자금이 없었다.

그때 영화 한 편당 약 1억 원의 제작비용이 소요되었는데 당시 대치동 은마아파트 한 채가 3천만 원 정도 했으니, 아파트 3채가 왔다 갔다 하는 셈이었다. 그렇게 어렵사리 제작에 들어간 영화가 황당하게도 배우와 감독 간의 '고기불판 사건'으로 전혀 진척되지 못한 채 나의 첫 영화는 흐지부지 무산되고 말았다.

아마 그때 처음 느꼈고, 또 배웠던 것 같다. 영화라는 것, 그리고 문화라는 것이 결코 한 사람의 의지로 완전하게 완성될 수 없다는 것을. 이러한 갖은 우여곡절과 난관을 모두 헤쳐 나간 후에야 비로소 그것이 완성된다는 것을 뼈저리게 경험했기에 나는 그 후로 더 깊이, 더 진심으로 이 세상의 모든 '창작물'과 문화예술콘텐츠에 존경을 표하고 있다. 바로 그 웃지 못할 '고기불판 사건' 때문에 말이다.

**대한민국에 최초로 입성한 헝가리 영화 [레들 대령]**
그렇게 깊은 상심과 몹시 지친 심신으로 얼마의 시간을 보냈을까.

태멘의 김정률 대표가 사람 하나를 소개해주겠다며 불쑥 찾아왔다. 당시엔 그저 넌더리가 나서 한국 감독이고 배우고 보고 싶지 않다며, 당분간은 영화제작의 뜻이 없다고 난색을 표하자 그가 슬며시 웃으며 말했다.

"그럼 영화 만드는 게 쉬울 줄 아셨습니까. 당분간은 집 지을 생각 말고, 잘 빠진 집을 잘 골라 사들일 궁리부터 하십시오."

무슨 소리인가 싶었다. 그러더니 미국 할리우드에서 날아온 이경자라는 여인을 불쑥 소개시켜주는 것이었다. 후에 만나 이야기를 나눠보니 그녀는 당시 유명 희곡 작가였던 이강백의 여동생으로 해외파 출신의 걸출한 영화인이었다.

그런 그녀가 아직 영화계에 어떠한 족적도, 이렇다 할 유명세도 없는 작은 영화사의 대표인 나를 왜 만나고자 했을까. 그녀는 고국으로 돌아오면서 꼭 한국에 소개하고픈 좋은 영화가 있다고 말했다. 그리고 그 영화가 한국에 원활하게 배급되어 관객들과 만날 수 있으면 좋겠다는 말도 덧붙였다. 본능적으로 구미가 당겼다. 대뜸 어떤 영화인지 물었다. 그녀의 답은 명쾌했다.

"헝가리 영화예요."

그러나 순간, "헝가리 영화요?" 하고 되묻는 나의 목소리는 격양되어 있었다. 헝가리는 공산주의 국가였다. 당시 우리의 분위기는 공산주의라면 살이 떨릴 정도로 철저히 배척하고 있었다. 그러니 당연히 헝가리는 오래도록 한국과는 문화교류는커녕 크고 작은 교역조차 일체 금지된 나라 중 하나였다. 메이드 인 헝가리. 그 하나만으로도 영화는 아무것도 묻고 따질 것도 없이 100퍼센트 배급 금지일 것이 자명했다.

"그건 힘들 것 같습니다."

"좋은 영화입니다."

무엇이 되었건 자신 있는 사람들에겐 특유의 눈빛과 태도가 있다. 자신이 있을수록 말은 더욱 간결하고, 이런 저런 변명이 붙질 않는다. 그녀 역시 내내 그런 자세였다. '대체 얼마나 좋은 영화길래?' 고행이 될 줄 알면서도, 또 한 번 꿈틀 도전과 호기심의 DNA가 내 안에서 요동쳤다.

"얘기나 한 번 들어 봅시다."

내 입에서 그런 말이 나갔다는 것은 이미 반은 현혹됐다는 뜻이다. 그리고 아마 무언가에 홀린 듯 제안을 수락하고 안 될 법한 일을 도모하려 애를 쓰기 시작할 것이다. 누구보다도 나를 잘 알기에 그렇게 앞으로의 예견된 고행이 눈에 선해 나도 모르게 웃음이 났다.

영화의 제목은 〈레들 대령〉이었다. 명화 〈메피스토〉를 연출하고 88 올림픽 준비 당시 한국을 방문하기도 했던 유명감독 이스트반 자보가 메가폰을 잡은 영화였다. 영화는 85년 칸 심사위원 특별상 수상, 아카데미 최우수외국어영화상 노미네이트, 부다페스트영화제 남우주연상, 영국아카데미 외국어영화상 등 각종 영화제에서 상을 휩쓴 화제작이기도 했다.

영화는 레들이라는 선량했던 한 청년이 국가에 충성한 대가로 대령까지 진급하며 승승장구하지만 결국 정치 싸움에 휘말려 자살을 택하고 만다는 비극이 주를 이루고 있었다. 내용은 당시의 우리 정부에 비추어 아찔할 정도로 위험한 이야기를 다루고 있었다. 군부에 관한 이야기였고, 그 주인공이 정보 장교이며, 결국은 상부의 정치권 세력에 의해 희생되고 만다는 결말까지 어느 하나 빠지는 게 없는(?) 금지영화의 완벽한 조건을 갖추고 있었다. 그러나 부정할 수 없을 만큼 좋은 영화였다. 묵직하면서도 강렬한 메시지, 우리의 사회와 너무나도 닮아있는, 그래서 가슴 한편을 아련하게도, 또 갑갑하게도 만드는 그 묘한 동질감까지. 나는 결국 이 영화를 선택하기로 마음먹는다.

그런데 문제는 영화를 제작한 곳이 공산주의 국가인 '헝가리'라는 것. 이는 영화의 내용을 떠나서 원천적으로 불가능한 일이었다. 그러나 문화란, 그리고 영상콘텐츠란 것의 최고의 장점이자 매력은 무엇인가. 문화에게 '고향'이란 있을 수 있지만 '주인'이란 있을 수 없다. 그 순간, 그 찰나, 그 문화를 영위하고 즐기는 사람이 바로 주인일 뿐이다. 머리를 맞댄 우리는 〈레들 대령〉을 헝가리가 아닌, 미국의 영화로 둔갑시키기로 계획을 짠다. 당시 우리의 외화수입정책은 단순했다. 헝가리에서 들여오면 헝가리 영화요, 미국에서 들여오면 미국의 영화인 것이다.

영화는 우리보다 앞서 미국에 수입 및 배포되어 이미 좋은 평가를 받고 있는 중이었다. 바로 그 미국에 수입된 상태의 〈레들 대령〉을 한국으로 데려오는 형식을 취하는 것이다. 여기다가 덧붙여 각종 영화제에서 상을 받았다는 문구를 더해주면 어느새 영화는 '할리우드 흥행작'이라는 꼬리표를 달고 한국으로 입성하는 것이다.

그렇게 한국으로 들여온 〈레들 대령〉과 (주)금도문화는 계약을 맺는다. 금도에게도 〈레들 대령〉은 '처음'이었고, 〈레들 대령〉에게도 한국과 금도는 '최초'였다. 헝가리에게는 처음으로 한국으로 수출된 자국 영화였기에 그 자체만으로도 무척 고무되었고 또 상당히 기뻐하고 있었다. 그렇게 당시 돈으로 약 2만 달러의 다소 저렴한 비용으로 그녀를 통해 낯설지만 훌륭한, 최초의 외화를 만나게 된다.

영화를 들여놓고 보니, 다음은 번역이 문제였다. 그전까지 외화를 취급해 본 적이 없으니 제대로 된 번역가 하나 아는 이가 없었다. 외화를 수입하는 데 있어 가장 중요한 요소 2가지가 있다면 그것은 번역과 홍보, 즉 카피였다. 외화는 특히 그들의 언어로 되어 있는 심상과 이야기를 되도록 고스란히 우리의 정서와 언어에 맞게 가져오는 것이 관건이다. 서로 다른 언어체계 사이에서 영화가 내포하고 있는 진정한 의미를 우리의 말로 최적화하는 것이 첫 번째, 그것을 효과적으로 홍보하기 위한 촌철살인의 카피가 그 두 번째였다.

바로 이때 만나게 되는 영화계의 소중한 인연이자 두 인재가 바로 조철현 대표와 이준익 감독이다. 조철현 대표는 지금도 '타이거픽쳐스'라는 영화제작사를 운영하며 활발하게 활동하고 있다. 이준익 감독이야 두말할 것도 없는 천만 관객의 영화 〈왕의 남자〉, 〈님은 먼 곳에〉 등을 제작, 감독한 걸쭉한 스타 감독이다.

당시 조철현 대표는 내 영화의 번역을, 이준익 감독은 당시엔 영화광고 카피맨으로 영화의 홍보와 매체 광고를 담당해 주었다. 특히 이준익 감독 특유의 감각은 당시에도 발군이었는데, 신문과 잡지 등의 서면 광고가 주류를 이루던 그때, 3단이면 3단, 5단이면 5단 이에 맞추어 광고 카피와 전체 디자인을 뚝딱 해내고는 했었다. 이러한 두 젊은 친구의 실력을 믿고, 〈레들 대령〉을 시작으로 내가 영화를 그만두는 날까지 모든 외화의 번역과 카피는 두 친구에게 맡겼던 것으로 기억한다.

"이제 영화를 봐줄 사람이 필요합니다."

계약이 성사되고, 번역과 홍보가 진행되는 사이, 다음 지령이 떨어진다. 해당 영화를 직접 관람하고 이에 대한 평을 해줄 평론가 내지는 문화부 기자의—물론 우호적인—코멘트가 필요한 것이었다. 이때, '영화를 볼 만한 사람'으로 소개 받은 이가 바로 안정숙 기자였다. 당시 〈한겨레신문〉의 문화부 기자로, 80년대 후반부터 2000년대 초반까지 의미 있는 묵직한 영화인이자 기자로서 후에 영화진흥위원회 3기 위원장까지 지낸 인물이다.

그렇게 오로지 그를 위한 최초의 상영회를 갖는다. 영화가 시작되고 끝날 때까지 내내 그는 어떤 마음으로 이 영화를 보았을까 하는 생각에 두근두근 했던 기억이 난다. 다행히 영화는 그에게 좋은 인상을 남긴 듯했다. 얼마 후 신문에 헝가리 영화 〈레들 대령〉이 최초로 한국에서 상영을 준비 중이라는 기사가 실린다.

그러나 개봉은 생각만큼 쉽지 않았다. 흥행이 어느 정도 보장된 대작의 경우에도 당시 영화계에서 입김이 가장 세었던 '극장주'를 설득하지 못하면 극장에 걸릴 수가 없었다. 하물며 낯설디 낯선 헝가리 영화를, 더군다나 군부의 이야기를 다루어 정부의 눈치를 봐야 할지도 모를 위험물(?)을, 게다가 시원하게 액션이 터지지도 않는 '예술 영화'에게 누가 자신의 극장을 내어주겠는가. 영화는 그렇게 '안정숙 기자'라는 단 한 명의 관객만을 맞이한 채, 극장에 한 번 걸리지도 못하고 오로지 나의 마음속에만 존재하는 명화로 쓸쓸히 사라지는 듯했다. 그러나 열 번의 '위기'를 주고는 좌절의 순간, 한 번의 '기회'를 선사하는 인생이 아니던가. 어느 날 한 통의 전화를 받게 된다.

"여기 스타맥스입니다."

스타맥스는 당시 삼성전자에서 막 설립한 비디오 회사였다. 일전에도 말했다시피 당시는 홈비디오 시장이 대거 활성화된 때였다. 전자 회사에서는 비디오 플레이어와 텔레비전 등의 하드웨어를 판매해야 했고, 이를 위해선 소프트웨어, 즉 하드웨어를 위한 콘텐츠 확보가 필요했다. 이를 위해 당시 삼성, 대우, 금성, 현대 등의 전자제품 업체에서는 경쟁하듯 앞다투어 영화의 비디오 판권을 사들이고 있었다.

"우리가 〈레들 대령〉을 사고 싶습니다."

영화에 대한 신문기사를 보고 회사 측에서 비디오 판권을 팔 수 없냐며 전화를 걸어온 것이었다. 처음에는 무슨 소리인가 싶어 어리둥절했다. 그때까지만 해도 새내기 영화사 대표였던 나는 비디오 판권의 개념조차 몰랐던 것이다. 우선 만나서 이야기를 나누자는 말과 함께 약속을 잡고 스타맥스의 담당자와 대면했다. 그때 만났던 스타맥스 담당자가 바로 후에 영화계에서 맹활약하게 되는 황필선 대표였다. 그리고 그 회사에 함께 있던 친구가 바로 '김민기'로 2013년 최고의 흥행작 〈7번방의 선물〉의 제작자였다.

그러나 이는 그저 후일담이고 당시엔 나도 초짜였고 그 역시도 초짜였다. 그는 〈레들 대령〉에 대한 비디오 판권료로 2천만 원을 제안했다. 둘 다 '흥정'이란 이름 아래 기싸움이나 힘겨루기는커녕, 그것이 적당한 금액인지조차 가늠하지 못하는, 순진무구한 상태들이었다.

잠깐 생각을 좀 해보겠다 하고는 밖으로 나와 눈이 휘둥그레져서는 허공만 보았다. 내가 처음 들여온 금액이 천오백만 원이 채 되지 않는데 내가 사온 것보다 돈을 더 얹어 주겠다니, 그렇게 언뜻 2천만 원이라는 말을 들으니 횡재라도 한 기분이었다.

쉴 새 없이 심장이 두근두근 뛰어댔다. '정말 이래도 되는 걸까? 나중에 문제가 되는 건 아닐까? 너무 비싸게 팔았다고? 이거 정말 괜찮은 건가?' 별의별 생각이 다 스쳐지나갔다. 지금 돌이켜 보면 어쩜 그렇게 순진하며 무지했는지 모르겠다. 아마 그 바닥의 생리를 채 깨치지 못한 상태였기에 그랬을 것이다.

비디오 판권료 2천만 원을 받아 봤자, 포스터 작업과 신문 및 언론 매체 광고비가 수천, 거기다 개봉관을 잡으려면 극장주에게 쥐어줘야 할 뒷돈이 수천이었다. 개봉을 하여 흥행에 성공하지 못하면, 어쩔 도리가 없는 엄청난 적자의 상황에 부딪히는 것이다. 그러나 당시만 해도 이를 까맣게 몰랐으니 당장 눈앞에 제시된 2천만 원에 얼마나 가슴이 떨렸는지 모른다.

그렇게 스타맥스 측과 〈레들 대령〉의 비디오 판권 계약을 성사하지만 영화는 한참을 개봉극장을 잡지 못해 애를 먹는다. 그 후 가까스로 당시 예술영화를 전문적으로 상영하던 강남의 브로드웨이 극장과 대학로 동숭아트홀에서 개봉을 하게 되었지만 이렇다 할 반응을 얻지 못한 채 막을 내렸다. 훌륭한 작품이었으므로 후에도 방송사 측과 TV 판권 또한 계약을 성사시켰지만 이해타산을 따져 보자면 나의 첫 수입작은 명백한 '손해'요, '적자'였다.

그러나 결코 '실패'라고는 생각지 않는다. 절대 후회하지도 않는다. 거듭 말했다시피 이는 명백히 훌륭한 작품이었으므로. 당시 전무후무했던 헝가리의 영화를 처음으로 한국으로 들여와 이 땅의 관객과의 조우를 성사시켰다는 사실만으로도 나는 지금까지도 큰 보람과 자부심을 느끼고 있다.


### 두 번째 영화 〈하드카바〉의 하드한(?) 한국극장 입성기

사실 이 시기에 '배급' 시점으로 따지자면 내겐 '첫 영화'가 따로 있었다. 물론 외국에서 들여온 첫 수입작은 〈레들 대령〉이었으나, 국내에 처음으로 개봉한 영화는 〈하드카바〉라는 작품이었다. 〈레들 대령〉

은 오락영화도, 메이저급의 할리우드 영화도 아니었던지라 들여온 후에도 극장을 잡지 못해 한참을 애를 먹고 있었다. 그렇게 〈레들 대령〉은 도통 관객에게 보이고 싶어도 보일 수가 없는 상태로 묵혀 두고 되고, 그러던 찰나 나의 눈에 들어온 영화가 바로 〈하드카바〉였다.

〈하드카바〉는 공포, 스릴러 장르로 어렸을 때부터 지금까지 지독한 추리물의 마니아였던 내 눈에 단박에 든 작품이었다. 그러나 〈하드카바〉의 경우 〈레들 대령〉처럼 본국에서 내가 직접 수입해 온 것이 아닌, 외국에서 이미 수입해온 한국업자가 있었기에 그에게서 판권을 사들이는 형식을 취해야 했다.

당시 한국의 〈하드카바〉 주인은 송영감님의 소개로 알게 된,—한국영화제작가협회장을 지내기도 했던—영화인 김형준이었다. 당시만 해도 판권의 개념을 제대로 알지 못했던 나는 당시 주류를 이루고 있던 홈 비디오시장을 공략할 '비디오 판권'이 아닌, '극장 판권'만을 그에게 구입하였다. 그러니 어떻게든 이번 영화는 필사적으로 극장 개봉을 성사시켜야만 판권료라도 건질 수 있는 상황이었다.

당시 외화를 들여오게 되면 일정 날짜와 장소를 정해 시사회를 갖는 것이 암묵적인 관례였다. 이것이 한국에서 수입한 외화를 처음으로 공개하는 순간인데, 이때 전국 방방곡곡의 업자들이 영화를 보기 위해 모여든다. 일종에 도매상이 소매상들에게 물건을 팔기 전에 샘플을 보여주는 식이었다. 지방 업자들은 상영작이 마음에 들면 "5천(만원) 줄게!", "3천(만원) 줄게!" 하고 현장에서 즉시 계약을 하는 식이었다.

문제는 형식이 어떻건 간에 대부분이 '후불제' 형태로 거래가 되었기 때문에 '(받을 돈이)있어~' 하고 넘기는 일이 서로 간에 다반사였다. 그러니 영화판은 영화 한 편의 성패에 따라 뒤편에선 빚쟁이들의 빚 잔치가 벌어지는 곳이기도 했다. 신기한 것은 이러한 외줄타기 같은 판도 속에서도 그럼에도 나도, 그들도 영화판을 떠나지 않았다는 사실이다.

우리 모두는 그저 영화가 좋았다. '이번 영화는 반드시 관객과 통할 것이다!' 하는 촉과 일말의 불길함을 수반하는 두근거림에 중독되어 우리는 영화판을 떠날 수가 없었다. 좋은 영화, 느낌이 오는 영화를 찾아 아무리 어려움이 있어도 마치 불길 속으로 뛰어드는 불나방처럼, 아무도 기억할 길 없는 변방의 '문화전사'인양 우리는 그토록 열정적이었다.

그렇게 지방 업자들을 모아놓기 위한 시사회가 되었건, 우선적인 '서울지역 상영'이 되었건 영화를 걸 만한 극장을 잡아야 하는데 결코 녹록치 않았다. 무엇보다도 가장 난관은 일명 '오찌'라 불리던 극장주에게 주는 선납금이 문제였다. 당시 수도권에 특히 서울 개봉관을 잡으려면 계약금과는 별도로 극장주에게 최소 3천만 원 정도를 얹어줘야 하는 암묵적 관례가 있었다. 여기에 극장 예고편 등 들어가는 광고비도 통상 3천만 원, 첫 개봉관을 잡는 데만 6~7천만 원의 비용을 마련해야 했으니, 사업자금도 빠듯하게 마련한 내 입장에선 이를 마련하는 것이 가장 고역이었다. 〈하드카바〉의 극장 판권도 계약금 조로 일부만 겨우 지불하고 받아온 상태였는데, 도무지 그 금액을 마련할 길이 없었고 〈레들 대령〉과 마찬가지로 속절없이 시간만 잡아먹으며 속은 까맣게 타들어갔다.

바로 이때, 기적과도 같은 이름 석 자를 만나게 된다. 바로 종로 낙원상가에 위치해 있던 허리우드극장의 극장주가 '이창무'라는 사실을 알게 된 것이다. 그 이름을 듣는 순간, 정신이 버쩍 들며 먹구름 사이로 한 줄기 빛이 스며드는 기분이었다. '혹시 내가 알던 그 사람인가, 예전에 재미있는 인연을 맺었던 바로 그가 맞을까' 하는 의구심 반, 설렘 반으로 "혹시 그분이 독일에서 오셨습니까?" 하고 주변인들에게 재차 물었다. 사람들은 그렇다고 답했다. 그가 맞다.

이창무, 그 이름 세 글자에 나의 기억은 까마득한 옛날로 돌아간다. 때는 1976년 쯤이었을까. 당시 한국의 섬유제품은 질과 가격 면에서 인기가 꽤 좋았다. 이때 독일에서 한국의 언더웨어와 홈웨어 일체 등을 대량으로 구입하기 위해, 독일 측 업체 대표로 방문한 이가 있었는데 그가 바로 이창무였다. 그의 이야기를 처음 들은 것은 당시 외환은행에서 근무하고 있던 한 고향 후배에게서였다. 후배는 무역거래에서 필요한 신용장 개설과 관리를 하는 파트에서 근무 중이었는데, 어느 날 내게 연락을 해서는 대뜸 그러는 거였다.

"독일에서 이상한(?) 손님이 왔는데, 그분이 잠옷을 좀 사고 싶답니다."

무슨 소리인가 했더니 독일에서 온 사업가가 한국에서 만든 잠옷 등의 홈웨어를 대량으로 구입하고 싶어 하는데 관련 분야에 종사하는 지인을 소개해달라는 부탁이었다. 이를 계기로 그와 처음 인연을 맺게 된 것이다. 하지만 당시에는 엉뚱하게도 그가 혹시 독일에서 온 간첩이 아닌가 하는 의구심을 품기도 했었다. 그럴 수밖에 없는 것이 아무렇지 않게 주머니에서 무려 백만 달러짜리 L/C를 툭툭 꺼내들고는 하는 것이었다. 게다가 독일에서 왔으니 엄청난 액수의 신용장을 아무렇지 않게 들고 다니며 쓰는 모습에 혹시 독일 간첩이 아니냐며 수군거리기도 했던 기억이 난다.

물론 그것은 우리의 오해였고, 이를 작은 해프닝으로 웃어넘기며 어느새 형, 동생 하는 가까운 사이가 되었다. 우리보다는 대여섯 살이 많은 형님이었는데, 언제나 교양과 매너가 있는 멋쟁이로 한국에 머무는 동안 나를 참 아끼고 예뻐해 주셨던 분이었다. 그것이 1976년의 아득한 추억이었고, 내가 그의 이름을 허리우드 극장주 '이창무'로 다시 들은 것은 1989년, 무려 13년이 흐른 후였다.

반가운 마음에 무작정 그를 찾아갔다. 한편으로는 걱정이 되기도 했다. 말이 13년이지 과연 나를 기억할까? 두근거리는 마음으로 사무실로 들어서자, 그는 나를 단번에 알아보고는 따뜻하게 두 손을 맞잡으며 무척 반가워하였다. 자신도 섬유업을 하다 영화 쪽으로 흘러들어왔는데, 덕행이 동생도 마찬가지로 영화 일을 하냐며, 우리가 보통 인연은 아닌가 보라며 진심으로 반겨주었다. 그간 살아온 이야기와 안부를 짧게 묻고, 나는 덥석 그의 손을 잡았다. 몹시 급박하고 절박하였기 때문이었다. 판권을 사들인 영화 이야기와 이런 저런 사정으로 극장을 잡지 못하고 있다는 하소연을 하고 나니, 그는 진심으로 안타까워했다. 그는 13년 전이나 후나 여전히 통이 크고, 의리를 아는 멋진 남자였다. 나의 사정을 가만히 듣더니 하는 말이,

"좋네. 우리 극장을 쓰게."

"정말입니까?"

"단, 여기 문화를 동생도 잘 알지 않소. 3천만 원 오찌를 내가 동생한테 어떻게 받겠는가. 동생도 전혀 여력이 안 된다고 하고… 그러나 극장 입장을 생각하면 내 마음대로 결정할 수 있는 게 아니오. 누구에게만 특혜를 줬다는 식의 말이 나가도 골치가 아프고."

"어떻게 하면 좋겠습니까."

"3주, 3주에 3천이면 어떻겠나?"

그의 제안은 이랬다. 영화가 잘 되든 못 되든 개봉기간으로 딱 3주를 주겠다는 것이다. 일정 날짜를 정해서 그 날부터 딱 3주간만 사용하고, 이에 대한 대여료 조로 3천만 원만 내라는 것이었다. 당시엔 당장 그 3천만 원조차 없으니 일단 명목상으로만 잡아놓고 당장 계약서를 작성했다. 영화계에서 이는 있을 수도 없는, 기적과도 같은 인연이자 배려였다. 고마워 어쩔 줄을 몰라 하는 내게 그가 넌지시 묻는다.

"지방 장사는 했는가."

시사회를 할 극장조차 잡지 못해 여태껏 쩔쩔 매었으니, "아직 못했습니다" 하고 답하자 그 장사를 본인이 해서 계약금 3천만 원을 알아서 충당하겠다는 거였다. 서울의 내놓으라 하는 메이저급 극장을 운영하고 있으니 인맥으로나 입김으로나 나보다는 훨씬 수월한 위치임에 이를 통해 나를 또 한 번 배려해준 것이었다.

이 대표는 당시 호남판권을 배급하던 지기, 정용사(한국영화제작업협동조합 이사장)에게 좋은 영화 한 편이 있으니 가져가 보라며 본인이 직접 나서 〈하드카바〉를 소개했고, 그는 흔쾌히 그 자리에서 3천만 원짜리 어음을 끊어주었다. 그것으로 허리우드 극장에서의 3주간의 대여료를 단박에 충당하게 된다. 이로서도 두고두고 그 은혜를 잊지 못할 만큼 고마운 일인데 이번에는 또 슬며시 그 후의 일을 물어왔다.

"이제 선전을 좀 해야지?"

극장도 정해졌겠다, 개봉일정도 문제없겠다, 이제는 예고편을 비롯한 홍보에 필요한 홍보비가 필요했다. 이창무 대표는 얼마 후 허리우드 극장에서 업자들을 상대로 한 〈하드카바〉의 첫 시사회장을 마련해주었다. 이때, 지금은 고인이 되신 대구의 한 극장주께서 〈하드카바)의 판권을 사겠다며 3천만 원의 어음을 끊어주었고, 이로서 광고비까지 해결하기에 이른다.

모두 이창무 대표의 인맥이자 그를 향한 신뢰였다. 그리고 이창무 대표는 나 이덕행이라는 영화계 생 초짜를 13년 전의 옛 인연 하나로 굳게 믿고 이 모든 일을 성사 시켜준 것이었다.

이따금씩 느낀다. 그 어떤 것도 '사람'이라는 단 하나의 힘을 이길 것은 없다고. 무일푼에 가까웠던 내가 그렇게 위기를 모면할 수 있었던 것은 13년 전 만났던 '사람' 그리고 그 사람과의 '인연' 그 하나였다. 우리는 후에도 그 인연을 소중하게 이어갔으며,—이창무 대표는 후에 한국극장협회회장을 지내는 등 오래도록 우리의 극장가에서 활약 하였다—지금까지도 그 고마움을 결코 잊지 않은 채 늘 마음속에 큰 은인으로 품고 있다.


### 〈하드카바〉 초만원사례! 대흥행을 기록하다

말했다시피 〈하드카바〉는 공포영화였다. 그리고 나의 개봉시점은 무더운 한여름, 그 중에서도 여름방학시즌이었다. 시기상으로는 최적이라는 판단 하에 뭔가 예감이 좋았다. 신문과 잡지 광고 또한 할 수 있는 한 최선을 다해 해놓은 상태였다.

〈하드카바〉는 잘 짜여진 공포 스릴러로 언제나 그렇듯 영화 자체에 대한 자신감도 있었다. 흥하건 망하건 주어진 기간은 3주, 그 안에 승패가 좌우된다. 가 보자! 그렇게 개봉 첫 날이 밝았다. 설레는 마음으로 일찌감치 극장 문 앞에서 직원 한 명과 서서 검표를 하기 시작했다. 그렇게 첫날 입회(극장입구에서 수표를 하는 극장 직원과 함께 영화사 측에서 입장권을 점검하는 행위)를 하는데 어라? 1회 전석 매진이었다. 1

회면 제법 이른 시간이었다. 게다가 당시 허리우드극장은 1,500~1,600석 정도 규모의 초대형 극장 중 하나였다. 그곳을 1회부터 매진을 시킨 것이었다. 처음엔 꿈인가 싶어 어안이 벙벙했다. 그리고 곧이어 닥친 2회 상영을 앞두고 극장 앞으로 길게 사람들이 줄을 서기 시작했다. 영화는 그날 온종일 매진되어 완전한 만원사례를 이루었다. 영화는 그렇게 흥행에 성공했고, 소식을 들은 지방업자들이 나를 만나기 위해 득달같이 모여들었다.

이전까지 정해지지 않았던 충청도판권과 경상도판권, 이하 지방의 업자들이 허리우드 극장 옥상에 자리한 다방으로 물밀 듯이 모여들었다. 여기저기서 "덕행아!", "덕행씨!" 하고 내 이름을 불러댔다. "덕행아! 아직 부산판권 안 팔았지? 이리 와라! 내 여기서 주마!" 하고 바로 돈을 주겠다며 어서 팔라고 채근하기도 하며 업자들이 아우성이었다. 그렇게 개봉 첫 날, 지방 판권 또한 모두 팔아 치웠다.

당시에도 만원사례라는 것은 흔한 일이 아니었다. 평생 영화계를 떠나는 날까지 만원사례를 한 번도 해보지 못한 이들이 70~80퍼센트에 이를 정도로 이는 특별하고도 대단한 사건이었다. 해서 이를 기념하기 위한 일종의 세레머니로 만원을 봉투에 담아 나눠가지며 극장의 모든 직원과 해당 영화의 영화사 사람들이 다 같이 모여 자축하고 또 함께 기뻐했다. 당시 받았던 그 만원사례를 축하하는 봉투를 지금까지도 소중히 간직하고 있다. 첫 개봉영화, 그리고 나의 첫 성공작을 오래도록 추억하며 이는 먼 훗날 영화박물관에 기증할 생각이다.

### 〈꿈의구장〉의 실패와 호암아트홀로 인한 회생
〈하드카바〉의 대성공으로 어느 정도의 자신감과 나름의 감을 익히고 조용히 숨을 고르며 차기작을 모색하기 시작했다. 그렇게 〈하드카바〉를 개봉하고 1년 후인 다음 해 여름, 나는 다시 한 번 운명 같은 영화를 만나게 되는데 바로 캐빈 코스트너 주연의 〈꿈의 구장〉이었다.

당시 〈늑대와 함께 춤을〉(Dances with Wolves, 1990)이라는 영화가 아카데미 12개 부문에 올라 감독상을 비롯한 7개 부문을 수상하면서 캐빈 코스트너를 대 스타 반열에 올린 동시에 미국을 비롯한 옆 나라인 일본에서까지 대흥행을 기록하고 있던 때였다.

〈꿈의 구장〉은 바로 그 캐빈 코스트너가 〈늑대와 함께 춤을〉 직전에 열연한 영화로 그 여세에 힘입어 일본에서 흥행 1위를 달리고 있었다. 우연찮게 이 영화를 보게 된 나는 '올 여름은 이거다!' 하는 강한 느낌과 함께 이를 한국에 들여오기로 결심한다. 그 즉시 〈꿈의 구장〉을 한국으로 들여온 수입업자를 수소문하기 시작했다.

대체 이 영화의 한국 판권을 누가 가지고 있나 찾아보니, 그는 영화인 故남상진이었다. 〈걸어서 하늘까지〉 등을 제작, 감독하기도 했던 우리 영화계의 젊은 인재로 당시에도 제법 유명인사였다. (애석하게도 후에 그의 영화제목처럼 젊은 나이에 홀연히 우리 곁을 떠난 영화계의 샛별이다.) 일단 그가 외화를 들여왔다 하면 전국의 업자들이 그를 만나기 위해 줄을 선다는 이야기가 파다했다. 당시 그는 세경영화사라는 회사를 운영하고 있었는데 어찌나 감각과 눈썰미가 귀신같은지, 세계적으로 흥행돌풍을 일으키는 대부분의 액션 영화와 할리우드 영화를 한국으로 가져오는 인물이 바로 그였다. 하지만 일면식도 없는 사이였으니, 도통 남상진과 접촉할 길이 없었다. 그러나 언제나 아무것도 없다 느낀 순간, 한 줄기 희망의 빛은 '사람'이 아니었던가.

당시 남상진은 압구정에 위치한 성당의 성가대 청년이었다. 나 역시도 오래도록 가톨릭 신자로, 그 길로 압구정성당으로 달려갔다. 얼굴도 모르고 그저 아는 거라곤 세경영화사의 남상진이라는 이름 석 자와 내가 그토록 원하는 〈꿈의 구장〉을 가진 젊은 청년이라는 것뿐이었다. 그 좁은 틈, 그 작은 인연의 고리만으로도 나는 담대하게 비집고 들어가 손을 내밀고 또 이를 붙잡는 사람이다. 그것 말고는 그때의 내가 믿고 덤빌 만한 건 아무것도 없기도 했지만 말이다.

그렇게 다짜고짜 찾아가 대뜸 "〈꿈의 구장〉을 가지고 있다 들었다" 하니, 그가 씨익 웃으며 무언가를 내밀었다. 그것은 그가 소유하고 있는 외화 리스트였다. 보는 순간 입이 떡 벌어질 만큼 대단했다. 당시 대흥행을 기록했던 장끌로드 반담 주연의 〈유니버셜 솔저〉, 아놀드 슈왈츠제네거의 〈터미네이터〉 등을 가지고 있던 이도 바로 그였다. 그는 이를 보여주며 느긋하게 말했다.

"하나 고르세요. 마음에 드시는 게 있으면."

나는 두말할 것도 없이 처음의 소신대로 〈꿈의 구장〉을 선택했다. 그렇게 약 1억 원에 〈꿈의 구장〉의 극장 판권을 사들이고, 얼마 후 영화판에는 '이덕행이 〈꿈의 구장〉이란 영화를 남상진에게서 샀다'라는 소문이 순식간에 퍼졌다. 게다가 당시 캐빈 코스트너와 영화 〈늑대와 춤을〉이 대한극장 등에서 대 히트를 기록하고 있었으니 소식과 함께 아침부터 연신 전화벨이 울려댔다.

"이대표, 그 영화 호남판권은 나 주쇼잉~"

"어이, 이덕행이 자네 말이야~ 부산은 내 걸세? 자네가 그 영화 1억 줬다지? 내가 부산에서 5천 줄게. 와서 당장 받아 가게."

채 시사회를 하기도 전에, 대세 배우 캐빈 코스트너, 내놓으라 하는 흥행 외화의 주요 공급책이었던 남상진, 1년 전 공포영화 〈하드카바〉

로 흥행을 기록한 이덕행이라는 '삼합'으로 전국의 업자들은 벌써부터 영화를 자신에게 팔라며 난리였다.

그때 세태를 조금이라도 빨리 읽었더라면, 영화계의 분위기와 흐름을 조금이라도 영리하게 간파했더라면 그 즉시 영화의 판권을 모두 팔아치웠을 텐데, 순수했던 것인지 미련했던 것인지 영화도 보여주기 전에 계약을 하는 것은 도리가 아닌 것 같아 "아닙니다. 내일 모레 시사회를 가질 테니 한 번 보시고 그때 값을 결정하시지요" 하고 이를 모두 고사하였다.

아마도 이제 막 자신감이 붙기 시작한 젊은 패기로 영화를 보여주고 나면 값을 더 받을지도 모른다는 순진한 기대감을 가졌던 모양이었다. 그때는 상상조차 하지 못했다. 영화가 끝나고 돌아선 순간, 영화관에는 나 혼자만이 덩그러니 남겨져 있는 풍경을. 그 비참한 반전을 당시엔 어찌 상상이나 했을까.

영화를 구입하고, 필름에 자막을 입히고 대한민국에서는 내가 첫 번째 관객이 되어 홀로 영화를 보았다. 정말 진심으로 좋았다. 영화의 시작부터 끝까지 그 오랜 감동을 가슴속에 새기며 다시 한 번 흥행돌풍을 예감했다.

일전의 〈하드카바〉의 흥행과 이창무 대표와의 연으로 이미 개봉 극장은 일찌감치 허리우드극장으로 낙점되어 있었다. 1년 전과 마찬가지로 여름방학 시즌을 겨냥해 개봉하기로 이야기를 마쳤다.

그러나 영화사 직원들의 표정은 이상하게도 어두웠다. 본인들끼리 뭔가 이야기를 나누더니 극장 대표에게 이 영화는 'NO'라고 했다는 것이다. 이유는 간단했다. 영화가 여름 몸비에 안 맞다는 것이다. 당시엔 여름방학, 겨울방학, 설, 추석 등의 특정 대목을 노린 상영작을

'몸비프로'라 불렀다. 그 중에서도 여름 몸비프로라 하면 국내 극장가는 무조건 '액션영화'여야 한다는 분위기가 주류를 이루고 있었다.

영화가 재미가 있느냐 없느냐, 관객이 드느냐 안 드느냐는 영화에서 총알이 몇 발이나 나가냐, 건물이 몇 번이나 폭발하느냐, 주인공이 악당을 몇이나 죽이냐가 기준이던 시기였다. 위에서 말한 〈유니버설 솔저〉에서 〈터미네이터〉 시리즈에 이르기까지 당시 대부분의 흥행영화는 그런 액션영화가 주류였던 것이다.

그러니 그들의 눈에 〈꿈의 구장〉은 야구장을 배경으로 캐치볼이 잔잔하게 오가는 지루하디 지루한 드라마일 뿐이었다. 그렇게 허리우드 극장 직원들은 난색을 표하며 상영을 반대하지만, 이창무 대표는 워낙에 나라는 사람을 믿고 지지하기도 했고, 또 극장의 오너가 있는 일본에서 흥행이 어느 정도 보장되었다는 사실에 개봉을 하자며 밀어붙이는 형국이었다. 그러나 아무리 대표라 한들 독단적으로 일을 결정할 수는 없는 법, 이 대표는 어느 날 나를 불러 물었다.

"자신 있나?"

"네. 자신 있습니다."

"그럼 날을 한 번 잡아보세."

진심으로 영화에 자신이 있나 물었고, 나는 확신에 차 간결하게 대답했다. 결국 이 영화를 여름 몸비프로로 결정할 것인가를 두고, 극장의 전 직원과 일전에 판권을 구입하기를 원했던 지방의 여러 업자를 모아 첫 시사회를 열었다.

여름방학을 앞두고 6월 즈음이었던 걸로 기억한다. 그들도 나와 같은 감동과 여운으로 영화를 감상하길 바라며 일부러 가장 앞자리 한 가운데 앉아 영화를 관람했다. 그만큼 영화에 자신이 있다는 것을 보여주고 싶었다. 그렇게 설레는 마음으로 영화가 끝나기만을 기다렸다.

마침내 영화가 끝나고 나는 벅찬 감동과 여운으로 자리에서 일어서 기립박수를 쳤다. 그런데 주위가 이상하게 고요했다. 슬며시 뒤를 돌아보니 극장 안에는 아무도 없었다. 정말 나를 빼고는 아무도 없이, 모두가 극장을 빠져나간 것이었다. 처음에는 상황파악이 되지 않았다. 어떻게 된 거냐 물으니 저 뒤에서 보고 있던 지방업자들은 재미가 없다며 앉아 졸다 그냥 나갔다는 것이었다.

그렇게 영화가 끝나고 극장 직원들끼리 여름 몸비프로로 진행할 것인가를 두고 투표를 했다. 투표는 9 대 1이었다. 직원 전원인 아홉 명이 반대를 하고, 유일하게 내편이었던 이창무 대표만이 찬성표를 던진 것이었다. 영화를 보기 전에 판권료로 5천만 원을 주느니, 얼마를 주느니 떠들썩했던 지방업자들조차 유령처럼 순식간에 사라져 버리고 없었다.

무언가 확실히 잘못 판단한 것이 분명했다. 첫째, 아직 한국관객들에겐 '드라마'라는 장르도 '야구 영화'라는 것도 낯설었던 것이다. 일본이야 워낙 '야구'라는 스포츠가 오래전부터 인기였고, 또 국민 특유의 정서상 '드라마'라는 장르를 쉽게 흡수하기도 했으니 야구를 소재로 한 드라마가 흥행을 하는 것은 자연스러운 수순이었다. 그러나 바다 하나를 사이에 두고 우리의 정서는 이와 판이하게 달랐던 거다. 말했다시피 여름에는 소위 시원하게 갈기는 '액션영화'가 아닌 이상에야 이렇다 할 주목을 끌 수가 없었다.

모두가 나가버린 텅 빈 극장을 홀로 나와 영화의 필름을 다시 깡통에 넣어 어깨에 둘러매는데 이게 그날따라 어찌나 무겁던지, 어깨가 천근만근이었다. 그 깡통을 메고 홀로 나와 엘리베이터 앞에 서 있으니 얼굴 보기가 민망하고 머쓱했는지 이 대표는 보이지 않고, 대신 황전무라는 영화사의 대리인이 다가와 상영을 안 하기로 결정이 났다며 다시 한 번 확인사살을 해왔다. 알겠다며 덤덤히 받아들이곤 엘리베이터를 타는데, 순간 아래로 몸이 쑥 꺼지는 특유의 느낌과 함께 '아, 망했구나' 하는 절망감이 몰려왔다.

이때 나는 '피눈물'이라는 것을 처음으로 흘려보았다. 영화 속에서나 보던 것을 실제로 경험해 본 것이다. 눈에서 핏줄이 터지면 피하고 눈물이 같이 흐른다. 처음엔 〈하드커버〉가 백방으로 뛰어도 도무지 극장을 잡지 못해 애간장을 태웠을 때, 그리고 두 번째는 〈꿈의 구장〉이 극장 개봉이 취소되고, 지방에서 아무도 이를 사겠다고 나서는 이가 없던 이 침묵의 시간에 홀로 처절하게 흘렸다.

이제 '망하는 건 한 순간'이 아니라 나는 이미 부도 상태나 다름이 없었다. 영화가 여름 몸비를 잡지 못한 이상, 허리우드 극장에서 개봉을 고사했다는 소문과 함께 아무도 이 영화를 개봉하기를 원치 않을 것이다. 영화는 그대로 '죽은 영화'나 다름이 없었다.

침통한 가운데 그 주일 미사에는 이상하게 압구정성당으로 절로 걸음이 옮겨졌다. 허망한 마음과 의외로 덤덤하게 내려앉은 가슴으로 미사를 보는데 당시 북한 선교 활동을 하시던 이동호 주교님이 눈앞에 계셨다. 그때 주머니를 뒤적여보니 얼마 전 해외 영화제를 다녀오며 지니고 있던 300달러 정도의 외화가 짚이는 것이었다. 대체 무슨 생각이었을까. 나는 이를 몽땅 헌금으로 내버렸다. 당시 내겐 1원 한 장도 아쉽고 어려운 시점이었는데, 생각해 보면 크나큰 결심이었는데도 나는 순간 이것을 모두 그곳에 두고 나왔다. 그렇게 가진 것을 모두 내가 섬기는 이를 향해 드리고 나오는 길이 의외로 덤덤했다. 그렇게 막 성당을 나와 걸음을 옮기는데 순간, 기적 같은 전화 한 통이 걸려왔다.

"여기 호암아트홀입니다. 〈꿈의 구장〉을 갖고 계신다던데요."

"예? 예. 그렇습니다만."

"국장께서 보고 싶어 하십니다."

순간 어안이 벙벙했다. 호암아트홀? 호암아트홀의 대표가 〈꿈의 구장〉을 보고 싶어 한다? 그때 호암아트홀은 여름과 겨울에만 영화 개봉을 했고, 이때 엄선되어 개봉된 작품 대부분은 흥행이 보장되던 시절이었다. 그만큼 호암아트홀에 영화를 걸기란 하늘에 별 따기였다. 1년에 꼭 2번, 예술성과 작품성이 인정되는 명작만을 개봉하는 호암아트홀에서 내게 연락을 취해온 것이었다. 전화를 받자마자 한걸음에 달려갔다. 허리우드극장을 나오며 어깨를 짓누르던 그 무거운 필름깡통이 순간 새털처럼 가볍게 느껴졌다.

내막은 이랬다. 당시 호암아트홀의 국장이 출장 중 우연히 비행기 안에서 〈꿈의 구장〉을 보았다는 것이다. 영화를 꽤 인상 깊게 본 그는 한국에 도착하자마자, 이 영화를 누가 가지고 있는지 알아보라고 했다고 한다. 혹시 한국에 들어왔는지, 들어왔다면 판권이 누구에게 있는지 그 주인을 찾으라는 명이 직원들에게 떨어졌고, 그렇게 그들은 나를 찾아내 연락을 취한 것이었다.

즉시 호암아트홀 내부에서 시사회가 열렸다. 허리우드 때와 마찬가지로 호암아트홀 직원들도 대부분 고개를 갸웃하며 이 영화가 되겠냐며 반대 의사를 내비쳤다. 그러나 처음 영화를 선택했던 당시의 호암아트홀 황국장은 "올 여름은 이 영화로 합시다!" 하고 강력하게 주장하였다. "이런 영화를 해야 호암의 자존심을 지키지 않겠습니까!"

하는 강한 어필 속에 마침내 그 해 호암의 상영작은 〈꿈의 구장〉으로 결정 되었다.

다음날 신문과 영화 관련 각종 매체에서 〈꿈의 구장〉 호암아트홀 개봉 결정!'과 같은 기사가 쏟아져 나왔다. 순간 영화계는 술렁거렸다. "이덕행이 누구인가?", "대체 누구길래 이름도 없는 깡통맨이 어떻게 〈꿈의 구장〉이란 영화를 가지고 있는 건가?", "어떻게 무명의 영화사 대표가 호암아트홀과 계약을 맺은 것인가?" 그렇게 순식간에 나에 대한 이야기도 소문도 무성하게 퍼져 나갔다. 무명의 깡통맨에서 하루아침에 영화계에서 상당한 단계를 뛰어 오르며 스스로의 입지를 다지는 사건이었다.

영화가 개봉관이 잡히면 그 다음은 광고비가 또 늘 문제다. 그런데 하늘이 도운 것인지 호암아트홀에서 개봉이 결정된 순간, 그 걱정은 단번에 덜 수가 있었다. 호암아트홀은 일단 본인들이 개봉을 한다하면, 보통 10만에서 15만 정도의 관객이 보장되므로 광고비 또한 수억 원대의 규모로 아낌없이 투자한다. 이 과정에서 오찌니 뭐니 하는 뒷돈을 요구하는 일도 일체 없으며 이를 본인들 선에서 일괄적으로 책임지고 있었다.

천만다행이기도 했지만 그만큼 홍보와 마케팅 과정에서 나의 입김이 닿을 수 없는 한계가 있기도 했다. 그러나 나는 단 한 가지만은 끊임없이 주장하고 부탁한 것이 있었는데, 바로 ME부부에 대한 메시지였다. 당시에는 'ME부부운동'이라는 부부일체운동이 있었다. '하느님은 우리 가정 안에 머무신다'는 믿음으로 '두 부부 안에 필드가 넓으면 넓을수록 하느님의 공간이 크다'라는 일종의 성가정운동이었다. 〈꿈의 구장〉을 보다보면 그런 장면이 나온다. 아버지와 아들이 달빛 아래의 수수밭에서 다정하게 캐치볼을 한다. 이때 아들이 나지막이 묻는다. "아버지 하늘에 천국이 있나요?" 아버지는 한마디를 한다. "돌아보렴." 아들이 돌아본 곳에는 자신의 집사람과 딸이 그네를 타는 평화로운 광경이 펼쳐진다. "저곳이 천국이지. 저들이 사는 곳이 하늘이란다" 하고 답하는 장면은 두고두고 영화의 명장면으로 꼽혔다.

나는 지금까지도 그 장면을 잊지 못한다. 그 사랑스러우며 성스럽고, 또 진리의 메시지를 가슴에 새겼기에 그토록 그 영화에 애정을 쏟았는지도 모른다. 그래서 신문의 5단 광고에도 또 영화의 마지막 순간에도 '전국의 ME부부에게 이 영화를 보낸다'는 메시지를 포기하지 않고 고집해 넣었다. 아마 모르는 사람들은 "ME부부가 대체 누구야?" 했겠지만, 당시 나와 마찬가지로 ME캠페인을 펼치던 전국의 ME부부들에게는 큰 호응과 반응을 얻었다.

그러나 영화는 호암아트홀 개봉작 역대 이래 가장 관객이 안 들었다고 한다. 추산 관객이 8만 5천 명 정도가 되었다고 하는데, 이전까지 10만 명 아래로 관객이 든 적은 없었다고 했다. 아직까지도 참으로 아쉽고 또 한편으로는 이해가 되지 않기도 하고 그렇다. 그 따뜻하고 아름다운 영화가 왜 그토록 한국의 관객들에게 외면 받았는지 말이다.

〈하드카바〉의 흥행에 이어 〈꿈의 구장〉의 호암아트홀 입성에 이르기까지, 이것을 계기로 비디오 시장에서 제법 (주)금도문화와 나에 대한 좋은 평이 돌기 시작했고, 다행히 나락까지 떨어졌던 사업을 가까스로 회생시키게 된다.

## 영화 〈세상은 살 만큼 아름답다〉 제작스토리

처음에는 남상진에게서 외화를 구입하고는 했던 내가 후에는 역으로 한국 영화를 제작하여 세경영화사 측에 비디오 판권을 팔기도 했다. 이때 제작하여 판매한 영화가 〈세상은 살 만큼 아름답다〉라는 제목의 영화였다. 당시 제작도 하지 않은 영화를 시나리오만 보고 1억 원에 팔았으니 상당히 파격적인 계약 성사였다.

이제 이 돈을 가지고 영화 제작을 진행하게 되는데, 일전에 〈보시〉라는 영화를 진행하던 당시 원정수 감독의 조감독이었던 최용호라는 감독이 메가폰을 잡는다. 당시 나도 참 무모하고 순수했던 것이, 영화사의 첫 영화감독으로 신예 감독을 선정하는 경우는 거의 없었다.

그런데 나는 젊은 친구의 패기와 의욕에 "그래, 그렇다면 어디 한 번 만들어 봐라!" 하고 영화 제작을 흔쾌히 맡긴 것이었다. 아마 그 친구가 하고 싶은 이야기, 하려는 이야기 자체에 끌렸는지도 모른다. 영화는 데모 이야기였다. 운동권 학생과 당시 이를 제압하던 군경과의 갈등과 화해 등을 다룬 영화였다.

그러나 이는 여러모로 도저히 (흥행이) 될 수가 없는 영화였다. 소재가 그렇고, 출연하는 배우들조차도 흥행배우와는 거리가 먼 이들이었다. 그때는 이조차도 가늠하지 못했었다. 이게 돈이 되는 영화인지 아닌 건지, 그런 감각들을 명민하게 세우지 못한 채 그저 시대의 영화, 민주화운동을 다룬 '메시지'를 들려줄 수 있는 영화를 내 손으로 만든다는 사실 하나만으로 고무되었던 것 같다.

영화는 완성되어 극장에서 개봉도 하였지만 큰 주목을 끌지 못한 채 수일 만에 막을 내렸다. 지금 생각해보면 제목조차도 흥행작과는 한참 거리가 먼 엉터리 제목이었다. 영화는 그렇게 조용히 그러면서도 당연한 수순처럼 실패하고 만다. 이후에는 절치부심하여 '그래! 나도 돈 되는 영화 한 번 만들어 보자!' 하는 작정을 하고 강리나 주연, 김기현 감독의 〈뽕밭 나그네〉라는 작품을 제작하기도 하였으나 이마저도 말 그대로 시원하게 망하고 말았다.

원체 실패나 좌절이라는 것에 둔감한 성격 덕분인지 비록 제작한 영화가 큰 주목을 받지는 못했지만 나의 활동은 그 후로도 더욱 왕성해 진다. 이후 40여 편의 외화를 직접 공수해 오고, 또 한국의 수많은 영화들이 제작되는 과정에서 위기를 겪을 때마다 할 수 있는 한 모든 것을 다해 그들을 도우며 영화인생은 펼쳐 나갔다. 그 중에서도 나의 인생의 대표작이라 자부하는 〈펄프 픽션〉과의 인연을 가장 즐겁고 특별하게 추억하고 있다.

# 드라마틱 칸,
# 기적같은 꽃잎

〈꽃잎〉에서 〈펄프픽션〉까지,
충무로에서 칸을 가다

영화를 하던 시절을 떠올려보면 자연스레 한 고리처럼 떠올려지는 사람들이 있다. 태멘의 김정률 대표, 송영감님이 그렇고 또 한 사람 바로 나의 친구 안병주다. 내가 태멘의 김정률 대표를 통해서 영화의 다양한 현장들을 자주 접하고, 송영감님의 30년의 세월이 담긴 영화 세계의 역사와 알려지지 않는 비화를 들으며 이에 흠뻑 빠져 영화의 세계로 걸어 들어왔듯이, 그들이 일종의 나의 멘토이자 영감의 대상이듯이, 나 또한 그 친구를 나도 모르는 사이에 영화판으로 끌어들이고 만 것이다.

당시 충무로를 비롯한 영화판은 어음거래가 대부분이었다. 판권을 넘기고 지방업자에게 어음을 받아오면 그 친구를 찾아가 이를 현금으로 융통하여 사용하고는 했었다. 당시 친구는 충무로 일대에서 대형 식당과 요식업체를 여럿 운영하는 상당한 재력가였다. 여유도 있고 배포도 있던 친구는 여러 모로 내게 많은 도움을 주고는 했었다. 사정이 급할 땐 다른 사람에겐 못해도 이 친구에게만은 아쉬운 소리를 할 수 있었다. 친구는 나를 믿고 흔쾌히 어려운 사정을 도와주고는 하였다.

그렇게 둘 다 충무로에 적을 두고 가깝게 오가며 친구는 나를 통해 자연스럽게 영화의 세계와 극장가의 소식을 자주 접하게 되고, 후에는 함께 칸으로 여행을 떠나기도 했다. 그곳에서 만나는 영화인들과 밤새도록 영화에 관한 이야기를 나누기도 하고, 한국으로 돌아오면 또 충무로 소식에 큰 흥미를 느끼며 귀를 기울이고는 했었다. 그때까지만 해도 나는 그가 여러 개의 사업체를 운영하며 축적된 피로감 등을 영화를 통해, 그리고 영화의 세계를 통해 잠시나마 환기를 하고, 요즘 말로 '힐링'의 도구로 여기는 줄만 알았었다. 그런데 얼마 후 불쑥 그의 아내에게서 전화 한 통이 걸려온다.

"덕행씨, 제 남편 좀 말려주세요."

느닷없는 첫마디에 어리둥절하여 무슨 일이냐 물었다. 이야기를 들어보니 그가 영화사업을 하겠다며 선전포고를 했다는 것이다. 아마도 나와 부쩍 어울리면서 벌어진 일이라 직감한 것인지 그의 아내는 내게 우는 소리를 했다. 이건 이 사장님이 책임지셔야 한다고. 제발 말려달라고 부탁에 부탁을 하는 것이었다.

그 마음을 충분히 이해할 수 있었다. 그리고 나의 아내가 곁에서 고생하는 모습을 떠올려 보면, 나 역시도 이를 응당 말리고 싶었다. 얼마나 고단한 세계던가. 언제 풍랑을 만날지 모르는 위태로운 바다 한가운데서 언젠가 이루어질지 모르는 '만선의 꿈'으로 버티는 외로운 선주와 같은 인생. 그것이 내가 겪고, 매일을 치열하게 버티는 영화판이었다.

"저도 정말 말리고 싶습니다. 말은 해보겠지만 장담은 못 드리겠습니다."

그러나 또 한 가지 분명한 사실은 그 배 위로는 누구도 떠밀리듯 올라설 수 없다는 사실이다. 결국 자신이 선택하고 결심한 이상 그 배는 오를 수밖에 없다. 영화판이라는 것이 그렇다. 영화 속 세계처럼 거대한 판타지가 가슴속으로 밀려들어오면 이는 도저히 거부할 수 없는 '운명'이 된다.

결국 안병주는 얼마 후 영화사를 설립한다. 이름은 '미라신코리아'였다. 바로 이곳에서 장선우 감독의 〈꽃잎〉이 피어났으며, 〈강원도의 힘〉, 〈오!수정〉, 〈생활의 발견〉, 〈남자는 여자의 미래다〉에 이르기까지 대한민국 영화의 거성, 홍상수 감독의 여러 장편이 탄생하게 된다. 누구도 부정할 수 없는 한국 영화계의 큰 족적과 역할을 하게 되는 미라신코리아의 시작을 그렇게 함께 하게 된 것이다.

### 두 친구, 칸에서 〈펄프픽션〉을 만나다

자주는 아니더라도 여건이 닿으면 나는 곧잘 미국을 거쳐 칸으로 날아가곤 했다. 이곳에서 한국에 들여올 만한 괜찮은 외화를 수소문하여 마음에 드는 작품이 있으면 어떻게든 구입을 했고, 딱히 눈에 들어오는 마땅한 작품이 없으면 빈손으로 돌아오곤 했었다. 친구인 안병주가 영화사를 설립하기 얼마 전, 나는 칸에서 세 편 정도의 영화를 염두에 두고 돌아왔다. 아직 영화는 제작에도 들어가지 않은, 시나리오만 나와 있는 작품들이었는데 왠지 놓치기 싫은 기분에 덜컥 가계약을 맺고 돌아온 것이었다. 그 중 하나가 바로 짐 캐리 주연의 〈마스크〉였고, 또 하나가 쿠엔틴 타란티노 감독의 〈펄프픽션〉이었다.

마음 같아서야 모두 구입하고 싶었지만 이런 저런 사업상의 일들로 회사에 남아있는 돈이 없었다. 처음에는 세 작품 중 하나만 골라보자 했던 결심도, 지금 상황이 워낙 여의치 않자 모두 포기해야 하나 싶은 순간이었다. 그리고 이러한 상황들을 미라신의 안 대표가 고스란히 지켜본다. 친구이자 이제는 동종업계 동지로서 그 모습이 퍽 안쓰러웠나보다. "나 아무래도 이 영화들 다 못 할 것 같다. 상황이 안 되니 넘겨야겠다"라고 속내를 털어놓으니 친구는 대뜸 그런다.

"나와 같이 가세."

"어디를?"

"칸."

"거긴 왜 가나?"

"영화 해야지."

우문현답과 같은 간결한 대화가 오갔다. 친구는 함께 계약을 완성하러 칸에 가자고 했다. 필요한 돈은 자신이 책임질 테니, 다른 걱정 말고 원하는 영화를 선택해보라는 이야기였다. 그렇게 소위 두 친구의 '동업'이 시작된 것이다. 이런 저런 협의 끝에 영화는 〈마스크〉와 〈펄프픽션〉 두 영화로 좁혀졌고, 고심하던 우리는 〈펄프픽션〉을 선택했다.

"이득이 나면 반으로 나눔세."

"그러세."

그게 일종의 두 동업자간의 '구두계약'의 전부였다. 좋은 영화였고, 벗이 선택했다면 그것을 포기하지 않도록 서로 힘을 합쳐 도모하는 것, 우리는 그것 자체에 몰두했고, 또 그 자체를 오롯이 즐겼던 것 같다.

시놉시스와 시나리오만 보고 덜컥 계약을 했던 영화, 〈펄프픽션〉이 완성되기까지는 후로 1년여의 시간이 걸렸다. 처음 시놉시스를 보았을 때는 일단 액션영화구나 하는 정도만 인지했었다. 후에 캐스팅 리스트를 보니 브루스 윌리스, 존 트라볼타, 우마 서먼 등의 제법 아는 이름들이 보여 일단은 안심했다.

그때까지만 해도 지금이야 기라성과 같은 걸출한 감독이지만 쿠엔틴 타란티노에 대한 배경지식이 없으니 출연진부터 눈에 들어왔던 것이다. 그리고는 대체 감독이 어떤 사람이며 어떤 작품을 만드는 자인가 궁금하여 그의 전작인 〈저수지의 개들〉을 찾아보았다. 영화를 보고 나자 알길 없는 야릇한 불안감이 밀려왔다.

분명 평소 내가 즐기거나 좋아하는 장르의 것은 아니었다. 영화는 가타부타 설명 없이 양복을 빼입은 사내들이 튀어나와 처음부터 끝나는 순간까지 연신 총을 쏴대고, 사람을 죽이고, 알 길 없는 농담을 속사포처럼 주고받는 것이 전부였다. 당시만 해도 이는 정말 낯설고도 생소한 연출이오, 화법이었다.

그렇게 영화에 대한 '불안감' 내지는 '모르겠음'이라는 물음표 속에 영화를 계약했던 제작사에서 마침내 연락이 온다. 돌아오는 4월 칸영화제에서 드디어 완성작인 〈펄프픽션〉을 볼 수 있다는 것이다. 그리고 또 한 가지 들려온 청천벽력과 같은 소식. 그들은 기쁜 마음으로 전하는 말이었겠지만 나는 순간 하늘이 노래지는 기분이었다. 〈펄프픽션〉이 공개되자마자 칸에 본선 진출을 했다는 것이다. 우리는 본선 진출작의 한국 담당으로서 초청인단에 올려져 있으니 방문해 주길 바란다는 말도 덧붙였다. 이 순간 외화 수입업자들은 하나같이 "망했다!" 하고 탄식을 한다. 이때는 보통 〈칸영화제 본선진출착=예술영화〉라는 공식이 성립되어 지루하고 어렵다는 편견 속에 수입업자들도, 일반인들도 외면을 하는 것이 보통이었다.

더더군다나 나 혼자라면 상관이 없었다. 나의 선택을 믿고, 또 나의 어려움을 걷어주기 위해 친구까지 함께 하고 있지 않은가. 친구가 영화를 구입하기 위해 쓴 비용 또한 결코 적은 액수가 아니었다. 당시 50만 달러가 넘는 영화였고, 계약금조로 10만 달러를 이미 지불한 상태였던 것이다. 어쨌든 일은 벌어졌다. 어찌 됐든 영화는 이미 완성되었다. 다른 방법이 없었다. 직접 가서 내 눈으로 확인하는 수밖에. 에라 모르겠다 하는 심정으로 친구와 함께 칸으로 날아갔다.

누군가 칸이 무엇이냐 묻는다면 나는 명료하게 '레드카펫'이라 답할 것이다. 칸은 두말 할 것 없이 레드카펫이다. 대단한 탑스타가 아니더라도, 제작자, 스텝들도 모두가 하나같이 레드카펫 위를 걸어서 영화제 안으로 들어선다. 레드카펫 위에 선 순간에는 이름 없는 영화 제작자와 관계자들조차도 모두 똑같이 환대하며 또 똑같이 스포트라이트를 받게 된다. 그 붉은 색의 카펫 위를 걷는 순간, 내가 이곳에 존재하는 영화인이라는 사실을 실감나게 또 황홀하게 각인시켜 주며 영화라는 업에 종사하는 모든 이들에게 자존감과 자긍심을 갖게 하는 것이다. 이러한 자리, 이러한 영화들을 만들고 완성하는 것에 일조했다는 사실만으로도 그들에게 진심으로 존경의 눈빛과 목소리를 보낸다.

칸이라는 고장의 전반적인 분위기 자체가 그렇다. 아주 작은 배역의 배우가 카펫 위에 나타날지언정 모두가 마음을 다해 박수와 응원을 보내고 싸인을 요청하고 함께 사진을 찍는다. 모두에게 동등하고 열렬하게 그들이 '영화인'이라는 사실만으로 응원하고 축하해주는 것이다. 그 공기, 그 분위기에 서로가 매료되고 또 취해 우리는 마치 무언가에 홀린 듯 해마다 칸을 찾는 것인지도 모른다.

그렇게 도착하고 보니 이곳은 지중해 연안에 위치한 도시기에 해가 무척 길었다. 보통 9시는 되어야 해가 지기 시작하는데 그래서 이곳에서 '저녁을 먹자' 하면 빨라야 9시, '파티를 시작하자' 하면 12시, '이제 그만 잡시다' 하면 새벽 세 시가 보통이었다. 낮이 길고 밤은 아주 짧은 이곳에서 우리는 본의 아니게 진풍경을 만든 모양이었다.

다른 곳도 아니고 칸영화제에서 초청을 받았는데 그냥 갈 수는 없지 않는가? 해서 안병주와 나, 그리고 중간의 에이전시 대표 세 사람은 아주 마음먹고 턱시도에 나비넥타이까지 제대로 차려입고 출발을 했다. 아예 한국에서 나설 때부터 옷을 빌려서는 칸에 도착하자마자 빼입고 영화제 주변을 어슬렁어슬렁거렸는데, 이를 보고 사람들이 뭐가 그리 재미있는지 얼굴에 웃음을 걸고 연신 우리의 모습을 카메라에 담는 것이었다.

나중에 들으니 보통 턱시도는 해가 진 다음에 입는 복장이란다. 거기다가 그곳은 해가 무척 긴 곳으로 파티가 제법 무르익으려면 자정은 되어야 볼 수 있는 옷차림이었던 것이다. 그런 줄도 모르고 한낮부터 웬 동양인 셋이 턱시도를 차려입고 이 극장 저 극장을 기웃거리고 길거리에서 빵을 사 나누어 먹고 하니, 유럽인들에겐 우리의 존재도, 그 풍경도 꽤 재밌었던 모양이었다.

그렇게 영화제를 기다리며 조금은 어수선하게, 조금은 설레는 맘으로 낮 시간을 보내고 드디어 길고 길었던 칸의 낮이 사라지고 어둑한 어둠이 내려앉았다. 마침내 약속된 시간, 〈펄프픽션〉이 공개되었다. 친구와 나는 나란히 앉아 스크린을 맹렬한 기세로 바라보기 시작했다.

얼마의 시간이 흘렀을까. 당시엔 한글자막이 없으니 그저 화면만 보고 영화를 따라갈 수밖에 없었는데, 알다시피 쿠엔틴 타란티노 감독의 영화는 물 흐르듯 화면을 따라 내용을 이해할 수 있는 종류의 것이 아니었다. 자막은 없지, 채 알아들을 수도 없는 대사는 무한정 쏟아지지, 이와 함께 졸음마저 쏟아지는 것이었다. 이것은 진짜 잠이 쏟아진다는 게 아니라 그만큼 지루해서 견딜 수가 없었다는 얘기다.

그렇게 불안감은 현실로 바뀌었다. '망하는 건 아닐까' 했던 그 조마조마함이 '이젠 망했구나!' 하는 절망감으로 바뀌자 도저히 영화를 더 보고 있을 수가 없었다. 슬쩍 곁을 보니 친구의 얼굴은 더 심각했다. 그는 여기에 대부분의 자금을 쏟아 부은 상태였다. 화면이 뚫어질 듯 그는 시선을 떼지 않은 채 맹렬히 영화를 보고 있었다. 그것은 무언가 필사적이기도 했으며, '아니야… 괜찮을 거야…' 하는 자기암시 비슷한 절박함이 느껴지기도 했다. 영화도, 그런 친구의 모습도 도저히 보고 있을 수가 없었다. 그대로 극장을 홀로 빠져 나왔다.

늘 아트필름만을 고집하다 용기 내어 액션영화를 한 번 해보나 했더니만, 대체 이게 뭔 일인가. 내가 뭘 본 건가 싶었다. 당시 쿠엔틴 타란티노의 영화세계란 우리에게 그랬다. 카오스, 그 자체. 큰일났구나, 엉뚱한 영화를 택했구나. 후에 〈마스크〉의 흥행 돌풍을 생각하면 땅을 치고 천추의 한이 남을 듯한 그런 순간이었다. 친구에게 면목이 없어 도저히 돌아갈 곳도, 돌아갈 길도 없는 느낌이었다. 나는 그 밤 길을 홀로 무작정 걷기 시작했다.

## 바닥을 쳐야 솟아오르는 얄궂은 운명

그대로 기차역을 찾아가 눈에 보이는 열차에 무턱대고 올라탔다. 기차는 지중해를 돌아 알프스 산맥을 넘어 모나코에서 밀라노를 가는 기차였다. 창밖으로 탄식이 절로 나오는 그림 같은 풍경이 연이어 펼쳐졌다. 누가 보아도 눈부시게 아름다운 해안가, 여기저기서 찬사가 쏟아지는 산의 절경, 또 파랗게 이어지는 바다가 끊임없이 기차를 따라왔지만 이상하게도 나의 눈에는 아무것도 보이지가 않았다. 참담한 심정에 그저 넋을 놓은 채, 아 이제 바다를 지나는구나, 아 이번엔 산을 도는구나 하는 이동경로만을 인지할 수 있었다. 그러다 불쑥 모나코에서 내렸다.

조금 걷다보니 앞에 작은 카지노가 보였다. 카지노라고 하기도 뭐했다. 안에는 머리가 하얗게 센 노인들이 여기 저기 모여 앉아 소소하게 게임을 즐기고 있는 풍경이었다. 아무래도 연금을 이용해 하루 소일거리로 삼는 모양이었다. 체크를 꺼내 30달러, 50달러씩 크지 않은 돈으로 즐기다 저녁시간이 되면 다들 돌아가는 모양이었다. 딱히 도박이라는 개념도, 카지노라고 부르기도 뭐한 동네의 작은 게임장 비슷한 것이었다. 거기 우두커니 앉아 아무 생각 없이 블랙잭을 하기 시작했다.

주변에서 슬슬 술렁이는 소리가 들려왔다. 그들에게는 매일이 그 얼굴이 그 얼굴인 동네의 작은 게임장에 낯선 동양인이 턱시도까지 차려입고 나타나 그러고 있으니 퍽 생경한 풍경에 호기심을 느낀 모양이었다. 게임에 대한 별 의지도, 집중력도 없었다. 그저 그 순간의 심란하고 괴로운 심사를 떨쳐 버리고 몰두할 수 있는 무언가가 필요했다. 칸에 올 때면 혹시 좋은 영화를 만날지 몰라 비상금 조로 만 달러 정도를 늘 주머니에 넣고 다녔는데 얼마 되지 않아 그 자리에서 이를 전부 잃었다.

조금 있으니 딜러가 이제 문을 닫을 시간이란다. 라스베가스같은 진짜 카지노야 24시간 불이 꺼질 일이 없지만 이곳은 작은 시골 마을의 게임장이었다. 인근의 노인들 외에는 딱히 찾아오는 이도 없으니 시간이 되면 문을 닫는 모양이었다. 차비 한 푼 남기지 않고 지니고 있던 돈 모두를 잃었다.

블랙잭을 하느라 까맣게 때가 탄 손을 씻을 요량으로 터덜터덜 화장실로 향했다. 막 손을 씻고 주머니를 뒤적이는데 순간 챙그랑 하고 무언가가 떨어져 바닥에 나뒹군다. 뭔가 하고 보니 100프랑 짜리 칩이었다. 아무래도 은연중에 돌아갈 차비는 있어야지 싶어 주머니에 넣어둔 모양이었다. 당시엔 그런 걸 내가 챙겼는지조차 기억이 없었다. 가만히 그 100프랑 짜리 칩을 손에 쥐고 들여다보았다. 별의별 생각들이, 그리고 이곳에 오기까지의 여정이 머릿속을 스쳐갔다. 나는 그것을 주머니에 꾹 쥐고 다시 카지노로 들어갔다.

"Just 30minute."

오기가 생겼다. 그대로 돌아갈 수 없는 기분. 걸어서 알프스를 넘고 지중해를 헤엄쳐 돌아가는 한이 있더라도 이대로는 돌아갈 수 없을 것만 같은 기분. 그래, 내가 여기서 그냥 갈 수야 있나. 어떻게 왔는데, 다 버리고 가야 하는 생각이 들었다. 내가 돌아간 줄 알고 앉았던 자리를 정리하는 딜러의 팔을 붙잡았다. 그리고 "내게 30분만 다오" 하자 그는 어디서 어떻게 왔는지 알 길 없는 동양의 남자가 흥미로웠는지 "OK" 하고는 다시 자리를 만들어 주었다.

시간은 단 30분. 이런 저런 고민을 하고 재고 자시고 할 것도 없이 가진 100프랑을 전부 걸었다. 패는 마치 나의 마음이라도 읽은 듯 연이어 텐, 에이스가 터졌고 이윽고 30분 안에 나는 잃었던 만 달러를 모조리 되찾았다. 이례적인 광경에 막 게임장을 나가려던 노인 남녀들이 곁으로 몰려와 이를 구경하느라 소란스러웠다.

믿기지 않으면서도 허탈해 웃음이 흘러나왔다. 불과 30분 전 화장실에서 허망하게 서 있던 순간, 천주교신자이고 하니 속으로 '성모마리아님, 너무 하십니다. 어쩜 이렇게 갈 곳 하나 없는 데까지 저를 내모십니까. 왜 모든 걸 걸고 나면 저는 어김없이 바닥을 치고 있습니까' 하고 물었다. 그것은 칸에 오기까지의 모든 과정, 그리고 내가 걸어온 삶 전체에 대한 물음이기도 했다. 그런 소용없는 물음을 던지고 깊은 한숨과 함께 돌아서는데, 순간 주머니에서 100프랑짜리 칩이 떨어진 것이었다. 나는 이 이야기를 지금까지도 두고두고 회자하고 있다.

그렇게 순식간에 되찾은 나의 만 달러처럼 무언가 환기가 된 듯 정신이 번쩍 드는 순간, 그 100프랑짜리 칩을 손에 꼭 쥐고 다시 칸으로 향하는 기차에 몸을 실었다.

### 〈펄프픽션〉에 쏟아지는 찬사와 대 흥행

그 길로 칸으로 돌아가 보니, 친구는 세상이 무너진 듯한 침울한 얼굴을 하고 있었다. 왜 그렇지 않겠는가? 호기있게 돌아오긴 했지만 도저히 친구 얼굴을 볼 면목이 없었다. 그러나 안병주가 오히려 나를 다독이며 말했다. 아직 절망하지 마라. 이게 끝은 아닐 것이다. 네가 처음 그 시놉시스를 선택했을 땐 네 나름의 느낌이 있었을 것이다. 여기까지 온 거 조금만 더 기다려보자. 그렇게 위로의 말을 건네는 친구의 어깨를 꾹 쥐었다. 짧기만 한 칸의 밤이 깊은 정적 속에 아주 느릿하게 지나가고 있었다.

다음 날, 서서히 영화에 대한 평이 쏟아지기 시작했다. 그래, 우리는 변방의 작은 나라에서 영화에 대한 이해가 미흡한 채 이곳에 왔을 뿐이다. 우리의 시각과는 다른, 뭔가 다른 이야기가 있을 것이다! 하고 마지막 지푸라기라도 잡는 심정으로 현지 언론의 영화평에 촉각을 곤두세웠다.

'Great!' '훌륭한 작품!'이라는 찬사와 호평이 매스컴을 통해 쏟아지기 시작했다. 스타일리시하고 감각적인 영화와 감독을 발견했다며 연일 쿠엔틴 타란티노와 영화 〈펄프픽션〉에 대한 이야기가 쏟아졌다. 그리고는 급기야 〈펄프픽션〉이 그 해 작품상 후보에 오르게 된다. 까맣게 탄 속마냥 흙빛이었던 친구의 얼굴에도 그리고 나의 얼굴에도 다시 흥분과 생기가 돌기 시작했다.

그래, 여기서 작품상까지 받는다면! 이 소식이 한국에 전해진다면 이야기는 좀 달라지지 않겠는가. 하는 기대감이 가슴속으로 잔뜩 부풀어 올랐다. 작품상 발표는 축제의 마지막 날이었다. 칸에서의 며칠이 하루는 지옥으로 곤두박질치고, 하루는 천국의 문턱 앞에서 한없이 종종걸음을 치는 기분이었다. 드디어 시상식 날, 살면서 그토록 무언가를 간절하게 바라본 적이 있었을까. 숨을 죽인 채 시상식을 지켜보던 우리의 귓가에 마침내 시상자의 음성이 울려 퍼졌다.

"황금종려상! 쿠엔틴 타란티노의 〈펄프픽션〉!"

됐다! 하고 우리는 서로를 얼싸 안았다. 칸에서 그것도 액션 전문배우로 통하던 브루스 윌리스가 주연한 액션 장르의 영화가 작품상을 받는 것은 퍽 이례적인 일이자 최초였던 것이다. 소식은 바다 건너 한국에까지 단숨에 뻗어 나갔다. 연일 〈펄프픽션〉에 관한 기사가 쏟아졌다. 한국의 영화사들과 배급업체, 그리고 극장주들은 대체 이 영화를 누가 산 것이냐며 아우성이라는 소식이 들려왔다. 영화는 미라신 코리아 그리고 이덕행이 가지고 있다는 소식이 돌자, "또 이덕행?", "대체 이덕행은 어떤 사람인가?" 하는 이야기가 돌았던 모양이었다.

영화가 생각지 못하게 워낙 요란했으며 단숨에 메이저급의 화제작으로 거론되자, 누구도 내가 영화를 사들였을 거라곤 생각지 못한 모양이었다. 한국의 큰 기업에서 작업이 들어갔으리라 짐작했던 그들은 그 주인이 나라는 사실에 놀란 모양이었다.

그렇게 칸에서 돌아와 사무실을 나가보니 아닌 게 아니라 지방 업자들이 벌써 길게 줄을 서 있는 것이었다. 나는 별다른 표정 없이 시치미를 뚝 떼고 근처의 미라신코리아 사무실로 가 안병준을 만나 작게 모의를 한다.

"친구야. 봐서 알겠지만 이 영화 아무래도 어려워."

"그래서?"

"보여주지 말고 팔자. 보여주면 못 판다, 이거."

이미 〈꿈의 구장〉 때 한 번 겪어본 뼈아픈 교훈이었다. 아무리 내 눈에 좋고, 세계에서 찬사를 받았다 한들, 한국의 정서에 맞지 않다 판단되면 그 순간 외면당하는 것이 외화다. 나는 영화를 공개하지 말고, 그래도 구입을 원하는 이에게만 팔자며 친구를 설득했다.

그렇게 공개하지 않은 상황에서 우선 비디오 판권과 각 지방에 판권을 판매하여 남은 잔금을 지불하고, 광고비를 제하고도 어느 정도의 이익을 낼 수 있었다. 액수야 어떻든 무엇보다 친구에게 폐를 끼치지 않았다는 사실에 안도했다.

그리고 난 후에야 마침내 전국의 극장 판권업자들과 극장주, 문화부 기자 등을 한자리에 모아 〈펄프픽션〉의 국내 첫 시사회를 연다. 과연 〈펄프픽션〉을 처음으로 마주한 그들의 반응은 어땠을까? 말에 무엇 하랴. 영화를 보던 업자들의 표정은 처음 칸에서 〈펄프픽션〉과 마주했던 우리의 표정과 똑같았다. 몇몇은 영화를 보다 말고 중간에 돌아가 버렸고, 또 몇몇은 심란한 얼굴로 한참을 서서 고민했으며, 또 구두계약을 한 몇몇은 없던 일로 무를 수 없냐며 물어오기도 했다. 역시나 한국으로 돌아온 후에도 〈펄프픽션〉의 행보는 녹록하지 않았다.

그렇게 영화는 당시 15만 명 정도의 관객을 동원했고, 서울을 비롯한 수도권 지역에서는 나름 선방을 했으나 지방극장들 대부분은 손해를 감수해야 했다. 확실히 당시의 〈펄프픽션〉은 우리에겐 난해한 영화였다.


**어디가 앞이여? 〈펄프픽션〉을 둘러싼 한국극장들의 대 혼란**

〈펄프픽션〉을 떠올리면 또 하나 웃지 못할 해프닝이 있다. 당시에는 영화들 대부분이 필름 상영을 했는데 이게 양이 상당하다보니 일정 분량을 끊어서 권수를 매긴 후 순서대로 플레이를 하는 방식이었다. 그런데 〈펄프픽션〉의 시사회를 마치고 전주에 사는 김태곤이라는 친구가 고개를 갸웃거리며 다가와 묻는 것이었다.

"자네 실수한 거지?"

"뭐가 말인가."

"조심해야지, 시사회에 권수를 바꿔 틀면 어쩌나."

듣는 순간 그저 '허허' 웃었다. 이미 몇 번 들은 이야기였다. 이러쿵저러쿵 이야기하기도 이젠 귀찮아 "그랬나?" 하고 넘길 뿐이었다. 쿠엔틴 타란티노의 영화가 독특한 이유가 화면이나 캐릭터, 대사 등 여러 가지 요소가 있지만 그 중에서도 특히 그는 영화의 '구조'를 독특하게 조립하고 구성하는 감독 중 하나였다.

그러니 이전까지는 그저 발단-전개-위기-절정-결말의 보편적인 이야기 구조에 길들어져 있던 한국 관객과 영화계 인사들에게 갑자기 결말 부분이 도입부에 펼쳐지는 등 시간의 배열이 어지럽게 혼재되어 있는 그의 연출기법은 이해되지 못했고, 내가 실수로 권수를 잘못 튼 것으로 오해를 하는 것이었다.

그 후에도 〈펄프픽션〉을 보여줄 때마다 듣는 말은 똑같았다. "필름 권수 바꿔서 제대로 내보내라!"라는 것, 아무래도 문화콘텐츠에 대한 노출빈도나 이해도가 수도권보다 약한 지방일수록 이러한 항의는 더욱 분명했다.

이것이 감독의 세계이고, 스타일이라는 것을 쫓아다니며 내 입으로 구구절절 설명할 수도 없고, 원하는 대로 이를 바꿔서 보내주기 시작했다. 1권을 4권으로 보내고, 4권을 5권으로 보내고 5권을 다시 1권의 자리로 보내서, 아주 정직한 시간의 흐름대로 이야기가 흘러갈 수 있도록 보낸 것이다. 아마 감독이 들었다면 천인공노할 일일 것이다. 그러나 나도 항변을 해보자면 영화의 내용이나 안에 것에 관해선 조금도 편집하거나 건드린 부분이 일체 없었다. 그저 이해를 못하는 이들을 나 역시도 이해시킬 수가 없어 영화의 권수를 바꾸어 보내주었을 뿐. 그렇게 보내주고 일주일 정도가 지나면 또 아리송한 목소리로 전화가 걸려온다.

"근데 덕행아, 이거 영화가 어째 보다보니까 심심허다? 이거 가만 보니까 시사회 때 본 게 맞는 거 같네. 그게 맞는 거지?"

그때는 또 껄껄 웃으며, "그래, 자네가 본 게 맞는 거야" 하고 제대로 답변해주곤 영화는 다시 원상복귀 되어 상영되고는 했다. 그런데 이것이 한두 군데가 아니라 몇 번을 같은 해프닝을 반복하는 것이었다. 아마 전 세계에서 그것도 영화제에서 상까지 수상한 쿠엔틴 타란티노의 영화를, 권수를 바꿔서 상영한 나라는 우리나라밖에 없을 거다. 무지함보다는 낯선 것, 그리고 새로운 것에 대한 우리 문화권의 부족한 이해도가 빚은 해프닝이 아닌가 싶다.

　이 이야기는 나와 〈레들 대령〉을 계약했던 이경자 씨와도 담소로 종종 나누곤 했다. 이야기를 들을 때마다 그녀는 파안대소를 하며 이 해프닝을 영화의 소재로 삼을 테니 본인에게 팔라고까지 했다. 장난삼아 던진 이야기에 장난삼아 응수하는 줄 알았던 그녀는 정말로 내게 소재비 명목으로 천 달러를 주고 그 이야기를 사갔다. 언젠가 그녀가 제작하는 영화에서 이 장면을 볼 수 있진 않을까 기대하고 있다.

　이러한 논란과 이슈의 중심에서 〈펄프픽션〉은 나에게도 그리고 친구에게도 결코 잊을 수 없는 운명의 영화로 기억되고 있다. 모든 걸 잃었다고 생각하는 순간, 돌아갈 힘도, 방법도 없다고 체념하는 순간 주머니에서 떨어져 내리는 100프랑짜리 칩처럼, 〈펄프픽션〉은 그렇게 나의 심장을 죽이기도 하고, 다시 펄펄 뛰게도 만들었다. 평생 오락영화니, 액션영화니 하는 것엔 눈을 돌리지 않던 내가 알 수 없는 묘한 느낌에 이 영화의 시나리오를 택했던 순간부터 나는 이것이 운명의 작품이 되리라 짐작했는지도 모른다.

　쿠엔틴 타란티노 감독 역시 지금까지도 그의 영화인생은 〈펄프픽션〉으로 정점을 찍었다는 평을 듣고 있다. 그 역시도 〈펄프픽션〉에 대한 마음이 나와 같으리라 짐작해 본다. 당시 〈펄프픽션〉이 세계 최초로 한국에서 상영된다고 하자 그는 한국을 방문했고, 이때 기자회견을 시작으로 인사동, 이태원, 대학로 등의 곳곳을 안내하고 또 함께 둘러보며 좋은 시간을 가졌던 것으로 기억한다. 그는 '말장수'라 불릴 만큼 대단한 입담가로 한국에 머무는 동안 우리는 굉장히 가까운 사이가 되었다.

그가 영화를 하기 전 동네 작은 비디오 가게의 점원이었다는 이야기, 가장 좋아하는 감독은 오우삼 감독으로 무협 영화의 지독한 마니아라는 이야기까지 우리는 상당한 대화를 나누었고, 그는 진심으로 자신을 환대해주고, 또 그의 영화를 한국에 소개시켜준 내게 몇 번이고 고맙다는 인사를 전했다. 그러면서 후에 미국에 한 번 초청하겠으니 꼭 연락하라는 이야기를 거듭 당부했다. 물론 그 후로 연락이 닿거나 그를 사석에서 다시 만날 수는 없었다.

그리고 2004년, 나는 그의 목소리를 칸에서 다시 마주하게 된다. 그가 〈올드보이〉를 외치던 그 순간을 아직도 잊을 수가 없다. 대한민국을 넘어 세계의 화제작 〈올드보이〉가 2004년 칸에서 '심사위원상'을 수상했고, 그때 심사위원장이 바로 쿠엔틴 타란티노였던 것이다. 칸에서 금의환향 한 박찬욱은 기자회견에서 "동갑내기인 타란티노 감독의 호평이 최고의 칭찬이었다"라고 밝히기도 했다. 물론 영화 자체가 훌륭하기도 했지만, 〈펄프픽션〉 당시, 고마운 한국! 고마운 이 덕행! 하고 몇 번이나 말하던 그가 그렇게나마 우리에게 진 '고마움의 빚'을 갚은 것은 아닌지 조심스럽게 짐작해본다.

그는 후에 〈킬빌〉, 〈장고〉 등을 연출하며 여전히 활발하게 활동하고 있다. 자신만의 독특한 연출과 촬영기법 등으로 특화된 자기영역을 갖추고 있는 그를 한국에 처음 소개했다는 것만으로도 나는 상당한 자부심을 느끼고 있다.

## 1988~1998 나의 10년간의 영화 행적

1988년도 처음 영화계에 입문하여 1998년에 이르기까지 약 10여 년간 대한민국 대중문화의 꽃이자 황금기였던 영화계에서의 지난날을 가만히 돌이켜보면, 나의 인생여정만큼이나 결코 평범치는 않았다. 10년간 수입 및 배급한 외화만 40여 편, 이와 함께 한국영화 2편을 직접 제작했다. 이 과정에서 장선우 감독의 〈꽃잎〉을 비롯한 〈거짓말〉, 또 홍상수 감독의 〈강원도의 힘〉 등이 제작여건의 어려움을 딛고 세상과 만나는 모습을 지켜보기도 했다.

지난 10여 년간 '좋은 영화'가 '좋은 관객'을 만날 수 있도록 최선을 다했노라 스스로 자부하고 있다. 이와 함께 나의 영화인생사 중 가장 자신있게, 그리고 떳떳하게 말할 수 있는 것 중 하나를 '명화' 그리고 '예술영화'를 향한 한 번도 꺾이지 않았던 나의 '소신'이다.

1980년대 후반에서 90년대에 이르기까지. 국내를 비롯한 아시아권은 한창 홍콩영화가 붐이었다. 유덕화, 장국영 등이 당대 최고의 탑스타로 떠올랐으며 액션, 느와르, 멜로, 코믹영화 등 장르를 불문하고 그들은 우리의 극장가와 홈비디오 시장을 점령하였다. 물론 좋은 영화들도 있었다. 그러나 그들이 얼굴만 비춰도 어느 정도 흥행이 보장되자 홍콩영화들은 무분별할 정도로 우후죽순 제작되었고, 또 그만큼 국내로 유입되고 있었다.

하지만 난 이때 단 한 번도 중국영화, 소위 잘 나간다는 홍콩 스타가 출현한 영화를 수입한 적도, 수입을 계획한 적도 없었다. 당시 그들의 인기와 열풍으로 말미암아 들여오면 어느 정도 수익이 보장되는 것은 당연지사였으나 나는 그게 싫었다.

내 안에는 '고집불통 외길'을 걷게 만드는 또 하나의 심사가 있었으니, 그것은 한 번 싫다 싶으면 죽어도 싫은 외고집이다. 나는 당시 그런 영화들이 한마디로 재미없었다. 당시 소위 '짠짜라 영화'라 불리던 흥행 위주의 영화들, 물량공세로 쏟아지는 영화들이 불편하고 싫었다.

그 중에서도 가장 불편했던 것은 마치 흥행을 위한 철칙들을 스스로 만들어 답습하는 듯한 천편일률적인 패턴과 이에 대다수의 관객들을 물들인다는 것이었다. 대개 커다란 문화가 그보다 작은, 혹은 폐쇄적인 세계로 휘몰아치면 그 안에 존재하고 있던 작은 문화들이 모두 죽는다. 그 커다란 문화의 '쏠림현상'이 얼마나 잔인하게 문화의 다양성을 죽이고, 작지만 아름답던 고유의 것을 소멸시키는지를 잘 알기에 나는 그것이 싫었다.

'나까지 나설 필요는 없다. 나까지 보탤 필요도 없다. 나는 나만의 길을 간다.'

그렇게 나는 꿋꿋이, 당시 우리나라에서 흔히 접할 수 없었던 유럽 일대와 미국 등지에서 제작된 예술영화를 택했고, 또 들여오기 위해 부단히도 애를 썼다. 당시 한국에 처음으로 들어왔던 제1호 헝가리 영화, 〈레들 대령〉, 〈하우즈 엔드〉, 〈올랜도〉, 〈내 책상 위에 천사〉, 〈십계: 사랑에 관한 짧은 필름〉에서 쿠엔틴 타란티노의 〈펄프픽션〉 그리고 나의 마지막 영화였던 〈파이어 라이트〉에 이르기까지.

가끔 사람들은 이해할 수 없다는 듯 물었다. 왜 그렇게 졸린 영화들만 하냐고. 대답 없이 그저 웃었다. 어쩌랴. 나는 당신네들이 재미있다고 하는 그 영화들이 지루해서 볼 수가 없는 것을. 그 나라, 그 시대,

그 인물의 생각과 문화를 읽을 수 없는, 그저 순간순간 웃기고 울리며 소진되어 버리고 마는 영화들, 찰라의 감정들로 버무려진 소위 '흥행작'들이 못 견디게 지루하고 졸음이 쏟아지는 것을 어쩌란 말인가.

"왜 그렇게 어려운 영화들만 하나?", "밥벌이는 되는가?" 그 질문들에도 역시나 대답 없이 웃는다. 나는 좋다. 어려운 영화들이. 그리고 밥벌이는 말 그대로 밥을 먹을 수 있을 정도만 되면 그만이었다. 그게 영화를 결심하고 내가 선택한 길이었다. 생각에 생각이 꼬리를 무는, 가슴 깊이 오래도록 무언가가 남을 수 있는 그런 영화들을 '한국의 관객에게 보여주는 일' 말이다. 물론 나 같은 작고 영세한 영화사들이 설사 원한다고 해도, 당시 영화계의 생리와 구조상 메이저급의 오락영화를 잡는다는 것은 불가능한 일이었다. '기회'가 애초에 나를 외면했고, 나의 '소신'이 그보다 먼저 이를 거부한 것이다. 나는 소신에 반하는 일은 결코 하지 않는다.

그 후 20여 년이 지난 지금까지도 그때의 선택을 '자긍심'이자, 아름다운 추억으로 간직하고 있다. 만약 그때, 기를 쓰고 어떻게 해서든 흥행영화들과 오락영화들을 손에 넣으려 애썼다면 지금쯤 어땠을까. 제법 많은 돈을 만지고, 제법 여유로운 노후를 꿈꾸며 유유자적 했을까. 하지만 사라진 나의 '소신'과 가슴을 무겁게 채울 '부끄러움'은 어찌 한단 말인가.

영상콘텐츠란, 그리고 문화란 무릇 거대한 몸집으로 쏟아져 내리는 것이 아닌, 시나브로 서서히 스며드는 것이다. 나는 늘 이를 믿어 의심치 않는다. 그 서서히 스며드는 작은 연못이 내가 선택한 길이었으며 '아트필름 전문'이라는 그 작지만 견고한 신념이 일종의 나만의 특화된 영역이었던 것이다.

지난 일을 후회한 적은 없다. 그 순간 언젠가 후회하리라. 싶은 결정을 내린 적도 없다. 영화인생 또한 그런 시절이요, 그런 자부심 중 한 부분으로 오래도록 추억하고 있다.

# 6

# 필름 속 '인연'들, 영화 밖 '사람'들

영화와 함께 한 시간들,
소중한 인연을 남기다

### 영화를 사랑한 금융맨, 미래에셋 박현주 회장과의 인연

영화와 문화콘텐츠가 참 재미있는 것은, 그리고 그토록 오랫동안 매료되었던 까닭은 나 역시도 마치 영화 속 주인공처럼, 그곳에서 인생에 다시는 오지 못할 소중한 인연과 사람들을 만났기 때문이다. 특히 가장 먼저, 그리고 가장 특별한 인연을 꼽자면 나는 단연 미래에셋그룹의 박현주 회장을 떠올린다.

때는 1998년으로 기억한다. 영화진흥공사 감사 업무를 보던 시절, 공사는 약 2천억 원의 기금을 보유하고 있었다. 워낙 규모가 있다 보니 한 곳에서 일괄적으로 관리하지 않고 여러 곳으로 분산하여 이 기금을 관리 및 운영하고 있었다. 바로 그 과정에서 기금의 '쓰임'과 '지킴'이 제대로 되고 있는지를 관리감독 하는 것이 나와 대부분의 기관 감사직의 주 역할이었다.

이와 같은 기금 관리 및 운영을 위해 수시로 주요 은행들을 비롯해 채권 투자 등을 대행하는 대우, 삼성 등의 대표적 증권사와 접촉하고는 했었는데, 바로 이즘에 업계로 뛰어들어 쟁쟁한 대기업의 틈새로 출사표를 던진 기업이 있었으니 바로, 박현주 사장의 미래에셋이었다.

지금이야 업계의 신화 같은 존재로 그 이름과 규모에 있어 최고의 금융기업으로 인정받고 있지만 당시만 해도 '박현주'란 이름도, '미래에셋'이란 신생 회사의 이름도 그저 낯설기만 했다.

그런 그와 처음 인연을 맺은 것은 바로 그의 '영화 욕심' 덕분이었다. 그 영화 욕심의 주인공은 평생을 영화꾼으로 살았던 나도 아니고, 순간순간 당락의 치열한 접전이 벌어지는 경제 전쟁터에서 매일을 살아남아야 하는 신예 금융맨이었다. 이것 또한 몹쓸 선입견일까. 처음엔 '증권맨이 무슨 영화?' 하는 의아함과 약간의 경계로 그를 대면했던 것 같다.

만나보니 그는 거듭 같은 뜻을 전해왔다. 본인이 직접 영화를 제작하고 싶단다. 할리우드나 국내 굵직한 영화사에서 든든한 자본을 배경으로 흥행영화들과 상업영화들이 제작되는 프로세스를 제법 알기에, 나는 성급하게도 '돈을 만질 줄 아는 사람이니 '영화 장사'를 해보겠다는 뜻이구만' 하고 어림짐작했다. 이야기를 듣고는 별 생각 없이 "생각해 둔 기획이나 영화가 있습니까?" 하고 물었고 그의 입에서 뜻밖의 대답이 흘러 나왔다.

"임권택 감독님을 모시고 싶습니다."

순간 등받이에 기대고 있던 상체가 획 세워졌다. 전혀 예상치 못한 대답이었다.─감독님께는 죄송스러운 말이지만─그의 입에서 '임권택'이라는 이름이 나왔다는 건, 적어도 흥행 목적의 상업영화를 염두한 것은 아니라는 이야기였다.

곁에서 늘 지켜봐 왔으며 물신양면으로 늘 그분의 영화를 돕고자 애서왔기에 누구보다도 임권택 감독을 잘 안다. 그의 영화도, 그리고 그의 소신 또한 언제나 곧고, 그래서 또 아프다. 언제나 우리 민족의 정서, 고유문화, 그리고 시리디 시린 아픔과 한(恨)을 담고자 하는 그의 곧은 의지, 그리고 그 고집은 이따금씩, 실은 꽤 자주 관객들에게 외면 받으며 그는 참 외롭고 또 아프게 영화를 만들고 있었다. 이런 내막을 그에게 공유하자 박현주 회장은 웃으면서 말했다.

"잘 압니다. 그래서 그분을 존경하고 또 꼭 함께 작업하고 싶습니다."

그러면서 돈은 중요하지 않다 말했다. 설사 영화가 실패하고 돈을 벌지 못하더라도 자신은 꼭 존경하는 임권택 감독으로 하여금 영화를 만들어내고 싶다는 것이었다. 이때 논의되었던 작품이 바로 조승우 주연의 〈춘향전〉이었다. 그는 임권택 감독님의 손에서 새롭게 재탄생하여, 현대인들에게 재해석 될 수 있는 〈춘향전〉을 만들어보고 싶다 말했다.

그만큼 우리의 문화 예술에 대한 애정과 조예가 깊은 인물이었다. 단순히 금융맨이라는 편견 속에 그를 응대했던 내가 부끄러울 만큼, 그는 우리의 영화와 전통문화에 대한 각별한 애정, 그리고 사회적 기여에 대한 의식이 깨어있는 사람이었다.

그렇다면 우선 영화쪽 인사들과 접촉하여 실무를 관장할 수 있게 해야 하는데 염두해 두거나 스카우트 할만한 인물이 있느냐 하고 그에게 물었다. '김동주'와 '정헌조'라는 이름이 들려왔다. '정헌조'는 이미 실무자로서 함께 하고 있으며 '김동주'는 새로 데려오고 싶은 인물이라고 했다.

김동주, 그는 820만 관객의 〈친구〉, 〈올드보이〉, 〈외출〉 등 숱한 화제작과 흥행작을 탄생시킨 영화계의 마이더스의 손이었다. 그러나 당시만 해도 그저 평범한 극장 직원일 뿐이었고 그럼에도 워낙 재기가 넘쳐 나 역시도 영화진흥공사에서 함께 일하고 싶어했던 친구이기도 했다. 박현주 회장은 일찌감치 그를 미래에셋의 인물로 점찍고 있었다.

그리고 또 한 사람 정헌조 역시 〈어린신부〉, 〈봄, 여름, 가을, 겨울 그리고 봄〉, 〈목포는 항구다〉, 〈신부수업〉 등 다양한 장르의 한국영화를 제작투자 해온 영화계의 인물로 당시 미래에셋의 실무자로서 활약하며 독립영화 펀드를 운영하는 등 활발한 활동을 하고 있었다. 그러면서 하는 말이 정헌조 팀장의 위로 김동주를 책임자로 두고 싶다, 영화산업 투자분야의 대표로 그를 맞이하고 싶은데 괜찮겠냐 물어왔다.

다시 한 번 그의 안목과 또 편견과 허례허식이 없는 면모에 깜짝 놀랐다. 박현주 회장 자체도 그렇지만, 정헌조 팀장 역시 서울대를 졸업한 명문의 엘리트 출신이었다. 그에 반해 김동주는 영화 현장에서 잔뼈가 굵은 베테랑이지만 고졸 출신의 현장인이었다. 그런 그를 정헌조 팀장의 위로 올리는 것에 대한 염려는 있었지만, 그의 의지는 확고했다. 개인의 이력이나 배경에 개의치 않고, 오로지 그 인물의 능력과 활동성을 기준으로 파격인사를 감행하는 그의 모습이 퍽 멋져 보였다. 나는 그 자리에서 김동주에 대해 흔쾌하게 동의했다.

"잘 생각하셨습니다. 그만한 인물이 없지요."

이토록 논리적이면서도, 수평적인 생각, 게다가 지극히 합리적이면서도 파격적인 면모를 두루 갖춘 그에게 나는 단박에 매료되었다. 그는 김동주를 영입해 그가 얼마든지 영상산업에 매진할 수 있도록 제작 자금을 마련할 생각이라고 말했다. 어떻게 충당할 거냐 묻자, 그는 그의 본업에 맞게 심플하게 답했다.

"펀드를 만들 겁니다. 김동주펀드."

이것이 바로 미래에셋에서 시도한 대한민국 최초의 영화펀드이자 '김동주펀드'의 시초였다. '미래에셋 김동주펀드'는 국내·외 영화와 애니메이션, 게임 등 영상산업 전반에 걸친 투자를 목적으로 조성되는 것으로 투자 규모는 총 50억 원(자체 출자금 15억 원, 일반 조합원 투자금 35억 원)이었다. 일반투자자를 대상으로 하는 모집펀드로, 회사의 내실이나 박현주 회장에 대한 신뢰감만으로도 충분히 조성될 수 있는 규모였다.

그러나 박현주 회장은 이왕이면 국가 기금이 일정부분 자리했으면 한다는 의견을 보였다. 영화계 발전을 위해 기업과 국가가 협치와 상생으로 함께한다는 인상을 준다면 모두에게 좋지 않겠냐는 것이었다. 일리있는 이야기였다. 그 즉시 일을 도모하기 시작했다.

바로 이 시기에 펀드 조성을 위해 만나게 된 두 사람이 있었으니, 당시 미래에셋 초기 부회장이자 대표이사였던 '최현만'과 대전의 유성구청장인 '송석찬'이다.

박현주 회장의 후배이자 함께 사업체를 꾸려가던 동업자로 미래에셋의 핵심인물인 최현만 부회장과 다양한 논의가 오갔다. 대한민국 영상산업에 전문적으로 투자하는 펀드 조성이라는 취지는 좋지만, 물론 여기에 국가 기금이 어느 정도 일조한다는 것도 의미 있는 것이지만 이는 말처럼 쉬운 일이 아니었다. 당시엔 미래에셋 자체도 아직은 낯선 신생투자사요, 어느 정도 결과가 보장되지 않는, 난생 처음 접하는 신생펀드라는 위험군에 국가 예산이 함부로 투입될 수는 없다는 것이 당시엔 당연한 분위기였고, 이대로라면 국가기금이 투입되는 것은 불가능한 듯 보였다.

"방법이 없겠습니까. 딱 5억이면 될 텐데."

펀드 투자규모 총 50억의 10퍼센트. 딱 10퍼센트인 5억 원이라도 국가기금이 투입된다면 그 상징성과 신뢰도는 충분하다는 판단이었다. 하지만 말했다시피 엄격하고도 철저한, 신빙성을 요구하는 국가기금의 투자가 그런 '낭만'과 '이론'만으로 움직일 수는 없는 노릇이었다. 그렇게 불가능하리라 여겼던 그때, '펀드기금'을 둘러싼 기상천외한 인연과 일들이 벌어지게 된다.

### 유성온천에서 솟아오른 '김동주영화펀드'

투자처를 찾기란 그리 쉬운 일이 아니었다. 그렇게 애를 먹는 사이, 내게 연락을 취해 온 뜻밖의 기관이 있었다. 바로 공무원연금관리공단이었다. 어느 날 불쑥 영화진흥공사의 감사실로 기관의 총무부장이 나를 찾아왔다. 다짜고짜 첫 마디가 "이덕행 감사님, 좀 도와주십시오!"였다. 무슨 일이냐 물으니 대뜸 "온천 때문에 난리입니다" 하는 것이었다.

공무원연금관리공단은 여러 공단들 중에서도 제법 기금 규모가 큰 기관 중 하나였고, 얼마 전 대전 유성구에 공무원 휴식공간의 개념으로 온천호텔을 지었다고 한다. 공사가 어느 정도 마무리되고 오픈 기념식이 코앞으로 다가왔는데 돌연 물이 없다는 것이다. 대전의 유성하면 온천도시로 설명이 끝나는 곳이 아닌가, 그런 곳에 물이 없다는 게 무슨 이야기인가 싶어 자초지종을 물었다.

이제 호텔 준공이 끝나고 온천수만 끌어오면 되는데, 이 온천수의 이동과 이용은 해당 행정기관인 유성구청이 관할하고 있었다. 그런데 유성구청장이 온천수를 넣을 수 없다며 완강하게 버티고 있다는 것이었다. "적절한 구역이 아니다", "온천수를 이용하기 합당하지 않다" 등의 이유를 대며 요지부동, 절대 허락할 수 없다며 온천수를 공급하지 않고 있어 공단에서는 애간장을 태우고 있었다.

오픈기념식이 당장 내일 모레였다. 연금공단 주요 인사부터 해서 행정안전부 간부에 이르기까지, 청와대 주요 인사들이 대거 참석하는 제법 큰 행사인데 온천수가 없는 온천호텔을 어떻게 보여주냐며 이대로 가다가는 사단이 날 것이라는 것이었다. 상황은 안타까웠지만 한편으로는 어리둥절했다.

"그렇다고 제가 뭘 할 수 있겠습니까."

도대체 공무원연금관리공단과 대전 유성, 그리고 온천호텔의 사이에 내가 어떤 접점으로 얽혀있는 것인지, 왜 그 문제로 득달같이 나를 찾아온 것인지 알 길이 없었다. 공단에서는 짧게 회답했다.

"유성구청장이 송석찬입니다."

그제야 상황이 단박에 이해가 되었다. 오래 전 연청에서 활동하던 당시 초대 사무총장을 지내던 시절, 충남과 대전지역의 연청 회장을 지냈던 인물이었다. 교류가 잦지는 않았지만 형님, 아우하며 격 없이 지냈던 사이였다. 송석찬, 그가 바로 당시 유성구의 구청장이었다.

"고집이 대단하신 분입니다. 그런데 들리는 말로 이덕행 감사님 말씀은 들으실 거라는 말이 있어 이렇게 찾아뵈었습니다."

송석찬, 호방하지만 고집이 있는 인물이 맞다. 그러나 이유 없는 괜한 아집을 부리는 인물은 아니었다. 필시 뭔가 사연이 있거나 내막이 있는 것이 분명했다. 우선 알겠다는 대답을 하고 나는 바로 그와 만났다. 오랜만에 만나 서로 반갑게 인사를 나누고, 나는 지체할 것 없이 단도직입적으로 말했다.

"자네 이거 물 넣어야 하네. 안 넣으면 안 되는 거여."

그 얘기를 꺼낼 줄 알았다는 듯 그는 작게 웃더니 역시나 단호하게 대답했다.

"형님, 나 이 물 못 넣어유. 아주 저를 껍데기로 알아요. 절대 못 넣어유."

충청도 특유의 느릿하면서도 완강한 고집이 느껴지는 대답이었다. 옳거니 역시 뭔가가 있구나 싶었다. 이건 개인이 해주고 싶다, 해주기 싫다라는 '선택'의 문제가 아니었다. 국가가 진행하는 사업 중 하나이고, 물은 제때 당연히 들어가야 하는 게 맞다. 이를 구청장으로서 그가 모를 리가 없었다. 아마 짐작컨대 오픈 기념식까지 바짝 애를 태울 모양이었다. 뭔가 단단히 공단 측이나 정부 측과 불편한 일이 벌어졌던 것이 틀림없었다.

"대체 뭐 때문에 그러나?"

완강한 그를 조용히 달래 사연을 물으니 자초지종은 이랬다. 송 구청장은 수년간 민주당 당원으로서 뚝심 있게 김대중 대통령을 지지하고 또 활동해 왔다. 그러나 4전5기의 도전의지 끝에 김대중 대통령이 마침내 당선된 것은 1998년이었으니 그간 마음고생과 이래저래 겪은 모멸감과 설움이 대단했던 모양이었다. 당시만 해도 호남지역이 아닌 곳에서 민주당 출신의 정치인이 활약하기란 결코 녹록치가 않았었다. 그런데 대전지역에서 평민당 출신의 구청장이 탄생하자, 지역의 오랜 토착민 세력이며, 한나라당, 그리고 행정안전부 등의 업무 관련 정부부처까지 그의 의견을 무시하고 그의 행정정책에 딴죽을 거는 일이 허다했고, 송구청장은 오래도록 와신상담하며 이를 갈아왔던 것이다.

그리고 마침내 김대중 대통령이 당선이 되고 나자 슬며시 그간의 얼굴을 바꾸고, 비로소 그에게 호의적인 태도를 취하며 이런 저런 부탁을 해오는 인사들에게 송 구청장은 본때를 보여주마! 하고 단단히 벼르고 있는 중이었다.

"옥두 형님한테도 전화 왔었는데유. 안 된다고 했슈."

김옥두는 김대중 대통령의 측근 중의 측근으로 당시 대단한 인물이었다. 송 구청장이 워낙 고집을 부리니 위에까지 말이 들어갔을 것이고, 그를 달랠 요량으로 청와대에서도 전화를 받은 모양이었다. 그러나 그는 여전히 요지부동, 도무지 고집을 꺾을 기미가 보이지 않았다. 그의 마음에 얼마나 깊은 골이 생겼는지, 그 상처의 폭이 얼마나 깊은지 어렴풋 느낄 수가 있었다. 오죽했으면 '지방 온천'과는 한 톨의 관계조차 없는 '영화진흥공사'의 감사가 이를 해결하기 위해 그를 만나기까지 했을까. 결국 내가 이 자리에서 문제를 해결할 수밖에 없다는 결론을 내렸다. 나는 그의 무릎을 부드럽게 두드렸다.

"한 번 져 주게. 자네가 한 번 져 줘."

그렇게 다독이자 순간 그가 어리둥절한 표정을 짓는다. 아마도 그간 그를 설득하고, 회유하기 위해 숱하게 "물을 틀어라!", "온천수를 줘야 한다!", "그래서는 안 된다!", "왜 내정된 절차에 반하느냐!" 하는 식의 강한 어조들과 마주해왔을 것이다. 아마도 이는 그의 반감을 더욱 자극하여 상황을 악화시켜 온 것이라 생각됐다.

진위를 파악하고, 진심을 들여다보면 답은 오히려 아주 쉬운 곳에 있다. 그가 이토록 단단히 화가 난 이유는 무엇인가. 이러한 꺾이지 않는 고집 속에 그가 진짜 원하는 것은 무엇일까. 그것은 바로 '인정'이다. 하나의 지역구를 책임지는 '장'으로서의 인정, 그간의 고난과 모멸감 등을 이겨내고 마침내 행정일선을 책임 총괄하는 '결정권자'로서의 지위를 확인받는 것. 나는 그 마음을 읽었고, 그 마음을 달래기 위해 고압적인 어투와 태도를 버리고 가만히 그를 타일렀다.

"이쯤에서 한 번 져주는 게 자네가 이기는 걸세. 오죽했으면 나에게까지 이렇게 부탁해 왔겠나. 이만 하면 됐네. 지금 이렇게 한 번 져주면, 후에 큰일이 있을 때 보답으로 돌아오는 거야. 이제 그만 '감정'은 넣어두고, '용서'를 꺼내게. 결국엔 자네가 이기는 거야."

지금 생각해보면 이쯤에서 물러나는 게 어떻겠냐고 그를 달래며 전했던 말들이 요즘 이야기하는 '정치적 출구전략'이 아니었나 싶다. 인생의, 그리고 연청의 선배이자 또 같이 나라의 녹을 먹는 입장에서 그렇게 진심으로 전한 이야기가 통했던 것일까. 한참을 골몰하던 그는 허허 웃으며 마침내 "알았슈!" 하고 구수한 충청말로 답을 했다. 나는 그의 대답을 듣자마자 바로 그 자리에서 공무원연금관리공단 사장에게 전화를 걸었다.

"사장님, 지금 청장님께 약속 받았습니다. 물 들어갑니다."

"감사합니다! 제가 지금 대전을 향해 절을 하겠습니다. 정말 감사합니다!"

절을 한단 소리야 하는 말이었겠지만, 그만큼 진심으로 기뻐하고 고마워하고 있음이 그대로 전해졌다. 참 순수한 분이구나 싶으면서도 그간 마음을 얼마나 졸였을지 눈에 선하게 그려졌다. 몇 번이고 고맙다며 전하는 인사에 허허 웃으며 "아닙니다, 할 도리를 했습니다" 하고 이야기를 마무리하려던 순간, 번쩍 머릿속으로 무언가가 스쳐지나갔다.

"사장님, 대신 제 부탁 하나만 들어주십시오."

"예. 뭐든 말씀하십시오."

"더도 안 부탁드립니다. 딱 10퍼센트면 됩니다."

그 순간, 나의 머릿속을 스쳐지나간 것은 바로 난항을 겪고 있던 '김동주펀드'였다. 지금 베푼 덕이 언젠가는 돌아오지 않겠냐며 출구전략을 운운하던 나야 말로, 유성온천 물속에서 번뜩 떠오른 '김동주펀드'의 새로운 활로를 순간 놓치지 않고 덥석 붙잡은 것이다.

"공무원연금관리공단에서 50억짜리 영화 펀드에 10퍼센트만 투자해 주십시오. 우리나라 영화산업과 영상콘텐츠를 위해 꼭 필요한 일입니다."

방금 전까지도 고무된 목소리로 무슨 부탁이든 말하라던 그는 순간 당황한 듯했다. 말이 쉬워 10퍼센트이지 무려 5억 원의 돈이었다. 아무리 기관의 장이라 할지라도, 쉽사리 결정할 수 있는 사항이 아니었고, 나 역시 이를 잘 알고 있었다. 그러나 조금의 틈새라도 보이면 이를 기회로 파고들어 어떻게든 일을 이루고야 마는 내가 아닌가. '밑져야 본전'이라는 심정으로 간곡히 호소했고, 잠시 정적이 흐른 후에 수화기 너머로 목소리가 들려왔다.

"알겠습니다. 실무자들과 의논해서 가능한 한, 가능한 쪽으로 진행해 보겠습니다."

'가능한 한, 가능한 쪽으로' 만큼 모호한 답변도 없지만, 또 그만큼 우호적인 답변도 없다. 그만하면 됐다 싶었다. 그리고 얼마 후 국가연금 최초로, 공무원연금관리공단의 기금이 마침내 영화펀드인 '김동주펀드'에 투자를 결정했다. 이는 전무후무한 것으로 전례가 없는 일이었다. 국가에서 국민의 세금으로 운영하는, 하여 조금의 위험부담이나 리스크가 있을 경우, 극도로 조심스럽게 통제될 수밖에 없는 국가의 연금기금이 당시에도 생소한 영상산업펀드에 투입된다는 것은 그만큼 파격적인 결정이었다. 하물며 지금처럼 펀드시장이 어느 정도 안정화 되고, 보편화된 시점도 아닌 무려 1998년에 성사된 일이었다.

이렇게 모여진 기금으로 김동주펀드는 무난히 50억의 목표금액을 달성할 수 있었고, 이를 발판으로 김동주 제작자는 곽경택 감독의 〈친구〉, 박찬욱 감독의 〈올드보이〉, 허준호 감독의 〈외출〉, 김기덕 감독의 〈사마리아〉 등 대한민국의 내놓으라하는 명장들과 대흥행 기록을 세운 흥행작들을 수없이 탄생시켰다.

흥행작을 알아보는 놀라울 정도의 동물적 감각, 이것을 맹렬히 완성시키는 추진력, 우리의 대중문화와 영화에 대한 깊은 이해와 애정으로 김동주 대표는 지금까지도 영화계의 전설 같은 인물로 활약하고 있다. 후에 어떤 인터뷰에서 그는 이렇게 말한 적이 있다.

"영화의 흥행성공보다 투자자들에게 신뢰를 얻었다는 것이 더 기쁩니다."

그건 진심으로 내가 하고 싶은 말이었다. 국민의 세금으로 구성된 소중한 국가기금이 우리의 영화 발전에 투입될 수 있도록 부단히도 애를 썼던 나, 그 결실이 마침내 국민들을 행복하게, 그리고 기쁘게 만들 수 있는 수많은 흥행작이 되어 스크린을 통해 국민에게 돌려주었다는 사실이 늘 다행이고 또 자랑스럽다.

김동주는 후에도 영화투자배급사의 대표로 활동하며 한국무역학회선정위원회의 만장일치로 '2006년 무역진흥상'을 수상하기도 했다. 박찬욱 감독의 〈올드보이〉로 칸영화제에서 심사위원장상을, 김기덕 감독의 〈사마리아〉로 베를린영화제 감독상을 수상하며 다양한 국제영화제 수상을 통해 국내영화의 수출 가격을 끌어올리고, 수출지역을 다변화시켰다는 것. 또 〈외출〉, 〈주먹이 운다〉 등의 해외수출을 통해 한류열풍과 한국영화의 파워를 세계에 알렸다는 사실을 인정받은 것이다.

바로 여기에 내가 꿈꾸는 영상콘텐츠를 비롯한 문화산업이 이루어야 할 유토피아와 청사진이 담겨있다. 영화인이 '무역진흥상'을 수상했다는 것, 그것도 대한민국에서 이것은 상당히 고무적인 일이다. 무역분야에 있어 이전까지 주로 제조업체가 수상자였다는 것을 생각하면, 그의 수상으로 말미암아 영화를 통한 '엔터테인먼트 산업의 중요성'을 입증해준 것이다. 아직까지는 수출의 불모지라고 할 수 있는 '문화산업' 분야이지만 우리는 이를 통해 얼마든지, 그리고 충분히 적극적으로 해외시장을 공략할 수 있다. 그러한 힘과 재능을 충분히 지니고 있다. 불과 몇 년 전만 해도 우리는 반드시 스크린쿼터제를 사수해야 하는 변방의 영화수입국에 불과했지만, 이제는 세계적으로 주목받는 감독과 배우를 낳으며 영화수출국으로 발돋움하고 있지 않은가.

물론 아직까지는 영화수출금액이 일반 상품수출액과는 비교할 수 없을 정도로 미미하지만 두고 보라. 우리가 조금만 더 영상콘텐츠를 비롯한 문화산업을 키운다면, 그 파급력과 경제효과는 다른 산업과 비교할 수 없을 정도로 국가 경쟁력을 끌어올리고 대한민국의 국가 브랜드를 고양시킬 것이다. 그런 의미에서 나는 행정일선에서, 그를 비롯한 영화인들은 필드에서, 언제까지나 지금과 같은 열정을 잃지 않고 우리의 문화산업을 위해 맹렬히 달려갈 것을 응원하고 또 다짐하는 바다.

김동주 대표와 더불어 잊을 수 없는 또 한 사람, 바로 최현만 부회장이다. 그와는 세월이 흐른 뒤에도 그 인연을 꾸준히 이어가고 있다. 남양주종합촬영소 소장을 지내고 난 후에도 '영사모'라는 영화관람 모임을 꾸준히 주관해왔는데, 어느 날 회원들이 곽경택 감독의 〈친구〉를 보고 싶다며 요청해왔다. 막 이런 영화가 나온다 라는 기사가 들려올 뿐 정식 개봉도 하지 않은 상황이었다. 그런데도 최현만 부회장은 나의 언질에 흔쾌히 채 개봉도 하지 않은 영화의 필름을 들고 직접 촬영소까지 찾아와 회원들과 〈친구〉를 관람하고, '운당'에 함께 모여 저녁식사를 하며 도란도란 이야기를 나누었던 기억이 지금까지도 생생하다.

마지막으로 한 사람, 뒤에서 이 모든 것을 지휘하고 또 도모한 미래에셋의 박현주 회장. 그와는 펀드 조성을 성공적으로 마친 날, 자그마한 식당에서 서로의 노고를 치하하며 얼큰하게 소주 한 잔을 기울이던 기억이 난다. 그 모든 것은 우리의 문화예술, 그리고 영상산업을 향한 그의 한결같고 헌신적인 애정이 있었기에 가능한 것이었다. 그의 진심에 나 역시도 동화되었기에, 그리고 누구보다 보탬이 되고 싶었기에 할 수 있는 한 모든 노력을 다해 그를 도왔던 것이 지금까지도 큰 자긍심으로 남아있다.

### '빚보증'도 마다않았던 '박 회장'의 배포
또 한 가지, 박 회장을 떠올리면 고마움과 함께 부끄러움에 몸 둘

바를 모르겠는 기억이 있다. 말했다시피 영화진흥공사 감사를 지내기 전, 영화사를 운영하였는데 이것의 마무리가 썩 좋지 못했다. 회사를 정리한 후에도 거래처 여러 곳에 갚지 못한 빚이 남아있었는데 그것이 화근이었다. 그 중 모 영상업체에 상당금액의 부채가 남아있는데 당장 그 큰 금액을 융통할 길이 없어 갚는데 어려움을 겪고 있었다. 그런데 어느 날, 그 쪽 회사에서 전화를 걸어 한다는 말이, "계속 이렇게 기약 없이 기다릴 순 없는 노릇이니 사인을 하나 받아 주시죠" 하는 거였다.

처음엔 무슨 말인가 싶었다. 사인이라니? 무슨 사인을 '받아'달라는 것인가. 대체 무슨 소리냐 물으니 어디서 내가 미래에셋의 박 회장과 친분이 있다는 소리를 들은 것인지, 박현주 회장에게 내 빚보증을 서주겠다는 사인을 받아 달라는 것이었다. 듣는 순간 기가 막히고, 부끄러움에 얼굴이 화끈거렸다.

막말로 굴지의 금융사 대표에게 일개 개인인 '이덕행'의 빚보증을 서달라는 부탁을 하라는 것이었고, 그래야 나를 믿겠다는 소리였다. 순간 자존심이 상하고, 벌써부터 박 회장에게 죄인이 된 기분이었다. 회사는 조건을 들어줄 때까지 물러서지 않겠다며 고집을 부렸고, 견디다 못한 나는 박 회장에게 어렵사리 이야기를 전했다.

"내가 도무지 민망해서 말이 안 나오는데 이런이런 일이 있었습니다. 그저 송구스럽습니다" 하고 자초지종을 전하니 가만히 듣고 있던 그가 "그래요? 제가 가겠습니다" 하고 별 고민 없이 답을 주는 것이었다. 고마운 만큼, 아니 고마움보다 그저 면목이 없을 따름이었다. 그렇게 약속장소인 당시 강남의 아미가 호텔로 박 회장이 출발했다는 이야기를 듣고 상대 업체에게 전화를 걸었다. "당신이 말한 대로 해주겠다. 박 회장 싸인을 원하지 않았냐. 잠시 후 호텔에서 만나자"
라고 하니, 상대편에서 짐짓 당황한 듯, "죄송합니다. 취소해 주십시
오" 하는 거였다. 대체 무슨 심사인가 싶었다. 체면을 토로하며, 돈은
꼭 해결할 테니 요구사항을 물러 달라 할 때는 요지부동이더니, 막상
그래 원하는 걸 내주마! 하고 달려드니 꼬리를 내리며 없던 일로 하
자는 것이다.

돌아가는 상황을 가만 보니 아마도 업체 쪽에서 나를 시험해 본 모
양이었다. 들리는 소문에는 이덕행이 미래에셋의 박현주 대표와 친분
이 있다던데 그것이 사실인지 여부를 직접 확인해 보고 싶었던 것이
첫 번째, 그렇다면 나를 이용해 당시 미래에셋에서 제작하고 있던 영
화들의 비디오 판권을 확보하고 싶었던 것이 두 번째 목적인 듯했다.
해서 나를 그런 연결 지점으로 이용하고 싶었던 모양인데, 꼭 그런 방
법이어야 했을까 싶어 쓸쓸한 웃음이 번졌다.

즉시 다시 박 회장에게 전화를 걸어 "해결 됐습니다. 걸음하지 마
십시오" 하니 박 회장은 진심 다행히라는 듯 "잘 됐네요" 하고 한마
디 할 뿐이었다. 다행히 해프닝으로 끝났지만 그때의 일을, 그리고 박
회장을 나는 두고두고 기억하고 있다. 그 누구보다도 약자에 대한 배
려, 상대를 대할 때 진심을 다 하고, 우월의식이라고는 찾아볼 수 없
는 소탈하면서도 담백한 면모들을 보며 나는 '박현주'를, 그리고 경영
인으로서의 '박현주'를 오래도록 존경하고 또 사모하고 있다.

언급한 바와 같이 김동주, 정헌조 등이 미래에셋에서 큰 활약을 했
지만 결과적으로 보자면, 결국 영상산업 파트에서 큰 손해를 보았다.
미래에셋이 기획한 영화들 중 다행히 흥행작들도 있었지만, 예술성은
높으나 관객에게는 외면 받았던 저주받은 걸작들 또한 상당수였다.

박현주 회장은 해당 펀드에 손해를 본 투자자들에게 자신의 개인 자산으로 원금을 모두 돌려주었다고 한다. '나 때문에' 혹은 '나를 믿고' 영화산업에 투자해준 이들에게 손해를 끼칠 수는 없다며 말이다. 금융맨이면서도 그의 못 말리는 '영화사랑'에 있어서는 그는 전혀 돈을 생각하지 않았다. 본인이 손해를 감수하면서도 그는 올곧이 임권택 감독을, 한국영화를, 우리의 문화예술을 사랑하며 영상콘텐츠와 더불어 문화산업과 산업자본의 투입이 함께 어우러질 수 있도록 통로를 모색하고 또 마련하기 위해 최선을 다 한 사람이다.

그 후 미래에셋은 영상관련 투자 사업을 접었다. 나 역시도 그즘 하여 영화사 운영 당시 남아있던 잔해를 모두 정리하였다. 이제 우리는 각자의 길을 걷고 있다. 미래에셋은 대한민국을 넘어 세계로 향해가는 업계 최정상의 투자전문 그룹으로, 나는 정치가의 길로 들어섰지만 우리는 그 시절을 분명히 그리고 또렷이 기억하고 있다. 그리고 세상 또한 분명히 기억해야 할 것이다. 문화예술 분야를 통해 그가 행해왔던 사회적 기부, 영화와 영상산업을 통해 실현코자 했던 '노블리스 오블리제'를, 이와 함께 우리 영화사에 남긴 족적과 의미를 말이다.

### 영화판의 여걸, 김수진과 미라신코리아를 잇다

시간을 좀 더 거슬러 올라가 영화진흥공사 감사직을 맡기 전, 영화사를 운영하던 시절, 잊지 못할 인연이 한 사람 더 있다. 바로 천하의 여장부 '김수진'과 둘도 없는 친구의 영화사 '미라신코리아'를 운명처럼 이어준 일이다.

시작은 그리 우아하지 않았다. 안병주가 영화쪽의 광고대행사를 운영하고 있던 고향 후배 부부가 어려움을 호소하여 자금을 좀 융통해 주었는데 이를 통 갚지 않아 골머리를 썩고 있다며 대신 좀 받아다 달라는 것이었다.

그렇게 찾아간 것이 바로 영화계에 몇 없는 여장부이자 입지적 인물, 영화사 '비단길'의 대표 김수진이었다. 흥행과 함께 사회적으로도 큰 이슈를 낳았던 〈추격자〉, 〈늑대소년〉 등의 기획 및 제작자로 특유의 감각과 밀어붙이는 배포까지 겸비한 여걸 중 하나였다. 그러나 이는 나중 이야기이고 당시엔 작은 영화 광고대행사를 어렵사리 운영하며 이런저런 고초를 겪고 있을 때였다.

"어떻게든 갚겠습니다. 그러나 돈은 어려우니 일로서 갚게 해주십시오."

그녀를 찾아가자 제법 담담하면서도 단호하게 말하는 것이었다. 당장 갚고 싶어도 우린 돈이 없다. 남편에게는 더 이상 재촉하지 말아달라, 대신 내가 이를 일로서 갚겠다라고 말이다. 가만히 들어보니 그 이야기에는 두 가지 뜻이 내포되어 있었다. 자존심과 자존감이 상당히 강한 인물로 느껴졌음에도 그런 이야기를 표면적으로 한다는 것은 그 부부에게 '정말 돈이 없다'는 것이고, 두 번째는 스스로 일로서 갚겠다는 말을 할 정도라면, '자신의 기획력과 능력에 상당한 자부심과 자신감을 가지고 있다'는 이야기였다.

미라신코리아는 당시 신생 영화사로, 하루라도 빨리 추진력 있게 작품을 기획하고 제작할 수 있는 기획자가 필요한 시점이었다. 그녀의 그 당참과 자신감을 믿어보기로 했다. 그 사람에게 나와 비슷한 '무모함' 혹은 '도전'의 에너지만 뿜어져 나오면 덜컥 그 사람을 믿고 보는 게 내 주특기이기도 했지만, 왠지 보통 인물 같지는 않다는 느낌이 들었다. 가만히 생각을 마친 후 그녀에게 회사는 어차피 회생하기 어려

운 듯하니 그만 정리를 하고, 안병주의 미라신코리아로 들어가 월급
이 됐든, 기획이 됐든 조금씩이라도 빚을 갚아 나가는 게 어떻겠냐고
했다. 그녀는 그러겠노라며 대답했고, 그 길로 안 회장에게 갔다.

"취직을 시키는 게 어때? 미라신코리아의 일꾼으로 써보게."

돈을 받아올 줄 알았던 내가 갑자기 인력소 사장 노릇을 하자 그는
어리둥절한 얼굴을 했다. 사실 친구는 대형식당 외 다양한 사업을 여
러 개 운영하고 있던 터라 돈이 궁한 상황은 아니었다. 당장 몇 푼의
빌린 돈을 찾는 것보다, 영화사의 몸집을 키워가는 것이 더 의미있지
않겠냐며 그를 설득했다.

안병주는 고심 끝에 미라신코리아의 '기획실장'으로 김수진을 영
입했다. 그리고 이 두 운명적 만남은 미라신 코리아가 '뜨거운 영광'
과 함께 '엄청난 부채'를 떠안고 역사 속으로 사라지는 '씁쓸한 말로'
의 초석이 된다.


### 김수진과 함께 장선우의 〈꽃잎〉을 물다

그녀를 높이 산 까닭은 작품에 대한 특유의 날카로운 감각과 함께
냉철하면서도 강단 있는 판단력과 추진력 때문이었다. 언젠가는 그
능력이 친구 안병주의 미라신코리아를 위해 빛을 발하리라는 것을
믿어 의심치 않았다. 그러던 어느 날, 미라신코리아의 기획실장으로
서 막 일을 시작한 그녀에게서 전화 한 통이 걸려온다.

"이 대표님, 장선우 감독 아시죠?"

"네. 알죠."

"그럼 진행하죠. 장 감독님 영화."

순간 어리둥절했다. 다짜고짜 장선우 감독을 아냐 묻더니 그의 영

화를 미라신코라이에서 진행하고 싶으니, 안병주 회장을 설득해 달라는 것이었다. 그리고 그녀가 말한 '그 영화'란 바로 5·18 민주항쟁을 다룬 〈꽃잎〉이었다. (꽃잎이란 제목은 후에 결정된 것으로 당시엔 제목조차 없었고, 통칭 '장 감독의 5·18영화'라 부르곤 했다.)

인연이란 얼마나 묘하며 또 놀라운 것인가. 장선우 감독은 내가 영화사를 차리고 가장 처음 소개받았던 감독이자, 첫 만남에서 대뜸 나에게 '돈 많아요?'라는 질문을 던진 감독이자, 그 이유가 된 영화가 바로 〈꽃잎〉이었다. 그런데 몇 해 후, 그의 이름과 영화를 친구의 영화사를 통해, 또 내가 인연을 맺게 해준 기획자를 통해 다시 나에게로 돌아온 것이다.

인연이 깊어지면 그것은 운명이다. 이 영화가 아직도 제작자를 찾지 못하고 헤매고 있는 것, 그럼에도 장선우 감독이 영화에 대한 열정과 의지를 끝까지 붙잡고 있는 것, 그 오랜 세월을 돌아 다시 나에게로 전해진 것, 이것은 반드시 성사되어야 한다고 생각했다.

나는 즉시 안병주를 찾아갔다. 그러나 이는 미라신코리아의 일로, 결정자는 엄연히 안 회장이었던 것이다. 1990년대 중반, 아직까지도 민주화항쟁을 다룬 영화는 조심스럽기만한 시기였다. 영화의 흥행여부를 떠나 경우에 따라선 생각지 못한 고초를 겪을 수도 있다. 그만큼 위험부담이 큰 소재이자, 장 감독도 운동권 출신의 위험한(?) 감독이었다.

쉽사리 결정할 문제는 아니었지만, 뚝심있게 밀어붙이기로 결심한다. 평소 생각과 인품 자체가 훌륭한 인물이기도 하지만, 그는 돈을 쫓아 영화판에 발을 들인 게 아니었다. 그저 본인이 하고 싶은 일과 일정 영역에서 해낼 수 있는 역할을 찾아 영화계로 온 것이다. 돈이 아닌 '명예'를 그는 영화판에서 찾고자 했고, 나는 〈꽃잎〉을 통해 그 명예를 얻을 수 있으리라 믿어 의심치 않았다. 그렇게 득달같이 친구에게로 달려가 그를 설득했다.

"이 영화 해야만 한다. 영화로 보여줄 수 있는 것이 무엇인가. 우리의 '의지'를 드러내야 한다. 다시 없는 기회다. 광주 이야기 우리가 해보자!" 하고 힘주어 이야기했고, 마침내 안병주는 〈꽃잎〉을 제작하기로 결정한다. 그렇게 우리는 마침내 〈꽃잎〉을 피울 준비를 마치게 된다.

### 한국영화계에 다시 없을 은인, '여한구'

영화를 제작하기로 결정하고 나니, 이젠 투자자를 찾는 것이 급선무였다. 자금운용 능력이 있고, 무엇보다 믿을 수 있는 투자처를 찾기 위해 백방으로 뛰었다. 바로 이때, 나의 성당지기인 안토니오, '최호중'이란 친구와 이야기를 나누던 중, 자신의 고등학교 동기인 '조남신'이라는 친구가 대우영상산업단의 부장으로 막 발령이 났다는 소식을 듣게 된다.

일이 성사되려니 하늘이 돕는구나 싶었다. 그때만 해도 대우영상산업단이라 하면 대한민국의 비디오시장을 좌지우지하는 막강한 대기업 중 하나였다. 자연스럽게 만남을 주선해, 대우영상산업부의 새로운 책임자와 나, 그리고 안병주 회장이 함께하는 자리를 가졌다. 늘 그렇지만 그 안에 진행되는 현안이 크고 진중할수록, 만남의 표피는 소박하고 간결한 법이다. 연배가 비슷했던 우리는 식당에 모여 앉아 소주잔을 주고받으며 친분을 쌓게 되고, 그에게 〈꽃잎〉이 왜 제작되어야만 하는가에 대해 진심을 다해 전달했다. 그 의지야 높이 사더라도 우리는 상당히 어렵고 곤란한 부탁을 하고 있는 것이 분명했다. 여전히 군부정권의 끝자락, 노태우 대통령에 이어 김영삼 정권 즈음으로, 아직은 쉽사리 광주의 이야기를 꺼낼 수 있는 시점이 아니었다. 그것도 하물며 내놓으라 하는 국내 굴지의 대기업에서 이를 지원한다는 것은 더욱 어려운 일이었다. 우리의 이야기를 듣고 한참을 고민하던 그가 말했다.

"사실 제작 투자 관련해서는 담당하는 친구가 따로 있어요. 그 친구를 한 번 만나보시고 그가 진행을 하겠다면 저도 결제를 하겠습니다."

그렇게 소개 받게 된 또 한 사람, 바로 대우영상산업단의 제작투자 업무를 담당했던 여한구 과장이었다. 후에 한국영화제작가협회 부회장을 역임하기도 했던 그는 〈꽃잎〉 제작에 있어 결코 잊을 수 없는 인물 중 한 사람이다.

여과장은 광주이야기를 영화화하겠다는 우리의 의지에 힘을 보태주며 투자를 해주겠다 약속했다. 여러모로 상당히 놀라운 결단이자 또 엄청난 위험부담을 감수하는 결정이었다. 담당자인 그가 결정을 내리자 조 부장 역시 오케이 사인을 내렸고, 두 사람 덕분에 〈꽃잎〉의 투자지원이 성사된다.

여 과장은 대기업에 종사하고 있지만 전혀 타성에 젖어있지 않고, 영화와 영상예술에 대한 열정이 대단한 인물이었다. 특히 한국영화 제작 과정에서의 어려움을 누구보다도 잘 알고 있었기에 〈꽃잎〉 외에도 투자 지원을 받지 못해 어려움을 겪고 있는 한국의 수많은 영화들이 무사히 제작될 수 있도록 힘을 실어준 인물이다. 오죽했으면 '여한구라는 이름 석 자만 알아도, 그 인물만 알고 지내도 영화를 만들 수 있다'는 이야기가 나돌 정도였다.

그를 떠올리면 자연스럽게 장선우 감독과 함께 홍상수 감독이 떠오르는데, 당시 그는 미라신코리아를 만나기 전 제작했던 〈돼지가 우물에 빠진 날〉 이후로 이렇다 할 작품 진행을 하지 못한 채 어려움을 겪고 있었다. 바로 이때 그의 영화에 제작비를 지원하여 힘을 보태준 것 또한 대우영상산업단과 여한구다.

당시 라이벌이었던 삼성영상산업단과의 신경전으로 인해 마치 경쟁하듯 한국영화를 투자지원하게 된 당시의 분위기도 있었지만, 말했다시피 막상 그가 투자지원을 결정한 한국영화들을 보면 '흥행'이라든가 '수익'과는 거리가 먼, 뜻이 있는 예술 영화들이 상당수였다. 작정을 하고 흥행영화에 몰입하자면 충분히 그럴 수 있는 자금력과 또 결정권이 있었지만 그는 장선우, 홍상수와 같은 괴짜감독, 그리고 실험적 영화들에 많은 힘을 실어주었다. 그 덕에 더 큰 수익을 올릴 수 있었음에도 대우 그룹도, 여한구 본인도 후에 상당한 경제적 곤란을 겪지 않았나 싶다. 그럼에도 영화계를 위해 자신의 신념을 지킨 그를 나는 진심으로 존경하고 있다. 그가 있었기에 칸영화제 주요 부분에 진출하며 이젠 국내보다 세계시장에서 더 많은 마니아층을 갖게 된 홍상수 감독의 〈강원도의 힘〉, 〈오! 수정〉 등이 탄생하게 된 것이다. 그는 누구도 부정할 수 없는, 한국 영화사에 큰 공을 세운 인물이다.

그로 인해 90년대 중후반 한국영화들은 보다 다양하고 활발하게 생산될 수 있었으며 그로 말미암아 한국영화의 상당한 발전을 이루었음을 후세대들도 반드시 기억해 주었으면 싶다. 이와 더불어 〈꽃잎〉이 제작될 수 있도록 결정적 힘이 되어준 조남신과 여한구, 두 사람에게 이 자리를 빌어 한 번 더 고마움의 말을 전한다.

### 장선우에서 홍상수까지, 미라신코리아 '맨'들

드디어 영화가 완성되었다. 이제 영화의 제목을 결정하기 위해 내부 회의를 진행하는데 이때, 김수진 기획실장을 통해 처음 거론된 제목이 〈꽃잎〉이었다. 처음에는 〈꽃잎〉이라는 제목에 모두 고개를 저었었다. 담고 있는 내용에 비해 너무 유약해 보인다는 이유에서였다. 무슨 시 제목 짓냐는 비아냥거림에 그녀는 고집을 꺾지 않고, 강단있게 희대의 명대사를 날린다.

"제목은 만들어가는 겁니다."

발군의 실력과 감각, 그리고 남자 못지않은 강단이야 익히 잘 알고 있었지만 나는 그때 다시 한 번 감탄했다. 타이틀 그 자체가 중요한 것이 아니라 타이틀과 영화 내용을 일체화 시킬 수 있게 의미를 부여하고, 스토리를 일궈 호기심을 자극하는 공격적인 마케팅을 펼친다는 것. 영화광고 및 홍보분야까지 섭렵했던 그였기에 가능한 발상과 추진력이었다. "제목은 만들어가는 것이다." 이후에도 나는 그 한마디를 잊지 않고, 종종 연설이나 강연 때 그녀와의 일화를 소개하며 많은 이들에게 이 멋진 한마디를 전하고 있다.

그렇게 영화의 타이틀도 정해지고, 이제 영화관에서 관객을 만나는 일만이 남아 있었는데 관심을 보이던 몇몇 극장들도 '광주이야기'라는 말에는 묘하게 난색을 표하며 선뜻 계약을 하려 들지 않았다. 그러나 투자처가 대기업인 대우영상산업단에, 막 영화계에서 두각을 나타내기 시작한 장선우 감독의 이름을 앞세운 끈질긴 홍보와 노력 끝에 영화는 마침내 서울 몇몇 극장에서 개봉되었고, 이것을 시작으로 상당한 반향을 일으키며 영화는 단박에 충무로 최고의 화제작으로 떠올랐다.

이후 흥행에 초점을 맞춘 호화로운 할리우드 영화의 홍수 속에서도 〈꽃잎〉은 당시 추산 34만 명의 관객을 동행하며 조용한 흥행돌풍을 일으켰다. 이와 함께 작품성과 연기력을 인정받아 대종상영화제 심사위원 특별상, 신인여우상(이정현), 청룡영화상 남우주연상(문성근), 여자신인상(이정현), 백상예술대상 기술상(촬영 유영길), 아태영화제 최우수작품상(장선우)·남우주연상(문성근)·여우조연상(이영란)과 함께 해외 로테르담국제영화제 KNF 특별언급상(장선우) 등 당시 모든 영화제의 상을 휩쓸며 최고의 작품으로 평가되었다.

　여기에는 물론 열연을 해준 문성근, 이정현 등의 배우와 오랜 기간 와신상담했던 장선우 감독, 그리고 이를 발굴하고 또 뚝심있게 진행한 기획자 김수진과 미라신코리아의 안병주가 있었다.

　두 사람의 역사를 되짚어보면 세상에 그런 인연이 있을까 싶다. 빚을 대신해 일로서 갚게 해달라며 당차게 미라신코리아로 들어왔던 김수진 기획실장, 그녀와는 그렇게 2~3년을 함께 일을 기획하고 또 진행했던 것 같다. 곁에서 그를 보며 나보다 한참 어린 여성이었지만 참 많은 것을 배우고 또 많은 것을 느꼈다. 일할 때만은 남자, 여자의 구분 자체가 의미 없을 정도로 누구보다 과감한 결단력을 가지고, 그것을 원하는 데까지 밀어 붙이는 단호함을 보여 주었다. 그렇게 김수진 기획실장은 미라신코리아와 함께하며 〈꽃잎〉을 필두로 장선우 감독에서 홍상수 감독에 이르기까지 다양한 영화를 탄생시키기에 이른다.

　미라신코리아는 장선우 감독의 영화 2편 〈꽃잎〉(1996), 〈나쁜영화〉(1997)를 제작하고 후에 〈강원도의 힘〉(1998), 〈오! 수정〉(2000년) 〈생활의 발견〉(2001), 〈여자는 남자의 미래다〉(2004) 등 차세대 아시아 작가 중 가장 주목을 받는 감독이라 평가받았던, 그리고 지금까지도 활발한 작품 활동을 펼치고 있는 홍상수 감독의 초기작 대부분을 제작하였다.

특히 홍상수 감독의 〈강원도의 힘〉의 제작 당시가 기억에 남는데, 응원 차 현장을 찾았던 내게 홍 감독은 극 중 '운전기사' 역할로 잠깐 출연해 달라며 엑스트라를 부탁한다. 별 어렵지 않은 일이라는 듯 '이 회장님 한 30분만 운전석에 앉아서 카메라 앞을 한 바퀴 돌아주시면 됩니다' 하고 쉽게 말하기에 나 역시도 대수롭지 않게 생각했더니 웬걸, 그 채 1분도 되지 않는 장면을 위해 나는 그 추운 겨울날 8시간을 꼼짝없이 차안에서 떨어야 했다.

혹자는 즉흥적이며 리얼리티가 강한 그의 영화에 '영화적 정성'이 부족한 게 아니냐 힐난하기도 한다. 그러나 나는 여기서 자신있게 말할 수 있다. 그의 영화적 정성은 가히 누구도 따라 올 수 없는 경지라고. 나 역시도 영화를 해봤지만 그의 한 커트 한 커트에 대한 정성은 이루 말할 수 없을 정도로 세심하며 또 철저했다.

그러한 정성과 오랜 기다림 속에, 인위적인 연출을 극도로 배제한 홍상수 감독 특유의 자연스러움이 묻어나는 극사실주의 영화들이 탄생하였고, 최근 그러한 그의 내공은 점점 더 정교해지고 있는 듯 보인다. 앞으로도 그가 다양한 작품을 통해 관객들의 더 뜨거운 호응과 사랑을 받기를 기원한다.

그러나 미라신코리아는 이러한 한국 영화사의 분명한 족적을 남겼음에도 불구하고 영화사를 마지막으로 정리하는 그날까지 상당한 손해를 감수해야 했다. 지금까지도 우스갯소리로 "식당해서 번 돈, 사업해서 번 돈 수십억 원이 결국엔 영화 깡통 속으로 다 사라졌다" 말한다. 이제는 지난 일이 되었으니 함께 웃으며 이야기하지만 그 모든 것이 마치 내가 진 빚처럼 느껴져 미안한 마음이 크다. 나를 통해 영화계를 처음 접했고, 또 새로운 분야에 자극 받아 덜컥 영화를 시작했던 친구이기에 그 부채감은 아마도 영원할 것 같다.

또 미안한 것은 98년, 영화사를 정리하고 영화진흥공사 감사로 지내면서 임권택, 박광수 감독 등의 영화들을 비롯한 〈화려한 휴가〉, 〈조폭마누라〉 등 한국 영화의 제작을 위해 부단히도 애를 썼지만, 오히려 미라신코리아의 영화는 단 한 번도 도와주질 못했었다. 너무 가까우니까 오히려 더 조심스럽고 또 이런 저런 뒷말들이 염려된 까닭이었다.

그러한 미안함과 안타까움으로 영화사 시절을 그와 함께 회고하자면 그는 또 웃으면서 그런다. 그래도 후회는 없다고 말이다. 나 역시도 〈펄프픽션〉에서 〈꽃잎〉, 그리고 〈강원도의 힘〉에 이르기까지 그와 함께 했던 영화 인생에 조금도 후회는 없다. 나로 말미암아, '좋은 감독'이 '좋은 배우'를 만나, '좋은 작품'을 만들어 대중에게 돌려주었다면 그걸로 됐다. 그것만으로도 나 역시 보상은 충분하다.


**잊은 적 없는 그 이름 DJ, 잊지 못할 이름 정태성·김민기·주필호**

미라신코리아의 다양한 영화제작을 돕기도 했지만 나 역시도 내 사업체에서 외화 수입과 배급을 꾸준히 하고 있던 터였다. 때는 1992년, 이브 몽땅 주연의 프랑스 영화 〈마농의 샘〉을 막 호암아트홀에 재개봉을 하며 분주하게 지내는 사이, 단 한 번도 잊은 적 없는 그 이름, 김대중의 대통령 선거 출마 소식을 접하게 된다. 다시 한 번 대권에 도전하는 그를 위해 연청 또한 재가동되어 선거준비로 바삐 움직이고 있다는 이야기 역시 접했지만, 나는 별 동요 없이 영화판에 남아 나의 일을 지켰다. 선거는 안타깝게도 또 한 번 실패했고, 정계 은퇴 선언과 함께 영국으로 떠났던 그가 5년 후 1997년 다시 한 번 선거에 도전했을 때도 나는 연청이 아닌 영화계에서 묵묵히 나의 일을 지켰다.

딱 10년 전, 87년 아무것도 모르고 그저 나의 손으로 나라의 진정한 주인을 세워보겠다는 강렬한 의지로 연청에 무작정 매달릴 수 있었던 청춘에서 정확히 딱 10년을 밀려온 나는 그저 나의 자리를 지키며 충무로 지역과 영화인들을 담당하여 내 나름의 선거활동을 펼치는 것으로 그분에 대한 응원과 염원을 대신했다.

10년 전이나 그때나 그분에 대한 애정과 지지는 두말할 것도 없이 한결같았지만 현실에 의한 생업에서 그만큼 자유로울 수 없는 나이가 된 것이 비겁한 변명이라면 변명이었다. 그렇게 나는 내 자리를 지키며, 또 그분을 향한 마음도 지키고자 나름 부단히도 노력했었다. 김대중 대통령과 둘이 나란히 찍은 사진을 크게 액자에 담아 사무실 한가운데 걸어놓기도 했었는데 사무실을 찾아왔다 이를 보는 사람들의 표정들도, 반응들도 참 각양각색이었었다.

어떤 이는 "장사 접고 싶지 않으면 당장 떼라!"며 난색을 표하기도 하고, 어떤 이는 다 필요 없고 저 사진 한 장 때문에 당신과 영화를 하는 거라며 아무것도 묻지 않고 덜컥 계약을 하자는 이들도 있었다. 그들이 무어라 하던 그분과 함께 나란히 나의 모습이 담긴 그 사진은 한결같이 그 자리를 지키고 있었고, 그 해 1997년 12월 19일 마침내 대한민국 제15대 대통령 김대중이라는 이름을 마주하게 되었다.

그리고 이때, 잊을 수 없는 영화계의 인재들이자 지금은 영화계의 뚜렷한 족적을 남기며 한국영화계의 더 큰 내일을 만들어가고 있는 이들이 있다. 바로 현재 CJ E&M 영화사업부문장으로 있는 '정태성'과 2013 최대 관객을 동원한 〈7번방의 선물〉을 제작한 화인웍스의 대표 '김민기', 2013 하반기 관객 900만을 동원한 화제작 〈관상〉을 제작하고, 또 흥행수익의 50퍼센트를 기부했다는 주피터필름의 '주필호' 대표가 그 주인공들이다.

그 시절, 나와 마찬가지로 정태성 그 역시 아트필름 전문가로서 해외의 다양한 예술영화들을 섭렵함은 물론 3개 국어에 능통한 인물이었다. 그 덕에 수입하고 싶은 영화나 눈여겨 보는 영화가 있으면, 그에게 조언을 듣기도 하고 또 영화에 대한 의견을 서로 나누기도 했던 기억들이 새록새록 떠오른다.

그런 그를 이제는 CJ라는 국내 최대 투자배급사의 수장으로서 기사나 화면을 통해 접하고 있으니, 그 이름을 마주할 때마다 가슴속으로 차오르는 뿌듯함과 반가움을 이루 말할 수가 없다. 얼마 전 아주 반가운 기사를 접했다. 2013 영화인들이 직접 뽑은 충무로 '최고의 파워피플'이라는 설문조사에서 1위인 봉준호 감독에 이어 2위에 그의 이름, '정태성'이 있었다. 이광모 감독의 데뷔작이기도 했던 〈아름다운 시절〉(1998)을 제작한 영화사 백두대간을 시작으로 부산국제영화제 수석운영위원과 '쇼박스'와 '스카이워커' 등을 거쳐 현재 CJ에 이르기까지, 영화를 향한 그의 거침없는 행보를 언제까지나 응원하는 바다.

또 하나의 잊을 수 없는 인연, 바로 2013최고의 흥행작 〈7번방의 선물〉의 제작자인 김민기다. 앞에 짧게 언급한 바와 같이 내가 처음으로 국내에 들여온 헝가리 영화 〈레들 대령〉을 구입했던 스타맥스의 황필선이 삼성영상산업단으로 자리를 옮기자, 막 파리 유학길에서 돌아온 김민기가 스타맥스의 영화담당자가 되었다. 다른 건 몰라도 들여오는 외화의 작품성 하나만큼은 언제나 자신 있었으므로, 그를 찾아가 가지고 있는 아트필름의 비디오 판권을 좀 사다오 하고 이야기를 꺼내면 그는 거절 없이 대부분의 작품을 구입해 주었다.

그는 정말 '영화 생각'만을 했고, 또 한국영화에 대한 애정으로 많은 한국 영화를 탄생시키는 데 일조한다. 본인이 참 존경하고 좋아한다는 -정우성 주연의 〈비트〉, 〈태양은 없다〉 등을 흥행시켰던 - 김성수 감독을 도와 무협대작 〈무사〉 제작을 위해 힘쓰는 한편, 후에 〈늑대의 유혹〉, 〈엽기적인 그녀〉, 동물영화 〈챔프〉 등을 제작 및 투자하며 꾸준한 활동 끝에 마침내 〈7번방의 선물〉의 흥행으로 최근 그 이름을 자주 접하게 되어 누구보다 기쁘게 생각하며 멀리서나마 축하의 박수를 보내고 있다.

마지막으로 영화 〈관상〉으로 뜨거운 2013년을 보내게 된 주필호 대표. 그와는 특히 더 각별한데, 바로 나의 영화사 (주)금도문화에서 함께 일하며 당시 (주)금도문화가 수입했던 〈하워즈엔드〉 등의 부산 극장홍보 등에 앞장서주며 이런저런 궂은 일을 마다하지 않고 늘 최선을 다해 주었기에 그 고마움이 더욱 크다. '혀끝의 마술사'라 할 만큼 뛰어난 기획력과 이를 유연하게 PR하는 능력까지 두루 갖춘 인물로 거기에다 〈관상〉의 흥행수익 일부를 기부까지 했다는 소식을 접하니 뛰어난 능력만큼이나 훈훈한 마음 씀씀이에, 그와의 추억은 보석처럼 더욱 빛나고 있다.

정태성, 김민기, 주필호, 세 사람 모두 언제나 한국영화에 대한 애정으로 새로운 장르에 도전하고, 감독들의 실험정신을 존중하고 응원하며 대한민국 영화계의 다양성을 꽃피우고 또 발전을 가져온 이들이다. 그러한 이유로 영진위 시절, 영화진흥위원회를 이끌어 갈 위인으로서 직접 추천하기도 했던 베테랑이자 실력가들이다.

지금도 이따금씩 들려오는 그들의 희소식과 또 김종학PD 등의 비운의 소식을 접할 때면 마치 나의 일처럼 기쁘고, 또 안타깝기를 반복하고 있다. 비록 지금은 그때의 수많았던 인연들을 뒤로 한 채 영화계에서 조금은 멀리 떠나 온 몸이지만, 내가 사랑하는 대한민국의 영화계와 영상산업계가 언젠가 세계 속에서 화려한 '시네마천국'을 꽃피울 날을 고대하며 오늘의 영화인들과 후배들의 건투를 빈다.

나의
'한류문화'
이야기

# 7

# 못 다 핀 한류의 꽃,
# 못 다 이룬 나의 꿈

## 청원건설, 그리고 한류우드와의 첫 만남

인생에는 한 번씩 그것이 고비이던 기회이던 폭풍우와 같은 시절이 온다 했던가. 처음 영화를 시작했던 1988년이 내게 그랬고, 그 후 약 18년 후 2006년, 그 해가 또 그랬다. 남양주 시장으로의 첫 도전, 경선, 그리고 실패를 맛보았으며, 이루지 못한 꿈 '한류우드'를 향해 달리던 시절이자, 무엇보다 아주 특별한 '운명의 사람들'을 만난 시기였다. 한류우드를 통해 맺게 된 소중한 인연들, '청원건설'의 배병복, '프라임 그룹'의 백종헌 회장, 그리고 김두관 전 경남 도지사와 김진표 의원이 그 주인공들이다.

시장선거 실패로 몸도 마음도 많이 지쳐있었던 그 해 4월의 끝자락, 내가 생각하는 정의가 정의가 아니며, 내가 믿어 의심치 않았던 소신이 결국은 힘의 논리 앞에 한없이 무기력해지는 것을 보며 '정치란 옳은 것인가'를 넘어 '내가 정치를 하는 것이 옳은 것인가'라는 환멸과 회의감 사이를 방황하던 때이기도 했다.

결국 나는 돌아가기로 결심한다. 그래, 원래 내가 있던 곳, 자유가 있고, 영화가 있던 곳으로 돌아가자! '문화콘텐츠'를 개발할 수 있는 행정 일선으로 가자! 그렇게 다시 한 번 다짐하며 선거 준비를 하던 사무실을 철수하고 차츰 주변을 정리하고 있던 어느 날, 한 통의 전화가 걸려온다.

상대는 주식회사 청원건설의 배병복 회장이었다. 청원건설은 현재 일산의 명소로 자리잡은 라페스타 등 일산 일대에 대형 프로젝트를 기획 및 진행하고 있는 꽤 규모있는 건설사 중 한 곳이었다. 촬영소 소장 시절부터 이런 저런 문화콘텐츠와 관련한 일들로 왕래가 있던 터였다. 대표는 불쑥 같이 식사나 한 번 하자며 나를 초대했고 우리는 그렇게 자리를 갖는다. 그는 경선실패와 그로 인한 나의 낙심을 어느 정도 짐작하고 또 위로하고 있었다. 이제 뭐 할 거냐고 묻는데 막막했다. 그러다 그가 차분히 이야기를 꺼내길, "그러지 말고 우리 회사에 오시죠" 하는 거였다. 순간 잘못 들었나 싶었다. 건설사에서? 내가 무슨 일을 한단 말인가. 내 의구심이 전달된 것일까. 배 회장은 웃으며 말 했다.

"오늘 뵙자고 한 진짜 이유는… 우리가 드디어 되었습니다."

"네? 뭐가 말입니까."

"우리의 '한류우드' 말입니다."

한류우드. 그 네 글자를 듣는 순간, 멍하니 멈춰있던 시계태엽이 빠르게 회전하는 느낌이었다. 한류우드. 듣는 순간 가슴이 뛰고, 당장 일이 하고 싶어 몸이 들썩일 듯한 그 흥분제와 같은 단어. 그간 시장 선거 준비와 경선 등으로 정신없는 나날을 보내며 까맣게 잊고 있었던 거다.

2005년 12월 즈음 경선 준비로 분주하던 때, 배 회장으로부터 '한류우드' 프로젝트에 관한 이야기를 처음 접하게 된다. 고양시 일산 일대에 '한류'를 주제로 한 대형테마파크, '한류우드'에 대한 경기도의 공모사업이 있으니 이를 도와 달라는 이야기였다. '한류' 그리고 '테마파크'라는 단어를 들은 그 순간부터 이미 심장은 요동쳐왔다. 남양주종합촬영소 소장시절부터, 아니 그 훨씬 이전부터 내가 얼마나 간절히, 그리고 맹렬히 꿈꿔왔던 이야기인가. 아시아와 나아가 세계가 한류를 중심으로 축제를 벌이고, 문화콘텐츠를 공유할 수 있는 세계적인 테마파크를 만든다는 것! 그 '오래된 꿈'이자 '간절했던 바람'이 실현될지도 모른다는 생각에 나는 즉시 합류하겠노라 답했었다.

결코 녹록치 않은 도전이었다. SK건설, 미국 유니버셜스튜디오의 제작사와 같은 외국의 유명회사에 이르기까지. 대형 프로젝트인만큼 내놓으라 하는 국내외 건설사와 관련기업 모두가 촉각을 곤두세우고 있어, 치열한 경쟁이 예상되었다.

공모를 위해선 무엇보다 설득력과 현실가능성, 그리고 기획력이 돋보이는 제안서 작업이 우선이었다. 그들을 이기려면, 아니 진정한 한류우드를 꿈꾼다면 본질에 가장 진정성있게 접근해야 했다.

한류우드. 지속가능한 한류를 위한 베이스캠프. 마치 마르지 않는 샘처럼, 그리고 화수분처럼 한 번 발현하면 엄청난 파급력과 수익을 창출하는 그 아름다운 꽃을 계속해서 피울 수 있는 새로운 땅을 만든다는 사실에 나는 한류우드를 향한 '아낌없이 주는 나무'가 되기로 결심한다.

언제나 새로운 문화콘텐츠를 생성하는 한류 문화의 전진기지. 그것을 만들겠다는 것이 당시의 경기도의 뜻이었다. 그리고 오래도록 품어온 나의 뜻이기도 했다. 그들의 생각을 잘 안다. 그들이 바라는 것 또한 나 역시 오랫동안 갈망해 왔던 것이다. 남양주종합촬영소의 소장으로 역임하며 어떻게 하면 촬영소를 한류 영상콘텐츠의 테마파크이자 영상산업단지로 만들 수 있을까를 매일 같이 고민했었고, 세계 각국의 테마파크 구성과 성공요인 등을 매일 같이 공부하고 연구했으며, 이를 도모하기 위해 아시아 투어까지 했던 지난 시간들이 내 안에 고스란히 살아 있다.

그 차곡차곡 쌓인 시간만큼 테마파크에 대한 연구와 아이디어는 언제든 터져나갈 듯 활화산의 용암처럼 뜨겁게 내 안을 채우고 있었고, 그런 나를 찾아온 배 회장의 손을 맞잡는 순간 가슴 안의 뜨거운 불덩이를 우르르 그대로 토해냈다.

내가 그동안 꿈꾸어 왔던 테마파크의 그림을, 그림을 완성할 갖가지 아이디어들을, 몸소 달려가 보고, 듣고, 경험했던 모든 노하우들을 전부 쏟아냈다. 배 회장 또한 나의 의견을 적극 수용하고 이를 반영해 주었다.

그렇게 제안서 작업을 하는 내내 낮에는 경선과 선거준비로, 밤에는 고양시로 달려가 한류우드 제안서 작업에 몰두했다. 배 회장 역시 낮에는 업무를, 밤에는 나와 만나 밤새도록 제안서 작업에 매달렸다. 그런데도 둘 다 지칠 줄을 몰랐다. 고단한 줄도, 힘든 줄도 몰랐다. 당연했다. 재미있으니까. 내가 가장 바라왔던 순간이며 꿈꿔왔던 일이니까. 그렇게 밤낮없이 함께 작업을 한 후 마침내 공모 결과가 발표된 게 3월이었고, 나는 본래의 본업으로 돌아가 경선을 치룬 것이 4월이었다.

모든 것을 다해 맹렬히 부딪혔음에도 실패로 끝난 경선으로 인해, 심신이 지쳐있던 나는 이를 거의 잊고 있었던 것이다. 그토록 나의 심장을 뛰게 했던 한류우드를. 그런 나에게 배 회장이 찾아와 기쁜 소식과 함께 한 번 더 손을 내밀었다. 마침내 우리가 한류우드를 만들게 되었다고, 경기도가 우리의 안을 선택했다고, 이제 속상한 기억은 잠시 접어두고, 그토록 즐겁게 그리고 한결같이 염원했었던 '한류우드'로 나와 함께 가자고.

확신하였던, 그리고 믿어 의심치 않았던 경선에서 떨어지고 이제는 더는 길이 없을 줄 알았다. 추호도 '실패'를 생각해 본 적 없는 절체절명의 순간에, 여지없이 실패와 불운의 나락으로 나를 떨어뜨리는 운명의 여신은 얼마나 짓궂은지, 내가 절망이라도 할라치면 이렇게 생각지도 못한 새로운 길을 내어준다. 그것도 이름만 들어도 가슴이 뛰는, 오래도록 염원해왔던 바로 그 〈한류우드〉로 가는 길을 말이다.

## 한류우드는 누구의 손에서 탄생 하는가
## '경기도'의 계속되는 불신

사실 청원건설 행을 결심하자마자 한류우드 사업에 즉시 뛰어들 수 있었던 것은 아니었다. 아니 하고 싶어도 할 수가 없었다. 공모사업 당시, 청원건설을 비롯한 프라임, 대우, 금호 등의 건설사가 함께 합작하여 공모사업에 도전했고, 이들 회사들이 모여 만든 'SPC 한류우드'가 최종적으로 경기도 측에 선택을 받았지만, 무슨 일인지 차일피일 미루며 경기도 측에서 본격적인 계약을 하지 않고 있는 상황이었다.

그렇게 한류우드가 본격적으로 시작되지도 않은 시점에 배병복 회장의 스카우트 제의가 있었던 것이고, 아직 이렇다 할 실행도 할 수 없는 시점에 내가 가서 무엇을 할 수 있을까 조심스럽기도 했었다. 그런 내게 배병복 회장은 웃으면서 말 했다.

　"그냥 오세요. 그리고 계셔 주세요."

　그것은 나를 향한 무한의 배려였다. 아무래도 촬영소 소장 시절부터, 그리고 제안서 작업을 함께 하기까지 한류우드가 되었건 무엇이 되었건 열과 성의를 다 하는 나의 열정과 본 모습을 그는 높이 사주는 듯했다. 그러던 찰나에 남양주 시장 경선 실패 소식을 듣자, 나의 거처를 걱정한 그는 당장 아무 일도 안 해도 좋으니 청원의 '고문' 역할로 자신과 함께해 줄 것을 제안한 것이었다. 나는 그의 이야기를 가만히 듣다 한마디를 했다.

　"저는 일이 하고 싶은 사람입니다."

　그의 고마운 제안에 대한 수락이자, 청원과의 앞날을 함께 하긴 하되 결코 자리에 앉아 월급이나 받아먹는 일은 없을 것이라는 나의 의지였다. 나는 일이 없으면 찾아서라도 하는 사람이다. 그것이 좋아하는 '사람'의 일이고, '좋아하는 일'이라면 더더욱 앞뒤를 재지 않고 덤비고 본다. 그렇게 언젠가는 시작될 한류우드 사업을 대기하던 차에 청원에서는 '라페스타'에 버금가는 '웨스턴 돔'이라는 대형 엔터테인먼트 쇼핑몰을 계획하고 나는 이에 스스로 적극 가담하게 된다. 사실은 매료되었던 것이다. 배 회장의 다른 건설사주와는 전혀 다른 각도에서, 전혀 다른 시선으로 세상과 사물을 바라보는 그 시선에 말이다.

　배 회장은 단순한 종합상가가 아닌, 문화콘텐츠와 엔터테인먼트가 결합된 새로운 공간으로 늘 만들고 싶어했다. 그 첫 번째 결과물이 라

페스타였고, 그 두 번째가 웨스턴 돔이었으며, 궁극의 완성작은 '한류우드'였던 것이다.

"앞으로 세상은 '문화콘텐츠'가 지배할 겁니다."

그것이 그의 주된 생각이었다. 새삼 놀라웠다. 아니면 나 스스로도 건설사주에 대한 선입견에 사로잡혀 있었던 걸까. 건설사의 대표가 단순히 건축물을 완성하는 것이 아닌, 그 안을 좀 더 흥미롭고 다채롭게 채울 수 있는 문화적인 코드를 찾고 있다니, 이를 위해 다양한 엔터테인먼트를 고민하고 구상한다는 사실이 놀라웠다. 그리고 내가 왜 그토록 그에게 끌렸었는지를 알 수 있었다. 문화콘텐츠를 향한 그 신조와 결심이 나와 꼭 닮아 있기 때문이었다.

그렇게 한류우드의 본격적인 시작을 기다리며 웨스턴 돔을 비롯한 청원의 프로젝트에 다양한 아이디어를 제시하고, 또 함께 작업을 해나가는 와중에도 이상하게 경기도 측은 잠잠하기만 했다.

그렇다고 마냥 손을 놓고 기다릴 수만은 없는 노릇이었다. 우리는 우리대로 이야기를 진행해야 했다. 청원과 프라임, 금호 등의 SPC(특수목적법인 Special Purpose Company) 구성 기업들은 주주회의와 AMC 이사회 회의 등 사업의 주요 안건을 협의하는 자리를 정기적으로 갖고 있었고, 나는 어느새 청원의 '고문'에서 한류우드 사업부문의 '부회장'으로서 승격되어 주요일정마다 배 회장을 수행하며 함께하고 있었다. 그러나 아무리 기다려도 도통 경기도 쪽에선 계약에 대한 이야기를 꺼내지 않는 것이었다. 답답함과 함께 초조함이 느껴졌다.

"대체 진행이 안 되는 이유가 뭡니까."

"손학규 지사가 우릴 믿지 못하는 탓이지요."

당시 손학규 지사는 우리 전체를 신뢰하지 않았다. '나는 건설사들을 믿지 않는다. 아니, 이 사업 자체를 꾸려나갈 역량이 있는지 의문이다'라는 불신과 불편함을 드러내고 있었다. 그 이유는 첫째, 프라임부터 청원까지 대부분이 '건설사'라는 사실이었다. '한류우드'라 하면 누가 보아도 문화와 예술의 콘텐츠로 진행되는 프로젝트인데, 이를 소프트웨어가 아닌 하드웨어를 완성하는 '건설사'에서 얼마나 깊이 있게, 또 얼마나 제대로 이해하고 사업을 진행하겠느냐는 게 이유였다.

두 번째 이유 역시, 주간사였던 '프라임 그룹' 자체에 대한 불신이었다. 프라임이란 회사가 대체 어떤 문화콘텐츠 사업을 해보았는가? 이렇게 사업만 벌여놓고, 흉내만 내다가 자신들의 이익만 챙겨 나가는 건 아닌가 하는 의구심들로 도무지 신뢰가 가지 않는다는 것이었다. 과연 이 기업들이 테마파크를 조성하고 완성할 자격이, 능력은 되는가? 나는 이에 YES라는 답을 줄 수 없다며 도지사는 프라임과 여타 시공사 측 전체를 불신하였고, 계약은 그렇게 기약 없이 미루어지고 있었다.

"믿어주십시오. 우리가 할 수 있습니다."

"아니오. 당신들 중에는 '문화인'이 없습니다."

단호했다. 한류우드 사업을 이끌어갈 기본적인 안목과 자질이 없다며, 경기도 측은 당신 건설사들에게는 문화라는 것을 진정 이해하고 펼칠 사람이 아무도 없으니, 한류우드를 실현할 수 있는 한국 문화계를 대표하는 3인의 인사를 선봉장으로 하라!고 요구했다. 그 3인이 바로 드라마와 방송계의 김종학PD, 영화와 영상 분야의 강제규 감독, 그리고 대중음악과 K-pop 분야에 SM엔터테인먼트의 이수만 대표였다.

이것은 설계와 시공을 맡은 입장에선 아이러니한 요구사항이기도 했다. 기본적인 기반은 시공사가 다 완성하는데 이를 운영하고 또 결정하는 권한은 전적으로 소프트웨어에 해당하는 위의 문화예술인에게 위임한다니, 그러나 손학규 지사의 뜻은 확고했고, 이를 이해하지 못했던 프라임과의 골은 점점 더 깊어져갔다.

프라임 측에서도 나름 경기도와의 관계를 회복하기 위해 애를 썼지만 이는 결코 녹록치 않았다. 무엇보다 가장 심각한 문제는 사업의 기본 콘셉트 디자인조차도 확정되지 않은 '답보 상태'의 상황, 그 자체였다. 프라임 측에서도 나름 기본 콘셉트를 결정짓고 이를 경기도 측에 인정받기 위해 백방으로 노력했지만, 이렇다 할 결과 없이 시간만 잡아먹는 꼴이었다. 세계적인 테마파크 콘셉트 디자인 전문기업인 커닝햄그룹에서부터 미국과 캐나다 등지에 내놓으라 하는 테마파크 기획자들에게 모두 의뢰해 보았으나, 경기도 측에서는 하나같이 노! 전부 퇴짜를 놓는 상황이었다. 디자인 시안이 곧 한류우드의 전체 테마와 방향성을 의미하는데 이것조차 매듭은커녕 시작조차 못하고 헤매는 상황이었다.

프라임 측에서는 거듭된 난관에 고심하다 최초의 해당프로젝트 제안서를 작업했고, 또 가장 오랫동안 한류우드를 고민해 왔던 청원건설 측에 결국 손을 내밀게 된다.

"청원에서 한류우드의 기본 콘셉트를 좀 맡아 주시지요."

그렇게 프라임은 한류우드 테마파크의 기본 콘셉트와 전체 디자인 일체를 청원 쪽에 맡기게 된다. 한류우드를 만드는 데 대한 모든 권한과 실무를 1년간의 용역 형태로 청원 측에 위임한 것이다. 이는 그간 고수해왔던 문화콘텐츠를 향한 배 회장의 '생각'과 나의 '의지'가 인정받는 순간이자, 그간의 노력들이 헛되지 않았음을 증명하는 것이었다. 그렇게 청원이 사업의 새로운 선주이자 장으로서 한류우드는 새로운 국면을 맞이하였고, 그 안으로는 자연스럽게 실무에 관한 권한과 책임이 대부분이 나에게 집중되었다. 드디어 실무 현장에서 내 손으로 직접 한류우드를 완성해 간다는 흥분감이 다시 한 번 밀려왔다.

그 즉시 프라임 측에서 진행하고 있던 —업체당 약 50만 달러에 가까운 비용을 지불하며 콘셉트 디자인을 의뢰해왔던— 다양한 업체들의 시안을 전면 무효화하고 백지에서 새롭게 시작하기로 마음먹는다. 우선 경기도에게 대한민국 한류문화산업의 방향을 정확히 담아낼 새로운 디자인 콘셉트를 제안하고, 담판을 지을 수 있는 강렬하면서도 결정적인 시안이 시급했다.

기존과 다른 시각, 젊고 유니크하며 틀에 박히지 않는 새로운 아이디어가 필요했다. 그런 인재를, 그리고 그런 인재가 만들어내는 새로운 테마파크를 어떻게 하면 찾을 수 있을까 골몰하던 나는 늘 그렇듯 잠실에 자리한 롯데월드로 발길을 옮겼다. 대한민국의 몇 안 되는 대표적인 테마파크로 이제는 어느 정도 안정적인 운영을 통해 관람객과 만나고 있는 그곳은 이런저런 자문을 구하기 위해 자주 찾는 곳이기도 했다. 당시 내가 찾아간 이는 롯데월드의 공연과 퍼레이드 등의 쇼를 총괄하고 있던 안준모 감독이었다. 한류우드가 처해 있는 이런저런 애로사항을 털어놓자, 그가 "마침 아이디어가 기가 막힌 친구가 하나 있습니다" 하고 누군가를 소개한다.

그가 바로 미국의 세계적인 종합 레저, 멀티미디어 회사인 랜드마크 엔터테인먼트그룹(LEG)의 공동창업자, '개리 고다드'였다. 80년에 설립된 랜드마크 그룹은 LA 유니버셜스튜디오 등의 '주라기 공원'과 '터미네이터 2/3D', 라스베이거스 소재 시저스 팰리스 호텔 등의 시설과 놀이기구, 한국 용인 테마파크 내 '에일리언 3D'와 대전엑스포 박람회장 내에 자리한 삼성전시관 등을 설계, 제작한 종합엔터테인먼트사로 개리 고다드는 이 곳 출신의 테마파크 디자이너였다.

　개리 고다드의 고착화 돼있지 않은 새롭고 참신한 발상과 감각을 믿고 연락을 취하게 되고, 얼마 후 한국을 방문한 그와 한류우드 테마파크 사업에 대한 논의를 거치고 또 우리도 직접 미국으로 날아가 그를 만나기도 하며, 거듭되는 논의와 브레인스토밍 끝에 점차 기본 디자인의 가닥을 잡아가기 시작했다.

　이제 좀 뭔가 되가는구나 싶은 순간, 이번에는 도지사가 바뀐다. 정신없이 일하는 사이 해가 바뀌고, 경기도지사는 '손학규'에서 '김문수'로 바뀌어 있었다. 안타깝게도 손학규 도지사 못지않게 한류우드 사업에 대한 김문수 도지사의 불신 또한 만만치 않았다.

　물론 새로 교체된 경기도 인사 측에 증명할 만한 가시적인 성과가 없는 것 또한 사실이었다. 가뜩이나 이전 도지사가 진행하던 사업이 마무리되지 않은 채 고스란히 떠안게 된 부담감, 그리고 사업 자체에 대한 의구심, 그 저변에 깔린 여당과 야당의 은근한 대립각과 경계심 속에 사업 자체에 대한 물음표가 던져진 상황에서 우리 또한 이렇다 할 성과물로 느낌표를 주지 못했다. 그러니 어쩌면 김문수 도지사의 시공사 측에 대한 불신은 당연한 수순인지도 몰랐다.

　그러던 와중에 이번엔 〈한류우드 자문위원회〉라는 새로운 자문위원단이 꾸려진다. 이는 각계각층의 문화콘텐츠 분야의 전문가들로 구성된 것으로, 이 목적사업이 올바른 방향으로 가고 있는지를 관리, 또 자문하기 위해 만들어진 곳이었지만 듣는 순간에는 그저 '산 너머 산이 또 하나 생겼구나' 하고 깊은 한숨부터 새어 나왔다. 이는 실행을 하는 입장에서는 결제기관이 하나 더 느는 것이자, 김문수 도지사에게 닿기까지 하나의 고개가 더 생긴 셈이었다. 그것이야 속내라 치더라도, 사업의 원활한 진행을 위해선 우선 경기도청 못지않게 이곳과 우호적인 관계를 형성하는 것이 중요했다.

긴장된 마음으로 자문위원회의 명단을 얻어 조심스럽게 한 명 한 명 살펴보니, 긴장감은 일순간에 반가움으로 바뀌었다. 가장 먼저 유진룡(현 문화관광부 장관)이라는 이름이 눈에 들어왔다. 내게 촬영소 초대소장이라는 새로운 임무를 권했던, 당시의 문화산업국 국장으로 젊고 활기있는 인물이었다. 바로 그가 한류우드 자문위원장으로 와 있는 것이었다. 이와 함께 영화진흥공사 감사 시절 인연이 있었던 임병수(경기도 관광공사 사장), 또 영화와 문화콘텐츠에 관련한 의견을 나누어온 오랜 지기 서병문(경기디지털콘텐츠진흥원 이사장), 나의 추천을 통해 영화진흥위원회 2기 위원을 지내기도 했던 애니메이션 분야의 김병헌(경기디지털콘텐츠진흥원 원장) 등이 함께 하고 있었다.

'이것이 천운인가!' '바람 잘 날 없는 인생에 그래도 인복은 있는 건가?' 싶어 안도감마저 몰려왔다. 대부분 영진공 감사와 정책연구원장, 촬영소 소장을 지내던 시절, 문화관광부 산하 기관장 모임 등에서 함께 자리를 하며 알고 지내온 반가운 사이였다. 경기도 측과의 접촉, 그리고 한류우드 사업 진척에 대한 의견을 전달함에 있어 한고비는 넘긴 셈이었다.

그러나 이런 과거의 인연과 안면을 이용하여 사업에 유리하게 적용하거나 하는 식은 결코 아니었다. 아니, 그럴 수조차 없었다. 임병수 사장을 비롯해 위 인물들 대부분은 행정일선에서 공과 사의 구분이 철두철미하고, 미심쩍은 형태의 관계나 업무를 조금도 용인하지 않는 이들이었다.

그들과 나누는 이야기는 늘 진중했고 모임은 소박했다. '회식 합시다' 하고 모이면 허름한 설렁탕집에서 설렁탕 한 그릇과 주고받는 소주 몇 잔이 전부였다. 프라임의 백 회장이 함께 자리를 하는 날도 마찬가지였다. 언제나처럼 같은 설렁탕집에서, 사람이 하나 늘었으니 수육을 더 얹는 정도가 모임의 전부였다.

그저 편견 없이 오히려 다른 이해관계에 얽매이지 않고, 오로지 사업의 타당성과 진행방향에 대해 의견을 가감 없이 나눌 수 있는 인사들이었기에 마음은 더 편안하고 홀가분했다. 진짜 '일'을 할 수 있는, 문화콘텐츠를 이해하는 진짜 '전문가'들과 함께 할 수 있었기에. 오로지 한류우드를 향한 마음과 생각과 뜻이 맞는 이들을 마치 하늘이 어디 한 번 힘껏 도모해 보라고 내려준 것만 같았다. 그렇게 오래도록 꿈꿔온 꿈을 향해 새로운 '드림팀'의 행보가 시작되었다.

그러는 사이, 때를 맞춰 개리 고다드에게 의뢰한 한류우드 콘셉트 디자인이 완성된다. 나는 그에게 직접 경기도청을 방문해 이를 브리핑 할 수 없냐며 부탁했다. 도지사는 프라임이 되었건 청원이 되었건 도무지 우리의 이야기는 신뢰하지 않고 있었다. 일전에 내가 준비하고 또 피력했던 중간보고 역시 받아들여지지 못한 채 외면당한 터였다. 개리 고다드는 나의 부탁에 OK하고는 통역사를 대동하여 경기도청을 찾았다. 그렇게 관련 경기도 인사들이 가득 모인 자리에서 청원 측에서 새로이 탄생시킨 한류우드의 콘셉트와 발전방향이 발표된다. 개리 고다드는 참신하면서도 여유롭게, 또 적재적소에서 강약을 조절하며 새로운 콘셉트와 디자인을 전달했다. 표정 없이 이를 바라보는 김문수 도지사의 침묵 속에 드디어 브리핑이 끝났다. 알 수 없는 긴장감과 정적 속에 드디어 김문수 도지사가 입을 연다.

"You're great."

한마디였다. 김문수 도지사는 처음으로 만족감을 표시하며, 전달한 방향대로 진행하라며 마침내 OK 사인을 내렸다. 순간 됐다 싶어 쾌재를 부를 뻔했다. 얼마나 깐깐하고, 또 엄격했으며 냉랭했던 그였는가. 그간 프라임 측에서 제시했던 모든 디자인에 단호하게 No를 외치며 '아닙니다. 다시 생각하세요'를 외쳐왔던 도지사와 경기도 측에 사업을 시작하고 처음으로 인정을 받은 순간이었다. 드디어 믿어준 것이다. 드디어 그 오랜 불신과 오해의 끝에 사업에 대한 희망을 본 순간이었다.

기본 콘셉트가 결정되었다는 건 이제 겨우 출발점을 찾았다는 이야기인 동시에 의미적으로는 절반은 왔음을 시사했다. 이제 됐다고, 이제 진짜 본격적으로 일을 해보자며 고무되어 서로를 다독이던 그때, 경기도 측에서 한류우드 이야기를 제대로 한 번 해보자며 저녁 식사 제의가 들어왔다. 이것 역시 처음이었다. 경기도 측에서 한류우드에 대해 이야기를 나눠 보자는 의사를 타진한 것도, 식사 자리를 제안한 것도 말이다.

생각지도 못했던 도지사의 저녁 초대에 우리는 설레면서도 일순간 긴장했다. 어떤 모습으로 방문해, 어떤 이야기를 나누어야 할까. 이를 고심하던 프라임의 백 회장은 우선 빈손으로 갈 수는 없지 않냐며 초고가의 술을 준비했고, 나는 가만히 이를 저지했다. 옆에서 지켜 본 바 도지사는 그런 걸 받을 사람도 아니고, 그런 것이 군이 필요한 자리도 아니었다.

"드린다고 받으실 분도 아니고… 또 그런 게 무슨 필요가 있습니까? 우린 이제야 비로소 일 얘기를 좀 하러 가는 것뿐입니다. 담백하게 가시죠."

그렇게 우리는 평범한 가격대의 적당한 와인 두어 병 들고 가벼운 마음으로 관사를 첫 방문하게 된다. 김문수 도지사와 백종현, 배병복 회장 외 여러분이 자리했다. 사업 이래 처음으로 실무자와 사업자 간의 만남이 성사된 순간이었다. 그날, 그리고 지금까지 나는 굳게 믿고 있다. 진심은 통한다는 것을. 그리고 맹렬한 노력은 결코 배신당하지 않음을 말이다.

콘셉트 디자인이 결정된 후 나의 움직임은 더욱 분주해진다. 경기도 측과 도지사가 끊임없이 퀘스천 마크를 던지며 프라임 측을 비롯한 시공사 쪽을 신뢰하지 못했던 이유는 무엇인가. 바로 하드웨어가 아닌, 소프트웨어의 문제가 아니었던가. 건축사업에만 몰두한 채 그 안을 채울 진짜 내용물에 대한 이해도가 없다는 판단 때문에 불신임은 계속되었던 것이다.

"그렇다면 담아보자. 우리가 그 안에 무엇을, 그리고 어떻게 채울 것인지 보여주자."

그 길로 나는 대한민국의 다양한 분야에서 활동하고 있는 문화콘텐츠 전문가들을 찾고 또 모으기 시작했다. 생각해보니 그간 한류우드 사업을 진행하며 단 한 번도 문화 예술계의 전문가들과 접촉하거나 협의를 이룬 바가 없었다. 어쩌면 당시 경기도 측과 도지사는 이들을 꿰뚫어 본 것인지도 모른다. 이것이 건축업체들의 생리이자 한계점이라는 것을. 막연히 '집을 짓는 것'을 '최우선'으로 매진할 뿐, 그 안에 담겨야 할 보이지 않는, 그러나 가장 중요한 핵심인 '문화콘텐츠'의 구성에 대한 무지와 몰이해가 문제였던 것이다.

'도대체 한류우드를 이끌어갈 이는 누구인가, 이 안에 담아낼 사람은 누구인가? 이 안에서 펼쳐질 이야기는 무엇인가! 어디 한 번 가능한 모든 것을 모아보자!'

그렇게 국내 문화예술분야의 저명한 인사들을 모두 불러 모으기 시작했다. 당시 국립발레단의 단장부터 SBS, MBC 등의 방송사 사장을 비롯한 임원, 영화계의 다양한 인사들과 함께 광고 및 홍보분야에 이르기까지 약 200명에 이르는 문화예술인을 모두 초빙하여 '한류우드 사업 설명회'를 진행하게 된다.

그들을 한자리에 모은다는 것 자체만으로도 상당히 고무적인 일이었다. 대한민국의 문화예술 전 분야를 아우르는 각계각층의 인사들을 한자리에 모아 그들 앞에서 한류우드 사업을 '천명'하는 일. 그 기본 방향과 나아갈 길에 대해 목소리를 나눌 수 있는 장을 드디어 처음으로 마련한 것이다.

200여 명의 인사 앞에서 한류우드 테마파크의 기본 계획과 방향, 콘텐츠 활성화 방안 등을 설명하는 PT를 직접 진행했다. 절실했다. 그들에게 그리고 경기도 측에게 보여주고 싶었고, 입증하고 싶었다. 대한민국에게 이 사업이 얼마나 의미있으며, 이를 위해 우리는 이 사업의 맥락을 얼마나 잘 파악하고 있는지. 이를 말미암아 얼마나 추진력있게 움직이고 있는지를 대내외적으로 강력하게 드러내야만 했다.

PT를 진행하는 내내 가끔은 뜨겁게 호소하고, 또 가끔은 강하게 주장하며 한류우드 사업에 대한 나의 진심을 담았고, 또 비전을 담았다. 사업의 실현 가능성과 그 파급력에 대해 할 수 있는 한 최선을 다해 전달하려 애썼다. 이것이 한류우드다. 우리는 이러한 세계를 향한 지속적인 '한류 발전소'를 창조하고 있다! 라고 나는 PT 내내 힘껏 외치고 있었다.

진심은 통한다고 했던가. 다행히 온 마음을 다한 PT는 200여 명의 인사들의 박수갈채 속에 성황리에 마칠 수 있었다. 보여주기 식이 아닌, 실질적인 협의를 위한 문화예술계 인사들과의 최초의 조우가 이루어진 날이었다.

청원에서 프라임으로…
한류우드AMC의 새로운 주인이 되다

PT를 성황리에 마치고 얼마 후였던가. 지방 출장 중이었던 걸로 기억하는데 이른 아침 불쑥 프라임의 백 회장에게서 전화 한통이 걸려온다.

"한류우드를 '본격적으로' 좀 맡아 주시죠."

순간 무슨 말인가 싶었다. 이미 내 분신이자 평생의 숙원사업으로서 사력을 다하고 있는데. '본격적으로?'라… 무슨 뜻일까. 그것은 백 회장의 제안이었다. '청원'의 사람이 아닌 '프라임'의 사람으로, 한류우드를 본격적으로 맡아보라는 인종의 프로포즈였다. 프라임 기업으로 들어와 해당 계열사에서 한류우드 사업 전체를 총괄하는 대표 역할을 해달라는 이야기다. 〈프라임 그룹 한류우드AMC 대표이사 이덕행〉 그가 제안한 것은 그것이었다.

생각지도 못한 이야기에 놀라웠고 순간 당황스러웠다. 어찌 그런 결정을 하셨냐 되물었고, 백 회장은 결심의 이유로 사업설명회에서의 나의 PT하던 모습을 회자했다. 200여 명의 문화예술계 인사들과 전문가들에게 진심을 다해 피력하던 나의 모습을 보고 프라임의 백 회장은 처음으로 무릎을 쳤다고 했다.

"그때 이덕행 부회장의 모습을 보고 처음으로 느꼈어요. 한류우드는 문화예술인들이 만들어가야 하는 게 맞구나. 테마파크라는 것은 건설회사가 만드는 게 아니구나! 하고 말입니다."

그때, '늘 그래왔듯 때려 붓고, 짓고, 올리고 하는 문제와는 차원이 다른 것이구나' 하고 비로소 깨달았다 말했다. 그렇게 한류우드를 향한 새로운 접근과 새로운 방향을 결심했고, 이와 동시에 '프라임에서 새로운 한류우드를 이끌어갈 책임자로는 바로 저 사람이어야겠구나' 라고 생각했다는 것이다.

그때까지만 해도 프라임 그룹은 한류우드AMC의 사장을 비롯한 임원 모두가 건설쪽 전문가들이었다. 으레 그래왔고, 이 역시도 건설사업의 한 분류이니 당연한 수순을 밟았던 것이다.

그러나 사업설명회와 함께 나의 PT를 지켜본 후, '한류우드는 지금까지 해왔던 것과는 그 방향이 다르구나. 그간의 우리들이 고수해 온 사고로는 접근할 수 있는 분야가 아니구나'라는 것을 처음으로 인정하게 되었다는 것이다.

이와 함께 한류우드 경기도 측 자문위원들과의 용이한 접촉과 수월한 협의, 무엇보다 답보 상태로 머물러 있던 콘셉트 디자인 작업에 있어, 개리 고다드의 안을 통해 경기도 측을 납득시키고 일을 성사시킨 노력 등을 높이 산 듯했다.

인정해준 것은 고맙지만 순간 당혹스러웠다. 나에게 모든 권한을 위임하고 무한 신뢰를 보내주는 청원의 배병복 회장의 얼굴도 스쳐 지나갔다. 그러나 한편으로는 일에 대한 욕심이 가슴속으로 끓어올랐다. 사업의 전체를 주관할 수 있는 위치라면, 나는 지금보다 더 활발히 그리고 더욱 힘있게 한류우드를 진행해 나갈 수 있다! 라는 막연한 기대감과 일에 대한 갈망이 머리를 들자 고민은 더욱 깊어졌다.

사람이 먼저냐, 일이 먼저냐. 인생의 접점마다 여지없이 겹쳐지는 난제다. 그러나 이번엔 '일'을 택했다. 이유는 단순했고 또 처음부터 정해져 있었다. '일이 하고 싶다', '한류우드를 제대로 만들고 싶다'라는 결심 외엔 아무것도 없었다. 한류우드는 반드시 이뤄내고 싶은 나의 숙명이자 숙원이었기에 그렇게 프라임 행을 택하게 된다.

그러나 나를 지금 이 자리까지 오게 해준 청원의 배 회장께는 도무지 죄송스럽고 면목이 없었다. 어떻게 하면 언짢음을 조금이나마 덜어드릴 수 있을까 고심하다 프라임의 백 회장에게 "저는 지금 청원건설 소속이 아닙니까. 회장님께서 직접 배 회장에게 말씀을 해주십시오. 저를 청원 배 회장께서 프라임의 한류우드AMC에 파견하는 식으로 해주십시오" 하고 부탁했다.

그러나 기업총수라는 그런 것일까. 아니면 상대적 강자라는 위치가 그런 것일까. 그것조차 아니면 백 회장 고유의 성격이었던 것인지 나에게 그런 제안이 있고 바로 다음날, 프라임의 한류우드AMC에 새로운 대표이사가 선임되었다며 그대로 발표를 해버린 것이었다.

선택은 내가 했지만 선택에 대한 수순을 밟을 새도 없이 그렇게 조금은 민망하고 송구스러운 상황이 벌어지게 된다. 내 입이 아닌, 프라임 백 회장의 언질도 아닌, 공식적인 발표를 통해 이야기를 전해 들었을 배 회장의 상심과 실망이 컸음은 자명한 일이었다.

그길로 청원의 배 회장을 찾아뵈었다. 서운한 기색이 역력했다. 어찌 그렇지 않겠는가. 사실 경선에 실패하고 배병복 회장이 처음 나를 불렀을 당시 비화가 하나 더 있다. 그는 한류우드 사업을 잘 진행하려면 내가 꼭 필요하다는 생각에 프라임의 백 회장에게 프라임의 고문으로 나를 추천했다고 한다. 그러나 백 회장은 당시 '나'라는 인물에 대해 아는 바가 없었으니 이를 거절했고, 그런 내가 마음에 쓰였던 배 회장은 아직 사업도 시작 전이라 딱히 할만한 역할이 없었음에도 "그냥 오세요"라는 말과 함께 나를 청원의 고문으로 받아주었던 것이다. 그만큼 나라는 사람을 배려하고 또 깊이 아껴주었던 분이었다. 그때는 나를 거절했던 백 회장이 이제야 비로소 나를 인정하고, 또 불러들인 것이었고 한결같이 나를 지켜준 배 회장을 나는 떠나려 하고 있었다. 나중에 들은 이야기로는 이때 어찌나 속상했던지 배 회장이 집 앞 공원을 몇 바퀴나 돌았다고 한다.

"가지 마세요. 가더라도 좀 더 나중에 가세요."

배 회장은 무척 아쉬워하며 프라임으로 가지 않았으면 좋겠다는 의사를 보였다. 그로서는 어쩌면 당연한 일이었다. 지금껏 프라임은 주주 간사회사이자 주도 세력으로서 은근한 우월적 의사 결정과 함께 청원 쪽을 단순한 파트너로만 인정하고 있었다. 그간 이를 고스란히 참아내며 자존심이 상해있던 그로서는, 이를 곁에서 함께 지켜봐 온 내가 프라임 행을 택한 것에 대한 놀람과 서운함이 뒤섞였을 것이다. 그러나 이미 시위를 떠난 화살을 돌이킬 수 없었고, 내겐 한류우드에서 이루고 싶은 분명한 명분과 열망이 있었다. 그렇게 나는 프라임 그룹의 한류우드AMC을 이끄는 수장으로서 한류우드를 향한 새로운 여정에 오르게 된다.

## 한류우드 스타트 페스티벌!
## 탑스타 총출동! 지상최대축제를 열다

한류우드를 떠올리면 가장 먼저, 그리고 오래도록 되뇌어 보는 강렬한 기억이 있다. 바로 '지상 최대의 빅 이벤트를 만들어보자!' 하고 마음먹고 판을 벌렸던 '한류우드 스타트 페스티벌'이다. 프라임에 출근하자마자 맡은 첫 번째 미션이 바로 이 페스티벌이었다. 첫 출근일이 11월 1일이었던 걸로 기억하는데, 가자마자 내게 들이닥친 사명은 '다음 해 5월 말일까지 반드시 착공식을 해야 한다'는 것이었다. 이는 계약서상에 명시된 것으로 하루를 지체할 때마다 몇 억에 이르는 지체금을 물어야했다. 이건 이제 겨우 콘셉트 디자인이 나온 상황에서 6개월 안에 본 설계(CD)를 마치라는 이야기였다. 그 6개월간 정말 밤낮없이 행사준비에 몰두했다. 한류우드 사업에 있어 착공식은 무엇보다 중요했다. 대외적으로 한류우드의 존재를 확실히 알리는 절호의 기회이자, 착공식이 치러져야 비로소 금융권의 돈이 모이고, 한류우드 사업에 필요한 2차 투자금을 조달할 수 있는 발판이었던 것이다.

2008년 5월, 드디어 한류우드의 착공식이 코앞으로 다가왔다. 이번 기회를 결코 놓칠 수 없다는 생각이 들었다. 단순한 착공식이 아니라 대한민국을 넘어 세계가 주목할 만한 '축제'를 만들자! 라는 마음으로 수개월의 준비 끝에 마침내 〈한류우드 스타트 페스티벌〉이란 이름으로 5월 29일, 고양시 일산의 한류우드 부지 일대에서 한류스타 등 2,000여 명이 운집한 지상 최대의 쇼를 벌이게 된다.

빅뱅, 슈퍼주니어와 같은 최정상의 한류 아이돌 그룹이 참석하고, 디자이너 이상봉 선생의 한글 패션쇼와 레드카펫 퍼레이드, 캐릭터 쇼에서 고양시 필하모닉 연주회에 이르기까지 '페스티벌'이란 이름에 걸맞는 갖가지 다양한 쇼가 쉼 없이 펼쳐졌다. 최지우, 김윤진, 김아중, 김용건, 백윤식 등 한국 드라마와 영화를 이끄는 국내 탑스타를 초대하고, 홍보대사로는 세계적인 영화배우 성룡(成龍)과 배우 최지우를 위촉했다.

그날, 각종 매스컴과 인터넷 포털사이트의 화두는 온종일 '한류우드'였다. 각 방송사의 취재와 보도가 앞다투어 이루어졌고, 각종 인터넷 포털의 검색어 1위는 '한류우드'가 장식하고 있었다. 축제는 대성공이었다. 대한민국을 넘어 세계에 '한류우드'라는 존재를 각인시키기에 충분한 이벤트를 벌였고, 민관의 다양한 협조 속에 이를 성공적으로 마칠 수 있었다. 대단한 축제가 마침내 막을 내리고 기분 좋은 피로감이 밀려왔다. 그간의 노고를 치하하려는 것인지 아니면 생각보다 엄청난 규모의 이벤트를 진행한 나에게 조금 놀란 것인지 프라임이 백 회장의 호출이 있었다.

백 회장을 찾아가자 "이덕행 사장, 굉장하십니다. 대신 다음부터는 심장만 한 방 딱 쏴서 이겨주세요. 산탄 대포는 이번으로 충분한 것 같습니다" 하고 말했다. 말뜻을 이해하고 혼자 슬며시 웃었다. 예상을 훨씬 뛰어넘는 이벤트를 벌인 덕에 그만큼 예산을 훨씬 웃도는 돈이 착공식에 쓰였기에 하는 소리였다. 기억하기로 약 10억에 가까운 예산이 직간접적으로 행사 비용으로 투입되었으니 백 회장의 반응도 이해가 되었다.

해를 가릴 차양과 천막 작업 등 2천여 명을 수용할 행사장 준비만 해도 그 규모가 대단했다. 거기다 대규모의 홍보 영상을 별도로 제작하고, 기존 방식의 팸플릿 등은 차별화가 되지 않는다는 판단 아래, 한류우드를 소개하는 스토리와 에피소드를 첨가한 한류우드 전용 노트를 별도로 제작해 참석자들에게 배포했다. 노골적이거나 상업적인 냄새가 훨씬 덜 배어나도록 고안한 한류우드의 홍보책자는 그 덕에 상당한 인기와 함께 금방 동이 났다.

이와 함께 유독 기억에 남는 일화는 축제로 인한 '개값 변상'이다. 축제가 시작되면서 저녁 무렵부터 연신 폭죽과 함성, 축제의 진동이 온 도시로 울려 퍼졌다. 이때 축제장 근처에서 수백 마리의 개를 기르고 있는 농장이 있었는데, 축제 소음으로 인해 암캐들이 놀라 유산을 하였다며 변상을 요구해 온 것이었다. 회사에선 이에 대한 보상과 함께 상당한 이사 비용까지 부담했다.

그렇게 고양시를 넘어 대한민국을 떠들썩하게 흔들었던 그날의 축제로 '한류우드'는 만천하에 그 시작을 알릴 수 있었다. 콘셉트 디자인도 OK 받았겠다, 경기도와의 신뢰도 회복했겠다, 온 세상에 '한류우드'의 시작을 알리고 그 성공을 함께 염원했겠다, 이제는 정말 앞으로의 전진 또 전진뿐이라고 생각했다. 이제는 정말 제대로 일을 한 번 칠 수 있는(?) 핑크빛의 앞날만이 펼쳐질 줄 알았었다. 그러나 얼마 후 들이닥친 검디검은 먹구름으로 나의 기대는 암흑으로 뒤덮이고 만다.

## 프라임의 위기와 한류우드 All Stop!
## 그러나 나는 포기할 수 없다!

"회장님께서 구속되셨습니다. 사태가 심각합니다."

순간 생각지도 못한 상황에 정신이 아득해졌다. 2008년 9월, 세계 금융시장을 뒤흔들었던 리먼브라더스 사태가 터지고, 그 후폭풍은 국내 경제시장과 기업들에게까지 불어 닥친다. 그리고 이때, 프라임 그룹의 비자금 조성 의혹으로 백 회장이 횡령 및 배임 등의 혐의로 검찰 측에 구속된다.

백 회장의 비자금 의혹과 함께 한류우드 조성사업과 관련한 특혜 의혹 수사까지 진행되며 관련 주주사에 압수수색이 벌어지고, 사업은 그 상태로 전면 올스톱이 되고 만다. 나 역시 프라임의 사람으로서 예외는 아니었다. 밤낮 없는 검찰의 집요한 추적과 수사로 인해 나 또한 상당한 곤혹을 치러야 했다.

검찰의 계속되는 압박, 프라임 백 회장의 구속, 한류우드 사업 진행에 대한 전면조사, 그 모든 것은 마치 잠식되어 있던 폭풍처럼 일순간에 들이닥쳐 모든 것을 헤집고 집어 삼켰다. 이대로라면 한류우드 사업은 경기도 측에 반납되어 그간의 모든 노력들이 수포로 돌아갈 절체절명의 순간이었다.

문제는 심각했다. 한류우드의 진행 여부를 넘어 프라임 그룹 자체가 유지되느냐 마느냐 할 정도로 프라임은 대위기를 맞고 있었다. 그룹 수뇌부에서는 연일 한류우드 사업의 진행 여부를 두고 열띤 토론이 이어졌고, 마침내 "안 되는 겁니다. 이 사업은 접읍시다" 하는 '사업 포기'라는 방향으로 의견이 모아지기 시작했다.

내가 그토록 꿈꿔왔던, 한류를 꽃 피울 '천상의 세계'가, 내 머리 위로 지고 있던 하늘이 그대로 무너지는 기분이었다.

"이대로 포기할 수 없습니다! 우리가 할 수 있습니다!"

나는 그 길로 구속 수감되어 있던 프라임의 백 회장을 향해 감옥으로 서신을 띄운다. 백 회장은 그곳에서 회사 내부의 소식과 결정을 전혀 모르고 있을 터였다. 적어도 현재의 상황을 그에게 알려야겠다고 생각했다. 그리고 간절하게 읍소했다. 한류우드 사업은 계속 진행되어야 한다고. 설사 정리가 된다 하더라도 이런 식은 아니라고. 지금까지의 인고의 세월과 간절했던 꿈들을 결코 잊지 말아달라고 나는 한 자 한 자 온 마음을 다해 그에게 편지를 보냈다.

이후 나를 비롯한 프라임 수뇌부와 백 회장과의 면회가 이뤄졌다. 프라임 그룹의 부회장과 계열사의 대표이사진을 앞에 두고, 백 회장은 한류우드에 관해 무겁게 닫혀 있던 입을 열었다.

"한류우드는 계속 진행합니다."

한마디였다. 그렇게 만인 앞에서 백 회장은 못을 박았다. 나의 진심 어린 편지가 그의 마음을 움직인 것인지, 그의 생각이 처음부터 변함없이 지켜지고 있었던 것인지 모를 일이었지만 그것만으로도 무너져 내리던 하늘이 다시 솟는 기분이었다.

'됐다. 포기하지 않는다면 희망은 있다.'

나는 그 길로 당시 한류우드 자문위원회의 유진룡 자문위원장에게 또 다른 편지를 띄운다. 현재 프라임 측과 한류우드 사업이 처한 상황을 호소하고, 이러한 어려움과 애로사항을 겪고 있으니 부디 긍정적으로, 한류우드가 여기서 멈추지 않도록 잘 진행될 수 있게 해주었으면 한다는 간절한 마음을 담았다.

당시로서는 내가 할 수 있는 게 아무것도 없었다. 그러나 무엇이라도 해야만 했다. 지푸라기를 잡는 심정으로, 무모하고 아둔해 보일지언정 나는 온 마음을 담아 한류우드 사업을 위해 정성어린 글을 띄우고 또 띄웠다.

그러나 그것은 한류우드를 향한 나의 간절하다 못해 순수한 희망사항일 뿐이었을까. 프라임 내부에선 한류우드가 '꺼지지 않은 희망'이 아닌, 진퇴양난의 골칫덩이로 전락해 있었다.

장치사업이라는 것이, 테마파크라는 것이 그렇다. 굉장한 인내심을 필요로 하는 준비과정과 시간, 그 인고의 시간 속에 끊임없이 투입되어야 하는 엄청난 자본과 인력, 이것이 마침내 수익을 창출하기까지 기업이 감내해야 할 것은 너무나도 많다.

당시 프라임에게는 이 모든 것을 감내할 여유가 없었다. 한류우드에는 이미 상당 부분의 사업비가 투자된 상태였으나 당시로는 회수 가능성이 희박했고, 한류우드 외에도 여러 사업을 진행하고 있었기에 마냥 한류우드에 모든 것을 올인할 수는 없다는 것이 백 회장을 대신해 회사 운영을 하고 있었던 경영진의 뜻이었다.

그들은 그들대로 옳은 판단이었을 것이다. 나는 나대로 한류우드는 포기할 수 없는 상황이었다. 그러한 나와 뜻을 같이하는 유일한 이가 세상 밖으로 전혀 힘이 닿지 않는, 차갑고 좁은 곳에 있다는 사실이 그저 서글플 뿐이었다.

불행의 씨앗은 마치 세포의 분열처럼 증식되는 것일까. 악재는 여기서 끝나지 않았다. 이전에 한류우드 2구역의 주상복합 아파트에 대한 공급공고가 있었다. 한류우드는 가장 넓은 면적을 이루며 테마파크와 3,000실의 호텔 등 핵심시설이 들어서는 1구역과 주거공간인 2구역으로 나뉘어져 있었다. 경기도 측에서 2구역에 들어서는 주상복합 아파트 분양을 위한 사업자선정공고를 냈었는데 프라임 측이 1구역에 이어 이 2구역마저도 따냈던 것이다.

백 회장은 2구역 사업 역시 프라임에서 계속 진행하고 싶다 말했다. 그러나 나를 비롯한 자문위원단은 고개를 갸웃할 수밖에 없었다. 한류우드 1구역 사업조차도 제대로 진행하지 못한 판국에 2구역 사업까지 떠안는다면 상황은 더 극으로 치닫을 수도 있다는 염려 때문이었다. 경기도 역시 프라임이 아닌 다른 업체가 하길 바랐다. 그러나 백 회장 또한 마음먹은 바는 꼭 이루어내는 인물이다. 결국 프라임은 이를 상당히 무리한 금액으로 따낸 상황에서 얼마 지나지 않아 매스컴과 사회를 발칵 뒤집은 프라임 사태가 벌어졌으니, 경기도 측은 프라임에게 완전히 등을 돌린 상태였다. 이대로 있다가는 1구역 사업도, 2구역 사업도 모두 무산될 위기였다.

참으로 진퇴양난의 입장이었다. 그러나 헤맬수록 결단은 더욱 과감해야 하는 법. 한류우드 자문위원회의 유진룡 자문위원장과 임병수 사장, 강승도 한류우드 사업단장 등과 함께 의논 끝에 프라임의 백 회장을 찾아가 설득하기에 이른다.

"하나는 포기 하셔야 합니다. 한류우드 사업이 제대로 진행되려면 프라임이 한 쪽은 놓을 수밖에 없습니다."

뼈아픈 이야기지만, 당시로서는 인정할 수밖에 없는 프라임이 처한 현실이기도 했다. 프라임을 신뢰하지 않는 건 경기도뿐만이 아니었다. 당시 SPC주주업체인 대우, 금호, 벽산, 그리고 농협, 외환은행 등의 사업단 역시 프라임에 대한 의구심을 드러내고 있었고, 이대로 고집을 부리다간 상황은 더욱 악화될 것이 뻔했다.

하루속히 수를 내야 했다. 당시 2구역 사업의 주주사 중 하나가 동양고속건설그룹이었다. 나는 한류우드 자문위원회와 경기도와의 다양한 논의 끝에 2구역 사업을 동양 측에 위임하여 동양과 또 다른 경쟁사였던 포스코 등이 함께 합의하에 해당 사업을 인수하는 것이 가장 합리적이라는 판단을 내렸다.

우리가 양 사업 모두를 손 안에 움켜쥐고 우겨봤자, 불신과 반목만이 더욱 깊어질 뿐이었기에 백 회장을 설득하고 이후에는 동양 측과의 원만한 합의를 위해 분주하게 움직이기 시작했다.

사실 표면적으로야 1구역이냐 2구역이냐, 무엇을 선택할 것인가하는 양자택일의 기로 같아도, 들여다보면 선택의 여지가 없는 문제였다. 경기도가 이를 순순히 프라임에 맡길 리가 없었고, 주주사들조차도 프라임과 호의적으로 동업하려 들지 않았다. 욕심 많은 외톨이가 되느니 필요한 순간에는 과감히 내어줄 것은 양보하고, 1구역 사업만이라도 끝까지 책임지는 배포와 의지를 보여주고 싶었다.

그러나 하나의 목표만을 향해 종마처럼 달리는 나의 '의지'는 관철되지 못한 채, 또 다른 오해를 낳으며 언제나 그렇듯 결승점이 아닌 생각지 못한 나락으로 향하고 만다.

"이덕행 대표가 무언가를 꾸몄다. 동양 측과 내통해 사업을 망치고 있다!"

1구역 사업만이라도 사수하기 위해, 2구역 사업의 원만한 방점을 위해 백방으로 뛰던 나에게 돌아온 말은 그것이었다. 끝까지 두 프로젝트를 모두 놓지 못했던 백 회장을 끊임없이 설득하며 일을 진행시켜온 나의 노력들이 그들에겐 그렇게 비춰진 모양이었다. 이덕행 대표와 동양 사이에 무언가가 있다. 이덕행 대표가 프라임을 배신하고 동양 측과 손을 잡았다는 오해의 화살이 날아왔다. 한 번 시작된 오해와 증오에는 진실을 능가하는 힘과 속도가 있다. 말도 안 되는 억측이 황당무계하면서도 억울했지만, 이를 해명할 기회조차 주어지지 않았다. 그 즉시 내게 돌아온 것은 '한류우드 AMC 대표이사직 해임'이었다.

처음 내 자신이 채 준비를 하기도 전에 대외적으로 '한류우드 AMC 대표이사 이덕행'이라고 공표해 버리듯, 이번에도 역시 일말의 해명이나 오해를 풀 수 있는 기회조차 없이 다음날 사내 인터넷 사보에 '한류우드 AMC의 새로운 대표이사 선임'이라는 몇 줄의 글귀로 새로운 대표이사가 선임되고, 나는 일순간에 한류우드에 없는 사람이 되어 버렸다.

처음과 마찬가지로 일방적인 통보였다. '이덕행 대표, 이제 그만 하시오'라는 최소한의 인사조차도 없었다. 하물며 전혀 사실을 몰랐던 나는 사보가 뜬 그 날 아침, 경기도 도청을 찾아 한류우드 담당자에게 사업 진행에 대한 열변을 토하고 있었다. 게다가 나의 이야기를 듣고 있던 도청 담당자는 이미 나의 해임 사실을 알고 있기까지 했다. 그런 그의 눈에 나는 어떻게 비추었을까. 지금 생각해도 참으로 황망하고 쓸쓸한 이야기다.

내가 바보였을까. 너무나도 하나밖에 모르는 아둔한 사람이었을까. 단지 그리고 오로지 그 시간 동안에는 몸과 마음 가득 '한류우드' 뿐이었다. 우리의 문화콘텐츠, 그리고 영상분야가 비로소 화려하게 꽃 피울 그곳을 완성하기 위해 모든 것을 다했지만 결과는 '한류우드에서 사라진 사람'이 되고야 말았다.

사라진 나의 자리와 함께 내가 한류우드로 갈 수 있는 길은 일순간에 사라지고 말았다. 운명이란 대체 무엇이기에 이토록 내게 혹독하고 허망한 것일까하는 상실감과 회의감만이 밀려왔다.

그러나 '곤궁이통'이라 했던가. 어디 한두 번인가. 마지막 한걸음만 떼면 완성되는 순간에도 와르르 이루어 온 모든 것들이 허망하게 무너지는 것을 숱하게 겪어오지 않았던가. 오히려 막다른, 헤어나갈 길 하나 없다 싶은 순간 무모할지언정 더욱 담대하게 새로운 목표를 찾는 나였다. 한류우드는 이대로 나와 영영 이별인 것인가. 아니 굳이 내가 아니어도 완성만 될 수 있다면 상관없었다. 내가 떠난 후에도 이렇다 할 진척 없이 답보상태라는 소식이 들려오자 안타까움은 그렇게 또 다른 집념으로 변한다.

돌이켜보면 한류우드의 가장 큰 난제는 시공사를 넘어 사업 타당성에 대한 경기도 측의 불신이었다. 손학규 도지사가 그랬고, 김문수 도지사도 마찬가지였다. 그간 얼마나 지리멸렬하게 반복해왔던가. 해당 관할의 책임자가 바뀔 때마다 만들어 놓은 것이 한순간에 수포로 돌아가, 새로이 쌓고 또 쌓아야 했던 고단함과 설득에 또 설득을 더해야 했던 인내의 시간을 과연 언제까지 반복해야 하는가.

순간 엉뚱하지만 대담한 결심이 선다. 아래에 있는 사람들이 아무리 갖은 노력을 해도 최고 책임자가 한 번 등을 돌리면 일은 도모할 수 없는 것. 그렇다면 도모하고자 하는 일을 잘 이해하고 보다 우호적으로 이끌어 줄 수 있는 새로운 수장에게 '한류우드'가 맡겨진다면 판도는 달라지지 않을까 하는 일말의 기대가 머리를 든다.

마침 그 다음 해는 지방자치 선거가 있었다. 즉, '한류우드를 위해 도지사를 바꾸자!'는 것이 내 계획이었다. 물론 김문수 도지사에 대한 악감정이 있는 것은 결코 아니었다. 업무적으로나 당시 처한 정황상으로나 그의 판단이 틀렸다는 것도 아니다. 다만 그간의 잡음과 난항들에 대한 선입견 없이 한류우드 사업을 그 자체로서 긍정적이고 진취적으로 이끌어 줄 수 있는 새로운 사람, 새로운 책임자를 만들어야겠다는 결심이 선 것이었다. 당시 내가 선택한 것은 바로 '김진표'였다.

나는 오랜 지기이자 삶의 멘토인 문희상 형님을 찾아가 나의 뜻을 전했다. '형님 한류우드 사업이 지금이라도 제대로 가려면 그에 맞는 분을 찾아서 한 번 일을 만들어 봐야겠습니다. 저는 김진표 의원을 염두해 두고 있습니다. 자리를 한 번 마련해 주시겠습니까?' 하는 뜻을 전했고, 그 즉시 김진표 의원과의 자리가 마련되었다. 그는 김대중 정권의 국무총리실 국무조정 실장, 노무현 정권의 부총리이자 재정경제부 장관, 이후 교육인적자원부 장관에 이르기까지 다양한 관계 부처에서 '행정의 달인'으로 정평이 나 있는 인물이었다. 김진표. 오랜 세월 행정 일선에서 다양한 내공을 쌓은 인물이기에 보다 넓고 보다 멀리 보는 해안으로 '한류우드'를 완성해 주지 않을까 하는 희망 속에 나는 주저 없이 그를 대면했다.

나의 뜻은 분명했으며 목표는 확고했다. 나는 지금의 한류우드 사업이 제대로 갈 수 있게끔 이끌어줄 새로운 적임자를 찾고 있고, 당신이 그 적임자라 믿고 있다. 한류우드 사업이 진정 본래의 목적과 진의대로 갈 수 있도록, 지속가능한 대한민국 문화콘텐츠의 장이 될 수 있도록 만들어 줄 수 있는 사람이 필요하다. 그러한 한류의 성지를 완성해줄 이로 나는 당신을 택했다. 한류우드를 위해 당신을 지원하고 힘이 돼주고 싶다 라는 뜻을 전한다.

당시 나의 부탁은 두 가지였다. 하나는 한류우드, 그리고 또 하나는 남양주종합촬영소였다. 김진표 의원은 오랫동안 국가 경제를 위해서, 그리고 실무경제를 위한 행정 일선에 몸을 담았던 사람이다. 소위 '판'이라는 것을 잘 짜고 또 잘 굴릴 수 있는 안목과 행동력이 있는 사람이었다. 그러한 감각과 자기철학으로 한류우드의 잠재력을 믿고, 이것이 제대로 잘 돌아갈 수 있도록 주도적으로 의지를 가지고 해달라는 것이 첫 번째 부탁이었다.

두 번째 부탁은 부산으로 이전한다, 매각을 할 것이다 등등의 이슈와 함께 남양주를 떠날 위기에 있는 남양주종합촬영소의 가치를 다시 한 번 생각해 달라는 것이었다. 촬영소에 콘텐츠와 활용도를 지금보다 더욱 확대하여 남양주를 떠날 수 없도록, 한류의 축을 이루는 문화예술의 베이스캠프이자 문화교육의 터가 될 수 있도록 해달라는 것이었다.

다행히도 이는 김진표 의원이 염두해 두고 있는 공약과 여러 부분 상통하고 있었다. 그는 나의 의견을 수용, 문화예술과 관련한 문화콘텐츠와 아카데미 등을 촬영소로 이전, 확대하여 그 존재가치와 상징성을 더욱 키워 남양주종합촬영소를 지켜보자! 그리고 더욱 키워보자! 하고 동조해 주었다.

진정 오래도록 바라온 것 중 하나였다. 문화대학, 문화콘텐츠와 예술인을 양산하는 전문교육기관을 남양주종합촬영소 내에 두는 것. 하여 마르지 않는 샘물처럼 문화예술, 그리고 교육의 순환이 끊임없이 생성되는 구심점을 만드는 것. 그 뜻을 함께 할 수장을 이제야 찾았구나! 하는 기분이었다.

이러한 담화를 계기로 김진표 의원이 직접 남양주종합촬영소를 방문하여 백여 명의 영사모 회원들과의 자리를 갖기도 하고, 촬영소 내 운당 세트에서 함께 토론도 하며 본인의 문화비전을 모두 앞에 공표하기도 했다.

그 약속, 나와 같은 지향점을 향해 있는 그의 생각을 믿고 나는 주저 없이 그가 가는 길에 합류하였다. 후의 이야기이지만 그는 당시, 내가 프라임을 나왔다는 사실을 알지 못했다고 한다. 워낙에 한류우드에 대한 강한 의지를 보이기에 '사업을 진행하는 대표로서 의지가 참 대단하구나' 하고 짐작한 모양이었다. 그러나 나는 당시 표면적으로는 한류우드와 그리고 프라임과도 '무관'한 사람이었다.

이런 이야기를 당시에 김진표 의원에게 했다면 그는 제법 놀랐을 것이다. 그리고 내게 되물었을 것이다. 그 수모를 당하고도, 그러한 말로를 겪고도 왜 한류우드에 그렇게 목을 매냐고. 대체 당신에게 한류우드가 무엇이기에 이토록 나를 돕고, 또 한류우드 사업을 돕는 것이냐고. 물음에 답은 하나다. 말했다시피 다른 것은 아무래도 상관이 없다. 한류우드와 남양주종합촬영소가 제대로 갈 수만 있다면 나는 아무래도 좋았다. 나는 이렇다. 나의 안위도, 자존심도 이루고 싶은 무언가 앞에선 전혀 우선순위가 되지 못한다. 그것이 우리의 문화콘텐츠와 영상예술을 위한 것이라면 더더욱 그랬다. 그것이 나의 아둔한 고집이요, 또 지금까지 지키고 있는 소신이다.

이후 본격적인 활동에 들어갔다. 그 해 11월, 김진표 의원을 돕기 위한 문화예술인들을 중심으로 모임을 준비했다. 그 이름은 '쌍화점 포럼'이라 정하였다. 쌍화점포럼이란 김진표 의원의 특화 분야인 '경제' 그리고 나와 경기도의 미래를 바꿀 '문화'가 만나는 지점, 그리고 그 지점이 일으키는 지역사회의 시너지를 상징한다.

그렇게 모임을 조성하고, 김진표 의원을 지지하는 문화예술인과 경제인이 한자리에 모이는 자리를 만들어 함께 대화를 나누고 결의를 다지는 시간을 갖는다. 김진표 사단에서 나는 문화예술분야를 담당하는 특임본부장의 역을 맡게 되었다. 우선 내가 적을 두고 있는 경기 북부지역을 전담해야 했기에 남양주 관내에 사무실을 얻어 본격적인 활동에 들어갔다. 지금 생각해보면 재밌는 형국이었다. 요새는 마련했지만, 나를 위한 요새가 아니었다. 김진표 의원을 위해 사무실까지 얻어 두 발을 벋고 나섰으니, 목표가 하나 생기면 그 맹목적이며 무모할 정도의 열성은 아무도 못 말리는 것이지 싶다. 그렇게 사무실을 마련한 것이 11월, 그리고 다음해 2월 남양주의 호남향우회연합회를 결성한다. 그때까지만 해도 남양주 지역에 호남향우회만 있을 뿐, 연합회는 존재하지 않았다. 그 즉시 연합회 결성과 함께 초대 회장으로 취임, 약 천여 명의 회원들과 창립 행사로 관내 체육문화센터에 모여 김진표 의원과 함께 자리를 갖기도 했다.

내가 할 수 있는 한 모든 열과 성의를 다해 사람을 모으고 또 그를 도왔다. 남양주뿐만 아니라 한류우드 사업 진행 당시 적을 두고 있었던 고양시에서도 다양한 모임과 자리를 마련했다. '쌍화점포럼'이란 이름에 걸맞게 경기도 관내의 각 지역의 예총(예술문화단체 총연합회)

의 문화예술인들과의 만남을 주선하며 경기도를 넘어 대한민국이 나아가야 할 문화예술의 미래와 정책에 대한 토론을 펼치기도 했다.

그렇게 선거를 마칠 때까지 온 마음을 다해 그를 도왔으나 아쉽게도 그는 유시민과의 경선에서 지고 말았다. 현재 김진표 의원은 수원 지역의 국회의원으로 재직 중이며, 다시 한 번 경기도는 김문수 도지사가 총괄하고 있다.

최선을 다했기에 후회는 없지만, 아쉬움은 남는다. 내가 믿었고, 선택한 수장이 결실을 이루지 못함이 그렇고, 그와 내가 나누었던 경기도와 남양주를 위한 다양한 정책과 활로가 펼쳐지지 못한 채 다음을 기약해야 함이 그렇고, 무엇보다 그 후 전해진 한류우드의 말로와 비보가 나를 더욱 쓸쓸하게 만들었다.

## 못 다 핀 꽃, 한류우드
## 영원한 마음의 짐으로 남다

'무책임한 공모사업이 고양 '한류월드' 파국 불렀다'

2012년, 한 언론의 기사 제목이 눈에 들어오는 순간, 가슴이 메어지는 기분이었다. 결국 6년 만에 한류우드 사업은 '실패'로 돌아갔다는 기사였다. 배신자라는 오해와 오명을 받으면서까지 지키려 했던 한류우드를 사실상 포기한다는 것이 요지였다. 2008년 5월, 한류우드의 출발과 꿈을 온 세상에 알리고자 온 힘을 쏟았던 〈한류우드 스타트 페스티벌〉 겸 착공식 이후 4년간 한류우드의 공정률은 '0'이었다고 한다.

프라임의 미비한 운용능력과 자금력에 경기도는 계약 해지를 두고 오래도록 고민했지만, 프라임의 백 회장은 '한류우드 사업을 끝까지 하겠다. 그룹 사옥인 구의동의 테크노마트를 팔아서라도 하겠다'며 강한 의지를 천명했다고 한다. 그의 성격과 스타일을 잘 안다. 아마 진심이었을 것이다. 그러나 불운은 어쩜 그리도 때를 맞춰 함께 찾아오는 것일까. 백 회장의 의지를 한 번 더 믿고 경기도 측이 계약 연장을 결정하고 얼마 후, 테크노마트가 원인을 알 수 없는 진동으로 크게 흔들리는 사건이 발생, 이로서 테크노마트 매각이 계약 직전 불발되고 만다. 이로 인해 중도금을 마련하지 못한 프라임은 한류우드의 사업시행 계획서도, 중도금도, 지불해야 할 땅값 원금조차 지불하지 못한 채 결국 사업 전체가 백기를 들게 된 것이다.

"한류우드는 총체적 부실이었다! 이렇게 엉망인데 책임지는 사람은 없다! 사업 타당성에서부터 전면 재검토가 되어야 한다! 당시 최종 책임자로서 사인을 했던 도지사들도 책임에서 자유로울 순 없다!"

각종 사설과 보도문에서 한류우드에 대한 비난의 목소리가 쏟아져 나왔다. 진심어린 안타까움 속에 아련히 한류우드 설명회에서 나의 PT 모습을 보고, '테마파크라는 건 이런 것이구나. 건설회사의 시선으로 만드는 것이 아니구나' 하고 깨달았다던 백 회장의 목소리가 생생하게 살아났다.

그럼에도 그는 끝끝내 몰랐던 것일까. 아니면 철저히 건설회사의 시선과 생리로 물들여진 그로서는 어쩔 수 없는 예정된 실패였을까. 왜 누구도, 나처럼 혹은 나와 같이 한류우드를 위해 맹렬히 그리고 끊임없이 그를 설득하고, 또 이야기를 나누지 않았던 것일까. 혹은 그래 봤자 말로가 나와 같음을 알기에 누구도 제2의 이덕행이 되지 않았던 것일까. 별의별 생각이 다 들었다. 그렇게 답이 없는 물음과 애석함, 그리고 한류우드 실패에 대한 아픔이 가슴속으로 엉켜 들었다.

최근에는 박근혜 정부가 '관광산업 신성장동력육성방침'을 필두로 한류우드의 방향을 K-POP 전용공연장으로 가닥을 잡아 이를 진행한다는 소식을 접했다. 한류우드를 '관광 한류'의 요충지로 선정, 한류공연관광의 인프라를 확충하겠다는 계획 하에 사업이 다시 펼쳐나간다 하니 어떻게든 한류우드가 진행된다는 생각에 반은 안심이요, 그간의 전례와 진통을 여실히 지켜봐왔기에 혹 같은 일이 반복되지 않을까 반은 우려가 되는 바다.

오래도록 꿈꿔온 나의 숙원사업이었으며 한때 나의 모든 열정을 바쳤던 곳이, 존폐유무를 위협받고 이제는 완전히 나의 손길이 뻗칠 수 없는 길을 향해 가고 있다는 사실이 여전히 아프다. 그러나 언제나 그렇듯 나는 끝까지 응원할 것이며, 언제라도 내가 할 수 있는 것이 있다면 당장 달려갈 것이다.

내 마음속 못 다 핀 꽃, 못 다 이룬 꿈, 한류우드를 위해서.

## 한류우드가 보여준 세계, 한류우드가 맺어준 인연을 추억하며…

당시 한류우드 사업을 위해 나는 전 세계에 안 가본 나라가 없었다. 전 세계 사람이 모인다고 하는 곳은, 이름이 좀 알려졌다 싶은 테마파크는 모조리 찾아다녔다. 주중에는 업무에 열중하다가도 금요일이면 어느 날은 동경에, 어느 날은 홍콩에, 또 어느 날은 상해, 북경, 심천, 삿뽀로에… 소문난 잔치'판'은 모조리 가봐야 직성이 풀렸다. 당시에 탄 비행기만으로도 50만 마일이 넘었다.

물론 국내 최초의 한류와 문화콘텐츠를 기반으로 한 테마파크를 향한 나의 열정이 워낙 못 말릴 정도였기에 이런 세계일주가 가능했겠지만 또 하나의 이유는 경기도 측과의 계약서 상에 아예 명시가 되어 있었다.

헬로키티를 만든 일본의 산리오(Sanrio Co) 회사와 '심천 세계의 창'을 만든 중국의 화교성집단에게 반드시 한류우드 관련 자문을 구하고, 함께 협의하라는 내용이었다. 왜 우리나라의 테마파크 사업을 진행하는 데 있어 일본의 캐릭터 회사, 그리고 중국의 기업이 관여하는 것인가 하는 의구심도 들었지만, 한편으로는 그간의 꾸준하면서도 일관되었던 경기도 측의 건설사에 대한 '못미더움'을 보면 이해가 되기도 했다. 그리고 이를 위해 직접 일본과 중국을 방문해 보니 일본에서는 무섭도록 일체화된 그리고 기획화된 시스템이, 중국에서는 상상을 초월하는 규모감과 추진력이 혀를 내두를 정도의 충격과 감탄을 안겨 주었다.

전 세계에서 가장 오래도록, 그리고 가장 많은 마니아를 꾸준하게 보유하고 있는 대표적인 캐릭터 헬로키티, 이를 창시한 산리오 회장은 여든이 넘은 백발이 성성한 노신사였다. 이야기를 들어보니 당시, 캐릭터 사업으로만 연 3천억 원 이상의 수익과 함께 전 세계에 매장만 9천여 개가 있다고 했다. 방문하는 본사 건물의 1층부터 6층까지 안에 존재하는 연필 한 자루, 작은 손톱깎이까지도 사무용품에서부터 전시된 모든 것이 헬로키티 상품으로 이루어져 있었다. 그럼에도 하루에 500~600개의 새로운 디자인을 만들어낸다고 하니 그저 놀라울 따름이었다.

이러한 헬로키티와 산리오의 설립자, 산타로 회장은 모든 것에서 존경스럽고 또 배우고 싶은 인물이었다. 무엇보다도 새로운 분야, 새로운 도전을 향한 에너지와 끊임없는 '창의적인 생각'이 그의 나이를 무색하게 했다. 그는 캐릭터 사업 외에도 예전에 베트남 전쟁을 소재로 한 다큐멘터리를 제작하여 아카데미에서 다큐멘터리 부문 최우수상을 수상한 바도 있다고 했다. 그는 사업가이자, 또 영상을 사랑하는 영화인으로서 늘 창의적인 아이디어들로 새로운 문화콘텐츠에 도전하고 있다.

진심으로 그가, 그리고 그의 사랑스러운 헬로키티가 부러웠다. 문화란 그런 것이다. 콘텐츠라는 것 역시 그런 것이다. 야망과 꿈에 가득 찬 청년이 여든의 지긋한 노신사가 될 때까지, 결코 사라지지도 희미해지지도 않는 것. 오히려 그 자체로 생명력을 갖고 끊임없이 잉태되고, 재탄생하는 것. 나는 그곳에서 다시 한 번 문화콘텐츠의 대단한 잠재력과 생명력을 경험한다.

중국의 화교성집단이 만든 심천의 '세계의 창' 또한 놀랍기는 마찬가지였다. 심천 지역의 100만 평 부지에 에펠탑이며 나이아가라 폭포, 개선문, 베네치아의 산마르코 대성당에 이르기까지, 국민이 파리에 가질 못한다면 이곳에서 에펠탑을 보고, 나이아가라에 가질 못하니 이곳에서 폭포를 느끼라며 장쩌민 주석의 명 아래 만들어졌다고 한다. 다분히 중국다우면서도 재밌는 발상으로 완성된, 대단한 위용을 지닌 테마파크였다.

아마 이러한 세계 속의 다양한 테마파크를 접하며 나의 열망과 꿈은 더 커지고, 더욱 단단해졌는지도 모른다. 그래서 더욱 "그래, 이제 한국을 '한류우드'의 나라로 불리게 할 것이다!"라는 꿈으로 그 시간들을 맹렬하게 달려왔는지도 모를 일이다. 그러한 생각의 폭과 의지와 시간들을 보내게 해준 한류우드와 청원, 그리고 프라임에게 영원히 미안하고 또 감사하다.

얼마 전 프라임의 백 회장을 만나 뵌 적이 있다. 이제는 다 지난 일이요, 특별한 마음의 티끌도 남아 있지 않다. 그리고 한류우드는 이제 두 사람 모두에게 공동의 '아픈 가시'이기에 이제는 동질감마저 느끼고 있다. 나는 백 회장에게 불현듯 인사를 하고 싶었다. '참 고맙습니다. 그리고 미안합니다' 하고 말이다.

내가 그토록 맹렬히 그리고 모든 것을 다 바쳐 한류우드에 빠져들 수 있었던 것, 그와의 대립으로 말미암아 해임이 될 정도로 직언과 사력을 다해 한류우드에 몰두할 수 있었던 것 역시 그의 덕이 컸기에 고마웠고, 그럼에도 결실을 이루지 못해 미안했다.

물론 누구보다도 가슴속에 가장 큰 은인이요, 또 죄스러운 분은 청원의 배병복 회장이다. 2006년 국회의원 경선에서 떨어진 나를 청원으로 불렀던 것처럼, 4년 후 2010년 시장 선거에서 다시 한 번 고배를 마신 나를 다시 찾아준 것도 그였다. 4년 전과 똑같이, 고요하지만 다정한 목소리로 "그냥 오세요. 그리고 계셔 주세요" 하고 나를 청원으로 불러 준 것이다. 그렇게 2010년, 나는 다시 한 번 그의 부름으로 청원에 갔다. 그리고 당시 청원에서 야심차게 준비하고 있던 '원마운트 프로젝트'의 고문으로서 내가 할 수 있는 모든 것을 쏟아 부었다. 원마운트는 '일산의 지상 최고의 놀이터'라는 콘셉트 아래 워터파크와 스노우파크, 쇼핑몰, 스포츠클럽 등이 함께 구성된 신개념 테마파크이자 복합문화공간이다. 배 회장은 이렇듯 늘 끊임없이 사람과 문화가 공존하는 공간을 꿈꾸어왔고, 그 꿈을 함께 이루어갈 이로 나를 택해 주었다. 그러니 어찌 그 죄송스러움과 고마움을 말로 다 표현할 수 있으랴. 그 많은 호의와 배려에도, 한류우드를 끝내 이루지도 못했고, 더더군다나 그 과정에선 그를 떠나 프라임으로 향하기도 했던 나를 변함없이 믿어주고, 또 손을 내밀어준 그다. 도대체 이 은혜와 감사한 마음은 어떻게 다 갚을 수 있을까. 이는 평생의 숙제이자 고민이다.

이때 만난 또 하나의 잊지 못할 인연이 있다. 바로 정치계의 신화와 같은 인물, 전 경상남도 도지사였던 김두관이다. 그는 1988년 마을 이장으로 시작해 군수를 거쳐 행정자치부(현 행정안전부) 장관에서 경남도지사에 이르기까지 바닥부터 차근차근 밟아온 '풀뿌리 민주주의'의 상징이자 성공신화의 주인공이다. 원마운트 사업에 몰두하고 있던 어느 날, 그가 서울을 올라오는 길에 한 번 보자며 연락이 온다. 무척 반가웠다. 그와는 열린우리당에서 운영하던 정치아카데미에서 함께 수업을 듣기도 했던 가까운 사이였다. 그는 나보다 한참 어린 띠동갑이었지만 격이 없이 친하게 지내는 지기였다.

마침 그가 있는 경상남도에서 7,000억 규모의 '로봇랜드'라는 대형 프로젝트가 진행되고 있다는 사실을 떠올린다. 이는 끊임없이 국가의 신성장동력으로 지목 되어 온 '로봇 사업'과 '테마파크'의 기능을 접목한 것으로 경상남도와 창원시, 기획재정부 등의 국가 예산이 대거 투입된 경상남도의 대형사업이었다.

그리고 또 한 가지, 밑바닥부터 차근차근 정진해 온 그의 마지막 목표를 잘 알고 있었다. 그의 마지막 꿈은 '대통령'이다. 그런 의중을 잘 알기에 그를 만나기 전, 나는 빈 종이 하나를 꺼내들어 그를 향한 진심어린 조언을 써내려갔다.

'다음 대통령으로 이어지려면 분명 '문화콘텐츠'를 택해야 합니다'

라는 서두로 글을 시작했다. 한류우드에서 청원의 웨스턴 돔과 원마 운트에 이르기까지, 이와 함께 남양주종합촬영소에서의 경험과 세계 곳곳의 문화예술 공간을 돌아본 후 느낀 모든 것들을 담았다. 그렇게 그간의 경험과 부딪힘 속에 얻은 나의 깊은 노하우와 문화콘텐츠를 중심으로 주요 현안을 A4 용지 2장 정도에 가득 채워 전달하였다.

본인과 테마파크를 향한 나의 진심과 열정을 고스란히 느꼈던 것 인지, 그는 경상남도로 내려가 로봇랜드 단장을 불러, '이덕행을 사장 으로 모셔오자'라는 이야기를 꺼낸 모양이었다. 물론 정부기관의 투 자금이 상당부분 차지하고 있기는 했으나, 민간 사업자의 지분율이 더 컸기에 로봇랜드 단장은 '실행은 우리 사람으로 진행하겠다'며 이 를 고사하였다고 한다. 나 역시 아직은 남양주에서의 '시장'을 향한 꿈과 도전을 완전히 놓지 않고 있었기에 로봇랜드에 매진할 수 있는 상황이 아니었다. 그러나 김두관 지사 역시 나를 포기하지 않았고, 결 국에는 로봇랜드의 '자문' 역으로 일주일 중 하루 이틀을 남양주와 경상남도를 분주하게 오갔던 기억이 난다.

그러나 애석하게도 로봇랜드 역시 온갖 잡음과 난항 속에 한류우 드와 같이 본격적인 진행을 이루지 못한 채 머물러 있고, 김두관 지사 또한 대통령을 향한 꿈이 그 해에는 빛을 발하지 못한 채 이렇다 할 결실을 이루지 못하였다.

그러나 나는 여전히 그리고 한결같이 로봇랜드를, 그리고 그를 응 원하고 있다. 언젠가는 로봇이라는 미래산업과 문화콘텐츠가 함께 할 '로봇랜드'의 내일과, 마지막에는 궁극의 꿈을 이루어 낼 김두관의 열 정을 말이다.

**故김종학 PD를 추모하며…**

한류우드를 떠올리면 또 하나의 잊을 수 없는 인물. 바로 김종학 PD다. 얼마 전 유명을 달리한 김종학PD의 소식은 진심으로 안타까웠다. 대한민국을 대표하는 스타PD의 쓸쓸하고도 처연한 마지막이 유달리 가슴에 사무치는 이유는 아마도 한류우드 사업 당시의 남다른 인연 때문인 듯하다.

말했다시피 경기도에서는 한류우드의 선봉장으로 한국의 문화계를 대표하는 3인, 김종학 PD, 강제규 감독, 그리고 이수만 대표를 지목한 바 있다. 사업은 진행해야 하니 요구사항은 받아들였으나 무슨 수로 건설사의 인맥으로는 전혀 닿을 길이 없는 문화계 대표 3인방을 데려온단 말인가.

이때 한류우드의 자문위원이었던 김병헌 원장을 통해 처음으로 접촉한 인물이 바로 김종학PD였다. 〈모래시계〉, 〈여명의 눈동자〉, 〈태왕사신기〉 등 그는 대한민국 드라마계의 신화와 같은 기록을 가진 대스타 PD 중 하나였다. 그 다음으로 역시나 김병헌 원장과의 인연을 통해 강제규 감독에 이어 이수만 대표와도 협의가 이루어지게 되자 일은 급물살을 타게 되었다.

세 사람을 중심으로 한 대표단이 꾸려지고 한류우드SPC와 경기도가 함께 MOU를 맺고, 성대한 서명식을 거행했다. 문화콘텐츠는 당신들을 중심으로 만들겠다, 당신들 3인을 주축으로 진행한다라는 것을 조건으로 손학규 도지사가 마침내 계약서에 사인을 한 것이다.

그렇게 일을 따놓고도 유야무야 헤매다 1년 후, 한류우드AMC의 대표이사로 갔을 때 비로소 이 세 사람을 만날 수 있었다. 그리고 이들과 본격적으로 일을 도모해 보려는 찰나, 프라임 회장 구속수사와 배임 횡령 관련 사건이 연일 터지고, 그 후에는 나의 사장직 해임으로 결국 일은 성사되지 못했다.

그래서 더욱 아쉽고 또 아픈지도 모르겠다. 만약 그때 무탈하게 사업을 진행했더라면, 김종학 PD를 비롯한 세 사람과 이 사업을 함께 진행했더라면, 그래서 우리 모두 대한민국 문화를 대표하는 인물로서 일정의 목표와 자긍심으로 신나게 머리를 맞대고 일을 도모했더라면, 그의 마지막 선택이 조금은 달라지지 않았을까 하는 일말의 기대감으로 마음이 무척 무겁다.

그랬다면 그가 그토록 막다른 골목에 몰려 비극적인 선택을 하지 않았을 수도 있었을 텐데… 하는 안타까움이 그를 떠올릴 때마다 가슴속에 맴돈다.

당시 세 사람과 협의했던 그 계약서를 지금도 간직하고 있다. 그 서면에는 강제규 감독과 이수만 사장, 그리고 김종학 PD의 사인이 그대로 담겨있다. 이따금씩 그것을 들여다보며 그를 떠올린다. 대한민국의 문화콘텐츠를 이끈 주축이었던 그를, 누구도 믿어 의심치 않았던 한류의 중심이자 대한민국 문화 3인방 중 하나였던 그를 영원히 기억하며, 가슴 깊이 애도하는 바다.

나의
'정치세상'
이야기

# 8

'정치'와 '선거'의
생리를 깨우치다

## 'JC가 뭐하는 뎁니까?'

### 내 나이 서른, 최초의 JC 입성기

금곡 시내 일대가 훤히 내려다보이는 사무실에 앉아, 글을 쓴답시고 상념에 빠져 있기를 며칠이다. 그렇게 지난날을 가만히 돌이켜보자면 꼭 빠지지 않고 머릿속을 채워오는 뜨거운 날들이 있다. 그것은 바로 분기탱천했던 30대와 그 시절 결코 빼놓을 수 없는 JC에서의 추억들이다. 그때, '나의 30대 시절의 모든 시계는 JC를 중심으로 돌아갔다' 해도 과언이 아니다. 아마 지금은 그 이름조차 낯선 이들이 많을 것이다. 당시의 나 역시 처음 JC에 들어오라는 누군가의 권유에 이렇게 물었었다.

"JC가 뭐하는 뎁니까?"

나 역시 존재조차 몰랐던 곳이다. 잠깐 JC에 대해 설명하자면 정식 명칭은 JCI(Junior Chamber International) '국제청년회의소'로, 오늘날 다양하게 펼쳐지고 있는 '마을운동', '지역사회를 기반으로 한 시민사회활동'과 비슷한 것으로 생각하면 쉽다. 다름 아닌 자신이 살고 있는 마을과 나의 이웃을 위해 당장 무엇이 필요한지를 그 NEEDS를 찾고, 또 이를 문제화하여 해소하거나 발전시키기 위해 마을의 청년들이 앞장서는 것. '청년'이란 젊은 세대의 상징일 뿐 딱히 남녀를 구분하는 것이 아니고, 누구나 함께 참여하여 지역사회를 발전시켜 나가는 것이 그 기본방향이라 하겠다…는 것이 일단 JC가 기본적으로 지향하고 있는 '이상향'이지만, 과연 그 모임의 현실은 어땠을까?

이상은 이상이오, 사람은 사람인 법이다. 다양한 사람들, 그것도 끓는 청춘의 청년들이 모였으니 이상과는 조금 다른 엉뚱한 역사가 만들어지는 것은 당연지사가 아닐까. 지금부터 JC 안에서 내가, 그리고 우리가 겪었던 기상천외하고 치열했던 시간들을 고백해보고자 한다.

내가 최초로 발을 들였던 남산JC는 특히나 사회 지도층, 혹은 상류층의 '고급 소셜클럽'과도 같은 곳이었다. 서울 전역의 로컬 중에서도 그 화려한 멤버구성으로 인해 꽤 소문난 곳이었는데 그 이름만으로도 명성이 대단한 인물들이 수두룩했다.

지금까지도 늘 존경하고 또 응원하고 있는 여영동 회장. '이씨 왕가'의 후손으로 상당한 명문가 출신의 초상류층 인물이었던 이우진 교수. 최초의 '개화기 컬렉터'이자 우리 문화재 지킴이, 간송 전형필의 아들로 간송미술관의 전영우 관장 등 하나하나 열거하면 그 위용과 대단함이 끝도 없는 인물들이 모두 소집되어 있는 곳이 남산JC였다.

소위 '잘 나간다' 하는 30대의 청년 30여 명이 모여 그 숫자를 더 늘리지도, 줄이지도 않은 채 자신들만의 그룹을 형성하고 있던 곳, 하필이면 이곳에 그저 '평범한 사람' 나 이덕행이 발을 디딘 것이다. 그리고 하필이면 내가 막 JC에 들어선 이때, 이전까지 전례가 없었던 전대미문의 '남산JC 선거 폭풍'이 몰아닥친다. 그 후로 무려 5년 동안 계속된 전쟁의 서막이 그렇게 시작되고 있었다.

## 유례없던 5년간의 남산전쟁(?)
## 걸레 VS 철강대첩의 서막

**남산JC에 분 때 아닌 '선거바람'**

JC는 해마다 회장을 뽑고 있었다. 회장 아래로는 '상임부회장'을 두고 있었고, 전년도 상임부회장이 다음 년도 회장이 되는 것이 보통이었다. '장'을 달아봐야 챙길 것도, 신경 쓸 것도 많으니 서로 하지 않으려 들었고, 이에 따라 일종의 전년도 '부반장'이 다음 해의 '반장'이 되는 것이 자연스러운 수순이었다.

그런데 바로 이때, 생각지도 못한 일대의 파란이 남산JC에 일어난다. 1979년 겨울, 다음 해 회장 인준을 앞두고 돌연 전영우 회원이 폭탄발언을 한다.

"신용식 회원이 이번 회장 선거에 출마합니다."

"선거요? 회장 선거라니요?!"

"자리는 하나인데 사람이 둘이면 경합을 하는 것이 이치 아닙니까."

신용식은 이상빈이라는 이와 함께 내가 가입하기 전, 남산JC에 들어온 이들로 가입 당시 남산JC를 꽤 떠들썩하게 한 인물들이었다. 어느 날 전영우 회원이 신입회원으로 두 사람을 데려왔다고 한다. 기존

회원들이 '뭐 하는 분들입니까?' 하고 물었고 그는 대수롭지 않다는 듯, "한 친구는 도장을 파고, 한 친구는 식당을 하오" 했다는 것이다. 그의 말은 더 보탤 것도, 덜 것도 없는 사실 그대로였다. 신용식이라는 인물은 자그마한 한 평짜리 구멍가게에서 도장을 파는 이였고, 또 한 사람, 이상빈은 그 맞은편에서 일식당을 운영하는 요리사이자 식당 주인이었다. 두 사람은 절친한 사이로, 식당에 단골이었던 전영우까지 더해져 세 사람은 색다른 친분을 쌓게 되었고, 이를 계기로 둘을 돌연 JC로 끌어들인 내막이 있었던 것이다.

이때 신용식 회원은 남산JC의 감사를 맡고 있었고 그의 말대로 내년 회장에 대한 포부를 밝힌다. 이에 남산JC는 대단한 일이라도 벌어진 듯 술렁이기 시작했다. 그들의 기준에선 일대의 사건임이 분명했다. 내놓으라 하는 명문가 집안의 후손이나 자수성가한 기업가 등이 주류를 이루고 있던 세계에 소위 일반서민층(이런 표현자체가 지금은 그저 우스울 뿐이지만 당시의 분위기를 그대로 전해본다)과 선거라는 경쟁체제로 다투게 된 것이다.

그 가운데서 나는 꽤 즐겁게 이를 지켜보았던 기억이 난다. 굳이 구분하자면 식당주인과 도장공에 더 가까운 보통의 서민으로서 전영우가 일으킨 파란이 퍽 흥미로웠다. '공기'라는 것은 재미있다. 사람이 바뀌면 흐름도 바뀐다. 자칭 타칭 '귀족청년회'라는 자긍심으로 똘똘 뭉쳐있던 그곳에 그렇게 새로운 파동이 일기 시작했다.

## [제1차전] 舊로얄패밀리 VS 新서민세력

전영우, 그는 지금 생각해도 참 재미있는 인물이다. 별나지만 그만큼 파격적이고 또 신선한 인물이었다. 그런 그이기에 남산JC 전체를 아우르고 있던 특유의 귀족적 기류를 처음으로 깨트리고 또 타파하기를 시도했을 것이다. 자신의 생업전선에서 열심히 살아가고 있던 이들을 이유 없이 별안간 JC에 데려올 리 없었다. 필시 두 사람을 영입하면서 신예 회장으로 세울 것까지 염두한 것이다. 짐작컨대 이는 그가 진작부터 계획하였던 작품이 아니었나 싶다.

그렇게 전년도 상임부회장과 도장공이었던 신용식 회원 간의 남산 JC 최초의 회장선거가 치러진다. 정치인도 아닌, 보통의 소셜클럽 회장을 뽑는데 선거까지 치루는 것은 그때나 지금이나 상당히 이례적인 일이며 고무적인 이벤트였다. 수장에게는 필시 수장을 만들려는 참모가 있는 법, 신용식 후보 뒤에는 그와 입회동기이자 오랜 지기인 이상빈 사장이 든든히 버티고 있었다.

회장 선거를 치루는 것도 처음이거니와 투표는 어떻게 해야 하는 것이냐며 우왕좌왕하고 있던 우리들에게 새로운 후보에 대한 탐색까지 할 여력은 없었다. 아니 어쩌면 그럴 '필요성' 자체를 느끼지 못했는지도 모른다. 그저 전영우 관장이 만들어낸 엉뚱하고 느닷없는 이벤트라고 느꼈을 뿐, 은연중에 선거를 치르나마나 전년도 상임부회장이 되리라는 생각이 지배적이었을 것이다.

당시 유지형이라는 친한 지기가 남산JC의 사무국장이었고, 임원들 대부분이 기존 상임부회장에게 투표하는 것이 기정사실이나 다름없었기에, 나 역시 내부 임원의 가까운 지기이자 신입회원으로서 그에게 한 표를 선사했다.

그렇게 최초의 남산JC 선거가 치러졌다. 과연 결과는 어떻게 됐을까. 승리자는 '신용식' 회원이었다. 아주 근소한 차이로 그가 당선된 것이다. 그들에겐 낯설디 낯선 도장공 서민회원이 남산JC의 오랜 로

얄패밀리이자 주력세력을 투표를 통해 이겨버린 대반란극이 벌어진 것이었다.

물론 결과가 발표되고 남산JC는 한바탕 난리를 치러야 했다. 기존 세력들은 그대로 패닉상태에 빠져 버린다. 예상은커녕 선거를 치르던 당일까지도 긴장조차 하지 않았던 그들이었다. 당연히 오는 수순이 이번엔 조금 번거롭게 됐다고 느끼는 정도였을까. 그런 예상을 무참히 깨고, 남산JC의 제1회 회장선거에서 제1호 서민출신의 회장이 탄생한 것이다.

그렇게 신용식 후보가 새로운 회장에 당선되고 며칠이나 지났을까. 그가 내게 '이덕행 회원님이 이사를 좀 맡아 주시죠' 하는 것이었다. 생각지도 못한 일이었다. 신용식 회장에게 나는 일종의 '저쪽 사람', 자신과 적이었던 기존세력의 사람으로 느껴졌을 텐데도 그는 자리를 하나 맡아주었으면 좋겠다며 나를 '회원확충 담당이사'로 임명한다.

특유의 친화력과 특별히 적을 만들지 않는 둥근 인상과 쾌활한 언변을 높이 사준 덕이었다. 그 길로 가장 가까운 벗에서부터 평소 눈여겨 본 인물들까지, 단시간에 열다섯 명 남짓의 신입회원을 대거 영입하기에 이른다. 바로 이때 JC 시절을 이야기할 때면 결코 빼놓을 수 없는 나의 두 지기, 신현균과 안병균이 처음으로 JC에 발을 들인다. 이때만 해도 그저 가까운 이들과 함께 모임활동을 한다는 것에 신이 나서, 또 새로 맡은 직책에 흥이 나서 미처 알지 못했다. 이때의 회원 유치활동으로 다음 선거의 승패요인을 바로 내가 좌지우지하게 된다는 사실을 말이다.

## [제2차전] 걸레당 VS 철강당

그렇게 남산JC의 첫 선거 폭풍이 지나고 1년이 흘렀다. 처음에 선거를 치르는 출마자도 또 유권자도 그저 얼떨떨하기만 했다면, 이번에는 뭔가 기류가 미묘하게 달랐다. 벌써부터 다음 회장 자리를 앞두고 숨고르기 내지는 눈치 싸움이 시작된 것이다.

당시 신용식 회장 곁에 있던 상임부회장은 정성화라는 인물이었다. 인쇄업체를 운영하는 사업가이자 남산JC의 오리지널 멤버로 오랫동안 활동해온 귀족사회의 대표 일원 중 하나였다. 그가 상임부회장을 역임하며 자연스레 다음 해 회장직을 준비하던 찰나, 이에 반기를 드는 이가 있었으니 바로 이상빈 회원이었다.

이상빈은 이미 한차례 대반전극을 펼치며 신용식 후보를 당선시킴으로써 어느 정도의 배짱과 자신감이 붙은 터였다. 그렇게 이번에는 이상빈과 정성화 후보가 회장직을 놓고 겨루게 된다. 그러다 보니 엉뚱하게도 불똥은 나에게로 튀었다. 아니, 불똥이라고 해야 할까. 어쨌든 선거의 당락을 결정짓는 주요인사로 '이덕행'이라는 이름 석 자에 모든 화살이 돌아온 것이다.

"이렇게 되면 자네 결정에 다음 회장이 정해지는 게 아닌가?"

이야기인 즉, '회원확충 담당이사' 직을 너무 성실히 이행한 것이(?) 화근이었다. 당시 열다섯 명 가까운 회원을 영입하였으니, 전체 회원 중 상당수를 차지하고 있었고 그러다보니 내가, 그리고 우리 측에서 지지하는 인물이 회장이 되는 것은 자명한 일이었다. 이상빈 후보도, 정성화 후보도 그리고 다른 유권자들도 '어찌 할 것이냐'는 식으로 빤히 나의 얼굴만을 들여다봤다. 참으로 난감한 노릇이었다.

그러나 고심 끝에 나는 이상빈 후보로 마음을 굳힌다. 두 후보 중 누가 참된 일꾼의 역할을 수행할 것인가. 나는 오로지 이 명제만을 두고 고민했고 답은 이상빈 후보였다. 남산JC에도, 그리고 본인의 삶에 있어서도 대단한 애착과 열정을 지닌 인물로 그라면 남산JC를 열의 있게 잘 이끌어나갈 것이라 믿었다.

상황이 이렇다보니, 상대 후보 측에서는 결국 기권 선언을 하게 된다. "이덕행 회원이 상대쪽으로 움직였다면 이건 게임이 안 되는 거다" 하고 포기했다는 것이다. 신용식 회장에 이어 또 다른 파란의 주인공 이상빈이 다음 해 회장으로 결정 되었다.

당시 또 한 가지 흥미로웠던 것은, 선거를 치를 때마다 한쪽은 섬유와 패션업계 종사자들이, 상대편은 늘 철강업체 및 건축업에 종사하는 이들이 대치했다는 사실이다. 이러다보니 우리끼리 속된 말로 걸레장사와 철장사의 싸움이라며 매해, '걸레 VS 철강'의 치열한 경합이 계속되었다. 쭉 섬유사업을 해왔던 '걸레장사들'의 일원으로서 당시를 회고해 보자면 대부분은 '걸레당'이 승리하지 않았나 싶다. (이 글을 보고 당시의 철강당에서 발끈할지도 모르겠지만 말이다.)


[제3차전] 예상 외로 싱거웠던 회장선거, 그러나…

그러나 다음 해, 예상과는 달리 싸움은 의외로 싱겁게 끝이 났다. 이상빈 회장 시절, 상임부회장은 조휴익이란 선배였고, 나는 이에 맞설 상대로 친구 유지형을 회장 후보로 강력 추천했다. 싸움이 시작된다면 나는 그를 회장으로 만들 자신이 있었다.

이전의 이상빈 후보의 경우처럼 나와 친구들의 지지가 선거의 승패를 좌우하는 것은 당연지사였다. 어쩌면 이전 선거처럼 시작도 하기 전에 결판이 나리라 예상했다. 그렇게 우쭐했고, 또 내가 가진 힘이 대단한 양 어깨에 잔뜩 힘이 들어가기 시작했다.

돌이켜보면 이때부터 경계했어야 했는데, 이제 갓 서른을 넘은 어린 나이에 정치세계의 축소판과 같은 선거열전을 치루며 점차 교만해지기 시작한 것이다. 나의 한 마디, 나의 세력의 움직임 하나에 선거 자체가 좌지우지된다는 그 짜릿한 희열에 맛을 들인 것이다. 그렇게 다시 한 번 더 내 손으로 회장을 만들어 볼까 하는 의기양양함은 의외로 쉽게 끝을 맺었다.

"난 회장직에 뜻이 없네. 부회장님이 하는 게 맞아."

친구 유지형이 돌연 회장 선거에 출마하지 않겠다며 기권을 선언하고는 조휴익 상임부회장에게 다음 년도 회장직을 양보해 버린 것이었다. 충분히 승산이 있는데 왜 그러냐며 얼마나 설득하고 또 말렸는지 모른다. 그럼에도 그는 끝끝내 뜻을 굽히지 않았고, 남산JC의 회장은 전년도 상임부회장에게 돌아갔다.

이전의 치열했던 1, 2차전과는 달리 싱겁게, 그리고 고요하게 끝난 세 번째 회장선거. 이때만 해도 나는 그저 '올해는 이렇게 마무리되는구나' 하고 안일하게만 생각했지, 이로 말미암아 후에 어떤 일이 닥칠지는 꿈에도 생각지 못했다. 역대 가장 고요하게 끝난 3차 회장선거로부터 시작된 나의 '부메랑'을 말이다.


[제4차전] 달걀에 처참히 깨진 바위의 비극

또다시 1년이 지나고 성큼 다음 해가 다가왔다. 이번에도 걸레와 철강, 두 그룹의 팽배한 싸움이 시작되고 있었다. 마치 1년을 이때만 바라고 살아가는 이처럼 해마다 돌아오는 선거가 어찌나 흥분되면서도 즐거웠던지 이때 JC에 흠뻑 빠져든 이유 중 상당부분에는 아마도

'회장 선거'가 아니었나 싶다.

이번엔 전년도 상임부회장 송수안과 정용구라는 도전자가 맞붙게 된다. 선거 유세는 점점 더 치열하면서도 요란해져갔고, 우스갯소리로 '나라님 선거도 이만하겠느냐' 할 정도로 양쪽 모두 필승의 의지를 불태우고 있었다.

"아예 체계를 확실히 해서 힘을 더 모아봅시다!"

그러다 일종의 러닝메이트를 통해 선거 유세를 더욱 가열차게 진행하자는 이야기가 흘러나왔고, 선거는 어느새 상임부회장의 선거로까지 확대되었다. 이전까지는 회장이 내정하는 일종의 '장관급' 위치였다면 선거의 과열로 인해 상임부회장마저도 선거를 치르게 된 것이었다.

우리 쪽에서는 송수안을 회장후보로 그리고 내가 상임부회장 후보로 나섰다. 상대편인 '철강' 쪽에서는 회장에 정용구, 상임부회장에 손청자라는 인물이 후보로 나왔다. 상대방 측의 손청자 후보는 출마의 변으로 이렇게 말했다.

"바위에 계란을 던지듯 이 몸을 던지겠습니다."

그는 나를 '바위'에 비유하고 있었다. 당시 가장 쟁쟁한 인물들이었던 나의 '남산 삼총사', 신현균과 안병균을 등에 업고, 또 두말할 것도 없는 남산JC의 오랜 실세 유지형과도 더없이 가까운 벗이고, 뒤에는 이우진, 전영우와 같은 정통세력이자 기존 명망가들이 지지해주고 있었으니 그에게는 내가 아니라, 나의 등이 큰 바위로 보였을 것이다.

더군다나 우리 쪽에 비해 상대편은 경제적으로 그리 넉넉한 편이 아니었다. 정용구 후보를 비롯해 상대편에서는 그저 고요하고 소박하게 선거유세를 펼치고 있었고, 그런 그들을 비웃기라도 하듯 호화군

단으로 똘똘 뭉친 우리 측은 물량공세와 화려한 선거유세로 요란법석을 떨어댔다. '이게 어디 게임이 되겠어?' '해보나마나 내가 된다!'라는 비소와 오만함까지 더해서 말이다. 결국 이번 싸움의 승자는 누가 되었을까.

"남산JC 제12대 회장 송수안! 상임부회장 손청자!"

졌다. 손청자 후보에게 패배했다. 그리고 우리 팀의 송수안 후보는 이겼다. 송 선배는 졸업 1년을 앞두고 회장이 되었고, 나는 패배했다. 두 사람 모두 표 차이가 채 몇 표도 나지 않았다. 그 근소한 차이로 당락이 결정되었다. 머리를 한 대 얻어맞은 듯 그 충격은 이루 말할 수가 없었다. 상상조차 해보지 못한 결과였다. 선거의 잔상과 패배의 충격이 어느 정도 가라앉을 즈음 나는 우연히 조휴익 전 회장에게서 뜻밖의 고백을 듣는다.

"내가 회장은 송수안을, 그리고 상임부회장에는 상대편의 손청자를 찍었네."

듣는 순간 어안이 벙벙했다. 당연히, 아니 두말할 것도 없이 소위 걸레파라 부르던 우리 쪽에서는 모든 표가 나에게 오리라 확신했는데 다른 사람도 아닌, 우리 사단의 원로이자 대표격인 그가 상임부회장에 상대편의 후보를 찍었다는 것이다.

그 내막을 들어보니 이유는 바로 그분께 드린 '상처' 때문이었다. 처음 조휴익과 유지형이 회장 후보로 거론되었을 때, 유지형 본인이 기권 의사를 밝혔음에도 몇 번이고 그를 설득하기 위해 대외적으로 그리고 실제적인 움직임으로 '기권하지 마라!' '조 후보와 단일화 하지마라!'라고 외치던 나로 인해 끊임없이 모욕과 굴욕감을 느꼈다는 것이다.

자신의 존재 혹은 권위를 기만하며 끝끝내 반대하던 나로 인해 자존심에 깊은 상처를 입었고, 이를 잊지 않고 마음속에 꾹꾹 새겼다고 한다. 그것은 정확히 1년 후 나에 대한 미움과 배신이라는 결과로 돌아온 것이다.

그때 뼈저리게 느꼈다. 알던 모르던 그간 행했던 모든 오만과 자만심이 누군가에게 상처를 입혔다면 이는 반드시 내게 돌아온다는 사실을. 지금이라도 이렇게 지난날의 부끄러운 행적을 가감 없이 드러내는 이유 또한 여기에 있다. 이번 고백으로 말미암아 당시 경솔했던 나로 인해 상처 받았을 분들에게 심심한 사과와 진심어린 용서를 빌고 싶다.

### [제5차전] 심기일전, 마침내 회장 당선의 꿈을 이루다

1983년, 마침내 내가 주인공인 평생 잊지 못할 다섯 번째 회장선거가 시작됐다. 선거가 시작되기 1년 전부터 나는 철저한 기획과 준비를 했다. 회원 한 명 한 명을 찾아가 그들의 고충을 묻고 또 들었다. 모임이 침체되지 않도록 꾸준히 새로운 회원을 영입하여 전체 회원을 늘리고, 일명 '슬리핑 회원'이라 부르는 활동하지 않거나 오래도록 모임에 얼굴을 보이지 않는 이들을 찾아가 안부를 묻고, 다시 모임에 참석하기를 부탁했다. 열심히 준비한 끝에 서서히 선거 시기가 다가오고 있었다.

상대 측에서도 자연히 회장 후보 출마 이야기가 나올 타이밍이었다. 당연히 전년도 상임부회장이었던 손청자가 출마하리라 예상했지만, 그는 이를 고사하고 '나는 올해 회장 선거에 출마하지 않겠다' 하고 대외적으로 공포했다. "나는 이덕행을 지지한다. 나는 나이가 많고 하니, 젊은 이덕행이 남산JC의 회장이 되어 중앙으로, 그리고 전국으로 나아가 일을 활발하게 도모하는 것이 맞지 않겠나. 여기에 내가 맞서는 것은 옳지 않다" 하고 본인의 뜻을 전했다.

그렇게 '이번 선거는 생각과 달리 어렵지 않게 정리되겠구나' 아니, 어쩌면 올해 처음으로 '선거라는 것 자체가 치러지지 않겠구나' 하는 생각으로 상황을 마무리 할 즈음 돌연 상대 측에서 반기를 들고 일어섰다.

"누구 맘대로? 나는 동의 못한다. 왜 이덕행이 자연히 회장이 돼?" 하고 일어선 이가 있었으니, 신광휴라는 새로운 인물이었다. 그 역시도 철강사업체를 운영하고 있는 철강당의 일원으로 왜 해보기도 전에 상대편에게 기권을 하냐며 본인이 직접 호기있게 출마선언을 한 것이었다. 나보다는 다섯 살이 위인 형님으로 성품이 올곧고 의기있는 인물 중 하나였다.

기권하는 줄 알았던 상대 측에서 돌연 회장 후보 출마를 선언하자 선거는 다시 치열하게, 그리고 맹렬하게 양쪽의 유세활동으로 번져갔다. 오히려 신이 난 것은 우리 측 선거캠프 일원들이었다. 이제는 제법 싸움에 눈을 뜬 싸움꾼들에게 선거라는 싸움판은 묘한 중독성을 일으키고 있었다.

그것은 당락의 결과를 고스란히 떠안아야 하는 당사자와는 달리, 아니 당사자들보다도 주변 참모들에게 더욱더 강렬한 중독성과 자극을 지니고 있음을 나 역시도 몸소 체험했기에 누구보다 잘 알고 있었다.

"덕행이 자네는 뒤에서 보고만 있게! 선거는 우리가 다 알아서 함세!"

신이 난 벗들은 소위 내놓으라 하는 명망가들, 상류층의 선후배들을 모아 충무로 세종호텔에서 호화판 선거 캠프를 차리고는 몇날 며칠을 요란하게 보냈다.

그런데 정작 나는 그곳에 발걸음을 하지 않았다. 솔직히 불편했고 또 원치 않았다. 나에게는 그저 '불편한 옷'이었다. 그런 문화를 즐겨 보지 못한데서 온 낯섬도 있었지만, 그것이 얼마나 허망한 것인지도 그간의 선거를 치르며 잘 알고 있었다. '어서 캠프에 와 얼굴도 비추고 인사도 하라'는 친구들의 성화에도 차일피일 미루며 주인공인 내가 오히려 이를 피하고 있었다.

그러던 어느 날, 상대 후보인 신강휴와 단 둘이 만나게 되자, 누가 먼저랄 것도 없이 "소주나 한 잔 할까?"라는 한마디와 함께 포장마차로 향했다. 고백컨대 이때 내가 가장 자주 그리고 편하게 어울렸던 이는 바로 상대 측 후보인 신강휴였다.

그저 둘이 만나 포장마차에서 소주잔을 기울이고, 날이 새면 동네 사우나에서 잠들기도 하고, 어차피 당신과 내가 둘이 놀면 둘 다 선거운동은 안 하는 격이니 뭐가 문제냐며 그저 천하태평이었다. 적이 되어 싸워야 할 두 사람이 세상에 둘도 없는 편한 지기가 되어 어울리는 아이러니한 풍경이 벌어진 것이다.

비록 적이었지만 나는 신강휴 그를 참 좋아했고 존경했다. 사람 자체가 젠틀하면서도 소탈하여 요란한 구석이 없고 늘 편안했다. 이런 상대라면 그가 회장이 되어도 무리가 없다고, 아니 좋을 것 같다는 생각마저 들었다. 이제는 결과가 어떻든 간에 담담히 받아들이겠다는 마음의 평온마저 찾아왔다.

마침내 선거날이 밝았다. 내가 이겼다. 지난 선거와 마찬가지로 표

차이는 채 5표도 나지 않았다. 그 요란법석을 떨고서도 아주 근소한 차이로 겨우 이긴 것이다. 뜻 모를 웃음이 자꾸만 삐져나왔다. 기쁨보다는 허탈함, 그리고 새로운 깨달음을 얻은 탓이었다.

지난 1년간 오늘만을 학수고대 해왔다. 마침내 "회장 당선자 이덕행!"이 울려 퍼지면 그간의 굴욕과 상처가 씻은 듯이 사라지고 설욕의 웃음이 얼굴 가득 번질 줄 알았는데, 당선의 기쁨이라는 것이 생각보다 훨씬 고요했으며 또 복잡미묘했다.

자그마치 1년이었다. 총 선거 인원이 백여 명 정도였는데 그 100표를 잡기 위해 약 1년간 집집마다 찾아가고, 회원들 한 명 한 명을 만나고, 또 그 부인들까지 케어해야 했으니 그간의 노력과 고생을 이루 말할 수가 없었다. 그 1년여의 결실이 채 5표도 안 되는 근소한 차이의 승리를 안겨준 것이었다.

이때였을 것이다. 선거라는 것에 대해, 그리고 유권자의 마음을 얻는다는 것과 정치라는 것에 대해 조금은 눈을 뜨게 된 시점이. 고맙게도 그들을 통해 그것들을 처절히 배웠고, 또 엄청난 단련을 할 수 있었다.


**정치판의 축소판? 아니, 집약체! 였던 남산JC를 회고하며**

남산JC에서의 5년의 선거는 나에게 그리고 같은 시절을 공유한 모두에게 시사하는 바가 크다. 원래의 것을 지키려는 구 세력과, 새로운 흐름으로 나아가려 하는 진보 세력의 양립, 그 사이에서 독특한 행보로 물꼬를 튼 전영우와 같은 역할자가 있었고, 그가 만들어 놓은 새로운 구도와 판에서 열정적으로 움직였던 나와 같은 행동가가 있었다. 그 사이에서 벌어지는 신구세력 간의 마찰과 갈등, 또 예기치 못한 협력과 동행에 이르기까지.

이것은 마치 정치판의 축소판이 아니라 그 모든 요소들을 모아놓은 집약체와도 같았고, 그로 말미암아 나는 오늘을 준비할 수 있는 값진 '연습'의 기회를 얻었다. 우리는 숱하게 겪어왔고 또 앞으로도 겪어갈 것이다.

머물려는 세력과 변화를 추구하려는 세력 간의 부딪힘과 그 안에서 만들어지는 새로운 흐름과 변화의 바람을. 나는 다행스럽게도 이를 미리 예습할 수 있었고, 리더십이란 무엇인가, 표심이란 무엇인가에 대해 끊임없이 고민할 수 있는 시간을 얻었다. 그렇게 몸도 마음도 점차 성숙해져 가는 와중에 비로소, 남산에서 전국으로, 아래에서 위로, 주변에서 중앙으로 나아가는 '중앙JC'에서의 새로운 일대기가 펼쳐진다.

## 남산에서 중앙으로, JC의 중심으로 나아가다

### JC중앙회장선거, 평생의 멘토 문희상을 만나다

1983년 말, 중앙회장 선거가 시작된다는 소식이 들려온다. 중앙회장선거는 JC 내의 선거 중에서도 가장 크고 중요한 선거였다. 이는 일반회원이 아닌, 로컬 회장들에게만 투표권이 있었다. 전국에 약 250여 개의 로컬이 있었으니 250여 명의 회장들이 표를 행사해 중앙회장을 뽑는 식이었다.

이때 내게 운명처럼 다가온 이가 있었으니 바로 내 평생의 멘토, 문희상 선배다. 그는 당시 본인 지역인 의정부JC에서 활동하며 경기도

지구회장을 지내고 있었다. 이때 문희상 선배가 위로는 조정석이라는 선배를 중앙회장 후보로, 그 아래로 본인은 상임부회장 선거에 일전의 나처럼 러닝메이트 형식으로 도전하고 있었는데 이를 위한 선거유세 활동을 위해 나를 필요로 했다.

아는 사람은 알겠지만 그가 그리 상냥한 인상은 아닌지라 처음엔 그저 웬 산적 두목같이 우락부락한 이가 나를 찾나 싶어 어리둥절했던 기억이 난다. 물론 이때의 만남으로 그는 내 인생의 잊을 수 없는, 그리고 내 인생 후반부의 전체를 뒤바꾼 인물이 되었다.

이 분의 이력이야 두말하기도 입 아프지만, 당시의 JC 내에서도 다시없을 불세출의 위인으로 정평이 나있는 터였다. 명문인 경복고 출신으로 역대 가장 우수한 성적을 낸 위인 중 하나였으며 이후 서울대 법대를 전공함은 물론 해군 장교출신이기도 했다. 머리가 비상했던 터라 행정고시까지 무난히 합격했지만, 학생시절부터 임했던 학생운동 이력과 민주화운동 등으로 인해 임용이 되지 못하고, 그 훌륭한 인재가 사회 진출의 문이 막혀 의정부에서 작은 책방을 꾸려가고 있던 터였다.

얼마든지 사회적인 입지를 다지고, 일정한 위치에 오를 수 있는 능력과 배경을 지녔음에도 이 땅의 민주화를 위해 모든 것을 감내하고 의연히 자신의 소신을 지켜낸 사람인 것이다.

또 한 가지, 문희상 선배를 말할 때 결코 빠트릴 수 없는 민주연합 청년동지회, 일명 연청사태가 터진 것도 이 시점이었다. 유신시절, 반독재투쟁을 위한 비밀결사체이자 김대중 대통령을 만든 1등 공신, 연청을 조직되어 그의 지역기반인 의정부에서 첫 발기 모임을 갖는다. 이로 인해 사법 당국의 연청 주요 인사에 대한 대대적인 체포 명령이 떨어졌고, 문희상 선배는 가까스로 도망쳐 숨바꼭질과도 같은 도주생활을 견뎌내야 했다. 그러는 와중에도 JC 활동을 했으니 우리에겐 그저 존경할 수밖에 없는 인물이었다.

나는 그래서 그가 좋았다. 어쩔 수 없이 그에게 깊이 매료될 수밖에 없었다. 우리의 격동의 80년대, 내가 이런 저런 JC의 행사로 해외에서 광주의 민주항쟁 소식을 접하였을 때, 그는 김대중 대통령의 곁을 지키고 있었다. 지향점도 같고, 바라는 바도 같았으나 그는 행동하는 사람이었고, 나는 뒤쪽에서 그저 바라보는 사람이었다.

이렇듯 언제나 가슴속에 뜻은 있지만 차마 현실적인 부딪힘들로 행동으로는 옮기지 못한 나의 부끄러움과 갈등을 그는 온몸으로 부딪히며 '행동하는 양심'으로 대신 해소해 주었다. 이러니 어찌 그를 따르지 않을 수 있을까. 마음속으로 늘 존경하고 지지했던 김대중 대통령의 곁에 그가 있었다는 사실만으로도 무조건, 그저 무조건 그가 좋았고 또 그를 따르기로 결심한 것이다.

이 시점을 빌어 JC는 어느새 문희상 선배를 중심으로 움직이고 시작했고, 그와 급속도로 가까워진 나는 소위 '문희상 사단'의 열성 멤버로서 보다 맹렬히 JC의 중앙회를 향해 나아가게 된다.

**문희상 후보 광고기획으로 '선거캠프'를 미리 경험하다**

그렇게 조정석-문희상 라인은 그 해 중앙회장선거를 치루었고 큰 이변 없이 두 사람 모두 중앙회장과 상임부회장에 당선, 나 또한 JC중앙회 홍보부 부실장을 담당하고 있던 그때, 문희상 선배에게서 또 한 번 연락이 온다. 올해의 중앙회 상임부회장을 발판으로 내년 회장 선거를 준비하려던 터였다. 마침 내가 홍보부 부실장이고 하니, 선거유세 활동을 좀 도와달라며 부탁의 말을 전해 왔다.

"늘 눈여겨 봐왔는데 자네가 경험도 많고 선거기획력도 있고 하니, 이번 내 중앙회장 선거유세활동의 기획을 좀 맡아주었으면 하네."

문희상 선배는 그렇게 나의 기획력과 늘 무언가를 떠올리는 아이디어, 그리고 이것이 성공하든 실패하든 밀어붙이고 보는 추진력을 높이 사주고 또 북돋아 주었다.

고래가 괜히 칭찬 한마디에 춤을 추겠는가. 존경하는 이에게 인정받는다는 것. 그 기쁨 하나로 또 한 번 새로운 수장을 만들기 위한 작업에 몰입한다.

JC 중앙회장 선거라는 것이 그 규모나 유세활동으로 보자면 웬만한 국회의원 선거 저리 가라 할 정도로 요란하며 비교할 수 없을 만큼 치열하다. 이제 본격적인 선거 활동에 앞서 나는 제대로 된 팸플릿과 선거물을 한 번 만들어 보자! 하고 결심한다. 이왕 하는 거 제대로 해보자는 마음이었다.

아마 이때가 중앙회장 선거에서 실제 지방자치 선거들 마냥 제대로 구색을 갖춘 팸플릿이 처음 등장하지 않았나 싶다.

선거가 보통 11~12월 쯤이니까 두세 달 전인 8~9월부터 서울 장충동에 있는 앰배서더 호텔에 꼼짝없이 갇혀 오로지 선거 준비와 홍보 작업에 몰두 했다.

물건을 팔려면 그 물건에 대해 세상에서 제일 잘 알아야 하는 법. 그것이 홍보의 기본 원칙이다. 아마 이때 문희상 선배의 가장 가까이에서 그의 진솔한 이야기들을 가장 많이 듣지 않았나 싶다. 그의 인생 일대기, 살아온 흔적 등을 가만히 듣다보면 이것이 한 사람의 인생인가 싶은 순간들도 있었다.

문희상 선배의 일가는 그 가족과 형제들 또한 이름만 대면 알만한 유명인들로 채워져 있는데 2006년 미스코리아 진인 이하늬가 조카다. 그녀의 모친인 이화여대 문재숙 교수가 그의 여동생이고, 전 국정원 차장이자 경찰대학장을 지낸 이상업이 매제다. 그 외에도 문인숙, 문희재 등의 형제들 모두 일찍이 재능과 두각을 나타내었다.

특히 그에게는 태산과도 같았던 존재, 그의 아버지를 이야기할 때는 한참을 상념에 젖고는 했다. 그의 아버지는 경기도 의정부의 천억 원대 재산가로 '살아있는 신화'와 같은 인물이었으며, 아이러니하게도 박정희 전 대통령의 지지자였다. 그런 아버지의 반대를 무릅쓰고 그는 평생 김대중 대통령을 모신 것이다. 그분이 마침내 대통령에 당선된 날, 문희상 선배가 아버지 선영을 찾아 "제 생각이 맞지 않았느냐"며 통곡했다는 일화가 유명하다.

그리고 또 한 사람, 그의 아내인 김양수 여사 역시 여걸이었다. 마치 한국의 힐러리 여사를 보는 기분이랄까. 후에 문희상 선배가 JC 중앙회장에 당선되었을 때, 이번 중앙회장은 김양수 여사가 아니냐는 이야기가 나올 정도로 화끈하고 대단한 분이었다.

그렇게 그의 가장 가까이에서 깊은 이야기들을 들으며 열심히 선거홍보작업을 했고, 마침내 완성물을 전달해 드렸다. 문희상 선배가 이를 보고는 마음에 꼭 든다며 상당히 흡족해 하던 기억이 난다.

감사하게도 이때의 경험은 나에게 커다란 밑거름이 됐다. 이를 발판으로 후에 김원기 국회의원에서 김대중 대통령에 이르기까지 선거 캠프에서의 홍보활동을 꾸준히 담당하였으니, 이때 선거 캠프에 대한 일종의 연습이자 단련이 된 게 아닌가 싶다.

그리고 마침내 1985년, 제34대 한국JC 중앙회장에 문희상 선배가 당선된다. 이를 발판으로 그는 김대중 국민정부의 정무수석, 노무현 정권의 비서실장, 국정원 기조실장, 민주당 당대표, 국회 부의장 등을 두루 지내왔으니, 한국 정부와 민주화를 위한 역사에 한 페이지를 장식했다 해도 과언이 아닐 것이다.

나 역시 홍보부 부실장에 이어 신입회원의 JC 교육을 담당하는 훈련원장에 임명되어, 스스로 'JC 이론가'라 자신할 만큼 원 없이 JC를 공부했고, 또 그만큼 신입회원들에게 모든 것을 쏟아 붓기도 하였으며 JC중앙회의 '사업조정실장'에 임명되어 JC에서 주관하는 모든 사업을 총괄하는 위치에서 눈코 뜰 새 없이 바쁜 나날을 보내기도 했다.

이러한 일련의 사건과 시간들을 겪으며 실로 인생에 있어, 그리고 정치생활에 있어 상당한 배움과 깨우침을 얻을 수 있었다. 남산JC에서의 5년의 선거열전, 그리고 중앙회로의 진출, 여기서 겪게된 수많은 인연들과 일들을 통해 나도 모르는 사이에 엄청나게 단련된 것이다. 소위 말하는 '타협', '전망', '사람과 사람 간의 관계', '민주적 역량' 등을 서른의 시작과 함께 누구보다도 혹독하게 배우며 또 누구보다 강하게 성장할 수 있었다.

## 웃음도 눈물도 함께했던
## 영원한 JC삼총사를 추억하며!

JC시절을 추억하면 결코 빼놓을 수 없는 이들이 있다. 바로 이전에 말한 나와 가장 가까웠고, 그래서 우정의 우여곡절 또한 깊은 두 벗, 신현균과 안병균이다. 두 친구와의 우정이 더 특별하게 기억되는 데에는 바로 '뼈아픈 안병균의 중앙회장 선거도전과 실패'의 역사가 자리하고 있다.

안병균 이 친구가 중앙회장에 도전하겠다며 어느 날 나를 찾아왔다. 아마 선거에 도전하겠다고 결심하는 순간 가장 먼저 내 얼굴이 떠오른 모양이었다. 선거라면 '산 증인'이라 할 정도로 지긋지긋하게 겪은 이가 바로 나였으니까. 실제로도 전국에 소문이 났을 정도였다. 'JC에서 선거를 하려면 이덕행에게 가라! 선거에서 당선이 되려면 이덕행을 주목하라' 하고 말이다.

누군가의 부추김이나 사주가 있었던 것인지, 안병균은 비장한 각오로 "나는 중앙회장에 바로 도전하겠네!" 하고 의지를 불태우고 있었다. 말했다시피 중앙회장은 전년도 상임부회장을 지낸 자에게 자격이 주어지는 것이 통상 불문율이었다. 그는 이제 막 서울지구회장을 지내고 있을 때였고, 아직은 선거에 도전할 만한 시기가 아니었다.

"나는 하지 않았으면 좋겠다. 진심이다."

내가 할 수 있는 말은 이뿐이었다. 비유가 적절한지는 모르겠지만, 담배 피는 이들이, 주식하는 이들이, 도박하는 이들이 상대에게 이를 어디 권하던가? 그 중독성을 이미 겪어본 이들은 너무나도 잘 알고 있다. 나는 중앙회장 선거를 바로 곁에서, 치열하고 또 치졸한 면면을 모두 겪은 사람이다. 얼마나 힘들고 버거운 현장이던가.

승리를 위해서라면 없는 이야기도 만들어 나를 있는 힘껏 올리고, 상대를 있는 힘껏 추락시킨다. 분명 그 과정에서 그는 하염없이 상처받고 또 좌절할 것이다. 또한 당시 안병균은 사업에 크게 성공한 상당한 재력가였다. 이에 소위 '돈 냄새'를 맡은 교활한 무리들이 선거 유세를 빌미로 그를 이용하기 십상이었다.

결국 그는 다음해 중앙회장선거에 출마를 선언한다. 더는 그를 말릴 수가 없어 그저 묵묵히 친구를 돕기 위해 움직이기 시작했다.

내가 안병균에게 가장 처음 한 말은 "돈 쓰지 말자!"였다. 워낙에 소문난 재력가이다 보니 온갖 감언이설과 유혹이 손을 뻗쳐 올 것이 자명했다. 나는 거듭해서 "쓸데없는 데 돈 쓸 생각 마라, 돈을 써서 될 일도 아니다. 당당하게 하자! 돈이 아니라 소신, 비전을 가지고 싸워보자" 하고 거듭해서 힘주어 말하고는 했다.

그 역시 나의 말에 동조하며 그럴 일 없을 거라 단언했다. 우리 둘 다 로컬 회장 선거 당시 이미 겪을 만큼 겪은 터였다. 물량공세, 자금력을 바탕으로 한 유세활동이 얼마나 부질없으면서도 허망한 것인지 말이다.

### 모두의 '정점이자 교점'이란 이유의 철저한 배척

선거는 점차 치열하면서도 예상치 못한 복잡미묘한 형상으로 흘러갔다. 그리고 바로 이때, 내 인생에서 가장 힘겹고 가슴 아팠던 시기를 맞이하게 된다. 어느 날 안병균의 캠프본부에서 내게 "이 회장은 강원도로 가주셔야겠습니다" 하는 것이었다.

느닷없이 강원도라니. 이전에 문희상 선배를 필두로 중앙회장선거를 도울 때면 기획담당으로서 으레 호남지역으로 내려갔었다마는 강원도라니? 무슨 말인가 싶었다.

사연은 이랬다. 어느 날 내부에서 나를 제외하고 회의가 벌어진 것이다. 골자는 그것이었다. 당시 안병균과 맞서고 있던 이는 지선경이라는 인물이었는데, 중앙회 활동을 하며 나는 그와도 제법 가까운 사이였다.

이것이 문제였다. 내가 안병균의 맞수와 너무 가까운 사이라는 것.

"이덕행은 지선경과 가까워도 너무 가깝다", "이덕행이 두 사람 사이를 어떻게 오갈지 모른다!", "이덕행을 이번 선거의 핵심에서 빠지게 해야 한다!" 그러한 목소리들 속에 나를 아무 연고도 없는, 그리고 영향력이 미비한 강원지방으로 돌린 것이었다. 일종의 믿지 못하는 참모진에 대한 유배령이었다.

다 괜찮았다. 강원도에 간들 어떻고 어디를 간들 필요한 곳이라면 뭐 어떠랴, 다만 세상에 단 한 사람, 친구 안병균이 나를 믿어주지 않았다는 사실이 몹시 아팠다. 주변에서 온갖 루머와 모략들이 넘쳐난다 하더라도, 끝까지 '나'라는 사람은 믿어줄 줄 알았는데 끝내 그는 나를 믿지 못했다.

서울에서는 연이어 안타까운 소식이 들려왔다. 안병균이 선거유세를 위해 엄청난 물량을 쏟아붓고 있다는 것이었다. 그렇게 단단히 약속까지 했었는데, 주변의 온갖 부추김과 감언이설에 휩쓸려 제대로 된 판단을 하지 못하고 있으리라.

선거란 이토록 사람을 처절하면서도 초조하게 만든다. 이와 함께 뒤에서는 돈으로 선거를 한다는 등, 제대로 배우지도 못했다는 등, 술집을 하느니, 전과가 있느니 그를 향한 온갖 험담과 말도 안되는 루머가 퍼져나갔다.

선거의 명암이란 그렇다. 빛 아래서는 얼굴을 마주보고 웃지만 그 뒤에서는 갖은 비방과 뜬소문으로 사람 하나 매도하는 것은 일도 아니다. 그래서 그토록 말렸던 것이었는데, 이제는 그도 나도 너무 멀리 와 버렸다. 날씨는 어느새 스산한 가을에서 겨울로 넘어서고 있었고, 그 해 강원도의 겨울은 유난히 춥고 또 외로웠다.

### 친구의 쓰라린 참패, 마침내 받게 된 사과

마침내 그 해 선거일이 다가왔다. 선거는 제주도에서 치러졌다. 유권자이자 전국 JC의 회장들이 제주도로 몰려들었다. 아마 이 날이 역대 선거 중 투표율과 규모가 가장 컸던 것으로 기억한다. 그만큼 치열한 접전이었다.

물론 여기서도 양 후보 측의 선거대책본부의 신경전은 치열했다. 마지막까지 한 표라도 더 확보하기 위한 보이지 않는 전쟁과 유세활동이 계속되고 있었다. 그런데 마지막 핵심전략을 모의하는 비상회의가 소집되자, 정작 나에게는 "이덕행 자네는 호텔에 가서 다른 일을 좀 돕지?" 하고 회의에서 배제시키는 것이었다.

마지막 순간까지도 나를 믿지 못하는 것이었다. 혹시라도 그들의 전략을, 그리고 비밀을 상대방 측에 옮길지도 모른다는 의심의 눈초리와 싸늘한 경계였다.

일일이 대항하고 반박하기도 지쳐, 나는 별말없이 호텔로 돌아섰다. 하얏트 호텔이었던 걸로 기억하는데, 지방에서 속속 도착하는 선배들과 대위원들에게 방을 배정해주고 또 안내해주는 일을 자청했다. 물론 속에서는 씁쓸하다 못해 피눈물이 솟구치는 기분이었다.

선거는 당장 내일, 코앞으로 다가왔다. 그날 밤 이런저런 복잡한 생각과 심란함에 쉽사리 잠을 청할 수 없었다. 몇 번을 뒤척이다 자리에서 벌떡 일어섰다.

"에라! 이것도 내 팔자고 성격이다! 그래도 한 번 친구는 영원한 친구 아닌가!"

그렇게 나는 마지막으로 안병균이 아닌, 또 다른 단짝 신현균을 찾아갔다. 당시 그는 중앙회 상무위원이었다. 짐작컨대 이번 선거는 안병균에게 다소 열세였다. 이때 선거를 치루는 인원이 대략 300여 명 정도가 되는데 여기서 열 표 정도의 근소한 차이가 승패를 좌우한다. 지금까지도 늘 그래왔다.

나는 신현균에게 마지막으로 표 점검을 다시 한 번 해보고, 일명 물음표인 유권자들, 누구를 지지할지 불투명한, 그러나 짧은 시간 안에 설득이든 회유든 지지를 받을 가능성이 있는 인물 열 명을 골라내라. 그래서 오늘 밤, 그 열 명에게 집중 관리에 들어가라! 라고 말했다.

그 역시도 나의 말에 동의하며 "그런 것 같지? 그래야겠지?" 하고 몇 번을 묻길래, 내가 얘기했다고 하지 말고—어차피 듣지 않을 테니—자네가 가서 안병균에게 언질을 주라고 말했다. 그러나 무슨 생각인지 그는 이렇다 할 피드백도, 별다른 움직임도 보이지 않았다. 아마도 스스로는 그럴 필요 없이, 자신이 이긴 싸움이라 속단했는지도 모를 일이었다.

다음 날, 드디어 선거가 시작됐다. 안병균이 졌다. 근소한 차이로 패배하고 말았다. 상대편에서는 우레와 같은 함성이 터져나왔다. 마음이 괴로워 나는 선거장 밖으로 나갔고, 얼마 후 상대편의 함성과 환호를 등에 지고 터덜터덜 안병균이 걸어 나와 마당가에 서서 담배를 피우고 있던 내게로 다가왔다. 그 잠시 동안 10년은 늙은 사람처럼 얼굴이 말이 아니었다. 우리 둘은 한참 말이 없었다. 그는 한참만에 "친구" 하고 나를 불렀다. 그 별것도 없는, 그러나 무수한 말이 담긴 부름 하나에 울컥 코끝이 찡해졌다.

"친구도 한 번 제대로 못 써보고 졌네."

그 담담한 듯 던지는 한 마디에 그간 나를 믿지 못했던 미안함, 결국 나의 도움 한 번 제대로 받지 못했던 것에 대한 아쉬움과 후회 같은 것들이 잔뜩 엉켜있었다. 그대로 그 친구도, 나도 말을 잇지 못하고 서 있는데 왈칵 눈물이 쏟아졌다. 특별한 화해랄 것도, 용서랄 것도 없었다. 그저 어느 때보다도 뜨겁고, 어느 때보다도 가혹했던 겨울을 지나는 두 친구만이 함께 서 있을 뿐이었다.

### 잊지 못할 친구의 '졸업식'

JC가 독특한 것은 나이 마흔이 되면 졸업식과 함께 모임을 떠난다는 데 있다. 나 역시 그때를 추억해보면 평생을 잊지 못할 졸업식이 하나 있다. 그 졸업식은 내 졸업식도 아니고, 바로 친구 안병균의 졸업식이다. 1987년, 그가 JC를 졸업하게 되는데 이때 나에게 자신의 졸업식 사회를 부탁해 왔다.

졸업식은 중앙회장 선거와 마찬가지로 상당한 인파가 참석하여 졸업식을 축하하기도 하고 또 이별을 아쉬워하기도 하며 대대적인 행사를 치르게 된다. 그런 자리에 이미 JC를 떠난 나에게, 더군다나 중앙회장 선거에 있어 이런저런 일을 겪었던 과거를 뒤로 하고 그는 졸업식 사회를 부탁해 왔고, 나 역시 이를 흔쾌히 수락했다. 그것은 우리 두 사람의 변함없고 따뜻한 우정이었다. 연단에 오른 나는 그에 대한 진심과 안녕을 담담하게 전했다.

"여러분, '새로운 기록'이란 늘 도전하는 사람의 몫입니다. 도전하는 사람만이 기록을 세웁니다. 내 친구 안병균은 늘 새롭게 도전해 왔습니다. 그리고 늘 힘껏 달려왔습니다. 물론 중간에 넘어질 수도 있습니다. 지칠 수도 있습니다. 그러나 이는 비난거리가 될 수 없습니다. 무언가에 새롭게 도전하고 달린다는 것이 더 중요하기에, 난관을 딛고 더 큰 목표를 이루었기에 이제 그의 내일을 향해서 더 큰 박수와 응원을 보내줍시다!"

대략 이런 내용이었다. 이는 그의 중앙회장 선거에서의 실패를 위로하고 또 그의 앞날을 응원해주고픈 나의 진심이었다. 부디 그때의 나의 염원처럼 그의 '달리기'가 늘 새로운 곳을 향해 맹렬히 계속되기를 희망해 본다.

## JC와 사업, 모든 걸 떠나 연청으로 가다

선거가 끝나면 모든 게 끝난 것 같지만 그렇지 않다. 더더군다나 그것이 패배자인 경우, 엄청난 후유증과 함께 이런 저런 후폭풍에 시달리게 된다. 안병균과 나 역시 마찬가지였다.

그때부터 무언가 가슴속이 답답해지고, 늘 즐겁기만 했던 JC로의 발걸음도 무겁고 느릿해지기 시작했다. 그곳의 모든 것이 조금씩 사람을 지치게 만들었다. 그리고 또 한 가지, 그 묵직한 환멸의 중심에는 나의 삼총사 신현균과 안병균이 있었다.

나는 당시 80년대 초 부도난 사업을 가까스로 수습하고 새로운 사업을 꾸려가고 있던 터였다. 속된 말로 배운 게 도둑질이라 역시나 섬유사업이었다. 이때 주요 납품회사 두 곳이 바로 당시의 페페마르조와 같은 여성 패션 브랜드를 소유하고 있던 신현균의 회사 ㈜대현과 친구 안병균이 운영하는 조이너스 등의 여성용 의류제조업체인 나산그룹이었다.

두 회사 모두 당시에는 워낙 탄탄했으니, 사업에는 큰 무리가 없었다. 이전의 부도 사태도 어느 정도 잠재우고, 원래 살던 대치동 은마아파트로 다시 돌아갈 수 있게 되었으니 무리가 없는 정도가 아니라 두 친구 덕에 먹고 사는 걱정은 덜고 있는 셈이었다. 그러나 바로 이

'친구로 인한 안정감'에서 깊은 혼란과 딜레마가 찾아왔다.

물론 더할 나위 없이 친한 친구들이지만 셋이 만나면, 어느 순간부터가 나는 두 사람의 '갑' 앞에 선 '을'이 되는 기분이었다. 일을 하다 보면 늘 두 친구 회사의 밑의 직원들한테 부탁을 해야 하고, 아쉬운 소리를 해야 하고, 또 컴플레인이라도 들어오는 날엔 연신 사과와 함께 저자세일 수밖에 없는 나의 위치.

이와 함께 거래를 지속하기 위해 때에 따라 접대라든가 선물 등을 통한 일종의 성의표시를 해야 하는데, 이게 참 꼿꼿한 자존심에 친구들의 부하 직원에게 한다는 것이 쉽지가 않은 것이었다. 물론 이를 요구한다던가 받는 일도 없었지만, 으레 사업체 간에 행해지는 작은 것조차 부담스러우면서도 힘에 겹기 시작했다.

끊임없이 '이대로라면 나는 어쩔 길 없는 저들의 '을'이로구나', '갑과 을의 관계가 계속되는 한 나는 도무지 그들과 친구로 돌아갈 수 없겠구나' 그렇게 나를 향한 친구들의 배려가 오히려 독이 되어 내 자존감을 갉아먹고 있었다.

모든 것이 '한계점'에 닿아 있었다. JC에서 느끼는 나의 피로감과 매너리즘도 그 즈음이 한계였다. 무엇보다 가장 힘들었던 것은, 그리고 결정적인 이유는 안병균의 중앙회장 선거에서 겪은 상처들이었다. 그동안의 무시와 배척으로 인한 깊은 모욕감은 시간이 지날수록 나아지는 것이 아니라 상처를 넘어 흉터처럼 깊게 박혀, 나를 더욱 괴롭혀 왔다. 친구 안병균에게는 더 이상 서운할 것도 풀고 자시고 할 것도 없었다. 이건 내 안에서 소용돌이치는 그저 나만의 번민이었다.

그런 내게 미안했던지 늘 적당히, 늘 어느 정도의 오더를 내려주는 친구들 회사 덕에 먹고 살 수 있을 정도로만, 딱 거기까지인 사업. 덕분에 어렵지 않았지만 더 크지도 않은 채 일정 수준에 머물러 버린 사업적 한계, 그리고 이 모든 것에 지쳐버린 나의 한계였다.

더는 안 되겠구나 하는 생각이 들었다. 절망에 부딪히는 건 견딜 수 있어도 한계에 부딪히는 건 용납할 수 없었다. 이래서는 내가 살 수가 없을 것만 같았다. 여기서 그만, 모든 것을 깨끗이 놓아버리고 새롭게 시작하고 싶다! 라는 열망이 가슴속에서 피어올랐다.

그렇게 결심 하고 나는 그 길로 미련 없이 회사의 문을 닫아버렸다. JC 또한 10년의 폭풍 같은 시간을 지나 어느새 졸업을 앞두고 있었다. 온몸으로 무언가 변화를 맞이해야 하는 새로운 전환점이라는 것이 본능처럼 느껴졌다.

'변화'란 무엇인가. 가장 먼저 '버리는 것'이다. 가지고 있던, 혹은 누리고 있던 모든 것을 가감 없이 버리는 것에서부터 변화는 시작된다. 원단 사업은 그런 대로 잘 되고 있던 터였다. 규모도 제법 됐었고, 그대로 꾸려나갔어도 생활은 어렵지 않은 정도였다. 그럼에도 나는 이것을 과감히 버리고 돌아섰다.

나이 서른에 열병처럼 나의 인생에 찾아 든 JC에서의 10년, 그리고 그때와 마찬가지로 마흔이라는 새로운 나이가 열릴 즈음, 나는 서른의 모든 것을 놓고 또 다른 길을 향해 도전을 하기로 마음먹는다.

그러나 이것은 나같이 대책 없고, 꿈 많은 '늙은 피터팬'의 판타지일 뿐. 막상 무엇을 해야 할지, 어디로 가야할지 막막했다. 오래 생각할 것도 없이 나는 무작정 늘 존경해왔던 한 사람, 문희상 선배를 찾아 갔다.

이때, 마침 문희상 선배를 필두로 연청은 다시 한 번 뜨겁게 '국민의 손으로 만드는 대통령'이라는 꿈을 향해 대대적인 움직임을 시작

됐다. 나의 '대통령 만들기'라는 도전의 역사 또한 바로 이 곳, '연청'
에서 새롭게 시작되고 있었다.

# 9

# 1%의 DNA,
# 대통령을 만들다

## 불혹을 앞두고 꾼 새로운 꿈
## "대통령을 만드는 사람"

가끔 스스로를 참 변종이라고 느낄 때가 있다. '성격에도 일종의 DNA가 있는 것은 아닐까'라는 생각이 들만큼 '이건 참 타고난 별난 성미구나' 싶은 게 바로 나의 '1% DNA'다.

말하자면 대부분의 사람들은 무언가에 도전하거나 이루고자 할 때, 그만큼의 준비와 함께 성공여부를 미리 계산하고는 한다. 당연한 것이다. 실패를 최소화하는 것이 가장 우선되어야 하기에 면밀하게 사전 조사를 하고, 실패와 성공 가능성을 잘 살펴 승률이 높은 것에 도전하는 것이 보통이다. 그래야 여러모로 경제적이며 또 합당한 이치임을 알지만 나는 평생 그렇지 못했다. 항상 생각도, 꿈도, 가는 길도 남들과 달랐다. 단 1%라도 '가능성'이 있다면 "좋아, 가보자! 단 1%라도 해보자!" 하고 부딪히고 보는 무모하고 맹렬한 성격을 타고난 것이다.

그러니 무슨 일이든 쉽게 풀리는 법이 없는 것은 어쩌면 당연한 것이다. 충분히 사전에 승률을 검토하고, 성공여부가 확실해졌을 때 도전하는 것이 아니라, '이건 내가 할 일이다!', '이건 내가 해보고 싶다!'라는 오로지 나의 신념과 욕구를 믿고 그게 무엇이든 달려들고 보는 1%의 DNA는 당연히 99%의 실패 확률과 싸울 수밖에 없는 숙명을 만들었다.

그러니 누구를 탓하랴. 스스로 어려움을 자초하여 고난과 역경을 숙명처럼 안고 사는 것을. 어쩌면 그러한 나의 선택과 그로 인한 어려움, 이것을 어떻게든 헤쳐 나가는 나의 기지와 힘을 습관적으로 즐기고 있는지도 모른다. 그렇지 않고서야 인생의 고비마다 남들과는 다른, 험난하고 고단한 선택들을 할 수 있었을까. 그것이 괴롭다고 생각했다면 있을 수 없는 일이었다. 도전 자체가 즐겁고, 모두가 걷지 않은 길을 걷는다는 것에 대한 희열, 좌절은 좌절대로 고난은 고난대로 그대로 즐기고 돌파하는 적응력, 어떠한 경우에도 결코 절망하지 않고 새로운 길을 찾아내는 근성, 그러한 인자들이 나의 1% DNA 속에 함께 살아 있다.

## 무모함의 DNA
### 연청의 새로운 내일을 움직이다

내 나이 서른여덟. 다시 한 번 1% DNA가 발동한다. 1986년, 나의 DNA가 향한 곳에는 태산 같은 두 인물이 있었다. 바로 '문희상'과 故 김대중 대통령이다. 그 가능성이 1%만이라도 있다면 일단 맹렬히 달려들고 보는 못 말리는 성품. 그 혈기와 의지가 발동한 곳에 바로 문희상 형님을 도와 새 지도자를 만들겠다는 꿈이 있었다. 내가 힘이 될 수 있다면, 이 나라의 대통령을 만들어보자는 것이 그것이었다.

"그게 되는 일이겠소?"

"그래서 자네한테 돌아오는 게 뭔데?"

1% DNA가 발동할 때마다 버릇처럼 듣는 핀잔들도 이제는 어느새 즐기게 되었다. 되는 일, 안 되는 일이란 따로 없다. 이를 계산해보고 행동한 적도 없다. 단 1%의 '가능성'이건 '소신'이건 단 한가닥의 희망이라도 보인다면 나는 행한다.

미련 없이 당시 하고 있던 사업을 접고, 무작정 연청으로 문희상 형님을 찾아갔다. 그는 민주연합청년동지회, 속칭 '연청'이라는 김대중 대통령을 지지하고 돕는 청년조직의 핵심 멤버로 활동하며 그분의 비서실 차장을 담당하고 있었다.

듣기로 같은 시기에 노태우 전 대통령 측에서도 스카우트 제의가 들어왔다고 한다. 노태우 전 대통령은 당시 서울올림픽 조직위원장 등을 지내며 지위로나 사회적으로나 상당히 분기탱천한 시점이기도 했다. 그럼에도 그의 러브콜을 거절하고 김대중 대통령을 택했던 것이다. 당시의 분위기 속에서 김대중 대통령의 측근이 된다는 것은 상당한 위협과 견제를 감내해야 하는 선택이었다. 그럼에도 자신의 소신대로 김대중 대통령을 택했고, 바로 그런 점들 때문에 그분을 더욱 존경하고 좋아했는지도 모른다.

그렇게 불쑥 연청으로 찾아가 "나도 그분을 돕고 싶습니다" 하자, 제법 놀란 눈치였다. 그의 입장에선 예상치 못한 인물의, 예상치 못한 결의였을 것이다. 보통 우리의 정신은 일정한 흐름 속에 일정한 행동

반경을 만든다. 연청 회원 대부분은 과거 학생 시절부터 혹은 지금도 운동권에서 활동하고 있는 이들이 대다수였다. 문희상 형님 또한 그런 분이었지만 적어도 나는 그런 인물이 아니었다. 부끄러운 이야기지만 나는 대학시절과 청년 시절 내내 그와 같은 목소리로 정권과 맞서 본 적이 없었다. 핑계 같겠지만 당시엔 하루하루 살아남는 것 자체가 내겐 투쟁이었다. 하루는 도서관에서 쪽잠을, 또 하루는 학교 공강실에서 몰래 도둑잠을 잘 만큼 생활고에 허덕이고 있었다. 지낼 곳 하나 없이 간단한 옷가지가 든 가방을 메고 매일같이 잠자리를 헤매며, 그저 하루 먹고, 잠드는 생존의 문제만으로도 삶이 버거워 그럴 여유조차 없었다.

하지만 이는 그저 자기변명일 뿐, 아마 그에게 비쳐진 나는 '사회에 그다지 관심이 없는 후배, 자기 사업 열심히 하는 JC 출신의 가까운 동생' 정도의 이미지였을 것이다. 그런 내가 불쑥 연청을 찾아와 그를 돕겠다 하니 처음엔 상당히 놀란 눈치였다. 하지만 이내 특유의 조금은 사나운 듯한 얼굴에 씨익 웃음을 걸치고는 "그럼 어디 한 번 같이 해보세" 하고 나를 받아 주었다. 그렇게 정치의 '정'자도 몰랐던 그 세계로 처음 뛰어들게 된다. 꿈은 하나, 대통령을 만들고, 민주주의가 승리하는 그 순간을 맞이하겠다는 것이다. 그 1%의 열정에 나의 모든 것을 쏟아붓기로 결심한다.


**'판'은 크게 '움직임'은 담대하게 · 연청의 새로운 보금자리를 만들다**

아직도 그 이름을 기억한다. 마포의 '고려 오피스텔'이었다. 크기가 15평 남짓 됐을까. 남루하고 협소했던 그곳이 내가 들락거리던 처음의 연청 사무실이었다. 그 공간을 채우고 있던 이들은, '6·3반대운동', '5·18혁명'에 이르기까지 대한민국 민주화항쟁역사의 산 증인이자 지금 대한민국을 움직이고 있는 기라성 같은 정치계의 인물들이었다.

안을 채우고 있는 이들이야 보석같이 빛나고 있었지만, 공간은 영 그러질 못했다. 소위 대통령을 만들겠다는 꿈으로 뭉친 청년들의 보금자리치고는 한없이 초라하고 좁은 공간이었다. 어쩔 수가 없었다. 다들 개인의 생계를 내려놓고, 생활전선을 뒤로 한 채 '대통령'을 향한 보이지 않는 전선에 뛰어든 이들이었다. 서로 사정도, 형편들도 뻔했다. 그렇다고 마냥 이렇게 지낼 수는 없다는 생각이 들었다. 무수한 이들이 매일같이 그 좁은 사무실을 들락거리려니 영 불편한 것이 아니었다.

나는 연청에 입단하고 제일 먼저 '터'부터 제대로 잡아야겠다는 결심을 하게 된다. 자리는 사람을 만들지만, 공간은 사람의 생각을 키운다. 제대로 된 곳에서 제대로 일을 해야겠다! 싶어 나는 사무실을 새롭게 옮겨야겠다는 생각을 하고, 나는 무작정 여의도로 향했다. 여의도에서 제법 큰 건물, 평수가 어느 정도 되고 층 전체가 비어 있는 적당한 건물을 찾아 바로 건물주인과 대면했다.

"건물을 좀 쓰고 싶습니다. 이 층을 통째로 주시죠."

그리고는 자세한 이야기를 담담하면서도 진실되게 전했다. '오래 필요하지는 않다. 올해 말 대통령 선거까지 우리에겐 채 1년의 시간도 남아있지 않다. 그때까지만 이 건물을 쓰게 해 달라. 한 나라의 대통령을 만드는 일이 아닌가. 당신 역시 대통령을 만드는 데 일조하는 것이다' 하고 부탁했다. 허무맹랑하고 무모하게 들렸을 것이다. 그러나 그것은 당시 우리가 처한 현실 그대로였고, 진심어린 절절한 호소였다. 건물주는 이를 선뜻 허락해주었고, 당시 시세보다 훨씬 적은 금액으로 마침내 새로운 보금자리를 마련하게 된다.

그렇게 여의도 한가운데에 빌딩 한 층을 통째로 빌려 연청 사무실을 대대적으로 옮기게 되었지만 상당 금액의 건물 보증금과 여타 이사비용을 조달해야 했기에 한 번 더 묘안을 짜냈다.

당시 김대중 대통령의 평소 소신이나 좋은 글귀 등을 담은 족자 등이 그분을 지지하는 이들 사이에선 꽤 인기였다. 묘안이란 바로 이 족자를 선매하여 기금을 마련하겠다는 것이다. 물론 여차여차 처한 상황을 호소하여 단순히 후원금을 모을 수도 있었지만, 이왕이면 모두에게 의미있고 부채감을 덜 느낄 수 있는 이벤트이기를 바랐다.

그렇게 가까운 지기들과 지인들에게 그분의 족자를 선매하였고, 모두들 십시일반 도와주는 마음으로 선뜻 이를 사주었다. 그렇게 돈을 모아 건물의 보증금을 마련, 마침내 여의도에 연청사무실을 새롭게 오픈하게 된다.

'하면 제대로 한다'가 나의 신조다. 약속한 대로 건물의 한 층 전체를 연청 사무실로 꾸렸다. 즉각 칸막이 공사를 진행해 업무별 구획 구분을 하고, 회의실과 중앙의장실을 규모 있게 만들었다. 그렇게 제법 꾸며놓고 보니, 그 규모와 살림 세간이 당시의 평화민주당 사무실보다 크고 위용 있었다. 아무리 '하면 제대로 한다'지만 지금 생각해보면 참으로 무모한 도전이자 당돌한 발상의 실현이었다.

그러나 이것은 단순히 보기 좋고, 근사한 터전을 마련하기 위해 기획했던 것이 아니었다. 당시는 본격적인 선거를 앞두고, 대대적인 '연청 리뉴얼' 시점이기도 했다. 새로운 인물들로 새로운 목표를 도모하기 위한 '민주연합청년동지회'의 재결성을 천명하는 일종의 시발점이자 이벤트를 마련한 것이다.

이어 새 연청을 꾸려가기 위해 가장 우선시되야 하는 역할이자, 가장 중요한 위치인 초대 '중앙회장'과 회장을 보필하여 전반적인 업무를 총괄하게 될 '사무총장'을 내정하는 것이 급선무였다. '중앙회장'이야 별다른 이견 없이 자연스레 문희상 형님으로 정해졌고, 이제 사무총장을 선발해야 하는데 문희상 중앙회장이 불쑥, "덕행이 자네가 해보지 않겠나?" 하고 내게 사무총장직을 제안해 왔다.

처음엔 그저 어안이 벙벙했다. 전국의 수만의 회원을 가지고 있는 연청의, 그것도 핵심 그룹인 중앙의 '사무총장'을 맡으라니. 게다가 연청에 들어온 지 채 1년도 되지 않은, 연청 내 연고 하나 없는 늦깎이 신출내기인 내게 덜컥 그 자리를 맡긴 것이다. 아마도 사무실 이전과 옛 JC 활동 시절에 지켜봤던 여러 모습들을 통해 명예회장이었던 김홍일과 협의가 있었던 게 아니었을까 짐작해 본다. 그는 늘 나의 기획력과 일단은 저지르고 보는 특유의 추진력을 높이 사주었다. 그 행동력이 앞으로 연청의 일을 도모하는 데 상당한 시너지가 될 것이라 믿는 듯했다.

그렇게 연청의 초대 사무총장이 되고 얼마가 지났을까. 발이 없는 소문은 소리 없이 퍼져나가 생각지 못한 이의 귀에 닿기 마련이다. 연청이 새로운 중앙회장과 사무총장을 뽑았다는 정보가 어느새 기관에 수집된 모양이었다. 어느 날 집에 돌아와 보니 아파트 경비실에 웬 형사들이 나와 있었다. '이덕행'이라는 인물이 김대중을 보필하는 사조직에 새로운 사무총장이 되었다는 사실에 어느새 나는 정부의 '요시찰 인물'이 되어 있었다.

그들은 나를 시시때때로 감시하며 몇 시에 집을 나가고 몇 시에 들어오는지, 어디로 가서 어디를 거쳐 오는지, 하루의 동선을 일일이 체크하고 면밀히 살피고 있었다. 언제나 그렇듯, 그들에게 나는 아마 '독특한 존재', '알 수 없는 존재'였을 것이다. 일종에 데이터가 없는 것이다. 과거에 학생운동에 가담한 적이 없으니 연행 기록에도 없고, 연청 활동조차도 처음이었으니 기존의 주요 인사 리스트에 존재하지도 않았을 것이다. 그런데 덜컥 중요 보직을 맡았다고 하니 감시는 해야 하고, 하지만 이렇다 할 정보가 없는 인물이니 아마 애 좀 먹었을 것이다.

여기서도 나는 참 어쩔 수 없는 위인이라는 생각이 드는 게, 당시 가족들은 좀 놀랐겠지만 나는 오히려 재미있다는 생각이 들었다. 그들의 감시와 압박 속에서 내가 정말 뭔가 일을 도모하고 있긴 하구나라는 자각과 성취감을 느꼈다고나 할까. 한쪽의 움직임에 한쪽이 촉각을 곤두세우는 것. 한쪽이 행여라도 새로운 지도자가 될까 전전긍긍하며 발톱을 세워 누르는 다른 한쪽의 행보를 보며 나는 오히려 묘한 희열 같은 것을 느꼈다.

이상하게도 견제와 감시가 짙어질수록, 압박이 가해질수록 그것은 가슴속에 묘한 희망을 불러일으켰다. 이번엔 뭔가 될 것 같다. 아니 되어야만 한다. 그리고 이 흐름으로 나는 더욱 맹렬히 달려 시대를 바꿀 새로운 대통령을 탄생시키고 말 것이다! 라는 엉뚱하면서도 벅찬 열정이 가슴속에 활활 타오르고 있었다.

## '사람'을 향한 DNA
## 연청과 DJ캠프를 움직이다

언제나 그렇듯 선거 막바지에 들어서자 DJ캠프는 어느 때보다도 분주했다. 무엇보다도 시국을 잘 파악하고 촌철살인으로 유권자들의 마음을 흔들 수 있는 '한 방'이 있는 홍보전략이 중요한 때였다. 김대중 후보에 대한 당시 정권의 견제와 흑색선전 속에 선거 유세 또한 녹록치 않은 상황이었다. 이를 현명하게 그리고 재기 넘치게 돌파할 수 있는 참신한 홍보 방안이 필요했고, 그걸 실현할 수 있는 '사람'이 필요했다.

이에 맞는 인물을 모색하던 중 태멘의 김정률 대표를 만나게 된다. 후에 나의 영화사 창립에 큰 영향을 준 그를 이때, 처음 만나게 된 것이다. 그는 1970년 말부터 영화계에서 두각을 나타낸 제 1세대 홍보맨이었다. 당시 명보극장 홍보담당자로서 영화홍보와 마케팅 분야의 귀재였다. 뿐만 아니라 시나리오 작가에서 이벤트 기획자, 기업가에 이르기까지 문화계의 다양한 분야에서 동분서주하는 그에겐 '충무로의 손오공'이란 별명이 붙어 있었다. 이와 함께 공옥진, 배창호, 장미희, 전유성 등 무명의 신예를 일약 스타로 만든 '대중문화계의 마술사'로 명보극장과 태멘영화사 등을 거느린 대단한 인물이었다.

저 친구다! 저런 친구가 DJ캠프에 온다면 일을 잘 해낼 것이다! 라는 생각이 들었다. 그 길로 김정률 대표를 찾아갔다. 그에게 전하는 뜻은 간결했다. 우리는 이분을 대통령으로 만들려고 한다. 그 길에 당신이 꼭 필요하다. 함께 해주었으면 좋겠다라고 가감 없이 그리고 담백하게 뜻을 전했다. 그는 그 자리에서 답하지 않고 고심하는 얼굴로 생각해보겠다 말했다. 십분 이해할 수 있었다. 당시의 김대중 후보를 돕는다는 건 보통의 용기와 신념으로는 결심하기 힘든 만큼 그에 따르는 갖은 불이익과 위험을 감수해야 하는 일이었다. 잘 생각해 보라는 말을 남긴 채 채근하지 않고 돌아섰다.

그리고 얼마 후 그에게서 연락이 왔다. "좋습니다. 선생님과 함께 하겠습니다"라는 답변과 함께 김정률 대표가 DJ캠프의 홍보를 전담하며 합류하게 된다. 그와 함께 도모한 첫 번째 일은 바로 동아일보에 '연청회원 모집광고'를 낸 것이었다. 물론 그 광고 문구를 지금까지도 생생히 기억하고 있다.

"조국이 청년을 부릅니다."

오늘날과 같은 시대에도 주요 언론사에 정치광고를 낸다는 건 상상조차 할 수 없는 일이다. 그때는 더했다. 어쩌면 그 지독한 검열과 감시 속에 누구도 생각지 못한 기습적인 공격루트를 생각해낸 건지도 모른다. 물론 그때의 동아일보는 지금과 많이 다르기도 했다. (조금 더 정직했으며 그들에게도 민주화의 선봉장과 같은 역할을 하던 시절이 있었다.)

신문 하단을 꽉 채운, 조국이 청년을 부른다는 호소에 국민들은 어떤 생각을 했을까. 광고를 본 이들은, 시대의 청년들은, 투표권을 가진 대한민국의 모두는 이 광고를 어떻게 느끼고 있을까.

긴장되면서도 궁금한 시간들이 지나고 며칠 후, 광고의 효과는 말 그대로 '대폭발'이었다. 그 반응이 전국 각지에서 폭풍처럼 몰려왔다. 연청에 가입하겠다는 사람들로 그 커다란 여의도 사무실이 연일 인산인해를 이루었다. 말 그대로 물밀 듯이 밀려오는 인파에 업무가 마비될 정도였다.

대체 어떤 이들이 연청을, 그리고 김대중 후보를 향해 찾아온 것일까. 그들의 면면을 살펴보자, 구두닦이, 환경미화원, 목욕탕 청소부, 미용실 여직원, 택시기사에 이르기까지 대다수가 이 땅을 힘겹게 살아가고 있는 대한민국의 소시민들이었다. 사회의 가장 어둡고 열악한 곳에서 하루하루를 살아가고 있는 이들. 가장 아래에서 가장 억눌리고 힘겨운 삶을 살아가는 이들, 바로 그들이 하나의 물결처럼 연청 사무실로 밀려들어왔다.

각자의 사연들도, 처한 현실도 제각각이었지만 그들의 마음은 하나였다. 그들 모두 진심을 다해 십시일반 김대중 후보를 지지하고 있었다. 살고 있던 전셋집을 빼 사글세로 옮기며 남은 보증금을 내미는 사람, 하루 16시간을 꼬박 좁은 공장 안에서 번 월급봉투를 내미는 여공, 하루 벌어 하루를 연명하는 택시기사가 점심값이라도 하라며 그날의 사납금 전부를 손 안에 꼭 쥐어주기도 했다. 그렇게 가장 어려운 이들이, 가장 힘겹게 번 꼬깃꼬깃한 쌈짓돈을 하나같이 후원금으로 내밀었다.

나는 늘 앞만 보고 달려온 사람이다. 언제나 위를 향해서만 꿈을 꿨었다. 그래서 미처 그 아래의 세상과 사람들을 헤아리지 못했었다. 그때가 처음이었다. 그들의 눈동자에서 그리고 진심에서, 처음으로 '정치'란 무엇인가를 느낄 수 있었다. 국민이 바라는 세상은 무엇이며 국민이 믿는 지도자란 무엇인가를 비로소 느낄 수 있었다. 바로 그 현장에 하나의 일원으로서 내가 있다는 사실이 마치 나의 삶과 존재를 증명받는 기분이었다.

그 엄청난 행렬 속에 우리는 같은 눈동자와 같은 표정을 하고 있었다. 김대중 후보에 대한 지지와 열망, 그에게로 투영되는 삶의 희망과 세상이 바뀌길 바라는 간절한 갈망들. 그 모든 것들이 우리의 눈동자에 가득 담겨 있었다. 그들을 통해 '염원'이라는 것이 무엇인지, '국민의 뜻'이라는 것이 무엇인지를 강렬하게 마주했던 그날의 기억을 떠올릴 때마다 지금도 감격과 뭉클함이 고스란히 살아난다.

홍보전략과 함께 가장 치열했던 것 중 하나가 바로 연설과 유세현장에서의 경쟁이었다. 당시 김대중, 노태우, 김영삼, 김종필로 대두되는 4인의 유세 경쟁은 상상을 초월할 정도로 치열했었다.

그러나 누구도 '연설'에 있어서는 김대중 후보를 능가할 수 없었다. 현재까지 대통령 가운데, 아니 정치인을 통틀어 최고의 웅변가로 꼽히고 있는 그는 '연설의 달인'이었다. 힘이 넘쳐나지만 논리적이며 청중을 사로잡는 카리스마가 대단했으며 각본 없는 즉흥연설의 대가였던 그는 현장에서 즉각적인 대처와 열변으로 후보 연설계의 최고의 스타이기도 했다.

그러니 김대중 후보의 연설이 있다 하면, 적어도 수십만에서 수도권의 경우 수백만 명의 인파가 구름떼처럼 운집해 도시 일대가 마비되는 것은 예사였다. 연설 일정이 잡히면 캠프는 말 그대로 초비상이었다. 집회에 몰려드는 인파로 인해 마이크와 음향장비가 견디질 못하고 망가지기 일쑤였다. 마이크 줄은 죄다 끊어지고, 스피커와 엠프는 순식간에 엉망이 되어 다시 쓰지를 못했다. 그러니 집회가 예고된 날이면 혹 연설에서 사고라도 날까, 연설이 원활하게 진행되지 못하는 건 아닐까 하는 걱정 속에 전날 밤부터 장비 곁에서 한시도 눈을 떼지 못한 채, 뜬눈으로 밤을 지새우는 일이 허다했다.

추운 날씨 속에 그 고생이야 이루 말할 수 없었지만, 그 피로감과 고통도 다음 날이면 거짓말처럼 사라졌다. 어렵게 지켜낸 유세 현장으로 물밀듯이 밀려들어 오는 사람들을 볼 때면, 모두가 김대중 후보의 연설을 경청하며 그의 말 한마디, 약속 하나에 고무된 눈빛으로 박수갈채를 보낼 때면 그 모든 고단함이 씻은 듯이 사라지고는 했다.

선거가 있던 해 12월, 서울 보라매공원에서 유세 일정이 잡히고 2백만에 가까운 엄청난 인파가 몰려들었다. 말이 2백 만이지 이것을 실제로 보면 도무지 말이 안 나온다. 그 일대를 넘어 도시 전체가 마비가될 정도로 김 후보를 보기 위한 국민들의 운집은 상상을 초월하는 규모였다. 그 엄청난 행렬을 보고 감정이 북받쳐 김대중 대통령의 차남인 홍업과 얼싸안고 눈물을 쏟았던 기억이 난다. 매일이 '미라클!' 도무지 일어날 수 없는 기적 속을 걷고 있는 기분이었다.

기분이야 기분인 거고, 그 순간부터는 정신을 바짝 차리고 연설 내내 몰려드는 인파들과 보이지 않는 '사투'를 벌여야 했다. 당시 연설 및 선거활동을 기획하는 주최야 평화민주당이었지만, 이를 실제적으로 주관하고 실무를 보는 것은 연청이었다.

몰려드는 인파에 혹시라도 단상이 무너지진 않을까, 모두가 달려들어 기둥을 붙잡고, 그분의 곁에서 사진 한 장이라도 찍어볼까 몰려드는 이들을 저지하고, 연설이 끝날 때까지 온몸을 던져 음향장비와 시설을 사수해야 했다.

그 열광을 보고 어찌 당선을 확신하지 않을 수 있으랴. 그분 특유의 힘있고, 사람을 고무시키며 쩌렁쩌렁하게 울려 퍼지는 목소리만큼이나 모두가 분기탱천하여 당장이라도 무언가를 일으킬 듯 폭발하는 에너지 속에 이번만큼은 확신하고 있었다.

나 역시도 이제 됐구나! 내가 옳은 일에 힘을 보탰고, 드디어 결실을 이루는구나! 하고 스스로 감격하기도 했다. 행사가 끝나고 여의도

다리를 건너며 바라 본 마포와 거리 일대를 가득 채운 인파 행렬들, 그 하나의 물결처럼 흘러가고 퍼져 나가는 인산인해의 풍경을 지금도 잊을 수가 없다.

그만큼 당시 김대중 후보의 연설은 대인기였고 유세 현장마다 대인파가 몰려들었다. 각종 언론사와 주요지들은 고무된 분위기를 그대로 전하며 '김대중 후보 유세현장 100만 인파 몰려!'와 같은 기사들을 쏟아냈다. 그러면 득달같이 상대 후보들 측에서도 우리도 '100만 인파다!' 하는 견제기사가 올라왔다. 그러나 아는 사람은 모두 알고 있었다. 상대 후보들은 유세 현장에 인원을 동원하고 이들에게 대가를 지불하거나 불참 시 불이익을 주는 형국으로 유세가 이루어지고 있음을.

그것을 보며 마음속으로 여러 감정들이 엉켜들었다. 사람을 사서 쓸 만큼의 '선거자금'이 있다는 사실이 부러웠고, '그렇게라도 해야' 유세 현장을 그나마 채울 수 있다는 사실에 안쓰럽기도 했다. 우리야 인원을 동원할 이유 자체가 없기도 했지만, 그렇게 할 여력조차 없었다. 그만큼 어려운 상황 속에 선거자금은 턱없이 부족했고, 늘 재정난에 시달리고 있었다.

## '문화코드' DNA
## 황색물결을 이루다

당시 가장 큰 어려움은 '선거자금 유치'에 있었다. 속된 말로 '총알이 승패를 좌우한다'고 할 만큼 자금력은 선거의 결과를 좌우할 정도로 중요하였는데, 우리는 늘 이것이 숙제이자 어렵게 어렵게 고비를 넘기는 보릿고개와도 같은 존재였다.

'어떻게 하면 최소 운영자금을 마련할 수 있을까.'

'어떻게 하면 가장 파급력 있으면서도 기발하게 후원금을 모집할 수 있을까.'

늘 그 고민이었다. 아마 그때 살면서 '돈 걱정'이라는 것을, '돈 벌 궁리'라는 것을 가장 많이 하지 않았나 싶다. 문희상 형님과 머리를 맞대고 몇날 며칠을 이야기를 나누었다. 그때 불현듯 떠오른 것이 바로 '노란 마후라'였다.

"노란색 스카프로 일을 한 번 만들어 보자!"

당시 김대중 대통령은 '한국의 만델라'라 불리기도 했지만 1980년대 초만 해도 한국의 아키노(B.S. Aquino)라는 수식이 더 많이 따라 붙었다. 필리핀 야당 지도자였던 아키노는 독재자 마르코스 대통령에 맞서 반체제운동을 이끌다 군사재판에서 사형을 선고받는다. 이후 심장병 수술이라는 명분으로 미국 망명길에 올랐고 미국에서도 조국 필리핀의 민주화를 위해 노력하다 다시 고국으로 돌아갈 것을 결심하지만 그는 여전히 독재자 마르크스에게 눈엣가시이자 정적 1호였다. 귀국 당시 많은 시민들이 공항에 나와 노란 손수건을 흔들며 그를 열렬히 환영했다. 그러나 마닐라공항에 도착하자마자 그는 암살당한다. 이 사건으로 국민들이 대거 일어나 대규모 반정부운동을 촉발시켰고 마침내 마르코스 정권은 무너졌다. 노란색은 어느새 필리핀의 아키노를 필두로, 권위주의 통치와 맞서 싸워 민주화시대의 장을 연 비폭력 민중운동의 상징이 된 것이다.

김대중 대통령 또한 1980년, 전두환 신군부 시절 '김대중 내란음모사건'으로 사형선고를 받았으나 국제사회의 압력과 국내 여론이

거세게 일자, 형집행정지선고가 내려진다. 1982년 그 역시 미국으로의 망명길에 오르게 되고 그곳에서도 지속적인 한국 민주화운동을 벌인다. 한국 정부 입장에선 그는 아키노만큼이나 위협적인, 제거 대상 1호였다. 그럼에도 김대중 대통령은 조국의 현실을 걱정하며 죽음을 무릅쓰고 귀국한다. 자신과 너무나도 닮은 아키노의 전철을 지켜보고도, 한국행을 결심한 그를 향해 국민들은 마찬가지로 열렬히 환대했다.

바로 여기서 착안하여 우리는 김대중 대통령을 '지지함'의 상징물로 노란 스카프를 만들어 팔자는 묘안이 나오게 된 것이다. 일전에 원단 관련 사업을 해왔던 나였기에 이에 관해서는 누구보다 빠삭했다. 즉시 동대문 광장시장으로 달려가 노란색의 값이 싼 재고 원단을 찾아내 수천 장의 스카프를 만들었다. 아이템을 스카프로 정한 것 역시, 봉제과정이 단순하여 빠른 시간 내에 대량생산이 가능했기 때문이었다. 때마침 겨울로 가고 있는 쌀쌀한 계절이라 패션 아이템으로도 안성맞춤이었다. 그리고 이와 함께 수백 개의 노란 깃발을 만들었다.

연설 때마다 동원되는 연청 회원만 해도 수백에 이르는 대 인원이었는데 그렇지 않으면 도무지 밀려드는 인파를 감당해 낼 수가 없었다. 우리가 대형 깃발을 만든 것 또한 이 때문이었다. 당시 대형 깃발 수백 개를 나눠 갖고는 각자 짊어지고 다녔는데 이는 일종의 보호막이었다. 사람들이 어찌나 몰려드는지, 깃발의 대를 이용해 인파의 압력을 막고, 또 버텨내는 역할을 한 것이다.

그렇게 완성된 노란색의 깃발과 스카프를 들고 처음 나선 거리는 '의정부' 지역이었다. 의정부는 DJ캠프의 제1참모인 문희상 형님이 기반을 두고 있는 지역이었다. 그렇게 의정부를 시초로 여의도, 보라

매 집회 등으로 이를 계속 이어갔다. 모금함을 어깨에 메고, 한 손에는 노란색 스카프를, 다른 한 손에는 김대중 대통령이 수감생활 중 집 필하신 서적 『옥중서신』을 팔기 시작했다. 값이란 따로 정해져 있지 않았다. 모금함에 천 원을 넣는 사람, 만 원을 넣는 사람 다들 제각각 이었다. 그러나 그 마음만은 모두 하나였다. 스카프는 순식간에 불티 나게 팔려나가 그대로 동이 났다. 그 대신 어느새 우리를 둘러싼 거리 는 온통 황금물결을 이루고 있었다.

그 수많은 인파들의 손과 목에 노란색이 스카프가 매어져 있는 장 면을 상상해 보라. 그 엄청난 광경이 언론에 보도되자, 각종 매체와 TV 화면은 온통 황색 물결을 이루었다. 이것이 노란색을 이용한 대 대적인 홍보 마케팅의 시초였고, 전 지역을 '황색 물결'로 만든 최초 의 선거 공략 케이스로 평가되고 있다.

그렇게 행사를 주도한 연청의 사무총장으로서 KBS 등에 인터뷰를 하고, 9시 뉴스를 통해 전국에 얼굴을 알렸다. 이후 노란색은 '노풍' 이란 이름을 노무현 대통령을 비롯한 전 문재인 대통령 후보의 선거 활동에 이르기까지 지속적으로 사용되며 '민주당'을 대표하는 컬러 이자 상징으로 쓰이고 있다.

그날의 모든 기억들은 지금까지도 생생하다. 스카프를 모두 팔고, 어깨를 짓누를 듯 육중해진 모금함을 들고 우리는 여의도 맨하탄 호 텔 지하에 있는 한 사우나로 모여 들었다. 당시 연청 행정실장이었던 나정주와 김흥수, 노병윤 등의 지기들과 머리를 맞대고 모금함을 개 봉하였는데, 그날 밤새도록 돈을 세고도 미처 다 세지 못하여 그대로 싸들고 은행으로 향했다.

우리가 그날 밤, 밤새도록 센 것은 '돈'이 아니라 '민심'이었다. 새로운 지도자를 향한 갈망, 그리고 새로운 지도자를 맞이할 수 있다는 희망, 그것에 자신이 조금이라도 일조하고 싶다는 신조, 그 모든 것들을 밤새도록 끌어안고 나의 선택이 옳았다는 것에 감사하고 또 감사했었다. 그리고 아주 강렬히 승리를 예감했었다. 그러나 다들 알다시피 우리는 1987년, 다시 한 번 패배하고 말았다. 아마 그때 배우지 않았나 싶다. 체감하는 열망과 선거의 결과가 반드시 비례하지는 않는다는 뼈아픈 교훈을 말이다 .

연청을 떠올리면 또 한 사람, 잊을 수 없는 이가 있다. 어느 날 문희상 중앙회장이 당시 청계천의 센트럴 호텔에 가서 누군가를 모셔오라는 것이었다.

"가면 얼굴이 시커먼 양반이 하나 있을 거네. 그분 좀 모셔오게."

"그게 누굽니까."

"우리 연청의 새로운 자문위원일세."

표현이 딱 그게 다였다. 얼굴이 시커먼 위인을 보면 모셔오라고. 얼떨결에 마중을 가 대면하고 보니 바로 박상천 전 의원이었다. 검사 출신으로 문희상 형님의 러브콜로 연청의 자문위원을 시작으로, 후에 민주당 당대표, 법무부장관 등을 역임했으며 5선에 성공한 국회의원으로 참 대단한 인물이다. 아마 그가 처음 정치에 입문했던 때가 이때가 아니었나 싶다.

연청은 그런 곳이었다. 후에 대한민국을 움직일 엄청난 인재들이 '민주화'라는 공동의 목표를 향해 젊은 시절, 진흙 속의 진주알처럼 알알이 맺혀있던 곳. 겹겹이 쌓인 무겁고 두터운 진흙을 긴 세월 끝에 걷어내고 이제는 반짝반짝 대한민국의 미래를 밝히고 있는 그들을 보며 '연청'의 사라지지 않는 정신을, 그들이 만들어갈 대한민국의 새로운 미래를 응원하며 안녕과 건투를 비는 바다.

## 뉴웨이(new way)를 향한 DNA
## 처음으로 정치의 뜻을 품다

나의 모든 것을 쏟아 부었던 연청에서의 1년, 누구도 그의 당선을 의심하지 않았던 그 해 겨울, 열정도, 바람도, 체감 지지율도 어느 하나 당선을 믿어 의심치 않았으나 우리는 다시 한 번 패배하고 말았다. 정치란 그런 것이다. 신념이나 열망이 그대로 투영되지 않는 곳. 마치 영원히 그 끝이 닿지 않는 평행선처럼 정작 '국민의 뜻'이 전달되지 않는 아이러니한 세계다. 71년에 이어 87년, 두 번째 도전 역시 실패로 끝나고 우리의 겨울은 너무나 고요하고 쓸쓸했다. 12월 선거를 치루고 맞이한 새해 1월 1일 아침, 그분의 사택으로 세배를 갔다. 함께 동행하는 일행 하나 없이 혼자의 몸이었다. 부러 혼자 찾아뵙는 길이었다. 나 홀로 드리고 싶은 말씀과 결심이 있기 때문이었다.

대통령 선거를 치르고 그 다음 해에는 국회의원 선거가 있었다. 시린 겨울이 가면 봄이 오듯이, 대선의 후유증이 가시고 나면 국회의원 선거로 인한 부산스러움이 각 당 내를 채우기 마련이다. 당 내에서 누가 공천을 받느냐, 누가 누구와 경선을 벌이느냐 등이 이슈가 되는 새로운 봄이 찾아오는 것이다. 그 봄을 대비하기 위해 나는 그분께 드릴 말씀을 수없이 되뇌이며 마침내 세배를 올렸다. 그날따라 늘 사람들로 북적이던 그곳이 이상하리만치 고요하고 한산했다. 내가 도착하고 얼마 후, 전 노동부장관 등을 지낸 이상수 의원이 방문한 것 외에는 별다른 인기척이 없었다. 세배를 올리고 간단하게 아침 식사를 마친 그분께 조심스레 말을 꺼냈다.

"선생님, 저의 고향이 함평입니다."

"그런가."

"제가 그곳에서 출마를 할까 합니다."

그 얘기를 드리기까지 얼마나 고심했던지, 또 그 말을 뱉기까지 얼마나 긴장을 했던지 머릿속이 하얘져 더 긴 말을 드릴 수가 없었다. '내 고향 함평에서 국회의원에 출마하고 싶다' 그 뜻을 굳히기까지 얼마나 숱한 밤을 고민했는지 모른다. 되뇌이고 되뇌이며, 고민하고 고민한 끝에 그래, 말씀이라도 한 번 드려보자! 하고 홀로 찾아가 결심을 전했다. 물론 사전에 누구하고도 의논하지 않았다. 어쩌면 나 역시도 결심은 했지만 확고히 결정을 내리진 못한 상태였는지도 모른다. 해서 그분의 의견을 듣고 싶은 게 가장 컸다. 이전까지 단 한 번도 국회의원이라는 것에 뜻을 품어본 적도, 도전해 본 적도 없었다. 그러나 어느 날 불쑥, 이번엔 '국회의원'을 향한 열망이 가슴속에 치솟자 새해 첫 날, 무작정 그분을 찾아뵈었던 것이다. 마음먹은 건, 한 번 뜻이 발동하면 그대로 지르고 보는 성미, 전혀 시도해 본 적 없던 분야에 대한 끊임없는 도전의식, 이것 또한 삶속에서 나를 여러 번 곤경에 빠트렸던 나의 어쩔 수 없는 DNA 중 하나다.

그렇게 말씀을 올리고 얼마의 침묵이 흘렀을까. 그분께서는 한참만에 답하시기를,

"어이, 거긴 약속을 해버렸네."

그뿐이었다. 그 짧은 답이 전부였다. 뭔가를 구구절절 설명하고 하는 분이 아니기에, 요지만 전달하면 일언반구가 없는 분이었다. 그리고 그 말씀의 요지는 이미 함평 지역에 국회의원 공천을 약속한 인물

이 있다는 것이었다. 상황을 알아보니, 그 주인공은 바로 서경원 의원이었다. 후에 방북사건으로 대한민국을 떠들썩하게 했던 바로 그 문제의 인물. 당시에도 그는 독특하면서도 기이한 행보로 유명인사였는데 그가 바로 1976년, '함평고구마사건'을 이끌었던 장본인이었다. 농민운동의 대가로 함평지역의 가톨릭농민운동을 주도했던 인물로 당시 정부와 싸워 이긴 최초의 농민운동가이자 투사였던 그로 말미암아, 그분께서는 대선 당시 가톨릭과 농민의 지지를 받았던 모양이었다.

'안 되는 거구나' 하는 체념과 함께 사택을 나왔지만, 한 번 마음먹은 것은 도전이라도 해봐야 직성이 풀리는 성미인지라 뜻을 전하고 자문을 구할 수 있는 곳을 방문하며 '국회의원 출마' 의사를 타진하고 다양한 방법을 알아보았다. 그 과정에서 송파구, 강남구 등지에 도전해 보라는 권유를 받았지만, 이는 나의 지역적 기반과 무관한 곳이자 당의 색채를 봐서도 승산이 없는 곳이었다. 이전까지 정치경험이 전무한 신출내기 예비후보자에게 선뜻 자리를 내어주는 곳은 없었다.

그럼에도 나는 도전하고 싶었다. 나 스스로에게 물었다. 나는 왜 갑자기 정치가가 아니, 콕 집어 '국회의원'이라는 꿈을 가지게 되었을까. 아마도 1년여의 뜨거웠던 연청활동이 가장 큰 이유였을 것이다. 그 시간들이 나에겐 또 다른 기폭제이자 새로운 세상을 향해 눈을 뜬, '개안'의 시기였다.

일을 도모함에 있어, 그리고 뜻을 펼침에 있어 '힘'이란 얼마나 절대적인가. 지금의 '나'라는 존재, 미미한 존재가 내뱉는 아우성은 그저 소리없는 메아리일뿐이었다. 그러나 정치계의 일선에서 '국회의원'이라는 지위가 가지는 가장 큰 매력을 본 것이다. 그들이 가진 가장 큰 매력, 그것은 '목소리'였다. 그 목소리는 둘에서 셋으로 합쳐지기도 하며, 나라의 안위를 바꿀 만큼의 결정력을 갖는다. 나는 그 매력에 흠뻑 빠져버린 것이었다. 오죽하면 정치 세계의 꽃은 '국회의원'이라 하겠는가.

'힘이란 저런 것이구나. '역할'이란 그 힘이 있을 때 가능한 것이구나'라는 것을 깨달은 순간, 나는 그 '목소리'와 '힘'을 향해 도전하기로 결심했다. 지금 생각해보면 참으로 부끄러운 일이다. 어떠한 정치적 철학이 내 안에서 정립된 것도, 주민과 지역사회를 위한 어떠한 혜안도 없이 무작정 의욕과 열정만으로 덜컥 국회의원의 꿈을 가졌던 것이다.

후에는 이런 일도 있었다. 아무래도 내가 자라온 고향이자 지역기반인 '함평'에 대한 미련을 떨치지 못하고 있었는데, 누군가가 조용히 접근해 와 제안하길,

"자네가 굳이 함평에서 출마를 하겠다면, 서경원 씨를 광주로 올려보내게."

"그게 무슨 소리입니까."

처음에는 의중을 파악하지 못해 어리둥절해서 되물었다. 내막은 이랬다. 꼭 함평 지역에서 출마를 해야겠으면 출마를 해라, 단 조금 더 큰 지역, 더 대도시인 광주로 서 의원을 올려 보내라. 대신 그분이 상황이 여의치 않아 선거비용이 없으니 이를 일정 부분을 지원해주는 조건으로 일종의 은밀히 트레이드 하라는 것이었다.

지금도 물론 다를 바 없지만, 당시엔 선거비용의 규모가 더 상당했었다. 이전까지 특별한 정치활동이 없던 나를 대부분 '사업가'로 알고 있었기에, 다른 후보들에 비해 금전적 여유가 있을 거라 짐작을 했는

지 그런 은밀한 제안이 들어온 것이다. 솔직히 고백하자면 순간 흔들 렸었다. 그것도 하나의 방법일지 모른다는 생각에 고민했던 것도 사 실이다. 그러나 어느 순간, 번쩍 정신이 드는 느낌이었다.

'내가 원하는 것은 반드시 이루고야 마는 사람이지만, 원하는 것을 위해 수단과 방법도 가리지 않는 위인이었던가. 과연 이게 고민할 가 치조차 있는 일인가. 나는 지금 무엇을 위해 무엇을 놓치고 있는가.'

이것은 마치 돈을 주고 양반을 산 박지원의 『양반전』의 재림이 아 니고 무엇이겠는가. 나는 즉시 그것을 거절했다. 내가 사랑하고 또 내 가 선택한 지역사회와 주민들을 위해 무엇을 해나가겠다는 소신도 없이, 그저 당락에만 눈이 멀어 '당선이 될 수 있는' 지역만을 혈안이 되어 찾아다니고 있으니 이런 내가 감히 누구를 비난한단 말인가. 아 니다. 언젠가 다시 꿈을 꾼다 하더라도 지금은 아니다. 사람을 위한 세상을 꿈꾸고 담기엔 스스로가 아직도 턱없이 부족하다는 깨달음을 얻는 순간, 국회의원 출마에 대한 생각을 접었다.

이제 겨우 서른여덟의 나이. 아직은 어리다. 그리고 미숙하다. 내가 사람을, 그리고 세상을 품고 뜻을 펼칠 수 있는 성숙한 시기가 오면 그때 잠시 멈추었던 이 꿈의 날개를 다시 펴보자. 그렇게 정치를 향한 나의 첫 번째 도전은 조용히 때를 기다리며 시간의 섬에 매어 놓는다.

## 인연은 억 겁이라 했던가
## 소중한 연이 남산에서 나를 구하다

1988년, 그렇게 국회의원 출마 의사를 접고, 여의도의 한 백화점 내 8층에 개인 사무실을 얻었다. 무엇을 할지는 아직 결심하지 않은 때였다. 언제나 그렇듯, '새로운 사업을 구상해 봐야겠다' 하고 무작정 사무실부터 구한 것이다. 누차 말하지만 나는 무언가를 사전에 재고, 계산하여 움직이는 사람이 못 되었다. '뭘 할지는 모르겠지만 일단은 한다. 재미있고 의미 있는 일을' 그것이 나의 기본 신조였다.

그렇게 새로 무엇을 도모할지 골몰하는 사이 드디어 국회의원 선거가 본격적으로 시작된다. 꽤 괴로울 거라 생각했는데 생각보다 마음이 홀가분했다. 이제는 나와는 상관없는 이야기이자, 먼 나라 이야기라 여기며 그렇게 내 사업에 몰두하리라 결심하던 찰나, 어느 날 불쑥 김원기 의원에게서 연락이 온다.

김원기 의원은 평화민주당 시절부터 원내 총무와 민주당 원내 대표 최고의원에서 후에 국회의장까지 지내셨던 대한민국 정치계의 대표적인 원로 중 한 분이다. 당시엔 그분 역시 국회의원 출마를 앞둔 시점이었는데, 내게 선거활동에 필요한 홍보책자와 팸플릿 작업을 부탁해온 것이다. 아마 이전에 태멘의 김정률 대표 등과 함께 홍보업무를 담당했을 당시의 모습을 기억하는 듯했다. 나는 흔쾌히 이를 허락했고, 곧 홍보지를 만들기 위한 작업에 들어간다.

김원기 의원과는 이미 이전에 꽤 깊은 인연이 있었다. 내가 연청 사무총장으로 활동하던 당시, 대통령 선거유세 활동이 한참이었는데 이때부터 다음 해 국회의원 선거와 공천을 염두에 둔 공작과 눈치싸움이 치열했었다. 일단 호남지역에서 출마 계획을 갖고 있는 인물이라면 하나같이 연청으로 몰려들었다. 어떻게든 김대중 대통령이 계시는 연청을 등에 업고 그 후광을 누릴 생각에 연청의 자문위원을 하겠다며 하나같이 달려들었고, 그분의 아들인 홍일의 곁에 어떻게든 접근하려 애쓰는 등 선거전부터 보이지 않는 치열한 싸움이 이미 시작되고 있었다. 그러던 어느 날, 김원기 의원이 어디서 어떻게 이야기를 들은 것인지, 자신을 좀 도와 달라며 나를 찾아왔다.

당시 이분은 동아일보 기자 출신으로, 민한당(민주한국당)쪽에서 국회의원을 지낸 바가 있었다. 민한당은 전두환 시절에 소위 여당의 이중대라 불리며 대내외적으로 환영받지 못하는 정당이었다. 이해득실을 위해 야당을 버리고 여당 쪽으로 움직였다는 비난 속에 민한당 출신들을 배척하는 분위기가 만연해 있었다. 이것은 엄밀히 말하자면 어쩔 수 없는 일이자 당연한 수순이다. '정통성'을 의심받는다는 것, 그만큼 자기 신념이 없는 당원을 향해 그 시선이 고울 수는 없었다.

그러니 김원기 의원이 민한당에서 평화민주당으로 입당을 하겠다며 의사를 밝히자 연청 회원들이 들고 일어난 것이다. '민한당 출신 김원기 입당 절대 반대!' 하고 데모를 하는 등 그 거부 반응이 대단했다. 충분히 있을 수 있는 일이며 연청의 사람들 입장에서는 당연한 반응이었지만 유독 김원기 의원에게는 더 혹독했다. 지켜보면서도 조금은 의아하다는 생각이 들었다. 심정이야 납득이 가지만 연청이라는 곳이 그 정도로 폐쇄적이며 흑백논리를 지닌 곳은 아니었다. 뭔가 필요 이상의 과민반응이 계속되며 분위기가 과열되고 있다는 생각이 들었다. 제3자가 보아도 그러니 당사자인 김원기 의원은 오죽했으랴. 아마 그 괴로움과 곤란함을 호소하고자 나를 찾아온 모양이었다. 당장 사람을 시켜 대체 무슨 일이 벌어지고 있는 것인지 진위를 조사하게 했다. 며칠 후 일을 부탁한 후배가 씩씩거리며 돌아왔다.

"형님들, 이놈들 아주 나쁜놈들입니다."

진상을 살펴보니, 당시 김원기 의원과 같은 지역에 출마하는 모 그룹의 총수가 그가 당선이 가장 유력한 후보라는 사실에 연청 회원들을 은밀히 매수하여 연청 가입과 평화민주당 입당을 방해하고, 그를 음해하도록 지시를 내린 것이었다. 같은 연청 회원이자 수장으로서 우리의 정신을 위배한 사실들을 듣자니 부끄럽고 화가 났다. 일단은 조용히 삭이고 넌지시 물었다.

"김원기라는 사람은 어떻다고 하던가."

진위야 알았고, 이제는 입당을 허락해도 될 만한 인물인지가 궁금했다. 상황을 꼼꼼히 살펴보고 온 후배는 민한당 출신이지만 지역에서 평판이 좋고 훌륭한 인물로 평가받고 있다 말했다. 그 길로 김홍일과 의논 하에 해당 지역의 연청 회장을 해임하고 사태를 마무리한다. 이러한 인연을 바탕으로 정읍 유세현장에 연청 후배들을 보내고, 홍보물을 제작하여 정읍으로 내려 보내는 등 그분의 선거활동을 돕는다.

그리고 얼마의 시간이 지났을까. 한창 선거유세로 바쁠 시기에 그가 다시 한 번 서울로 상경해 나를 찾아왔다. 아마 이후에도 상대 세력인 모 그룹 총수의 방해공작과 선거유세는 대단했던 모양이다. 기업 총수로서 워낙에 단단한 자금력을 가지고 있으니 어마어마한 물량공세를 펼치며 갖은 매수와 모략으로 김원기 의원의 상황이 아주 힘든 듯했다. 더군다나 정치에 오래 뜻을 품고 일을 도모하다 보면 항상 빠듯한 선거자금이 발목을 잡기 마련이다. 그런 상황에서 기업의 총수를, 그 자금력을 어떻게 대적한단 말인가.

사정을 듣고 김원기 의원과 함께 홍일을 찾아갔다. 김 의원이 처한 어려운 상황을 설명하고, 당에서 지원해 줄 방법이 없는지를 묻고 또 부탁했다. 그때까지만 해도 홍일과 김원기 의원은 서로 일면식도 없는 사이였다. 당시의 나로 말미암아 두 사람 역시 오랜 인연의 시작점을 맞이하고 있었다. 함께 머리를 맞대고 고민하던 중 묘안을 생각해냈다.

'상대가 사람의 마음을 돈으로 움직이고 있다면, 우리는 돈보다 더 강렬하고 진실된 무기로 맞서자!'는 것이었다. 우리가 가진 돈보다 강력한 무기란 바로 김대중 대통령, 그분 자체였다. 그의 정신과 일생의 소신을 유권자들에게 전해 순수하고 진정성있게 마음을 움직이겠다는 전략 하에 김대중 대통령께서 그동안 집필해 오신 자서전과 책자 등의 물품을 가득 실어 다시 한 번 정읍으로 내려 보냈다.

흔히들 돈을 이기는 것은 돈이라고 생각하지만, 돈으로 '찰나의 환심'을 살 순 있어도 '영원한 진심'을 살 수는 없다. 그들이 물량공세로 찰나의 환심을 공략한다면, 우리는 그분의 시대의 정신으로 영원한 진심을 공략하기로 한 것이다.

그리고 마침내 1988년, 그는 정읍지역의 13대 국회의원으로 당선된다. 당선되고 그는 제일 먼저 내게 전화를 걸었다고 했다. 직접 만나 기쁜 소식을 전하고 싶다며 그는 한걸음에 서울로 달려왔다. 당선을 축하하며 함께 식사하는 자리에서 조용히 다른 이야기를 꺼냈다.

"이제 하시는 일이 더 커지실 테니, 준비를 해두셔야 할 겁니다."

"무슨 말이오?"

"아마 당 3역 중 하나인 다음 원내 정책의의장에 의원님이 거론될 겁니다. 정책의의장을 맡으실 수 있으니 그동안 여러모로 도움을 준 김홍일 명예회장을 미리 한 번 만나서 감사의 말씀을 전하시지요."

당시 곁에는 김의원의 보좌관이자, 현 정읍시장인 김생기도 자리하고 있었다. 이러한 언질을 준 것은 내가 대단한 선경지명의 혜안을 가졌거나 하는 것은 아니었고, 단지 상황과 원내 인사들을 살펴봤을 때 해당 보직에 김의원 외에는 마땅한 인물이 없었다. 김홍일 역시 같은 생각이었는지 그를 두고 비슷한 언질을 한 적이 있었다. 이왕이면 그가 이를 유연하게 대비할 수 있는 시간과 방법을 알려주고 싶었다.

"그리고 또 하나, 이번 당선은 사실 바람으로 된 거 아닙니까. 김대중 바람. 이를 그냥 지나쳐서는 절대 안 됩니다. 감사의 표시로 밑에서 땀 흘려 일한 당직자들에게 도시락이라도 돌려 성의를 표시하십시오."

당시 당내 최고위원이자 배우 문성근의 숙부이며 고 문익환 목사의 동생이었던 문동환 의원, 얼마 전에 작고한 안철수 재단의 박영숙 의원 등 주요 인사들에게도 "여러분 덕분에 당선이 되었습니다"라는 감사의 전화를 돌리라는 말 또한 덧붙였다. 그에겐 어쩔 수 없는, 민한당 출신이라는 낙인이 있었다. 이것은 말 그대로 '낙인'이다. 정통성을 의심받는다는 것은 하루아침에 벗어날 수 있는 사실이 아니다. 본인이 그만큼 부단한 노력들로 당의 주요 세력에게 인정을 받아야 하는 것이다.

기껏 이야기를 듣고는 '알았으니 우선 시골부터 내려가야겠다'는 것이다. "왜 내려가십니까?" 하고 물으니 정읍의 각 마을마다 다니면서 어르신들 이하 주민들에게 감사 인사를 드려야겠다는 것이다. 아마 김 의원은 그것이 우선이라 여긴 모양이었다. 다른 것들도 중요하겠지만 당연히 '나'라는 사람을 뽑아준 지역인들에게 가장 먼저 고맙다 해야 할 것이 아니냐는 순수한 접근으로 그는 생각하고 있었다.

그리고 전혀 실감하지 못하는 듯했다. 이야기를 듣고는 있지만 "내가 무슨 당의 3역 중 하나가 된다는 말이오?" 하는 가당치도 않다는 듯한 표정을 읽을 수 있었다. 그만큼 소박하고, 진실한 모습들, 아마 그런 부분들 때문에 그분을 아끼고 좋아했는지 모른다.

나는 웃으며 "이곳이 먼저입니다. 중앙 쪽부터 인사를 하시고 나서 지역분들에게 인사를 드리시지요" 하고 설득해 남산JC의 이상빈 전 회장의 식당을 소개시켜 주었다. 그렇게 도시락을 주문하고 또 당내에 인사를 전할 수 있게 그를 도왔다. 얼마 후, 김원기 의원은 평화민주당의 원내총무로 지명된다. 본인도 그리고 대충 짐작하고 있던 나조차도 깜짝 놀랄 만한 인사조치였다. 당시 원내총무는 정책의의장을 훨씬 앞선 보직이었다. 수도권과 연청의 중앙 출신도 아닌, 게다가 민한당 출신의, 지방의 작은 도시 정읍의 국회의원에게는 파격적인 인사였다.

원내총무 임명을 받던 그날, 다 함께 모여 이를 축하하며 소주 한 잔을 기울였던 기억이 난다. 지금 생각해봐도 참으로 특별하며 감사한 인연이다. 김대중 대통령을 제외하고는 그렇게 진심으로, 어떠한 계산 없이 누군가를 위해 오롯이 온 힘을 쏟은 일은 이후로도 없었다.

그렇게 '김원기' 의원은 중앙으로 진출해 걸출한 조정자이자 명조정자로서의 당 내 존재감을 확실히 각인시키며 중요 인물로 거듭나게 된다. 김 의원의 별명이 "기둘려"다. 조금만 기다리라고, 조금만 더 생각을 하라고, 조금만 더 상대를 이해하라고, 그의 입에선 늘 느긋하게 '기둘려'라는 구수한 사투리가 흘러나온다. 늘 그렇게 양쪽을 중재하는 입장에서, 합리적이고 탁월한 처사로 여야의 합의를 이끌어내는 활약을 펼치게 된다. 바로 그런 인물을 미리 만날 수 있었고, 또 중앙에서 우뚝 서는 모습을 볼 수 있었다는 것만으로도 큰 자긍심을 느끼고 있다.

이후에는 이러한 인연이 나에게 특별한 보은으로 돌아와 나야말로 그분께 톡톡히 은혜를 입게 되는 일련의 사건이 벌어지기도 한다. 처음 국회의원 경선에서 상대 측의 부정행위로 떨어지고, 이 일로 최고위원회 회의가 소집되자 김원기 의장이 그 먼 지방에서 한걸음에 달려와 나의 억울함을 대신하여 피력하고, 또 소리 높여 옹호해 주었던 일. 이후 시장에 출마했을 때는 개소식에 직접 오셔서 '나'라는 사람을 모두 앞에서 강력하게 추천도 해주시기도 하며, 어떻게든 힘이 되어 주려고 애써주었던 일, 그리고 후에 자세히 전하겠지만 남산 연행 당시에도 나는 그분의 도움으로 무사 귀환할 수 있었다.

그분의 눈을 보면 보인다. 나를 향한 진하고 한껏 애틋한 안타까움이. 그것은 지난 날에 대한 부채의식과는 결이 다르다. 인간 대 인간으로서, 그리고 인격 대 인격으로서 서로를 존중하고 아끼는 사람들 사이의 진심어린 연민이오, 슬픔이다. 그에게 나는 늘 '안타까운 바보'로 비치는 모양이다.

정치적 소신도 분명하고, 이루고자 하는 것에 대한 열망과 노력도 바보처럼 지고지순한데 늘 결과는 2인자, 혹은 주인공의 후광에 가려진 낙선자로 끝나니 그저 애석할 수밖에. 언제부턴가 나는 실패가 두려운 것이 아니라 이처럼 나를 아끼고, 나의 실패로 가슴 아파할 이들을 떠올리는 것이 두려워졌다. 그래서 결심은 더욱 단단해져가고 있다. 실패는 할 수 있다. 그러나 실망은 시키지 않도록 더욱더 매진해 나의 소신을 다하고자 한다.

그렇게 88년 상반기가 지방선거로 떠들썩했다면, 그해 여름은 88 서울 올림픽 개최로 전국을 넘어 세계가 축제 그 자체였다. 이때 DJ 캠프의 선거유세 당시 함께 일했던, 시대의 인물이자 마케팅의 귀재 김정률 대표가 KBS 측과 함께 공동으로 88올림픽과 관련한 이벤트로 '지구촌축제'라는 프로젝트를 진행하게 된다. 프로젝트는 여의도

전체에 각국의 전통문화를 소개하고 체험하는 축제를 진행하는 것으로 김정률 대표가 이때 나를 찾아와 본 사업의 사무총장 역할을 부탁한다. 원체 일을 도모하는 것을 좋아하고, 특히 문화콘텐츠와 관련한 작업에는 온 에너지를 쏟는 나였기에, 잠시 정치세계와 선거 일선에서 빠져나와 88올림픽을 위한 준비 과정에 참여하게 된다.

여의도시민공원을 시작으로 여의도 강변 일대에 세계 각국의 전통문화를 소개하는 국제민속축제를 구성 및 디자인하고, 여의도광장에선 JC가 주최하는 한국음식문화축제 준비가 한창이었다. 전국 8도의 음식을 만들고, 소개하고, 또 공연장을 조성하여 다양한 공연 등을 펼치며 그 스케일과 화려함으로 여의도 전체가 떠들썩했었다. 바로 이 시기가 일생일대에 가장 아찔했던 사건의 시발점이 된다.

어느 날은 한창 축제 준비로 분주하다 잠시 강가에 앉아 쉬고 있는데, 누군가가 불쑥 다가왔다. 바로 서경원 의원이었다. 일전에 소개했듯 내가 국회의원 출마 의사를 밝혔던 내 고향, 함평의 국회의원으로 당선된 그를 그렇게 다시 만났다.

한 사람은 국회에, 한 사람은 88올림픽 준비로 이제는 서로 적을 두고 있는 곳이 다르니 만남이 훨씬 편안했다. 과거의 시간들이야 이미 지난 일이고, 이제는 같은 동향인이자 각자의 위치에서 서로를 응원하는 친구가 된 것이다. 국회도 여의도에 있으니 그는 종종 행사장으로 놀러와 이런 저런 이야기를 나누다 가곤 했다. 그의 보좌관 역시 나의 고등학교 후배로 스스럼없이 왕래하곤 했었다.

그런데 얼마 후 대한민국을 발칵 뒤집는 사건이 벌어진다. 바로 서경원 의원의 방북사건이었다. 88올림픽이 끝나고 서경원 의원이 북한을 다녀온 사실이 드러나면서 그는 국가보안법위반혐의로 구속된다. 이는 여야 간의 팽팽한 신경전으로 전국을 긴장감으로 몰아넣은 동시에 사회 전반에 커다란 파문을 일으킨 대형 사건이었다.

정부는 사건을 전형적인 국회 간첩단사건으로 규정하고 서경원 의원이 활동해 온 평화민주당을 비롯한 재야단체와 (당시)김대중 총재로까지 수사범위를 확대, 그는 불고지죄(不告知罪)와 외환관리법 위반으로 불구속기소되었고, 이길재 평민당 대외협력위원장, 방양균 비서관 등 9명이 국가보안법상의 불고지죄 등의 혐의로 구속 또는 불구속 기소된다.

이처럼 서경원과 관련한 모든 주요인사와 주변 인물들이 수사당국의 리스트에 오르게 되는데, 그의 집을 압수수색하는 과정에서 나의 명함이 나온 모양이었다. 인물 이력을 조사하자 연청의 사무총장, 김홍일, 김홍업 형제와 문희상 등의 최측근, 데이터와 정황증거는 충분히 나를 요주의 인물로 가리키고 있었다. 그리고 얼마 후 사무실로 낯선 사내들이 찾아 든다.

여느 때와 마찬가지로 아침에 출근에 방문을 열자 낯선 풍경이 펼쳐졌다. 내 방안에 어디서도 본 적 없던 사내 둘이 느긋하게 앉아 나를 맞이하는 것이었다. 사람의 육감은 이성보다 날카롭다 했던가. 순간 뒷머리가 쭈뼛 서는 느낌이었다. 방안의 공기도, 그들의 나를 보는 눈빛도 한없이 서늘하고 불길했다.

"어디서 오셨습니까?"

그다지 동요하지 않는다는 듯 최대한 침착하게 물었다. 그들은 빙글빙글 웃으며 넉살 좋은 얼굴로 "아, 우리 JC 선배야. 자네 좀 보러 왔지" 하고 답하는 것이었다. 은연중 내가 JC 출신이라는 것을 알고 있다는 것, 그만큼 나의 신상에 대해 이미 파악하고 들이닥쳤다는 것을 내비치고 있었다. 도무지 상황파악이 되지 않아 당황하고 있는 나의 뒤편으로 다가가서는 슬며시 방문을 닫고는, 나에게만 들릴 듯한 작은 소리로 속삭였다.

"우리 실은 저쪽에서 왔어."

"저쪽이 어딥니까."

"남산. 잠깐 물어볼 게 있어서. 같이 좀 갑시다."

밖에 사무실 직원들에게 들릴 새라 목소리를 낮춘 채 그렇게 말했다. 이미 얼굴이 하얗게 질린 나는 '남산'이라는 단어 외엔 아무것도 들리지 않았다. 그렇게 뭐라 대응할 새도 없이 그들은 다짜고짜 내 책상과 책장에 있던 서류와 물품 일체를 박스에 쓸어 담기 시작했다. 상황은 순식간에 일어났다. 그리고는 두 사람이 양쪽에서 내 팔을 움켜쥐고는 그대로 밖으로 끌고 나갔다. 본인들은 임의동행이라 했지만 그 과정에서 영장은커녕 신분증 제시조차 없었고, 이는 엄연히 불법 연행이었다.

그들이 하는 대로 순순히 응하는 듯하다, 어리둥절한 얼굴로 나를 보고 있는 사무실 직원들을 지나 막 건물 밖으로 나서려는 찰나 힘껏 소리쳤다.

"김원기 의원한테 당장 연락하세요! 이덕행이 남산으로 갔다고!"

순간 엄청난 충격이 뒷머리를 강타했다. 고함을 치는 순간, 그들은 사정없이 내 뒤통수를 후려갈기곤 "이 ××가 얘기 하지 말라니까! 죽고 싶어 환장했어?" 하고 악을 썼다. 그대로 주차장까지 끌려나와 세워져 있던 차에 태워졌다. 데려올 때와 마찬가지로 두 사람이 나를 가운데 끼고 양쪽에 앉아 순식간에 내 머리를 차 밑으로 내려 박게 하고는 빠른 손놀림으로 차창을 신문지로 가렸다. 아마도 내게 남산으로 향하는 길을 보지 못하게 하기 위함인 동시에 밖에서 차 안의 상황을 보지 못하게 하려는 것이었다. 그렇게 날 태운 차는 남산으로 향하고 있었다. 그 찰나의 시간이 영원처럼 느껴지며 별의별 생각이 머릿속을 가득 채웠다. 마침내 한 건물 앞에 차가 멈춰 섰고, 차가운 철문이 열리자 나는 그 안으로 끌려 들어갔다. 말로만 듣던 '남산 입성'의 순간이었다. 두 남자는 그대로 나를 끌고 어느 좁은 방으로 들어섰다.

"금방 끝날 거야. 말 몇 마디 해주는 게 뭐 어렵나?" 처음 방안에서 나를 맞이했을 때처럼 서늘한 눈빛으로 입가에 빙글빙글 웃음을 걸고 말하고 있었다. 그때부터 본격적인 수사가 시작된 것이다.

"대체 왜 이러는지 이유나 압시다."

휘몰아치듯 끌려오다보니 경황이 없었다. 오히려 암흑 속에 서로의 얼굴만을 비추는 전등갓 아래 마주하자 마음이 차분히 가라앉았다. 이젠 다 좋으니 이유라도 알아야겠다 싶었다.

"알잖아, 서경원 건이야. 자네가 홍일이랑 연결시켜주고 그랬잖아 ~ 북한 가고 한 것도 서로는 알고 있던 거였잖아? 그냥 그 얘기만 해주면 되는 거야. 서로 힘 빼지 맙시다."

순간 머릿속이 아득해지는 느낌이었다. 그것이 얼마나 큰 사단을 일으킨 빅 이슈인지는 익히 알고 있었다. 그에 대한 고리로 나를 찾아왔다니 생각보다 이곳을 빠져나가는 것이 녹록치 않으리라는 불길한 예감이 스며들었다.

물론 하늘에 맹세코 알고 있는 사실이 전무했다. 사건도 뉴스와 언론을 통해서 접했고, 그 내막도, 사건 배경에 대해서도 전혀 아는 바가 없었다. 믿지 않을 것이 뻔하지만 나는 사력을 다해 호소했다. 나는 아무것도 모른다. 그저 서경원 의원이 가끔 여의도 행사장을 찾아오면 만난 것이 전부다. 하고 필사적으로 진실을 토해내도, 그들은 그렇게 말할 줄 알았다는 듯 빙그레 웃는 것이 전부였다.

"모르는 일입니다. 정말 모르는 일이에요."

"예예, 그러시겠죠. 야. 옷 갈아입혀."

"옷 갈아입혀!" 소리가 나오기 무섭게, 입고 있던 옷을 모두 벗기고는 예비군복 비슷한 것을 가져와 강제로 입히기 시작했다. 그리고는 웬 허름한 가운을 입은 의사가 들어와 내 몸 여기저기에 청진기를 대며 이것저것을 진찰하기 시작했다.

그것은 심층수사라는 이름 아래 갖은 고문이 시작되는 신호탄이었으며 연행된 이들에게 극강의 공포심을 심어주려는 일종의 쇼잉이었다. 순간 김근태, 그분이 떠올랐다. 얼마나 고통스러우셨을까. 이 가슴속의 울분이 얼마나 괴로우셨을까. 고문도, 공포도 일순간에 코앞까지 엄습해 왔다.

잠시 후 진한 경상도 사투리의 남자들이 안으로 들어섰다. 그들은 훨씬 더 거칠고 고압적으로 나를 공격했다. "그냥 죽었다고 생각하고 말해라. 여기는 당신네들이 상상도 못할 만큼 많은 사람들이 행방불명된 곳이다. 똑같은 신세가 되고 싶지 않으면 말을 해라"라며 같은 이야기를 반복하고 또 반복했다. 아는 것이 없으니 이야기할 것도 없었고, 부질없는 물음과 소용없는 대답이 무한 반복되다 진이 빠질 때로 빠질 때쯤 그들이 철수하고는 이번엔 전라도 출신의 수사관들이 들어섰다.

"어이어이, 나도 선생님 팬이여~ 긍게 존말로 할 때 얘기 좀 해보소."

나름의 접근 방식만 다를 뿐 그들 역시 똑같은 행태를 반복했다. 나의 사무실과 자택에서 압수해 온 수백 장의 명함을 하나하나 내 앞으로 던지듯 날리며, "이건 누군가?", "이 자와는 무슨 사이인가?"를 묻고 또 물었다. 그에 대한 대답을 했지만 대답을 듣자고 하는 질문들이 아니었다. 그들은 교대로 들이닥치며 밤이 새도록 잠 한숨 안재우고 똑같은 짓을 반복하고 또 반복했다. 사람이 미쳐 버릴 것 같다는 기분이 뭔지 실감할 수 있었다.

'여기를 무슨 수로 빠져 나갈까. 아니, …나갈 수는 있을까.' 그 공포가 머릿속을 하얗게 채울 즈음 나를 구해 준 한 줄기의 빛이 그 어두운 고문실로 스며들었다. 바로 김원기 의원이었다. 연행 당시 나는 직원들을 향해 김원기 의원에게 연락하라는 외마디를 외쳤었다. 다행히 나의 소식이 김원기 의원에게 닿았고, 김 의원이 속히 손을 써준 것이었다. 당시 김 의원은 노태우의 부인인 김옥숙 여사의 고종사촌이자 일명 '노태우의 황태자'라 불리던 당시 파죽지세의 박철언 의원과 잘 알고 있는 사이였고, 아마 나의 일을 두고 그와 이야기를 나눈 듯했다.

후일담으로 듣기로는 "우리 연청 사무총장이 남산에 갔다는데 내가 이 사실을 알고 있다, 잘 처리해야 할 것이다"라고 언질을 했다고 한다. 일반국민을 연행하는 것과 연청의 일원을 건드리는 것과는 그 체감도가 확연히 다르다. 연청의 일원을 건드리는 것은 자칫 다른 정치적 쟁점이 되어 범시민적, 혹은 범국민적인 파장이 올 수도 있는 문제였다.

말이 전해지고 정확히 24시간 만에 나는 석방되어 남산을 빠져 나왔다. 당시 고향 동문인 박내춘과 서 의원의 보좌관 등은 내 옆방에서 치도곤을 당하고 있었다. 보좌관의 경우 5~6년의 혹독한 감옥살이 끝에 말 그대로 바보가 되었다는 후문을 들었다. 나도 그처럼 될 수 있었다는 생각에 아찔했다. 김 의원에 대한 감사함이야 이루 말할 수 없지만, 그때 혼자만 무사히 그곳을 빠져나와 안녕히 살고 있다는 죄책감과 부채의식에 그 후 한참을 괴로웠다.

다음 날, 차는 처음 데려왔을 때처럼 고요히 나를 끌고나가 어딘가에 멈춰 서서는 밀어내듯 내려놓았다. 그 거리가 바로 지금의 충무로, 공교롭게도 후에 나의 인생의 2막이 펼쳐지는 충무로 영화거리였다. 그곳에 나는 그렇게 홀로 세워졌다.

터덜터덜 충무로 골목 어딘가로 걸어 들어갔다. 마치 앞으로 펼쳐질 새로운 인생길을 걷듯이, 그렇게 나는 그 즈음 연청을 떠났다. 남산에서 겪은 고초가 이유는 아니었다. 그저 내 안에 있는 '인생의 시계'가 이제 '시간'이 됐다고 알려왔기 때문이었다. '연청'이라는 하나의 도전을 향해 온 마음을 다해 뜨겁게 불살랐다. 한줌의 아쉬움도 없이 소진했기에 후회도, 원도 없었다. 그저 또 다른 도전의 '시간'이 도래했을 뿐이었다. 나는 그렇게 연청을 떠나며 새로운 영화인생을 시작했다.

나의
'남양주'
이야기

뼈아프지만
'약'이 된 숫자

## '행정인'에서 '정치인'으로
## 남양주 국회의원으로의 첫 도전

2000년, 처음 남양주종합촬영소의 소장으로 부임하고 벌써 13년이 흘렀다. 남양주와 나의 인연도, 미우나고우나 이 땅과 동고동락 한지도 벌써 13년이다. 그 10여 년의 세월 속에 고스란히, 나의 파란만장했던 정치인생이 담겨있다.

가만히 그 시작을 떠올려보자면, 기억은 자연히 故노무현 대통령과 배우 문성근에게로 향한다. 2002년, 초대 남양주종합촬영소 소장으로 부임하여, 어느 정도 촬영소의 기반과 체제를 안정시킨 그 즈음이었다.

90년대~2000년대 초반까지만 해도 우리 영화계의 화두는 단연 스크린쿼터제였다. 지금이야 종으로 횡으로 한국영화의 비약적인 발전을 통해 당당히 할리우드 대작들과 맞서고 있지만 당시에는 스크린쿼터제가 아니면, 자국영화가 극장가에서 살아남기란 쉽지 않던 시절이었다. 그리하여 '스크린쿼터 수호천사단'이라는 이름의, 한국영화를 사랑하고 또 스크린쿼터제를 사수하자며 한뜻으로 모인 영화 단체가 있었는데 수만 명의 회원을 갖춘 대국민영화모임의 일종이었다.

어느 날, 스크린쿼터 수호천사단이 모임장소로 남양주종합촬영소를 찾았다. 취지가 취지인 만큼 나는 그들에게 흔쾌히 촬영소 대여를 허락하였다. 이때 모임의 임원으로 배우 문성근을 비롯한 주요 인사가 함께 촬영소를 찾았다. 모임의 일정이 어느 정도 마무리되고, 함께 식사를 하는 자리에서 그가 불쑥 그런 말을 했다.

"이대로는 안 될 것 같습니다. 답은 노무현 뿐입니다"

2002년, 뜨거운 한일월드컵의 열기와 함께 제16대 대통령 선거 코앞으로 다가와 있었다. 그리고 이때 마치 그의 임기가 끝나기만을 기다렸다는 듯, 연일 김대중 대통령과 그의 일가를 향한 비난 여론이 온 매스컴을 뒤덮었고, 민주당의 인기는 처참히 곤두박질치고 있었다. 누가 봐도 '이회창 후보'의 당선이 유력시되던 때였다.

그에 맞설 마땅한 대항마는 없는 듯했다. 특히 민주당은 마지막 코너에 몰린 듯 회생불능의 모습이었고, 문성근은 이에 깊은 유감을 표시하며 '그러나 한 사람, 이회창 후보를 저지할 수 있는 인물이 있다, 나는 그를 지지할 것이다'라고 말했다. 그것이 바로 대한민국 역사상 가장 드라마틱한 당선을 이뤄낸 노무현 대통령이었다.

그러나 당시의 나는 겉으로 드러내지는 않았지만 '택도 없는 소리, 노무현?! 민주당에서 공천이라도 받을는지 모르겠구먼' 하고 이는 불가능하다며 고개를 저었다. 그때까지만 해도 나와 같은 기성세대들은 대부분 같은 생각이었다. 그가 그토록 무섭고 맹렬하게, 인터넷이라는 세상에서 젊은 세대들의 전폭적인 지지를 받고 있을 줄은, 기하급수적으로 늘어나던 '노사모열풍' 속에 대역전극을 이뤄 내리라고는 상상조차 하지 못했던 것이다.

마침내 선거 당일, 믿을 수 없는 결과에 대한민국은 떠들썩했고 그날 밤 12시, 문성근에게로부터 한껏 격양된 목소리로 한 통의 전화가 걸려왔다.

"저 문성근입니다. 시나리오도 이런 시나리오는 없을 겁니다! 우리가 이겼습니다!"

순간 아득히 오랜 기억 너머의 '연청'이 떠올랐다. 그때, 나 역시 얼마나 꿈꾸었던가. 개표를 마치고, 김대중 대통령의 당선이 확정되는 순간, 한껏 벅차오르는 감정으로 '보아라! 그분이 드디어 되었다! 내가 믿어 의심치 않았던 기적이 일어났다!' 하고 미친 듯이 지인들에게 전화를 걸어 울고 소리치고 싶었다. 늘 그 순간을 꿈꾸어왔었는데, 나는 끝내 이를 이루지 못했다. (그가 대통령에 당선 되었을 당시엔 나는 연청을 떠나 영화판에 있었으니 말이다) 그 후 한참의 세월이 흘러 그 오래된 꿈을 한껏 떨려오는 문성근의 목소리를 통해 대리만족하고 있는 나를 발견할 수 있었다.

이것이 내가 기억하는 노무현 대통령의 당선 순간이다. 그리고 이와 함께 연일 매스컴에는 '노무현의 사람들', '대통령을 만든 사람들'이라는 타이틀로 '문희상'과 '염동연'의 이름이 대서특필 되었다. 노무현정부의 초대 비서실장에 '문희상', 당의 정무조정위원장에 '염동연' 선배가 내정되었다.

아는 사람은 다 아는 연청에서 그리고 JC에서 내가 끔찍이도 따르고 존경했던 두 선배의 이름이 연일 오르내리자, 나를 향해 집중되는 시선들이 느껴졌다. 속된 말로 '이제 자네도 한자리 하는 거 아닌가?' 하는 은근한 시선과 호기심에 나는 별다른 반응을 보이지 않았다. 그런 이야기들과 시선이 부담스럽고 불편했다. 무엇보다 현 정부가 들어서는데 '나'라는 인물이 무엇을 기여했단 말인가? 기여는커녕 '되겠어?'하고 의심까지 했던 나인데, 그런 욕심 따위는 염치없는 것이었다.

그러나 내 앞에 닥친 현실은 또 현실이었다. 마침 남양주종합촬영소에서의 3년여의 임기가 거의 끝나가고 있었다. 아직 다음 거처가 정해지지 않은 상황이었고, 내심 일이 하고 싶은 부처를 마음속으로 정한 터였다. 가감 없이 솔직히 고백컨대, 나는 염치불구하고 내가 원하는 '자리'를 부탁하기 위해 며칠 후 염동연 조정위원장을 찾아갔다. 당시 나는 '체육진흥공단'에서 한껏 일해 보고픈 마음이 있었다. 부서 활동을 비롯한 관장해야 하는 실무가 광범위한 곳으로, 현장에 투입되어 보다 활발한 행정업무를 펼치고 싶은 욕심이었다. 성격상 책상 앞에 가만히 앉아 있는 일은 도무지 적성이 아닌 터였다. 그런데 뜻밖에도 염동연 선배에게서 생각지 못한 제안을 받게 된다.

"그러지 말고 국회의원은 어떤가, 마침 자네가 '남양주'지?"

국회의원이라니, 또 '정치판'이라니. 이미 오래 전 김대중 대통령께 세배를 드리고 돌아서던 날, 그리고 그 안의 치열하고, 때로는 치졸한 생리를 자각하곤 미련 없이 등을 돌린 세계가 아니던가. 그리고는 깨끗이 잊었던 곳이다. 그 후 직접 발로 현장을 뛰고, 시민들의 이야기와 반응을 즉각적으로 살필 수 있는 행정 업무 외에는 다른 걸 생각도 안 해본 터였다.

생각지 못한 제안이 짐짓 당황스러웠고, 또 고민 되었다. 이에 염동연 선배는 무엇을 망설이고 또 고민하나며, 국회의원만큼 시민의 목소리와 가까운 자리가 어디 있냐고 반문했다. 열린우리당(당시)에서는 마침 남양주 갑 지역의 국회위원 후보로 거론되는 이가 없었다. 때는 쌀쌀한 가을로 접어드는 10월, 11월이면 촬영소 소장 임기가 마감이었고, 국회의원선거는 다음 해 4월이었다. 더는 고민으로 지체할 시간이 없었다. 무엇보다 다른 지역이라면 몰라도 '남양주'라면 한 번 해보고 싶다! 라는 '도전의 DNA'가 내 안에서 꿈틀거렸다.

마침내 남양주 지역 국회의원 출마를 결심한 것은 11월, 남양주 평내동에 작게나마 사무실을 차리고 부랴부랴 준비에 들어갔다. 당시 어지러운 정국 등을 의식하여 민주당은 '열린우리당'으로 옷을 바꿔 입고 새롭게 출발했지만 국민의 반응은 여전히 써늘했다. 당시 열린 우리당 지지율이 10퍼센트 초반을 겨우 웃도는 정도였으니, 그리 녹록한 싸움은 아니리라 짐작했다. 나는 결의를 다지며 기합을 단단히 넣었다.

'그래, 어려울 거 뭐 있나. 한 번 해보자!'

참 순진했다. 그저 나 혼자 마음만 먹으면 다 되는 줄 알았던 것이다. 앞으로 지리멸렬하게 겪게 될, 그리고 지긋지긋하게 나의 발목을 붙잡을 '경선과 공천'에 대해 까맣게 모르던, 찰나의 설렘과 기쁨의 순간이었다.

## 뜻 밖에 치러진 경선
## 말도 안 되는 공작과 모략

드디어 선거가 치러지는 2004년의 해가 밝았다. 작년 11월 즈음이 되서야 사무실을 부랴부랴 차렸으니 내실 있게 무언가를 준비할 시간 또한 턱없이 부족했다. 그럼에도 의지가 있으면 가능하리라는 믿음을 절대 놓지 않았다. 선거 유세 활동이 본격 시작되기 전, '남양주의 발전을 위해 무엇을 어필하고, 무엇을 주장할 수 있을까'에 대하여 공약사항부터 미리 연구하고 검토하기를 여러 날, 그런데 이때 별안간 날벼락 같은 소식이 전해진다.

당 내에 남양주 지역 출마자는 나 하나라고 철썩 같이 믿고 있었는데, 돌연 출마를 선언한 뜻밖의 인물이 나타난 것이다. 그가 바로 최재성이었다. 그리고 또 한 사람은 유영훈이라는 인물이었다. 그는 일전에 종합촬영소와 함께 협업작업을 펼치기도 했던, 팔당생협의 이사장이었으며, 최재성은 남양주를 기반으로 시민운동을 벌이고 있었다.

그때까지만 해도 나는 두 사람에 대한 데이터가 전혀 없었다. 도통 누구인지도 알 길이 없었고, 상황이 어떻게 돌아가는지도 가늠되지 않았다. 그러다 문득 '최재성'이란 이름이 제법 낯이 익는 것이었다. 어디선가 분명 들었던 이름이다. 그리고 만났던 사람이다. 누구일까 한참을 고민하다 퍼뜩 기억이 되살아났다. 그는 다름 아닌, 남양주종합촬영소의 내 사무실에서 만났던 적이 있었다. 종합촬영소 소장을 지내고 있던 어느 날, 김상태라는 시인이자 재야에서 다양한 운동을 펼치고 있던 이가 웬 젊은이를 데리고 사무실을 찾아왔다. 소개하기를 함께 지역사회를 위해 다양한 시민운동을 벌이고 있는, 파릇한 신세대이자 인재라고 했다. 처음 마주하는 순간, 제법 민첩해 보이는 인상이었다. 그가 바로 최재성이었다. 당시 그는 30대의 젊은 청년이었고, 나는 50대 초반이었던 것으로 기억한다.

그런 그가 나와 같은 열린우리당의 당원으로서 남양주 국회의원에 출마를 하겠다며 공표한 것이다. 결국엔 최재성, 유영훈과 셋이 경선을 치르게 된다. 세 사람 중 득표를 많이 받은 이를 공천하는 것으로 합의가 되었는데, 바로 이때 말도 안 되는 희대의 사건이 벌어진다.

투표가 시작하기 몇 분 전이었을까. 선거현장에서 누군가가 마이크를 집어 들었다. 무슨 일인가 싶어 어리둥절한 사이, 마이크에서 격양된 목소리가 퍼져나갔다.

"여러분! 기호 2번 이덕행 후보는 우리를 속였습니다! 숫자를 조작하고, 재산내용을 허위로 제출했으니 당선 되어도 이건 무효입니다!"

순간 장내가 술렁였고, 나는 그대로 넋이 나가 버렸다. 전혀 뭐라 손 쓸 틈도 없이 벌어진 일이었다. 여기저기서 사람들의 웅성거림이 들여왔고, 패닉에 빠져있던 나의 지지자들은 '이게 무슨 말도 안 되는 소리냐!', '세상에 이런 공작이 어디 있느냐!' 하고 흥분하여 소리쳤다. 감정은 점차 격양되어 의자를 집어 던지고, 고성이 오가는 등 선거현장은 일순간에 아수라장으로 변해 버렸다. 선거가 시작되기 직전에 벌어진 일이었고, 가까스로 상황을 수습한 뒤 바로 투표가 이루어졌다. 경황 상 모든 것을 미리 계획하고 계산하여 벌인 일이 틀림없었다. 개표 결과를 기다리는 동안, 우리 쪽의 분위기는 초상집 마냥 침통했다.

'이래서는 힘들다'라는 의견과 '표심에 크게 작용하지 않았을 것이다'라는 의견이 반반으로 엇갈리며 1분이 1년 같은 초초함 속에 시간은 흘러갔다. 그리고 마침내 개표 결과가 공개되었다. 졌다. 간발의 차이로 최재성이 그 해 국회의원 후보로 결정된다. 이 믿을 수 없는 사건의 내막은 이랬다. 경선이니 공천이니 하는 선거행사가 있을 때면, 이를 선거관리위원회에 위탁을 맡겨 그들이 총체적인 것을 관리하고 운영하는 것이 보통이었다. 그런데 이때는 이상하게 '선거관리'를 엉뚱한 곳에 맡기게 되는데, 전혀 공인된 바도, 전문성도 갖추지 않은 시민사회단체를 중심으로 선거관리위원회가 급하게 꾸려진 것이다. 일종의 '노사모'의 한 부분 단체였던 걸로 기억한다. 시민 모임이다 보니 선거를 운영할 이렇다 할 전문 인력 또한 없었다. 선거의 진행이 상당히 미숙하여 불안하다 싶었는데, 아뿔싸! 마이크를 붙잡고 나를 음해하는 공개방송을 펼쳤던 이가 바로 이곳의 '선거관리위원장'이었다.

세상에 이런 선거가, 이런 경선 현장이 또 있을까. 선거관리위원장이 마이크를 잡고 특정 후보를 비방하는 돌발 상황을 일으키는 일이 상식적으로 가능한 것일까. 그들의 주장 또한 터무니없기는 마찬가지였다. 변명할 가치도 없는 순 엉터리이자 억지였다. 대체 내가 무엇을 속이고, 무슨 재산을 은닉했다는 것인지 도리어 궁금할 지경이었다. 내막을 알아보니, 그들의 주장은 이랬다. 보통 후보 등록을 하게 되면 재산공개가 필수다. 말했다시피 당시 대치동 은마아파트에 거주하였었는데, 입주 시점은 막 아파트가 건축되고 분양을 시작하던, 말 그대로 초창기부터였다. 그런데 이후 까마득하게 세월이 흘러, 이는 세간에 묘한 상징이 되어 버린 것이다. 대치동에 산다는 것은 뭔가 재력가, 상당한 재산을 가진 상류층이라는 인식이, 더더군다나 그것의 정점으로 '은마아파트'는 일종의 '부르주아'라는 선입견의 집결지였다.

그러나 내 실상은 부르주아하고는 거리가 한참 멀었다. 당시 보유 재산이 10억 정도였는데 이 중 4억여 원은 근저당 설정이 되어 있었다. 그러니 자연히 은행에 지고 있던 빚을 제하고 6억으로 재산을 기재했던 것인데 이것을 가지고 숫자를 조작했다는 것이었다.

'왜 재산을 줄여서 허위 신고를 한 것이냐!', '서류를 고쳐 위조된 내용을 제출했다!' 그들은 '10-4=6'이라는 초등학생도 알만한 셈을 가지고 억지를 쓰는 것이었다. 그렇게 승리를 믿어 의심치 않았던 경선에서 나는 어처구니없게 패배하고 만다.

이것은 모두 팩트, 사실 그대로다. 얼마나 황당했던지 한 주요지에서 취재를 나와 기사를 내보내기도 했다. '남양주 경선 현장, 이런 일도 있었다!'라고, 세상에게도 이는 웃지 못할 해프닝이었고, 내게는 결코 잊지 못할 치욕으로 남아있다.

최악의 부정선거<br>만장일치로 최초 '무효처리'되다

한국영화 〈작전〉에 보면 이런 대사가 있다. '나는 억울하면 잠도 안 오는 사람이다'라고. 나 역시 그렇다. 그것이 나의 명예를 실추시키고, 불의로 인한 모욕이라면 더더욱 그렇다. 경선 결과 발표가 나고 그 즉시 재심의원회에 재심 청구를 했다.

승복하고 말고 할 결과가 아니었다. 만천하에 그 부조리를 알려 그 잘못을 바로잡아야 했다. 그리고 말도 안 되는 공작으로 흠집난 나의 명예를 반드시 되찾아야 했다. 기억하기로 당시 재심위원회 위원장에 김성호 국회의원, 간사에 현 민주당 대표인 김한길, 그리고 또 다른 재심위원으로 이은 감독이 있었다. 순간, 하늘이 날 버리진 않는구나 싶었다. 그는 영화진흥위원회에서 함께 활동하며 제법 알고 지내던 사이였다. 누군가 사건의 전말을, 그리고 나의 억울함을 보다 자세히 알아주길 바랐다. 그에게 그간에 일어난 일을 소상히 털어놓았고 심각하게 이야기를 듣던 그는 알겠다며 일단 회의를 가진 뒤 결과를 전해주겠다 했다.

또 한 번 1년 같은 1분, 그 지루하지만 긴장된 시간이 흐른 뒤 결과가 나왔다. '경선결과 무효처리'였다. 재심위원회 사상 최초의 만장일치로 '무효처리'가 이루어졌다고 한다. 이는 지금까지도 재심위원회에서 만장일치로 무효가 된 첫 번째 경선으로 기억되고 있다. 지금 와 짐작컨대 이은 감독이 나의 상황을 대변해 주고, 보다 힘을 실어 사건의 내막을 전해주지 않았나 싶다. 그리고 이 말도 안 되는 상황을 재심위원 모두가 보다 객관적으로 바라보고 또 판단해 주었다.

## 정의는 사라지고, 실리만이 살아남은 최고위원회 인터뷰 현장

모든 것은 다시 원점으로 돌아갔다. '무효' 그 한 마디를, 억울하게 피해를 본 나를 '구명'하는 판결이라 믿었다. 누가 보아도 이번 사건으로 가장 피해를 본 사람, 그리고 가장 이익을 본 사람에 대해 그 결과를 바로 잡는 일이라 판단했지만 이는 그저 나만의 생각일 뿐, 당에서는 말 그대로 경선결과를 '무효화'한 것뿐이라며 일축했다.

당에서는 최고위원회를 통해 해당 후보들을 불러 '심층 인터뷰'를 거쳐 이번 선거의 출마자를 선정하겠다 했다. 재심위원회의 결과가 있으니 큰 이변은 없을 거라 믿었다. 최소한 이의를 제기한 당사자이자 이 모든 파란의 주인공이 나였기에, 상황을 모두 알고 있는 최고위원들은 자연히 나를 선택하리라고 믿고 있었던 거다.

마침내 인터뷰 날이 다가왔다. 조금 일찍 도착해 회의장 밖에 홀로

서있는데, 정동영 의장이 도착해 막 안으로 들어서고 있었다. 그 찰나의 순간에 우리 둘은 눈이 마주쳤고, 그는 알 수 없는 표정으로 내게 말 했다.

"개혁파에게 지실 것 같습니다."

그게 다였다. 순간 무슨 의중으로 한 말인지 파악도 하기 전에, 그는 그렇게 나를 지나쳐갔다. 혼란스러워 그저 속으로 '무슨 뜻이지? 왜 내게 저런 말을 하는 거지?' 하고 불안한 물음표가 머릿속을 떠다녔다.

당시 열린우리당의 천신정(열린우리당을 창당하고 참여정부를 꾸린 주역 3인)이라 하여 정동영, 신기남, 천정배 세 사람이 주축이 되어 당을 이끌어가고 있었다. 당시 열린우리당의 최고위원은 위의 3인을 비롯한, 지금은 고인이 된 김근태, 이부영, 이미경 등의 위원들로 구성되어 있었고, 애석하게도 그들 중에는 딱히 아는 이가 없었다. 그나마 영화진흥위원회에서의 인연으로 이은 감독을 통해 누명을 벗었지만, 정치 경험이 전무했던 내게 최고위원회는 그저 서늘하면서도 냉담한 곳이었다.

왜 늘 불안한 예감은 빗겨가질 않는 것일까. 회의의 분위기는 처음부터 오묘했다. 우선 회의를 이끌고 또 결정에 있어 가장 핵심인물인 정동영 의장이 이렇다 할 의견을 제시하지도, 또 특별한 코멘트도 하지 않은 채 입을 다물고 있었다. 그러자 마치 암묵적인 바통을 이어받은 듯, 신기남 의원이 회의를 주도하기 시작했다. 그는 나를 향해, 그리고 위원들을 향해 조금은 비아냥거리는 목소리로 반문했다.

"내용은 알겠는데, 이게 뭐 선거에 영향을 미쳤겠어요?!"

순간, 얼굴이 붉게 달아올랐다. 어쩌나 분노가 치솟던지 주먹이 힘

껏 쥐어졌다. 이게 아무렇지도 않은 일이란 말인가? 그럼 이 사단이
선거에 영향을 끼치지 않았겠냐고 내가 오히려 반문하고 싶었다. 그
는 무슨 생각인지 부러 회의 시작과 함께 최재성 쪽으로 분위기를 조
성하고자 이러한 멘트를 던진 것이었다. 혼자 화를 삭이며 심호흡을
하는데 뒤에서 누군가의 목소리가 들려왔다.

"당연히 영향을 미치지요. 이게 말이 되는 일입니까."

바로 나의 오래된 은인이자 깊은 인연의 주인공, 김원기 위원이 나
서준 것이었다. 당시 그는 최고위원회의 상임고문으로 부러 나를 돕
고자 먼 길을 달려와 회의에 참석해 주고 있었다. 그는 한껏 목소리에
힘을 주어 쐐기를 박았다.

"이런 걸 '짜고 친다'라고 하는 거 아닙니까? 이건 엄연히 도둑질을
당한 겁니다."

심지어 강한 어조로 '도둑질'이라는 표현까지 쓸 정도로, 김원기 의
원은 강력하게 항의하고 있었다. 그런데 이상하게 여기에 반기를 들
며 신기남 의원이 지속적으로 최재성 후보를 변호하고 감싸는 것이
었다. 뭔가 이상하다는 느낌을 지울 수가 없었다. (후에 들은 이야기로
는 최재성, 임종석, 이 두 사람이 당시 정치계에서 '386 차세대'로 대표되는 젊
은이들이자 단짝이었다고 한다. 두 사람은 재학시절부터 운동권에서 함께 활
동해 오며 끈끈한 유대관계를 지속하고 있었고, 최재성 후보와 나로 인해 최고
위원회가 소집된다는 소식을 들은 임종석 의원이 회의에 참석하는 신기남 의
원을 찾아가 최재성 의원을 구명할 것을 부탁했다는 것이다.)

그렇게 무엇이 옳고 무엇이 그른지는 자명하나, 그 안에 얽힌 이해
관계와 당 내의 흐름 등으로 인해 이야기는 갑론을박, 도무지 결론에
도달하지 못하고 있었다. 이때 가만히 상황을 지켜보던 김한길 의원

이 입을 열었다.

"자, 지난 잘못은 다 잊읍시다, 그건 이제 '무효'가 된 겁니다. 여기서는 지난날은 다 잊어버리고, 다음 후보자를 뽑는 날입니다. 마지막으로 후보들의 최후의 변을 들어보고, 각자 후보를 결정해 주십시오."

그렇게 최고위원회 위원들의 투표가 시작됐고 나는 또 다시 이를 지켜보고 또 기다려야 했다. 회의장을 들어서는 순간까지도 내가 선택되리라는 것을 조금도 의심하지 않았는데, 그것은 순리이자 당연한 일이라 여겼는데 시간이 흐를수록 마음속에는 묘한 불안감이 커져만 갔다.

하나, 신기남 의원의 거듭되는 최재성 의원을 향한 두둔하기와 분위기 몰이, 둘, 회의장을 들어서던 순간 정동영 의장의 의미심장했던 한마디, 셋, 뭔가 알 수 없는, 미묘하게 냉담하고 서늘한 나를 향한 최고위원들의 느낌.

그 모든 것들이 복합적으로 어우러져 나의 머릿속을 어지럽혔다. '아니다. 괜찮을 거다. 이번 결과는 누가 보아도 명백히 내가 되는 것이 맞다.' 그렇게 나를 다독이며 회의장을 나와 집으로 돌아가는 길, 최고위원회의 결과가 발표되었다. 그것은 라디오를 통해 대대적으로 공개되고 있었다. "2004년, 남양주 갑 국회의원 후보로 열린우리당 경선에서 최재성 후보가 공천되었습니다"라고. 그들의 선택은 최재성 의원이었다. 결국 그곳에 정의란 없었다.

당을 향한 배신감, 결국 부조리를 바로잡지 못한 허탈감, 무엇보다 솔직한 심정으로 최고위원에 대한 분노 등으로 한동안 괴로운 시간을 보내야 했다. 그리고 이에 얽힌 놀라운 비화들이 끊임없이 쏟아져 나왔다.

나는 당시의 결과를 받아들일 수 없어 괴로워하면서도, 가장 이해
불가였던 것이 정동영 의장이었다. 나름 회의에 들어서기 전, 내가 안
심하고 있던 부분 역시 정동영 의장이었기 때문이다. 말했다시피 나
는 당시 정치계의 인물들과 연이 없었다. 정동영 의장과도 마찬가지
였다. 당시 그를 잘 몰랐다. 그저 내가 믿고 의지하는 사람이라곤 염
동연 선배뿐이었다. 당시 회의에 그가 참석했더라면 이야기가 달라졌
을지도 모르지만, 애석하게도 한창 선거철에 접어든 시기라 그는 지
역구인 광주에 머물 수밖에 없었다. 대신 정동영 의장에게 부탁의 말
을 전했다고 한다.

　이덕행 후보가 참 억울한 상황에 놓인 거 같은데 진위를 잘 파악해
달라고 말이다. 이에 정동영 의장은 별 대답이 없었다고 했다. 미뤄
짐작컨대 그때부터 이미 '최재성'을 향한 마음의 결정을 내리지 않았
나 싶다. 그렇기에 회의장에 들어서기 전, 나에게 '제가 도와드릴 수
가 없겠습니다' 하는 신호를 미리 보냈던 것은 아니었을까.

　그렇게 상황을 유추해보면서도 또 한 가지, 풀리지 않은 수수께끼
가 있었다. 그날, 그의 그 의미심장했던 한마디. "개혁파에게 지실 것
같습니다"는 대체 무슨 말이었을까. 그가 말한 개혁파란 대체 무엇이
었을까.

　한참 후에야 생각을 정리해 보니, 그것은 열린우리당의 창당과 직
결되는 발언이었다. 열린우리당의 천신정 중 하나인 그로서 당연한
생각이었다. 이때가 민주당이 헌 옷을 벗고 이미지 쇄신을 위해 막 열
린우리당으로 새 출발을 한 시점이었다. 당 내의 분위기란 전반적으
로 그런 것이었다. '이제 그만 말 많고 탈 많던 민주당으로의 과거를
털어버리자! 구 민주당의 인사가 아닌, 뉴 페이스! 새로운 얼굴들로

신당을 이끌어 가보자' 그러한 분위기 속에 나는 당연지사 그들에게 '구시대 인물'로 비추어졌던 것이다. 차분히 생각해보니 그럴 수 있겠다 싶었다. 오랜 민주당의 당원, 당시 부정부패 등의 가십으로 연일 매스컴에 오르내리던 김대통령 일가의 측근이자 김홍일의 오랜 벗, 연청 초대 사무총장 출신, ― 당을 대표하는 뉴 페이스 중 하나인―386세대 젊은 후보와 힘겨루기를 하는 50대 중반의 늦깎이 정치인, 게다가 공직생활로 굳어진 안락하고 편안하게 살아온 행정인. 그들에게 나는 그런 사람으로 비쳤을 것이다. 비단 이것은 최고위원회 뿐만 아니라 최초의 경선에서도 어느 정도 작용했을 거라 짐작한다. 물론 '마이크 사태'가 선거의 방향을 뒤흔든 것은 사실이지만, 그에 앞서 전반적으로 당 내 분위기는 그러했고, 이는 부정할 수 없는 당시의 흐름이었다.

그들은 그곳에서 '정의'가 아닌, 이러한 '흐름'을 선택한 것이었다. 정치판에서의 '정의'란 다른 것이 아니다. '대세'가 곧 '정의'다. 고로 그 시점의 승자는 내가 아닌, 최재성일 수밖에 없었던 것이다.

또 한 가지 알게 된 재미있는 비화는 정동영 의장이 최재성 의원 쪽으로 마음을 굳히게 된 사건이 따로 있었으니, 어느 날 정동영 의장이 당 건물로 들어서는데 누군가 목에 현판을 걸고 1인 시위를 하고 있더란다. '나는 억울하다!' 하고 며칠을 큼직한 현판을 매단 채 꼼짝없이 서 있었는데, 그게 바로 최재성이었다. 이에 정동영 의장이 다가가 무슨 일이냐 물었고, 최재성은 자초지종을 설명하며 내가 이번 국회의원 경선에서 이러이러한 일로 무효처리가 됐다, 너무나 억울하다 하고 호소했다는 것이다. 정동영 의장은 그때, '이 젊은 청년을 내가 구해야겠구나! 하고 생각했다 한다. 당시 열린우리당으로서의 새 출발을 천명하며 정동영 의장 역시 '개혁', '젊은피'의 상징과도 같은 인물로 비추어지며 당의 중심을 잡고 있던 시기였다. 그런 그에게 젊고 패기 넘치는 최재성은 가장 적합한 최적의 인물이었을 것이다. 지금이나 그때나 여러모로 최재성, 그는 참 영민한 인물이다.

그렇다면 과연 시간을 훌쩍 넘어 오늘날, 서로는 어떤 관계로 남아 있을까? 애석하게도 정동영 의장과 최재성 의원은 누구보다 불편하고 먼 사이가 되었다. 여러 가지의 불미스러운 에피소드들이 쌓여, 언제 그토록 훈훈한 과거를 나누었냐는 듯 '가까이 하기엔 너무 먼' 서로가 되어 버린 것이다. 물론 후에 어떤 식으로든 새로운 관계의 반전이 벌어질지 모르지만 말이다. 반면, 그러한 쓰디쓴 최후통첩을 주었음에도 나는 정동영 의장과의 친분을 오래도록 유지하고 있다. 때론 '영사모' 영화보기 행사에 초대하고, 함께 식사를 나누기도 하며 어느 때보다도 돈독한 관계를 유지하고 있다. 이래서 인생이란, 또 그 안에 깃든 인연이란 '아이러니'이자 한편의 '코미디'가 아닐까.

결국, 이때의 '마이크 사건'은 해당관할인 의정부 검찰에 고발조치 되었고, 해당 인물들은 구속 직전에까지 이르렀다. 어떻게 이야기가 들어간 것인지, 그리고 어떠한 연결 고리를 가진 것인지 후에는 박기춘 의원까지 이를 해결하고자 나에게 선처를 부탁해왔다.

온갖 인사들을 대동하여 고소를 취하해 달라, 그만 합의를 해달라며 애원하는 통에 그제야 제대로 된 사과를 받을 수 있었다. 얼마 후 나는 별 잡음 없이 고소를 취하해 주었다. (다행히 그들은 구속되진 않았으나 이는 엄연히 형사사건이므로 소송을 취하했음에도 모두 200여만 원의 벌금을 물었던 것으로 기억한다. 선거법 위반은 이처럼 중죄에 해당한다.) 당시 나는 그들을 악착같이 벌하려 하거나, 죗값을 치르게 하려고 한 것이 아니었다. 다만, 나의 '명예'를 찾고자 했을 뿐이다. 고소 취하의 조건으로 요구한 것은 진심어린 사과문, 그 뿐이었다.

사과문에는 '그때의 일은 명백히 잘못된 일이었다', '이덕행 후보의 명예를 실추시킨 점 진심으로 사과한다' 등의 내용이 담겨있었고, 이들이 가져온 사과문은 당시 투표에 참여했던 500여 명의 투표참여자 한 명 한 명에게 모두 보내졌다.

이미 벌어진 일이었지만, 그렇게라도 실추된 명예를 조금이나마 되찾고 싶었다. 물론 지금도 떠올리면 쓴웃음이 번지는 기억이지만, 한편으로는 경선과 공천에 대한 혹독한 교육비를 치렀노라 스스로를 위로하고는 한다.

## 시장으로의 도전!
## NO. 351를 남기다

그렇게 첫 경선은 쓰라린 상처를 남기고, 처음 뜻을 두었던 체육진흥공사에 다시 한 번 문을 두드렸다. 문희상 선배의 추천에 힘입어 순탄히 낙점, 최종 결제를 앞두고 있던 그때, 돌연 임기를 마친 당시 청와대 비서관이 하필이면 체육진흥공사의 해당 보직을 자처하고 나섰고, 나의 인사 서류는 그대로 반려되고 만다.

좌절이 무서운 이유는 사람을 '포기'가 아닌, '초연'하게 만든다는 사실이다. 거듭되는 좌절에 결국, 내가 갈 곳은 '영화'뿐이로구나 싶었다. 나는 영화펀드전문운용사에 고문으로 들어가 영화진흥위원회와 중소기업청, 그리고 영화펀드를 이어주는 다리 역할을 하며, 늘 해왔던 대로 한국영화의 제작투자를 위해 힘쓰고 있었다.

'초연해짐'에 대해 말한 것은, 바로 이때 나는 여전히 정치가로서의 꿈과 끈을 놓지 않은 채 '일과 도전'을 병행하였기 때문이다. 영화편드운용사에 출퇴근을 하면서도, 나는 선거 당시 사용했던 사무실을 철수할까 고민하다, 오히려 평내동에서 금곡으로 옮겨 다시 문을 열었다. 지금도 또렷이 기억한다. 재향군인빌딩 3층, 남양주의 오랜 토박이 국회의원인 이성호 의원과 신낙균 문화부장관이 국회의원 출마 당시 사용하시던 사무실을 그대로 얻어 나는 여전히 '도전 의지'와 '꿈'을 놓지 않았다.

문희상과 염동연 선배와의 끈 역시 놓지 않고, 그들의 조언 하나 하나를 새기고 또 배웠다. 그들은 정치세계에서의 산전수전을 다 겪은 베테랑이자 경험에서 우러나는 진정한 조언을 아낌없이 해주는 유일한 이들이었다. 경선에서 떨어지고 가장 먼저 찾아간 것 또한 두 사람이었다. 다행히도 그 해 염동연 선배는 광주 지역에서 국회의원에 출마, 당선된 터였다. 진심으로 기뻤고, 또 그라도 별 탈 없이 선거를 치루고, 또 당선된 것을 축하했다. 그는 내심 그런 내가 애처로웠던지, 포기하지 말라며 나를 다독였다.

"형님, 저는 이제 국회의원은 싫습니다."

"아직 아무것도 놓지 마라! 실패만 하란 법은 없다. 한 번 더 무섭게 해봐라!"

"아니요, 저는 시민들과 직접 닿을 수 있는 진짜 일이 하고 싶습니다. 그래서 다른 도전을 해보려고 합니다."

"무슨 말인가."

"저는 이번 남양주시장선거에 출마를 하겠습니다."

그렇게 2006년, 나의 첫 '남양주시장도전기'가 시작되었다.

## 2006. 2년 후 시장 후보 출마, 다시 한 번 경선 실패

국회의원이 '정치의 꽃'이라면 나는 꽃밭에 꽃이 아닌, 행정 일선이라는 흙밭에서 열심히 굴러 열매를 맺고 싶었다. 열매란 그 해의 수확이 풍년인지 흉년인지를 단박에 알리는 결실이다. 농사만큼 그 결과가 정직한 것이 없기 때문이다. 시민을, 그리고 지역 사회를 변화시키고 또 발전시킬 수 있는 즉각적인 움직임이 가능한 '행정인' 나는 그것이 나에게 맞는 옷이라 여겼고, 그렇게 시장선거에 도전하게 된다.

국회의원 경선 실패 후 2년, 그렇게 '2006년 지방선거'를 앞두고 있었다. 처음 국회의원 출마와 경선 대비 때에는 모든 것이 워낙에 촉박하고, 또 본인의 의지가 덜 했던지라 제법 엉성했다면 이번에는 제대로 해보고 싶었다. 그렇게 차근차근 시장 선거를 대비해 갔다.

아직까지도 여전히 열린우리당의 인기는 더 바닥이 없을 정도로 최저점을 기록하고 있었지만 이러나저러나 단 한 번도 내가 뿌리를 내린 당적을 옮긴 적도, 이를 시도한 적도 없었기에 묵묵히 당과의 의리를 지켰다. 또한 이번에도 역시 후보 등록기간이 다가옴에도 당내에서 마땅히 출마하는 이가 없었다. 이대로라면 이번 선거에선 별 무리 없이 공천을 받아 출마할 수 있겠구나 싶었고, 설사 떨어지더라도 '멋지게 한 번 해보자!' 하고 결의를 다지던 그때, 또 한 번 돌발 상황이 벌어진다.

대체 그와 나는 무슨 악연인걸까. 이때 최재성 의원 쪽에서 돌연, 새로운 후보를 영입하여 선거에 출마시키게 된다. 무려 당 안의 사람도 아니었고, 외부에서 영입한 '이해일'이라는 인물로, 후에 들리는 이야기로는 최재성 보좌관이 이해일 후보를 수차례 찾아가 자신들

편에서 출마해 달라 요청했다고 한다.

대체 무슨 경우일까. 당시 버젓이, 그리고 대외적으로 열린우리당의 후보로 내가 시장선거에 나설 것임을 공표한 상태였는데, 이를 뻔히 알면서도 외부에서 새로운 시장 후보를 데려온 것이었다. 누가 봐도 나를 향한 견제였다.

점점 시간은 다가오는데, 그로 인한 갈등과 혼란은 더욱 깊어져만 갔다. 공천을 받아도 되기 어려운 판국에 현역 국회의원이 외부 사람을 끌어들이고 이를 내세우면서까지 나를 압박해오고 있었다. 이것이 과연 승산이 있는 싸움일까? 다시 한 번 경선에서의 그 굴욕을 반복하는 것은 아닌가. 이를 이긴다고 해도 허탈할 것이고, 이를 진다면 그것은 또 무슨 망신인가.

고민은 깊어져만 갔다. 현역 국회의원이 그 뒤를 봐주고 소위 밀어준다는 건, 전쟁에서의 보이지 않는 '10만 대군'과도 같은 것이다. 선거의 차원이 다르다. 이에 맞서는 나는 그저 홀로 '혈혈단신'일 뿐이다. 다시 한 번 나는 허공을 향해 물어야 했다. '대체 정의란 무엇인가? 당연히 오래도록 이 자리에서 준비해 온 나 이덕행에 손을 들어줘야 하는 것이 아닌가? 그것은 말 그대로 돌아오지 않는 메아리일 뿐이었다.

정치세계에서의 '정의'란 '대세'이자 '흐름'이라 했던가. 또 한 가지, 정치세계에서의 '기준'이란 곧 '이해관계'다. 그리고 그 축에는 '비례대표제'가 있다. 소위 시장과 같은 주요 행정직을 자기 사람으로 만들면, 남양주 시의원 비례대표 선거 시 자신 쪽의 인원을 최대한 많이 당선시켜 그 권력의 폭을 두껍게 하고 이것은 다음 선거에서의 재선을 더욱 확고하게 하는 것이다.

이와 같은 일종의 '인해전술'에 대가들에게, 이를 발판으로 3선까지 성공한 기라성 같은 정치계 선배들에게 어찌 내가 대항할 수 있으랴. 문득 30여 년 전, JC의 로컬 회장선거 당시 상대 측 후보가 외쳤던 출마의 변이 떠올랐다.

"바위에 계란을 던지듯 이 몸을 던지겠습니다."

결국엔 모든 상황을 알면서도 나 역시 이 한몸을 경선에 던졌다. '당당하게, 그리고 담담하게 소신대로 임하자'가 나의 다짐이었다. 끝내 기적은 일어나지 않았다. 최재성 의원 측의 이해일 후보가 경선에서 승리했다. 달걀은 바위에 부딪혀 처참하게 깨졌다. 나의 심장 역시 비참함으로 가득했다. 선거의 후유증이란 상상을 초월한다. 하루아침에 털고 일어설 수 있는 것이 아니다. 천당과 지옥을 산 채로 오가는 기분이랄까.

도대체 왜 이곳에서는 '정의'도 '순리'도 '객관적인 평가'라는 것도 한없이 무의미한 것일까. 당시 나에게는 '정체성'이라는 큰 자부심이 있었다. 연청 활동을 시작으로 단 한 번도 민주당을 떠난 적이 없었다. 각종 사건으로 당의 사기와 지지율이 바닥을 쳤을 때도, 당이 옷을 바꿔 입고 새롭게 출발할 때도 나는 여전히 그대로였다. 필요에 의해서가 아닌, 사명에 의해 나의 소신과 자리를 변함없이 지켰다. 나는 그것이 나의 가장 큰 자긍심이자 무기라는 것을 믿어 의심치 않았다.

그러나 이것이 소위 진보진영이라는 곳에서, 민주주의의 성지로 시작된 곳에서 일어날 수 있는 일이란 말인가. 때에 따라 얼굴을 바꾸듯 수시로 당적을 바꾸고, 또 필요에 따라 철새마냥 적을 두던 곳을 과감히 버리고 떠나는 이들이, 그런 이들이 결국엔 승리했다. 당에서는 내부의 적에 대항하기 위해 스스럼없이, 그런 이들을 들여와 내부의 아군을 궤멸시켰다. 그렇게 자신의 몸짓을 키울 수만 있다면 수단과 방법을 가리지 않는다. 이에 나는 끊임없이 부딪히고 또 패배했다. '어쩌면 내가 바보인가?'라는 자괴감을 넘어 스스로에 대한 혼란마저 느껴졌다.

한 달여간을 가만히 생각에 빠져있었다. 처음에는 분노를, 시간이 흐른 뒤에는 환멸을, 더 한참의 시간이 흐른 후에는 우리의 지방선거와 지방자치 시스템에 대한 원론적인 심각함에 대한 우려가 머릿속을 채웠다.

행정일선과 국회의원을 비롯한 지방의 다양한 의원들을 받치고 있는 힘이 정의롭게 사용되지 못하면 '지방자치'는 곧 무너지고 만다. 이것이 바로 오늘날 공천제가 가져 오는 폐해이다. 이를 타파하기 위해 상향식이니, 하향식이니 의견이 분분하지만 본질은 다른 곳에 있다. 현재 당원들을 움직이는 세력은 누구인가. 바로 현역 의원들이다. 당장 나의 예를 보자. '옳음'도 '정의'도 '소신'도 무참히 짓밟힌 채 결국은 당장의 '이해관계' 앞에 취해지고 또 버려지지 않았는가. 이를 하루 빨리 타파하기 위해선 지역사회의 리더이자, 현역 의원들이 보다 분명한 책임의식과 정치철학, 그리고 정의가 살아있는 시대정신을 반드시 발휘해야 할 것이다.


### 2010. 시장으로의 재도전, 351표의 석패

세월은 속절없이 흘러 4년 뒤, '2010년 지방선거'가 성큼 다가와 있었다. 2006년의 그 치도곤을 치르고 두 번 다시 정치세계에 뛰어들지 않으리라. 그곳은 애초의 나의 상식과 신념이 통하지 않는 '딴세상'이라 여기고 잊어버리자 하던 터였다. 그러나 인간은 얼마나 유약하며 간사한 '망각의 동물'이던가. 선거철이 다가오며 점차 고무되는 분위기에 나도 모르게 마음이 동요하는 것을 느낄 수 있었다.

4년 전이라고 그새 잊었던가. 그 치욕과 상처의 순간들을 말이다. 마치 지킬 앤 하이드 마냥 그렇게 선거를 앞두고 혼자 고민에 빠져있던 사이, 2월쯤으로 기억한다. 쌍화점포럼 등을 결성하여 함께했던 김진표 의원이 불쑥 내게, '한 번 더 해보지 않겠나?' 하는 것이었다. 설마 그 '한 번 더'의 주어가 '시장선거'인가 싶어 어안이 벙벙했다.

올해도 어김없이 선거를 코앞에 두고, 마치 징크스 마냥 당 내는 고요하기만 했다. 2월이면 다른 곳에서는 벌써 후보가 정해져 선거 유세 활동을 하고도 남았던 터였다. 그럼에도 민주당의 남양주 2010년 시장후보는 여전히 공석이었다.

원래대로라면 현 국회의원이자 광주 출신의 기획예산처 장관을 지내기도 했던 장병완이라는 인물이 시장후보로 예상되고 있었다. 오래도록 최재성 의원이 남양주시장 후보로 영입하기 위해 애를 쓰는 인물이었다. 그 또한 남양주시장선거 출마를 긍정적으로 검토하고 있으며 곧 출마를 할 듯한 움직임을 보이고 있었으나 정작 확답이 없어 하염없이 기다리고 있는 상황이었다.

"내 보기엔 그 사람 안 온다. 이 틈에 한 번 더 도전해 보는 게 어떤가."

김진표 의원은 아무래도 그가 선거에 출마할 것 같지 않다며 나에게 도전해 볼 것을 거듭 권유했다. 이토록 나를 아끼는 이들이, 특히 정치계의 선배들에겐 늘 목전에서 미끄러지고 마는 나의 행보가 참으로 안타까운 모양이었다. 그러면서 불편하겠지만 최재성 의원을 한 번 만나보라 말했다. 고민스러웠다. 그는 어떻게 보면, 내가 정치세계와 절연을 하고 이곳을 떠나게 만든 장본인이기도 했으며 늘 넘지 못한 큰 산이기도 했다.

"무엇보다 제가 아무 준비도 안 된 상태인데 이게 되겠습니까."

말은 그렇게 하면서도, 한편으로는 '담벼락에 포스터라도 한 번 붙여볼까?' 하는 엉뚱한 생각이 튀어 올랐다. 이래서 사람은 망각의 동물이라는 거다. 그리고 미련의 동물이다. 결국엔 경선만 지겹고 신물나게 치렀지 한 번도 본 선거에 제대로 출마해 본 적이 없었던 것이다. 그것은 가장 큰 미련으로 늘 가슴속에 남아있었다.

며칠을 고민하다 마침내 최재성, 그를 만나러 갔다. 그 후 세월도 어느 정도 흘렀고, 그간 이런저런 이유로 접촉도 꾸준했던지라 이제는 딱히 나쁜 사이는 아니었다. 그저 그에게 무언가 아쉬운 소리를 해야 하는 내 입장이 머쓱할 뿐이었다. 국회를 찾아가 그의 얼굴을 보는 순간, 대뜸 그랬다.

"나 포스터 한 번 붙여 보게 해주오. 나에게도 한 번 기회를 주시오."

나의 거두절미한 청에 그러시냐며 작게 웃더니, "4월 2일까지는 좀더 두고 봐야 겠습니다" 하는 것이었다. 선거법상 선거일 60일 이전까지 선거 출마자는 해당지역으로 주소지 이전을 마쳐야 한다. 최소두 달 전에는 남양주 지역으로 이사를 마쳐야 시장 선거 출마 자격을 갖게 되는 것이다. 일단 이 기간인 4월 2일까지 지켜보고 결정하자는 것이었다. 그는 본인이 경쟁력 있는 후보를 데려오겠다며 당에게 공표한 상태였고, 마지막까지 이를 위해 노력하려는 모습을 보이려 했던 게 아닌가 싶다.

이제는 대충 그가 어떤 인물인지 파악되었고, 또 어느 정도 예상했던 터라 담담히, "그럼 나는 나대로 천천히 준비를 하고 있어도 되겠소?" 하고 물었고, 그는 그러라고 했다. 마침내 4월 2일이 지나고, 그에게서 연락이 왔다.

"이번 선거, 갑시다!"

끝내 계획했던 후보는 오지 않았고, 그렇게 '이덕행 시장 후보 결정'이라는 합의를 본 것이 5월, 채 선거를 한 달도 안 남겨 놓은 시점이었다. 그제야 비로소 5월 5일, 사무실 시무식을 갖고 부랴부랴 선거 유세 활동을 시작했다. 드디어 2004년부터 6년간을 기다려 온 순간이었다. 당선도 아니고, 본 선거에서의 후보 활동조차 말이다. 다행히도 이때는 당에 대한 여론도 상당히 우호적인 시점이었다. 선거의 '9할'을 좌우한다는 '바람'이 다행히도 내 쪽을 향해 불어주고 있었다.

마침내, 6월 2일 생애 처음으로 출마한 지방 선거가 시작되었다. 길고 애타는 투표와 개표의 순간이 지나가고 마침내 결과가 발표되었다. 승자는 내가 아니었다. 당선자는 현 '이석우' 시장이었다. 그 표차이는 겨우 351표였다. 43만의 표 중 겨우 351표가 가까스로 승부를 갈라놓은 것이다.

'아깝다'라는 말로는 표현이 안 될 정도로 근소한 차이였다. 여러 가지 생각이 몰려들어 머릿속이 복잡했다. 그러나 절망할 틈도 없이 나의 낙선에 대한 위로와 아쉬움들이 쏟아졌다. 그 석패에도 금세 마음을 다잡고 차근차근 오늘까지 준비할 수 있었던 것은, 고마운 '남양주의 사람들' 덕분이다. 감사하게도 이에 대한 '아쉬움'은 나 혼자만의 것이 아니었다. 나를 지지해주었던 남양주의 수많은 시민들과 평범한 우리네 가족들이 선거 결과에 안타까워하며 도농의 사무실로 몰려와 아쉬움을 토로하고 또 위로를 건넸다.

그리고 이대로는 끝낼 수 없다며 바로 돌아오는 2014년을 함께 기약하면서 그들은 '남양주시민희망연대'(이하 남시연)라는 이름으로 '이덕행과 함께 하는 남양주 시민의 모임'을 결성하여 지금까지도 그 끈끈한 인연을 이어가고 있다.

그간의 선거를 돌아보자면 출마는 했지만 이것은 나의 의지로 일궈낸 '나의 선거'가 아니었다. 그저 한 달여의 시간 동안 허둥지둥, 그리고 여기저기 휘둘리며 붕붕 떠다닌 어설픈 행로였다. 하지만 이제는 이야기가 다르다. 어떤 공작도, 그리고 계략에도 결코 굴하지 않을 생각이다. 절치부심, 나는 2014년, 어쩌면 내 인생에서의 마지막 도전이자 기회가 될 이 시간에 나의 모든 것과 사활을 걸었다. 그런 내 곁에는 나를 믿고 지원해주는 든든한 남시연과 또 남양주시의 시민들이 함께 하고 있다.


### 남양주, 그리고 '정치적 도전'을 떠올리며…

2004년에서 2014년까지 무려 10년 동안 계속된 남양주를 향한 나의 지독한 외사랑을 회고해 보자면 그것은 나의 인생사처럼 한편의 영화이자 각본 없는 드라마였다. 때로는 끊임없이 모함 당하는 시련의 주인공이었고, 때로는 대반전극을 이뤄내는 기적의 승부사였으며, 때로는 이루 말할 수 없는 슬픔에 잠기는 비련의 주인공이자, 그럼에도 한결같은 주변의 응원 속에 다시 일어서고 마는 '불굴의 사나이'처럼 나는 그렇게 남양주와 함께 숨 쉬고 또 살아가고 있다.

한 눈을 판 적도 없다. 때로는 눈물나게 서운해 훌쩍 떠나고도 싶었지만, 나는 단 한 번도 남양주를 마음속에서 버린 적이 없다. '나'라는 사람이 그렇다. 그리고 앞으로도 그럴 것이다. 이러한 나의 진심이 부디 하늘에, 그리고 민심에 닿기를 바라며 돌아오는 2014년은 더 이상 나만의 외사랑이 아닌, 함께 '동행하는 동반자'이자 '사랑의 고장'으로서 함께 할 수 있기를 간절히 희망해 본다.

에든버러의
'문화마을'을,
화성의 '도시계획'을
벤치마킹하다

‘새로 씀’이 아니라 ‘다시 씀’으로
‘파헤침’이 아니라 ‘드러냄’으로 가자!

“시장이 되면 뭘 하실 거예요?”
“시를 위해 뭘 바꾸실 겁니까?”

남양주시장을 향한 도전을 결심하고 가장 많이 듣는 질문이다. 그것은 때론 공격적인 물음이기도 하고 때로는 말 그대로 순수한 궁금증으로 다가오기도 한다. 그럴 때마다 참으로 고민스럽다. 가슴 가득 채워진 천 개의 생각을 한두 마디의 언어에 담기란 녹록치 않다. 나는 늘 생각해 왔다. 앞으로의 우리가, 그리고 우리가 살고 있는 ‘도시’가 가야할 길을. 나는 그것을 “다시 쓰고, 같이 사는 세상”이라 말하고 싶다. 이것은 비단 남양주만의 이야기가 아니다. 우리의 도시가 그려야 할 ‘내일’이자, 시민사회가 한몸처럼 꾸려가야 할 ‘내 일’이기도 하다.

'같이의 가치'

몇 해 전, NH농협은행이 대대적으로 내세웠던 키워드이자 감성광고의 핵심이다. 이 얼마나 즐거우면서도 따뜻한 발상인가. 같이의 가치. 언어의 유희와 함께 그 안에 담긴 의미를 다시금 되새기게 하는 아름다운 말이다.

우리의, 그리고 도시의, 문화의, 삶의 내일이란 결국 '같이' 가는 것이다. 무엇과 같이 가야 하는가. 그것에 대한 대답은 가만히 감았던 눈을 떠올렸을 때, '당신 앞에 놓인 모든 것'이라 말하고 싶다. 눈앞에 탁 트인 하늘과 그 아래 고즈넉한 산봉우리, 그리고 우리의 마을과 산천을 휘돌아 흐르는 강… 우리는 이 '자연'과 함께 가야한다. 그 자연과 마주한 우리의 '마을'과 그 안에 세밀하게 깃든 고장의 '역사'와 '전통' 또한 함께 가야한다. 작은 담벼락 사이로 스민 수많은 '이야기'들과 그 이야기를 매일같이 만들어내는 우리의 '이웃'과도 함께 가야한다.

같이 가기 위해, 우리는 우리의 도시를 '다시' 써야 한다. 더 이상은 '도시개발'이 아닌, '도시재생'에서 새로운 내일을 찾아야 한다. 더는 산을 깎고, 물길을 막고, 똑같이 생긴 건물을 공장마냥 찍어내는 것으론 도시의 '미래'를 말할 수 없다. 원래의 것을 파헤쳐 새로운 것을 세우는 것이 아닌, 묻혀 있던 원래의 것을 세상 밖으로 드러내 '다시 쓰는 것' 그것이 내가 만들고 싶은 도시의 미래다.

한때 테마파크를 연구하며 관련 분야에 저명한 인사들을 모두 찾아다녔던 때가 있었다. 당시 들었던, 지금껏 나의 가슴속 깊이 박힌 메시지는 바로 이것이다.

"인위적인 것, 새로운 것을 '어떻게' 최소화 할 것인가. 그것이 핵심이다."

새것을 '최소화' 하여 원래의 것을 '최대로' 끌어내는 것. 그것이 진정한 '창조'이자 도시의 미래이다.

바람이 흐르는 곳엔 '바람길'을, 푸름이 머무는 곳엔 '숲길'을, 맑음이 흐르는 곳엔 '물길'을 다시금 살려 그 자리 그대로 머물게 하는 것. 되살아난 자연 속에 '눈길'이 머물고, 그 안에 '역사'와 '이야기'가 더해져 새로운 '도시문화'를 만들 때, 이는 자연스럽게 우리가 사는 '사람길'이 된다.

그러나 대한민국의 도시들은 안타깝게도 우후죽순처럼 쏟아지는 '도시개발의 난' 속에 깊이 길들여진 탓인지 이러한 당연한 이야기들에 오히려 '뜬 구름 잡는 소리'인양 낯설어하며 '되겠어?' 하고 되묻고는 한다.

'된다', '되어야 한다' 그리고 '될 수 있다.'

나는 그 믿음으로 "다시 쓰고, 같이 사는 세상"을 향한 내일을 제안하고 싶다. 물론 나의 고장, 남양주를 통해 그 세세한 면면을 전달하겠지만 비단 이는 남양주만이 아닌, 크고 작은 대한민국의 모든 도시들에게 전하고픈 나의 연서다.

있는 그대로의 내 고장 '먹거리'와 '놀거리', 그리고 이를 꾸려 갈 '내 고장 사람들'의 이야기를 '남양주 스토리'를 통해 전해 본다.

## 세계 최고의 창조적 쉼터,
## 에든버러에서 남양주의 미래를 보다

한 여자가 있었다. 사랑하는 이와 결혼해 아이까지 낳았지만 1년 만에 아이와 함께 버려져 '싱글맘'이 되었다. 살 길이 막연해 자살까지 시도했지만 차마 어린 딸을 두고 갈 수 없어 죽지 못해 살아남았다. 여자는 그 고통과 외로움을 잊기 위해, 또 딸에게 읽어 줄 동화책 한 권 살 형편조차 못 되었기에 직접 글을 쓰기 시작했다. 그렇게 영국의 어느 초라한 카페 한 귀퉁이에서 전 세계를 뒤흔든 세기의 역작, '해리 포터'가 '조엔 롤링'에 의해 탄생하였다.

그녀가 '삶'과 '창작'의 고통을 오롯이 불사른 곳, 그 고즈넉한 변두리의 작은 카페가 있던 곳이 바로 영국의 문화예술의 도시 '에든버러'다. 영국 안의 또 다른 나라, 스코틀랜드의 수도 에든버러(Edinburgh). 오늘날 세계 최고의 축제의 도시이자, 문화예술이 살아 숨쉬는 가장 위대한 '창조적 쉼터'가 바로 이곳이다. 이 도시를 가만히 보고 있자면 에든버러가 나에게 속삭이듯 말을 걸어온다. 고요하지만 그 메시지는 너무나 강렬하다.

'문화가 곧 세상을 지배한다' 에든버러의 독특하지만 고집있는 도시문화는 이를 잘 보여주고 있다. 다양한 문화유산을 원형 그대로 간직한 채, 시대를 뛰어넘는 건축물들로 가득 찬 거리, 스스로의 전통을 고수하면서도 얼마든지 다른 국가의 여행자들에게, 그리고 세계의 문화예술인에게 예술적 감성을 뽐낼 수 있는 장을 흔쾌히 내어주는 배려와 여유.

나는 남양주에게서 에든버러의 향기를 맡는다. 그들의 오늘을, 남양주의 미래로 마주한다. 남양주는 그만큼 충분한 역량과 언제 폭발할지 모르는 휴화산과 같은 잠재력을 지닌 곳이다.

영화 일을 하며, 또 '한류우드'를 꿈꾸며 전 세계에 가보지 않은 나라가 없었다. 세계의 내놓으라 하는 테마파크와 생태공원 등 온갖 명소를 닥치는 대로 찾아다녔다. 그런데 유독 기회가 닿질 않아 가보지 못한 곳이 있다. 바로 이렇게 칭송해 마지않는 에든버러. 그 덕에 이곳은 늘 내게 최고의 문화관광지이자 가장 가보고 싶은 도시로 남아있다. 수많은 세계명소 중 나의 'BEST 3'를 꼽자면 단연 이곳, 영국의 에든버러와 칸의 생폴드방스, 덴마크의 티볼리 파크다. 이유는 간단하다. 그들은 나의 고장이자 모두의 자연마을, '남양주'와 꼭 닮아 있기 때문이다.

그곳이 어느 나라의, 얼마나 유명한 장소이든 세계인의 발걸음을 이끌며 오래도록 사랑받는 데에는 반드시 충족해야 하는 3가지 조건이 있다. 그것은 바로 '역사', '문화' 그리고 '자연'이다.

'역사와 문화가 아름다운 자연 속에 어우러진 친환경 도시' 이제는 너무나 평범해 식상하기까지 한 이 수식, 그러나 이 중 단 하나라도 충족하지 못한다면, 그곳은 영원히 살아있는 도시도, 또 사랑받는 도시도 될 수 없다. 이를 대한민국에서 가장 완벽하게 충족하고 있는 도시는 단언컨대 '남양주'라 할 수 있다.

남양주는 총 면적의 3분의 2가 산이다. 그러나 산만 있는 게 아니다. 여기에 물길이 있다. 북한강과 남한강이 남양주에서 만나 한강을 이룬다. 한강은 남양주 곳곳을 휘돌며 마을을 살찌우고, 풍광을 아름답게 빛내는 물줄기가 된다. 산과 강이 어우러진 남양주는 이와 함께 서울 근교에 위치하여 도시의 사람을 부르고, 또 머물게 하는 특별한 매력까지 갖추고 있다.

조선 최고의 지성인이자 남양주가 낳은 불세출의 학자, 다산 정약용은 자찬묘지명에 이렇게 기록하고 있다. '이 무덤은 열수 정약용의 묘이다'라고. '열수'는 한강의 옛 이름으로 남양주 능내리에서 태어난 다산이 남양주를 굽이치는 아름다운 한강을 평소 어찌나 아끼고 사랑하였던지 자신의 호를 '열수'라 지을 정도였다.

또한 새마을운동의 모태가 된 가나안농군학교의 창시자이자, 남양주 능내에 농업과 근검절약을 통한 새로운 마을, '이상촌'을 세우고자 했던 김용기 장로는 남양주를 두고 '젖과 꿀이 넘쳐흐르는 축복의 땅'이라 명한 바 있다.

이처럼 일찍이 모든 것을 갖추고 있는 땅, 그럼에도 오롯이 그 매력을 발산하지 못한 채 주목받지 못하고 있는 이곳이 나는 늘 안타깝다. 그래서 늘 새로운 꿈을 꾸고, 또 그 꿈을 실현할 수 있는 길을 매일같이 고민하고 있다.

본래의 자연과 역사를 고스란히 지켜, 그 위에 새로운 문화콘텐츠를 더 했을 때 오롯이 발현될 수 있는 것. 그에 대한 해답은 두말할 것도 없이 '쉼터'이다. 자연의 '숨터'이자, 사람의 '쉼터'. 그렇게 모두에게 '숨을 쉴 수 있는 공간'이 남양주가 이루어갈 내일이자 또 나에게 주어진 오늘의 숙제이다.


**느려도 '괜찮아'가 아니라, 느린 것이 '맞다'**

아직도 여전히 남양주 곳곳에서 들려오는 분주한 공사 소리가 나의 마음을 무겁게 하며 극심한 피로감을 느끼게 한다. 더 이상 '토목행정'과 '속도전'은 시대의 화두가 될 수 없다. 도시 미래의 대안은 더

더욱 아니다.

산을 깎고, 길을 내고, 물을 막는다. 도시화 혹은 상권 형성이라는 이름하에 이러한 행정들은 '집값'을 올리고 '땅값'을 키운다는 달콤한 사탕발림으로 주민들을 현혹한다. 그 현혹의 대가로 일정 보직에 당선된 후, 임기를 끝마치면 홀연히 남양주를 떠나 버린다. 그는 떠나 버리면 그만이지만 '난개발'로 인한 상처는 고스란히 이곳의 자연이, 그리고 주민들이 떠안게 된다. 이것이 토목행정과 하드웨어를 부르짖는 행정인을 선택했을 때 벌어지는 폐허이다. 누구를 탓할 수도 없다. 그는 바로 주민의 손에 의해 탄생했기 때문이다.

더 이상은 이런 관행과 선례를 반복해서는 안 된다. 적어도 축복의 땅, 남양주에서는 말이다. 우리는 여기서 소위 '집값', '땅값'이라 하는 '값'이라는 명제에 대해 새롭게 고민해 볼 필요가 있다.

땅과 자연의 '값'을 가장 최대치로 끌어올릴 수 있는 것은 무엇일까. 그것은 모든 것을 '있는 그대로' 지켜가는 것이다. 계곡의 물길이 굽이친다면, 이를 막지 않고 그대로 흐르도록 두고, 푸른 소나무 숲이 가득 메워져 있다면 이를 자르지 않고 그대로 태양 아래 머물게 하는 것. 산은 산으로서, 물은 물로서 그대로 이어갈 수 있도록 '사람'이 이를 지켜가는 것. 그것이 바로 남양주의, 그리고 대한민국의 모든 지역이 만들어 가야할 '도시의 미래 값어치'인 것이다.

에든버러, 생폴드방스, 티볼리 파크 이 모든 곳이 그들의 자연을, 그곳에 깃든 역사를 고스란히 지켜냈다. 오랜 고성의 벽돌 하나, 그 틈에 피어난 꽃 한 송이, 풀 한 포기조차도 자연히 놓아두었기에 세계적인 명소로 이름을 날리며 도시 가치의 몇 십, 몇백 배에 해당하는 관광수익과 함께 수십, 수백만의 이방인을 맞이하고 있다.

우리를 보자. 집 앞의 산을 깎고, 물길을 막아 길을 낸다. 그 덕에 더 많은 돈을 받고 누군가에게 집을 넘겨준다면, 그 집의 주인은 당장의 이익을 안겨 준 '한 사람'이 되겠지만 산과 물길을 그대로 지켜 청정의 아름다움을 갖추게 된다면, 훗날 그곳의 주인은 수백, 수천 명의 사람들이 되는 것이다. 그것을 잘 보전한다면 이는 후손의 후손에게로까지 이어져, 그 가치는 돈으로 환산할 수 없는 없을 만큼 거대해지는 것이다. 이것이 바로 소프트웨어 행정이 하드웨어를 이기는 원리이다.

계속되는 하드웨어의 변화는 마을을 도시로 만든다. 이는 '도시화'라는 무심한 변화 속에 '문화'와 '예술'이 아닌, '난개발'과 '도식화'라는 삭막하고 언젠가는 그 바닥을 드러낼 수밖에 없는 한정된 도시를 만든다.

그러나 문화와 예술에는 바닥이라는 것이 없다. 낡으면 낡을수록, 오래되면 오래될수록 더욱 빛을 발하며 그 가치를 더해간다. 그것에 이를 진심으로 아끼고 사랑하는 '사람'이 더해지고, 이 모든 것을 포근하게 감싸는 자연이 더해진다면 비로소 완벽한 '문화, 예술이 살아있는 자연도시'이자 '지역사회가 나아가야 할 참된 미래'가 되는 것이다.

문화가 곧 세상을 지배한다 '문화'가 세상을, '예술'이 역사를, '청정자연'이 곧 미래를 지배한다. 이 소프트웨어의 3박자가 바로 우리의 남양주에 고스란히 담겨있다. 이제는 준비된 재료를 가지고 맛있게 요리를 하는 일만이 남아 있다.

더 이상의 하드웨어가 아닌, 소프트웨어를 움직이는 행정, 몸집을 키우는 것이 아닌, 마음을 움직이는 '문화행정'으로 남양주의 새로운 미래를 만들고자 하는 것이 나의 목표이자, 천명이다. 물론 더딜지도 모른다. 토목행정에 비해 그 결과나 과정이 덜 보이는 것도 사실이다. 당장은 눈에 보이는 경제적 효과가 미비할 수도 있다.

그러나 그저 조금 느릴 뿐이다. 모든 것이 조금 천천히 다가올 뿐이다. 지켜보면 알게 될 것이다. 가장 온전하게 지켜낸 '자연'이, 마지막에는 사람들이 그토록 원하는 가장 비싼 땅이 된다는 사실을 말이다. 세상에서 가장 '비싼 땅'이란 세상에서 가장 '사랑받는 땅'이어야 한다. 무분별한 개발 사업이 아닌, '기다림의 미학'에서 나는 이것을 실현하고 꼭 증명하고 싶다.

## '잊혀짐'을 이겨내고 되살아난 마을, 생폴드방스에서 '재생과 복원'을 배우다

영화를 하던 시절, 나른한 봄기운이 퍼져 갈 즈음이면 마치 노곤한 열병을 앓듯 무작정 '칸'으로 향하고는 했다. 눈여겨볼 만한 작품이 있든 없든, 한국으로 들어올 영화가 있든 없든, 그 계절이면 무언가에 흘린 듯 나는 칸으로 향했다. 그렇게 해마다 5월이면 칸 일대는 영화제와 나와 같은 영화인들로 도시 전체가 들썩인다.

그 화려한 도시 칸에서 한 뼘을 비켜서면, 거짓말처럼 고요하고 소담한 마을을 만날 수 있다. 이것이 바로 프랑스 꼬드다쥐르에 자리한 위대한 예술가, '샤갈의 마을' 생폴드방스다.

칸이 '화려한 이방인들의 도시'라면, 생폴드방스는 '고요하지만 숭고한 예술인들의 도시'이다. 처음 이곳을 찾았던 날의 기억이 아직까지도 또렷하다. 칸을 안내하던 가이드가 우리에게 물었다.

"전 세계에서 단위면적 당 사람이 제일 많이 오는 곳이 어디인 줄 아십니까?"

칸! 파리! 뉴욕! 등 우리가 알만한 대도시의 이름들이 속속 쏟아졌다. 가이드는 이에 별 말 없이 빙그레 웃으며, '여기서 버스로 딱 30분만 가면 만나실 수 있습니다' 하는 것이었다. 그것이 바로 생폴드방스와의 첫 만남이다.

허름한 버스가 덜컹거리며 제법 솟아오르는 언덕길을 지나, 우리를 그곳에 데려다 놓았다. 산봉우리 위에 마치 굳게 닫힌 요새처럼 성곽으로 둘러싸인 작은 마을이었다. 이곳은 폐허가 된 옛 고을이었다고 한다. 그럼에도 끊임없이 예술가들이, 그리고 그 예술가를 사랑한 시민들이 모여들었다. 그렇게 버려질 뻔한 공간에 모두가 함께 오늘의 '숨결'을 불어넣었고, 마을은 '예술가의 고장', '문화마을'이란 이름으로 다시 태어났다.

어느 곳은 깨지고, 어느 곳은 허물어진 성곽은 조금도 손대지 않은 채 옛 모습을 그대로 간직하고 있다. 16세기부터 그 세월의 무게를 고스란히 간직한 겹겹의 성벽 사이로 마을의 '역사'와 마을을 찾는 사람들의 '이야기'가 속속들이 스며들어 있다.

골목길마다 소박하고, 단정한 아름다움에 절로 걸음이 멈추는 갤러리들이 가득하다. 샛길마다 아름다운 아틀리에들이 끊임없이 방문객을 부른다. 큰 관광도시의 상업화된 상점에서는 결코 느낄 수 없는, 알 수 없는 뭉클함과 설명할 수 없는 향수가 마음속 깊이 감동을 전한다.

객실이라고 해봤자 10개의 룸이 고작인—옛 문양과 보드라운 정취가 그대로 남아있는 침구로 꾸며진—작은 호텔들, 장인의 손길이 고스란히 느껴지는 갖가지 수공예품과 골동품들, 아기자기하고 고풍스러운 우표에서, 지금은 구할 수 없는 고전 명화의 포스터가 가득한 노점과 판매점들, 그리고 그 사이사이로 이름 없는 예술가들의 그림과 조각품이 전시된 '거리의 전시관'이 즐비하다.

바로 이곳에서 문득 남양주의 '금곡'을 떠올린다. 생폴드방스에 견줄 만큼 이곳 역시 활기차고 아름다워서가 아니라, 생폴드방스가 미친 듯이 부러울 만큼 안타깝고 또 아쉬운 고장이기 때문이다. 아마 어느 도시에나 있을 것이다. 시간이 멈추어버린 듯 생기를 잃어버린 시가지 하나쯤은 말이다. 마치 '고인 물'처럼 과거의 사람들로 북적이던 명성은 그저 옛이야기로 간직한 채, 고요하게 죽어있는 이러한 곳들은 풀기 어려운 숙제마냥 지역사회를 골몰하게 만든다.

금곡, 이곳 역시 마찬가지다. 특히 구시가지는 서울과 춘천을 잇는 유일한 도로가 자리하고 있어 일찍이 상권이 형성되고 이를 찾는 시민들로 활기찬 곳이었으나, 인근에 우회국도가 개통한 이후로는 도시의 '쓸쓸한 뒤안길'이 되어버렸다. 이후 이곳 시민들의 원망은 애석하게도 주변에 자리한 '왕릉'들로 향했다. 왕릉들 때문에 개발사업의 발목이 묶여 도시가 더 이상 크지 못한다는 것이다.

금곡은 독특하게도 조선왕조의 고종과 명성황후, 순종 등이 묻힌 홍·유릉(국가사적제207호)과 단종 비 정순왕후의 묘인 인근의 사릉에 이르기까지 다양한 왕릉이 자리한 문화재보호구역이자 오랫동안 개발제한 구역으로 묶여있던 곳이기도 하다. 이처럼 어느 지역보다 왕릉과 왕조의 문화유산이 많이 자리하고 있어, 도시 개발을 저해하는 요소로 오랫동안 오해 아닌 오해를 받고 있다.

그러나 나는 힘주어 말하고 싶다. 우리의 '왕'을 저버리지 말고, '왕의 숨결'과 함께 가면 된다고 말이다. 생폴드방스는 죽어가던 도시에 '개발'이 아닌 '재생'과 '복원'의 길을 택했다. 가진 것을 고스란히 되살리고, 이와 공생하는 삶을 택한 것이다. 그렇게 보란 듯이 세계 속의 문화 예술의 도시로 '부활'했다.

여기에 남양주는 '역사'까지 품고 있으니 이는 얼마나 큰 행운인가. 오랜 역사는 도시의 새로운 '이야기'의 발판이 되어 끊임없이 교육과 관광, 문화콘텐츠를 생성하는 화수분이 된다. 금곡은 교통에서 문화유적, 이와 함께 개발제한구역이었던 덕에(?) 여기저기 솟아난 고층 건물 하나 없이 특유의 고즈넉한 자연까지 끌어안고 있다.

이곳에 우리는 그저 삶을 펼쳐 놓고, 이야기를 만들어가면 된다. 소담한 담벼락에 지역 예술가의 멋진 벽화가 담기고, 사람이 떠나간 황량한 빈 집터에는 찻집과 갤러리를 꾸며 작지만 내실있는 문화마을을 만들어가는 것이다. 여기에 지역의 장점인 교통 환경을 십분 이용해, 지역상권이 다시 살 수 있도록 특색 있고, 콘셉트가 살아있는 '마을상점거리'를 만들고, 주변의 문화유적지를 기반으로 한 '교육' 콘텐츠에까지 힘을 싣는다면 빛을 잃어가던 도시는 '완벽한 부활'을 꿈꿀 수 있다. 이러한 이유로 나는 일찍이 이곳을 남양주 교육문화의 '핵'이자 '중심도시'로서 생각해왔다. 도시 그 자체가 '배움의 터'이자 '삶의 터'가 되는 곳, 이곳에 아이부터 어르신까지 생의 모든 순간을 배움과 마주할 수 있도록 '평생교육센터'와 '문화재단'을 설립하는 것이 나의 오랜 꿈이다. 시민들의 자발적인 후원금과 자원봉사가 더해져 지역사회의 소외계층을 돌보는 '남양주 희망케어센터'. 희망케어센터는 지역사회와 행정기관이 함께 힘을 모은 사례로 주목받고 있다. 이와 마찬가지로, 문화와 교육에 있어 열악한 환경에 처한 이들을 위한 '문화' 희망케어센터를 운영하는 것이다. 현대사회에서 '생계'만큼이나 중요한 요소 중 하나인 '정서적' 소외 계층을 감싸 안을 수 있는 '문화' 복지 재단을 건립하는 것, 문화와 예술에서 등을 진 '문외한'에서 진정한 '문화인'으로 거듭날 수 있도록 하기 위한 '씽크탱크'로 잠들어 있는 도시, 금곡을 오래도록 염두해왔다.

물론 여기에도 반드시 경계하고, 시민들과 함께 엄격하게 준수해 나가야 할 '약속'은 존재한다. 현재 남양주의 희망케어가 좋은 평가를 받고 있지만, 이와 함께 우려의 목소리를 낳고 있는 것은 정당한 배분, 즉 '공정성'과 운영에 있어서의 '투명성'에 대한 부분이다. 그 운영과정이 투명하고 정확하게 시민들에게 공개되고, 또 그 복지의 보급이 정당하면서도 공평해야 지역의 '복지생태계'든 "문화생태계"든 오롯이 시민들에 의해 살아나고 또 이어나갈 수 있는 것이다.

개발업자에게 '공간'은 그저 '돈'이다. 그러나 문화인에게 '공간'은 '터'이다. 막대한 예산도, 거창하고 새로운 개발계획도 필요없다. 그 저 왕의 숨결을 끌어안고 사랑하며 살아갈 수 있는 '문화시민들의 터'를 이곳에서 한결 같이 바라본다.

## 예술가들이 사랑한 마을, 생폴드방스에서 '종합촬영소'를 그리다

생폴드방스가 특별한 또 다른 이유, 그것은 바로 이 마을의 터줏대감이라 불리었던 '샤갈' 때문이다. 피카소, 모딜리아니, 르누아르 등의 예술가들이 머물렀던 예술의 성지이자 샤갈이 97세의 나이로 세상을 떠나는 순간까지 함께 했던 '제2의 고향'이자 그의 무덤이 자리한 곳이 바로 생폴드방스다.

마을입구에서 반대쪽으로 걷다보면 공동묘지가 하나 나온다. 그곳에 샤갈의 무덤이 있다. 샤갈의 무덤 앞으로 다가가 마주섰다. 그 순간 머릿속에는 엉뚱하게도 비운의 여배우 최진실이 떠올랐다. 또 한류스타였던 박용하도 떠올랐으며, 연기파 배우 장진영이 떠올랐다.

얼마 전 안타까운 부고를 들은 '영원한 청년작가', '한국 문단의 큰별'로 불리던 최인호 작가도 떠올랐다.

기억은 더 아득한 시절로 거슬러 올라가 배우 최민수의 부친이자 영화배우 김지미와의 열애와 파경 등 희대의 스캔들을 낳으며 영화 같은 인생을 살다 간 故최무룡과 중후한 이미지로 '여성 팬의 우상'이라 불렸던 故김진규도 떠올랐다.

모두 한 시대를 풍미한 이들이자, 우리의 영화와 예술계에 한 획을 그은 후 하늘의 별이 된 이들이었다. 나는 그들의 묘가 자리한 남양주종합촬영소를 상상해 보았다. 물론 실제 영정이야 가족들의 품에 있다 하더라고, 가묘의 형태로 이를 상징적으로나마 남양주종합촬영소에 둔다면 어떨까를 상상해 본다.

그 고즈넉한 남양주의 자연의 품에서 그들의 넋을 위로하고 또 그들을 추억하는 이들의 발걸음이 계속된다면, 마치 샤갈의 묘지 앞에 장미꽃 한 송이를 내려놓는 외국의 한 소녀처럼, 촬영소를 찾은 이들의 손에 스러진 별들을 위한 꽃 한 송이가 들려있다면 얼마나 좋을까. 그렇게 우리는 남양주종합촬영소를 통해 동양의 '생폴드방스'를 실현할 수 있지 않을까.

생폴드방스는 샤갈과 더불어 수많은 문화예술인들의 사랑을 받아왔다. 프랑스의 인기 절정의 배우였던 이브 몽땅이 결혼식을 올린 곳이며 최근에는 할리우드 스타 레오나르도 디카프리오가 밀월여행을 즐기기도 한 곳이다.

우리 종합촬영소에서도 아름다운 한 쌍의 문화예술인 부부가 모두의 축복 속에 결혼식을 올린다면? 세기의 커플이 고요하면서도 소박한 데이트를 즐긴다면? 이러한 모든 이벤트들이 종합촬영소의 곳곳에서 빛난다면 얼마나 좋을까.

나는 생폴드방스가 미친 듯이 부러웠다. 그리고 늘 고민하고 있다. 생폴드방스를 재현할 수 있는 남양주의 유일한 장소이자, 가장 큰 규모의 문화 예술의 산실, '남양주종합촬영소'의 새로운 내일을 말이다.

무려 40만 평의 부지다. 이 안에 영상콘텐츠와 문화산업을 위한 인프라가 총망라돼있다. 대한민국을 넘어 아시아에서도 역대 급의 규모다. 나는 이 모든 것이 아까웠다. 그리고 안타까웠다. 어디 내놓아도 손색이 없는, 이곳을 왜 가만히 간직만 하고 있는 것일까. 왜 우두커니 바라만 보고 있는 것일까. 나는 촬영소 소장시절, 할 수 있는 모든 것을 다해 이를 아낌없이 시민들에게 돌려주었다. 종합촬영소는 영화에게는 '일터'이지만 시민들에게는 '쉼터'이자 '놀이터'가 되어야 한다. 이는 변함없는 나의 생각이자, 또 지켜가야 할 목표인 것이다.

'생폴드방스'는 '샤갈'이 있기에 더욱 특별해진다. '샤갈'은 '생폴드방스'로 인해 영원히 기억된다. 이것이야말로 문화예술'인'과 문화예술의 '공간', 그리고 그것이 자리한 지역사회가 공존하는 최적의 해피엔딩이자 네버엔딩스토리다.

샤갈의 무덤이 있다는 사실만으로도 생폴드방스는 빛난다. 남양주 종합촬영소도 마찬가지다. 우리가 사랑했던, 그리고 우리 문화예술계의 전설이 된 명인들을 시민들 가까이에 두어 그 넋을 기릴 수 있는 보다 심도 있는 문화 예술의 장이 되기를 바란다.

이와 함께 촬영소 주변에 자리한 수려하고 아름다운 풍경들을 산책로로 개발하여 부드럽고 따뜻한 '안성기 길', 곧고 청정한 '임권택 길', 푸른 산과 계곡이 만나는 '쉬리 길', 제법 경사와 난이도를 갖춘 '실미도 길', 아름다운 햇살이 내리비치는 '원더플데이즈 길'과 같은 남양주 최초의 '엔터테인먼트 로드', '문화예술의 올레길'이 있다면 얼마나 좋을까 하고 오래도록 꿈꾸어 왔다.

촬영소라는 특별한 공간에 남양주의 '자연'을 담아 시민과 방문객에게 그대로 돌려주는 것이다. 새로운 경험은 사람을 다시 그곳으로 부른다. 특화된 공간에 대한 호감은 자기 지역에 대한 자긍심과 애향심을 높인다. 이것은 그 지역사회를 더욱 풍요롭고 단단하게 만든다. 이것이 내가 끊임없이 '쉼터'로서의 남양주를, 그 중심으로서 남양주 종합촬영소를 주장하는 이유다.

현재 연간 40만 명의 관람객이 남양주종합촬영소를 찾고 있다. 나의 희망이자 목표는 연간 관람객 100만 명이다. 연간 100만 명을 수용할 수 있는 규모와 콘텐츠를 갖춘다면, 그렇게 해서 실제로 100만 명의 관람객이 이곳을 찾는다면, 남양주는 '숫자' 이상의 부가가치를 창출하게 된다.

100만 명의 방문객으로 인해 파생되는 다양한 수익은 촬영소의 운영경비를 충당하고, 이는 다시 시설과 새로운 콘텐츠에 재투자되어 공간을 업그레이드 시킨다. 이는 더 많은 방문객을 부르기 마련이고, 이러한 선순환 구조는 문화콘텐츠를 통해 남양주를 더욱 살찌우고 또 비옥하게 만든다.

이것이 그토록 오랫동안 '테마파크'라는 문화산업을 향해 나의 반

평생을 바친 이유이자, 시장 출마를 결심한 순간부터 오래도록 꿈꿔온 숙원인 까닭이다. 흔히 테마파크라 하면 용인 에버랜드 내 테마마크나 롯데월드와 같은 신식 설비와 첨단 장비로 무장된 놀이기구의 공간을 떠올린다. 그러나 그렇지 않다. 일정의 '테마' 혹은 '거리'를 통해 사람을 불러오고, 사람이 찾아와 즐기는 모든 공간이 우리에겐 '테마파크'가 될 수 있다. 제대로 잘 닦아놓은 문화콘텐츠의 공간, 그 하나만으로도 지속가능한 고부가가치를 창출하여 지역사회를 이끌어 갈 수 있는 것이다.

그래서 나는 남양주의 '내일'이란 명제가 떠오르면 가장 먼저 종합촬영소를 떠올린다. 종합촬영소를 남양주를 넘어 서울과 수도권 전체를 아우르는 대한민국의 '쉼터'이자 창출수익을 문화예술인을 위해 재투자할 수 있는, 이 땅의 유일무이한 문화테마파크로 거듭나게 하는 것. 이것이 나의 아주 오래된 꿈이자 꼭 실현하고 싶은 '남양주의 희망'이다.

### 지속가능한 '창의' 클러스터를 꿈꾸다

생폴드방스에서 인상 깊게 본 또 하나는, 마을 곳곳에 살고 있는 '무명의 예술가'들이었다. 숙박료 대신 자신이 그린 그림을 맡기기도 하고, 레스토랑에선 능청스럽게 관광객 테이블에 합석해 와인을 얻어 마시기도 한다. 공간 곳곳에 예술가들이 걸어 다니고, 살아가며 마을과 함께 숨을 쉬고 있다. 아기자기하게 꾸며진 1층 상점 위의 2층 공간 대부분이 예술가들의 작업장으로 꾸며져 있다. 여기서 완성된 창작물이 바로 아래층으로 내려가 전시되거나 판매된다. 그 위의 3층은 그들의 살림집이다. 대부분이 등이 굽고, 눈가에 주름이 짙은 노인들이다. 그만큼 오랜 세월을 이 도시와 함께 해온 생폴드방스의 예술가이자 '생활인'인 것이다.

그런 그들을 위해 마을과 지역사회는 최소한의 비용만 지불한다면, 누구든 이곳에 머물며 작품 활동을 할 수 있도록 허용하고 있다. 유명한 화가가 아닌들 어떠랴. 인정받는 예술가가 아니어도 상관없다. 그저 소소하게, 그러나 한결 같이 그들 모두가 문화마을을 지키는 '문화 파수꾼'인 것이다.

종합촬영소 또한 마찬가지다. (현재 영화인들을 위한 숙박시설인 춘사관이 있지만 아직까진 다소 제한적이다.) 종합촬영소에서 가만히 주변 풍광을 내려다보면 자연히 고개가 끄덕여질 것이다. 좋은 글과 영감이 떠오를 수밖에 없는 곳이다. 이 고즈넉하고 아름다운 최적의 장소에, 작가들에게는 글을 쓸 수 있는 집필공간을, 콘텐츠 연출자들에게는 새로운 아이디어를 얻고 또 토론할 수 있는 브레인스토밍 공간을 만들어 주고 싶다.

이와 함께 숙식이 가능한 주거환경을 조성해 주어 1년이고 2년이고 본인이 원하는 작품을 완성할 때까지 최소한의 비용으로 지낼 수 있도록 배려해 주어, 새로운 무언가를 끊임없이 창조할 수 있는 '창의공간'을 제공하는 것이다.

꼭 기성작가가 아니더라도 상관없다. 문화행사나 각종 이벤트를 꿈꾸는 일반 시민들에게도 공간을 적극 개방한다면 이 '창의공간'의 생산성은 무궁무진할 것이다. 국내에도 물론 이와 유사한 공간들이 있다. 이 중 하나가 고양시에 '브로맥스 영상단지사업'이다. 최저 수준의 임대료와 관리비만 받고 문화예술인들에게 공간을 대여해주고 있다. 이준익 감독 등 대표적인 문화예술인들이 대거 이용하고 있는 곳이기도 하다. 또한 문학과 출판계에서는 파주의 출판도시 등이 소설가와 시인 등 다양한 작가들에게 작업 공간을 내어주고 있다.

이에 남양주도 한 번 도전해 보자는 것이다. 남양주는 그 어떤 도시보다 도심과의 접근성이 으뜸인 곳이다. 문화란 결국 무엇을 먹고 성장하는가. 첫째 창작자의 열정이다. 두 번째, 자본을 먹는다. 자연히 자본이 있는 곳에 창작자들이 몰려들기 마련이다. 대부분의 자본은 강남 일대와 충무로에 응집되어 있다. 남양주는 이와 인접해 있는 최적의 장소다. 남양주의 '창의공간'과 '자본'의 어우러진, 이로 인해 무궁무진한 콘텐츠를 창조해 가는 '풍성한 문화 식탁'을 만들어 가고 싶다.

이에 무엇보다 중요한 것 중 하나가 바로 교육이다. 배움은 창작의 시발점이다. 교육 콘텐츠를 떼어놓고는 도무지 창작자의 '산실'을 논할 수 없다. 이러한 이유로 소장시절부터, 영화와 애니메이션 등 영상산업을 전문적으로 교육하는 대학과 대학원을 유치하기 위해 많은 애를 써왔다. 촬영소 내의 모든 인프라가 그대로 교육자료이자 교육과정이며 또한 심도 있는 연구가 가능한 연구공간이기에 여기에 그저 배우려는 '사람'과 가르치는 '사람'만 더해지면 되는 것이다.

말 그대로 산학연의 클러스터를 별다른 노력 없이도 절로 형성하여 함께 나아갈 수 있는 공간이 바로 종합촬영소다. 그렇게 영상을 비롯한 문화콘텐츠 분야의 '인재'가 탄생하고, 그 인재들은 나아가 실무에 바로 투입이 가능한 '인력'이 되고, '인력'은 보다 고도화된 연구과정을 통해 '전문가'로 거듭나는 것이다.

이러한 산학연 클러스터를 기반으로 주민과 문화예술인이 일체화된 공간, 이로 인해 지역사회를 풍족하게 하는 수만 가지의 고부가가

치를 창출하는 구심점, 그것이 바로 우리 사회가 요하는 '지속가능함'을 갖춘 미래의 종합촬영소가 아닐까.

이러한 이유로 영화진흥위원회를 비롯한 해당 기관의 '부산' 이전 소식이 너무나 애석한 것이다. 나의 생각은 늘 확고하다. 남양주종합촬영소는 남양주의 것이어야 한다. 이를 위해 남양주가 종합촬영소를 매입하거나, 그것이 어렵다면 위탁 경영의 형태라도 취하여 이를 지켜야 한다고 생각한다.

다행스럽게도 나는 한때, '영화진흥위원회'에서 녹을 먹은 사람인 동시에 종합촬영소를 꾸려왔던 사람이다. 현 행정인 중 유일하게 '영화진흥위원회'와 '종합촬영소' 그리고 '남양주'를 두루 경험한 인물이다. 그 덕에 양 측의 사정과 앞으로의 대안을 누구보다 깊이 이해하고, 또 그 접점에서 두 기관의 의견을 누구보다도 잘 조율할 수 있는 것이다. 그 바탕에는 온 세계를 돌아보며 얻은 풍부한 경험과 문화산업에 대한 나름의 혜안과 늘 감당하지 못할 만큼 솟구치는 다양한 아이디어들이 있다.

종합촬영소는 늘 자랑스러우면서도 한편으로는 참 아픈 손가락이다. 오늘보다 더 적극적이고 활발한 활용으로, 남양주를 넘어 전 국민의 함께 할 수 있는 '문화예술의 쉼터'로 가꿀 수 있는 그날을 기대해 본다.


**조화로운 '역사 · 문화 · 교육의 캠퍼스'를 꿈꾸다**

종합촬영소와 함께 최근 나의, 그리고 남양주의 이목을 집중시키고 있는 것이 있다. 바로 서강대학교의 '남양주캠퍼스조성'이다. 남양주시와 서강대는 지난 2010년, 남양주캠퍼스 조성을 위한 양해각서

(MOU)를 체결했다. '캠퍼스는 남양주의 와부읍과 양정동 일대에 단계별로 추진되며 학생과 교직원 5,500명가량을 수용할 수 있는, 서울 신촌 캠퍼스의 약 2배의 규모로 지어질 계획이다'라는 것이 최초의 계획이자 언론을 통해 대대적으로 알려진 내용이지만 2013, 막상 뚜껑을 연 실시협약에서는 그 규모가 현격히 축소되었고, 학부조차 제대로 옮겨지지 않았다. 그 실제 구성은 비즈니스센터, 평생교육원 등 세간에 알려진 것과는 판이하게 다른 것으로, 상당부분이 왜곡되어 있으며 그 취지 또한 변질되어 있다.

그래서 더욱 안타까운 것이다. 명문대 유치를 통해 도시의 품격을 높일 수 있는, 더할 나위 없이 좋은 '기회'이다. 부디 이 좋은 '기회'가 '선거판'이라는 생리에 악용되지 말고, 본 취지 그대로 건전하고 건강하게 지역사회를 위해 발현되었으면 한다. 그래서 이 '기회'에 대한 적절한 계획과 쓰임이 어느 때보다도 간절하다. 후에도 지역개발과 공사진행에 있어 당장의 이득을 쫓느라 생기는 불미스러운 상황이나 잡음을 만들지 말고, 부디 보다 멀리, 그리고 넓게 바라보는 원시안적 시각으로 이를 차근차근 준비해 갔으면 한다.

서강대에게 보다 내실 있고 끈끈하게, 우리의 남양주와 그 보폭을 함께 하자며 힘있는 목소리를 내어야 한다. 문화의 시작은 '교육'이며, 창작의 시발점을 '배움'이라 말한 바 있다 이를 위해 끊임없이 종합촬영소 내에 교육기관 및 아카데미를 신설하고 도입하기 위한 노력을 기울여 왔다. 부디 다시 한 번 힘있게 읍소해 본다. 그 개발과 운영에 있어 '한없이 투명하기를!' 오롯이 지역사회를 위한 '건전한 동행'이 되기를! 지금부터라도 올바르게 발현되고, 완성되어 이곳이 양정동과 와부읍 일대를 넘어, 남양주의 '문화캠퍼스'가 되기를 말이다.

## 프린지 페스티벌에서 리우카니발까지, '지역축제'를 말하다

영국의 에든버러가 유명한 데에는 진짜 이유가 따로 있다. 바로 글로벌 축제의 양대 산맥인 '인터내셔널 페스티벌'과 '프린지 페스티벌'이 그것이다. 상주인구 40만의 이 고요한 마을에 1,200만 명의 관광객과 문화예술인이 찾아든다. 가히 엄청난 폭발력이다.

특히 세계 최대 규모의 종합공연예술축제, 에든버러 프린지(Fringe) 페스티벌이 유명하다. 전 세계의 자유분방한 문화예술인들이 모여드는 '문화의 성지'이자 '축제의 난장'으로 한 달여간을 함께 즐기며 군악제를 비롯한 다양한 행사가 '에든버러 페스티벌'로 통칭해 시내 곳곳에서 벌어진다.

바로 여기서 '비언어 퍼포먼스'가 열리는데, 말 그대로 언어를 사용하지 않는 마임과 무용, 시각예술 등이 펼쳐진다. 전 세계인이 모였으니 '언어'라든가 '자국어'라는 것들은 한없이 무의미해진다. 누구나 거리낌 없이 거리 한가운데서 '말이 필요 없는' 공연을 펼친다. 우리나라의 '난타 공연'이 가장 먼저 주목을 받은 곳 또한 바로 이 프린지 페스티벌의 '비언어 퍼포먼스'에서였다. 이를 계기로 미국의 캐스팅 디렉터에게 발탁되어 세계적인 공연으로 거듭난 바 있다.

여기에서 착안하여 탄생한 것이 바로, 금남리에 '세계야외공연축제'다. 2001년부터 남양주 북한강변을 비롯한 종합촬영소 등 다양한 지역에서 펼쳐지며 남양주는 물론 수도권 시민들에게도 큰 호응을 얻기도 했던 뜻깊은 축제였다.

그런데 2007년부로 본 축제는 남양주에서 사라졌다. 남양주시의 더 이상의 '지원불가'라는 결정이 내려진 것이다.

이로서 2004년까지 경기도의 예산 지원을 받아 화도읍 금남리 일대를 주축으로 개최되었던 축제는 여러 잡음 속에 2005년과 2006년에는 남양주시와 양평군이 공동 개최를, 2007년에는 남양주시를 완전히 떠나 양평군으로 이전되었다. '세계야외공연축제'는 그렇게 '양평세계야외공연축제'라는 이름으로 몇 해 간 운영되다 이마저도 운영이 전면 중단되어 지금은 기억 속에서 사라진 축제가 되어 버렸다.

가장 안타까운 것이 이것이다. 한 지역사회에 있어 '축제'라는 것이 얼마나 큰 의미를 가지며, 또 파급력을 발휘하는지에 대한 행정 일선의 한없이 부족한 이해도가 참으로 답답하다. 또한 정치색으로 인한 대립으로 일순간에 사라지게 하기엔, 하나의 축제가 비로소 그 지역에 뿌리를 내리고 정착하기까지 얼마나 많은 공을 들여야 하는지를 꼭 깨닫기 바란다.

세계야외공연축제는 발레와 판토마임 등의 세계 유명 아티스트와 그들의 작품을 볼 수 있는 남양주의 유일한 '퍼포먼스 형' 축제이자 시민들의 '문화갈증'을 해소해주던, 아주 특별한 행사 중 하나였다. 이것을 집행위와 시의 집행부 간의 힘겨루기라는 민관의 갈등으로 시민들의 '문화충족' 기회를 일순간에 빼앗아 버린 것이다.

시민 스스로 개척하고 운영해가는 '민간 주도형' 국제규모 급 축제는 당시 세계야외공연축제가 유일했었다. 금남리 주민들을 비롯한 시민들은 '이렇게 남양주시를 문화 불모지로 만들 참이냐'며 강한 비난을 쏟아내기도 했다. (남양주타임즈 기사 참조)

얼마나 안타까운 일인가. 해외의 유명 축제들은 그 역사가 어려 봐야 보통 50년이다. 기본이 100년 혹은 그 이상을 이어가는 국가의 개넘을 넘어, 세계가 공유하는 콘텐츠인 것이다. 그것이 바로 축제의 본질이다. 참가자와 관람자, 오로지 그들이 주인이며 그들만이 결정권을 가진다. 그들만이 축제를 이끌어가며 또 사라지게 할 수 있는 것이다.

그러나 우리는 어떤가. 축제에서마저도 진보니 보수니 하는 낙인이 따라다닌다. 정권이 바뀌고 행정인이 교체될 때마다 마치 지역 축제를 '적이 남겨 놓은 잔해' 마냥 취급하며 예산 지원을 무기로 여차하면 공중분해를 시켜버리는 것이다.

하물며 이는 정부 기관이나 단체에서 운영하는 것이 아닌, 시민의 손으로 운영되던 민간주도형 축제였다. 어떻게 이러한 축제를 시민에게서 함부로 빼앗을 수 있단 말인가.

세계 어느 나라도 정치권의 싸움으로 시민의 축제를 빼앗는 곳은 없다. 그러면서도 말로만 '글로벌 축제'를 외친다. 축제를 향한 마인드 자체가 글로벌하지 못한데, 어찌 '글로벌 페스티벌'이라는 야무진 꿈을 꾸는 것인지 도리어 반문하고 싶다.

특히 내가 느끼는 금남리는 남양주의 어떤 지역보다도 역사와 자연의 숨결이 살아있는 문화와 예술의 마을이다. 언젠가는 반드시 본 축제를 복원하고 싶다. 해서 남양주 문화시민들에게 이를 돌려주고자 한다. 처음부터 그들의 것이었다. '축제'는 그저 '축제'다. 더 이상은 사람에게 휘둘리는 축제가 아닌, 사람을 들썩이게 하는 문화의 장으로, 남양주와 함께 하길 바란다.

민간에서 시민의 힘으로 직접 운영하는 축제를 떠올리니 자연히 발걸음은 수동으로 향한다. 수동은 산지 비율이 꽤 높은 산촌 지역이다. 그러다보니 숲과 나무와 청정한 공기로 가득하다. 그 덕에 바로 이곳에서 '수동면 물골안 반디축제'가 열리고 있다. 축제를 시작하고 박원순 서울시장과 시인 안도현 선생 등 많은 인사들이 이곳을 다녀 갔으며 또 자리를 빛내 주었다.

전국에 몇 없는 반딧불이 자연 서식지가 자리한 수동면에서 10여 년간 꾸준히 열리고 있는 인기 축제 중 하나로, 오랫동안 큰 잡음 없이 제법 잘 운영되고 있다.

반딧불이는 과거에는 워낙 흔해 '개똥벌레'로 불렸지만 오늘날에는 천연기념물 제322호로 지정된 아주 귀한 곤충 중 하나다. 수동은 최고의 청정지역에서만 사는 반딧불이의 서식지를 형성하여 이를 배양하고 또 보존하고 있다. 특유의 깨끗하고 맑은 자연 덕에 이러한 행사가 가능한 것이다.

행사는 반딧불이의 특성상 '야간탐사'를 비롯하여 밤 11시라는 늦은 시간까지 진행되는데, 그럼에도 무려 2,000여 명의 방문객으로 매해 대성황을 이룬다. 특히 가족단위의 관람객이 많은데, 이는 자녀들을 위함이다. 그저 책으로만 보아왔던 반딧불이가 형광 빛을 발하며 눈앞에서 날아다니는 신비로운 광경을 직접 볼 수 있기에 어린이들에게 인기 만점이다.

이 축제는 매우 특별하며 또 상징적이다. 이유는 그 주최가 시민사회로서 완벽한 '민간형'이자 체험하는 방문객과 준비하는 준비단 모두 시민으로 이루어진 진정한 '참여형' 축제라는 데에 있다.

축제는 남양주YMCA에서 주관하고 있다. 매년 반딧불이의 서식지를 모니터링하며, 행사일정에 맞추어 이를 성심성의껏 관리하고 있는 것이다. 수동의 주민들은 365일, 매일같이 직접 반딧불이를 키우고 돌본다. 이는 생태학습장을 겸하여 언제든 그 과정과 운영 내용을 견

학할 수 있다.

이것을 누가 하고 있느냐, 바로 인근의 노인대학과 노인회의 어르신 여러분들이 직접 관리하며 운영하고 있다. 남양주YMCA에서는 주기적으로 이를 방문하여 배양과 운영노하우를 알려주기도 하면서 모두가 함께 1년을 매일같이, 축제의 그날을 준비하는 것이다.

대대적인 홍보나 물량공세를 앞세운 이벤트도, 무료 관람의 혜택도 없다. (시 예산을 어느 정도 지원 받고 있지만 그저 반딧불이를 관리하고, 행사를 주관할 수 있을 정도의 빠듯한 규모다.) 이 축제에 참여하고 싶다면, 직접 해당 홈페이지를 방문하여 참여부분에 따라 적게는 5천 원에서 만 원에 이르기까지 참가비를 직접 지불한 후에 비로소 참가할 수 있다.

'개인의 자발적 의지'로 직접 참여신청을 하고, 이에 대한 일정 금액을 참여비로 지불한 후에 사랑하는 가족들과 함께 이곳을 방문한다. 그런 자발적 참여자만 매해 2,000명 가까이 되는 것이다. 대형 축제들에게는 그저 미미한 숫자일지 몰라도, 한 자그마한 산촌에서는 홍보 하나 없이 일어난 기적과도 같은 일이다.

이것이 진짜 참여형 축제가 아니겠는가. 이제는 버릇처럼 가져다 붙이는 전국의 수많은 '생태형', '참여형' 축제들에게 '보라, 이것이 진정한 참여형 축제다! 이것이 진정한 생태 축제다!' 하고 소리치고 싶다. 아이들에게는 자연의 소중함과 모두가 함께 지키고 보존해야할 청정지역에 대한 책임감과 함께 다양한 유기농 농산물을 접할 수 있는 '체험'과 '기회'의 축제인 것이다.

이는 많은 예산을 필요로 하지 않는다. 한 번 지역 축제가 벌어졌다 하면 관할 기관의 허리가 휘청이는 대단한 물량공세도 필요 없다. 그저 더 많은 사람들이 참여할 수 있도록 '기회'만 주면 되는 것이다. 오로지 맑고 깨끗한 자연에서만 365일을 늘 곁에서 함께하며 원하는 자만이 스스로 참여하여 함께 빛을 밝히는 반디축제, 이야말로 남양주가 추구해야 할 축제의 이상향이 아닐까. 나는 반디축제를 통해 남양주 축제가 나아가야 할 내일을 본다.

### 축제, '이벤트'가 아닌, 지역발전의 '핵'이다

내가 이토록 지역축제에 집중하는 이유를 묻는다면 답은 하나다. 축제는 지역발전의 '꽃'이다. 이는 단순히 축제의 성공을 통한 경제적 가치만을 말하는 것이 아니다. 지역축제는 지역의 '정체성'을 결정짓는다. 이와 함께 지역의 '전통성'을 만천하에 그대로 드러낸다. '지역문화'와 '경제발전'이라는 두 마리의 토끼를 동시에 잡을 수 있는 핵심이자 키워드는 '축제'가 유일하다.

그러나 오늘날 대한민국의 축제들을 들여다보자. 상당수가 별다른 특색도 없이 서로가 서로를 베끼고, 토씨만 조금 바꾼 말장난으로 해외의 유수 축제를 모방하거나 그대로 답습하고 있다. 그러다보니 지역 축제들 대부분이 천편일률적이며 똑같다. 때로는 모두가 '힐링'을 외치고, 어느 순간엔 '녹색성장'을 외치고, 지금은 또 '창조경제'를 외친다.

여기에는 지방자치단체장이 일정의 의도를 가지고 '선심성' 행사를 펼치거나 보여주기 식의 전시행정 수단으로 이용하거나 성과주의나 혹은 일회성 이벤트로 치부하는 등 축제에 대한 잘못된 접근방식 또한 한 몫을 하고 있다.

여기에 무분별하게 몸집을 키워가고 있는 최근 동향 역시 문제다. 제법 크기가 있는 대도시의 대표 축제들의 경우 그 집행 예산이나 부대비용이 상상을 초월한다. 수십억에서 많게는 백억 원대의 엄청난 비용을 쏟아 붓는다. 어느 순간부턴가 축제의 성패 유무를 수용 관객 수와 외형적인 하드웨어의 규모로 판가름하고 있는 것이다.

그저 안타까운 현실이다. 중요한 것은 '크기'가 아니다. 축제의 외침은 '키우자!' 아니라 '참여하자!' 임에도 어느 순간 우리들의 축제는 '요란한 빈수레', '소문만 많고 먹을 것 없는 잔치상'이 되어 버렸다.

이런 형국이다 보니 과연 어디에서 '정체성'을 찾을 것이며, '전통성'을 논할 것인가. 이런 탓인지 우리에게는 긴 역사 속에 계승발전 되어온 전통 있는 축제가 그리 많지 않다. 신도시나 도심지역의 경우, 한두 번 개최하다 사라진 것들도 부지기수다.

그들은 보통 '행사' 성격의 축제를 치르다보니 오랜 전통을 쌓아가기가 어려운 반면, 우리와 같은 농어촌지역이나 자연적 특색이 강한 지방의 경우는 좀 더 희망이 있다. 지역의 개성과 전통성, 역사적 인물 등을 중심으로 축제가 기획될 수 있어, 상대적으로 오랜 시간을 계승 발전 시켜나갈 수 있는 축제를 치를 수 있는 것이다.

그러나 실제로는 어떨까? 얼마 전, 금남리거리축제, 다산문화제와 슬로푸드 축제를 둘러보았다. 축제 현장을 돌아보며 모처럼 활기를 띤 주민들의 모습에 기쁘기도 했지만 한편으로는 씁쓸한 풍경이 있었다. 그것은 바로, 근래의 지역축제 진행 과정에서 만연해 있는 '아웃 소싱'이다.

관할구역에서는 보다 신속하고 전문적인 행사진행을 위해 예산을 따로 집행하여 축제 전체를, 혹은 부분부분을 전문 업체에 외주를 주고 있다. 이들 대부분은 서울 업체들로 과연 남양주와 다산에 대해, 그리고 우리의 슬로우 푸드에 대해 얼마나 이해를 하고, 축제를 펼치는 것인지 의문이다.

만약 축제 준비를 오롯이 남양주 시민에 의해 할 수 있었다면, 시민은 자신의 지역을 위해 누구보다도 애정을 갖고 그 준비에 임할 것이고 관할 구역은 그 비용을 외부에 지출하는 대신 모두 남양주 시민들에게 돌려줄 수 있는 것이다. 이것이 내가 생각하는, 그리고 옳다고 믿는 지역축제의 참된 풍경이다.

그런 면에서 여러모로 수동의 반디축제는 바람직한 행보를 보이고 있다. 시에서 지원하는 예산 규모는 2~3천만 원 안팎의 많지 않은 비용이지만, 그럼에도 1년여간 참 알차고 살뜰하게 예산을 집행하고 또 살림을 꾸려가고 있다.

축제란 '오시오! 오시오!'라는 '목소리'가 아니라 그 안에 담긴 '스토리'다. 즉 '이야기'가 담긴 콘텐츠로 사람을 부르는 것이 곧 축제다. 반딧불이라는 아기자기하고 동화 같은 '스토리' 하나로 축제는 충분하기에 떠들썩한 홍보도, 막대한 축제 비용도 필요치 않다. 그 반딧불이 하나로 축제가 빛나고, 축제를 준비하는 마을 사람들과 이를 방문한 모두의 미소가 빛나고, 또 수동이라는 도시 전체가 빛나는 것, 이것이 축제다. 그곳의 모두가 '주인공'인 공간과 순간들, 이것이 바로 진정한 '페스티벌'이자 지역 축제의 참된 얼굴이다.

**축제, '끼워 맞추기'가 아닌 스토리가 '힘'이다**

그렇다면 수동의 반딧불이처럼, 지역을 빛내줄 축제의 아이콘이자 매력적인 스토리란 무엇일까. 나는 이에 대해 남양주의 곳곳을 떠올리며 참 많은 궁리를 하고 또 즐거운 상상들을 즐긴다. 그 중 떠올린 재미난 아이디어 하나가 바로 '왕릉으로 가는 러브 발렌타인데이'다.

말했다시피 남양주에는 참 많은 왕릉이 있다. 그 중에서도 우리의 가슴을 촉촉하게 만드는 특별한 곳, 바로 남양주 진건읍에 자리한 '사릉'이다. 사릉은 조선 제6대 왕이자 가장 비극적인 생을 살다간 '단종'의 비, 정순왕후 송씨가 묻힌 곳이다. 그러나 그녀의 곁에는 단종이 없다. 단종은 세조에게 왕위를 빼앗기고 영월에서 죽음을 당한 후 영월에 모셔졌다. 너무나 짧은 생을 함께 했기 때문일까. 두 부부는 유독 금슬이 좋았다고 한다. 단종은 유배지에서 내내 아내를 몹시 그리워하다 원통한 죽음을 맞이하였고, 정순왕후 송씨는 단종의 죽음을 전해 듣고 매일 산에 올라 영월을 향해 울음을 쏟으며 단종의 명복을 빌고 또 빌었다고 한다. 이 얼마나 사무치도록 아리며 가슴 아픈 우리 왕조의 '러브 스토리'란 말인가.

나의 엉뚱한 발상은 여기서 시작된다. 만약 이 러브스토리가 남양주 시민과 '발렌타인데이'에 만난다면 어떨까. 현대의 연인들이 초콜릿 등의 형식적인 선물을 주고받는 것을 넘어 우리의 지역과 그 안에 담긴 역사와 함께하는 것이다.

발렌타인데이 시즌이 되면 연인과 부부, 나아가 가족 단위를 위한 소소하고 아기자기한 이벤트들을 마련하여 사릉을 찾아 로맨틱한 시간을 갖는, 소박하지만 진정한 지역축제를 만드는 것이다. 함께 거닐면 영원히 헤어지지 않고 사랑할 수 있다는 숲길을 조성해 '연인의 산책로'로 명하고, 서로의 안녕과 건강을 비는 글을 담아 하늘로 띄우는 연등 이벤트를 여는 등 추운 겨울 우리의 마음을 녹일 수 있는 낭만적인 '추억거리'와 더불어 짧은 생을 함께하고, 서로 평생을 그리워한 두 사람의 넋을 기리는 뜻 깊은 시간을 마련하는 것이다.

축제란 결국 '재발견'이다. 우리의 지역사회에 숨은 '이야기'의 재발견, 이를 통해 나와 사랑하는 사람들을 향한 '가족의 재발견' 그리고 이 모든 것을 이웃과 함께 공유하는 '지역사회의 재발견'이야말로 축제의 본질이다.

결국 이야기는 우리의 안에, 우리가 살고 있는 이 땅에 고스란히 담겨 있다. 이를 아름답게 발현하여 지역 시민을 넘어 모든 인류에게 행복과 추억을 선사하는 것. 그것이 바로 지역 축제의 사명이자, 우리 모두의 행복한 숙제이다.

세계는 이미 이 즐거운 숙제를 현명하게 풀어가고 있다. 해외 유명 축제들을 한 번 둘러보자. 태국의 세계적인 송끄란 물축제. 태국의 지천으로 흐르는 물로 세계인이 함께 어울려 신나게 논다. 무슨 돈이 필요하고, 무슨 시설이 더 필요하겠는가. 그저 물만 있으면 된다.

브라질의 삼바로 도시 전체가 뜨겁게 달아오르는 카니발 축제를 보자. 춤을 추기 위해 특별하게 무언가를 만들어낸 것이 아니다. 그저 부활절 맞이를 준비하는 수련기간을 앞두고 시작된 축제로 전세계인들이 모여 신명나는 춤판을 벌인다. 무언가를 억지로 가져오지도, 살을 붙이지도 않는다. 그들의 일상에 고스란히 축제를 펼쳐놓을 뿐이다.

일본의 삿포로 눈축제는 일본 최대 축제로 북단 홋카이도에 반 년 동안 지속되는 폭설과 추위 속에 벌어진다. 별 다를 게 없다. 눈이 많이 내리니, 그 눈을 가지고 온 시민이 함께 한바탕 어우러지는 것이다.

우리라고 다를 것이 없다. 금남리 역시 한강변을 끌어안고 있다. 충분한 물로 우리도 얼마든지 물축제를 벌일 수 있다. 또한 수년간 세계 야외공연축제를 벌여왔다. 이러한 경험으로 다시 한 번 흥겨운 퍼포먼스가 가득한 축제를 시작할 수도 있다. 또한 사릉과 홍릉, 유릉 등의 왕릉에 얽힌 스토리로도 얼마든지 무궁무진한 축제를 기획할 수 있다.

그 지역이 가지고 있는 본래의 것으로, 그 지역을 누구보다 잘 아는 시민들이 직접 꾸려나가면 된다. 고로 많은 돈을 들이지 않고도 모두가 행복할 수 있다. 결국 축제의 시작이자 마지막은 바로 '주민자치'에 있는 것이다. 시민들이 스스로 움직여 일을 도모하고, 여기에 손님을 초대해 함께 '이야기'를 만들어가는 것. 나는 이것을 축제의 기준으로 삼고 싶다.

사람에게 지문이 있듯 지역에게도 각자만의 독특한 개성과 향토성으로 완성된 '지역문화'가 존재해야 한다. 축제는 이러한 지역문화를 바탕으로 지역 발전은 물론 문화 경쟁력까지 높일 수 있는 자원이다. 우리 이 자원을 좀 더 야무지고 똑똑하게 이용해보자. 이로서 보다 세련되고 경쟁력 있는 '문화 남양주'를 완성해 보자.

## 협동조합이 일으킨 기적,
## 몬드라곤에서 지역공동체를 깨우치다

한류우드를 준비하고 있을 때 일이다. 하루아침에 훌쩍 세계 곳곳을 향해 떠나고, 둘러보고, 또 배우던 그때, 내게 에든버러만큼이나 꼭 가보고 싶고 흥미로웠던 도시가 있었다. 벼르고 벼르다 마침내 스페인에 위치한 그곳으로 출발하려던 날, 돌연 프라임 그룹의 회장 구속과 압수수색 등의 사건이 터진다. 그 후 도통 계획이 실현되지 못해 아직까지도 그저 마음속으로 그리워만 하는 곳이 있다. 스페인 북부에 위치한 작은 기적의 도시, '몬드라곤'이 그곳이다.

유럽에서 가장 많은 연 회원을 가진 3대 전시관이 있다. 프랑스 파리의 루브르 박물관, 영국 런던의 테이트 모던, 그리고 스페인의 구겐하임 빌바오 미술관이다. 특히 구겐하임 빌바오 미술관은 황폐화와 슬럼화가 진행되며 서서히 죽어가던 도시를 이 전시관을 기점으로 되살렸다 해도 과언이 아니다. 이처럼 문화를 통해 도시재생을 이루어낸 구겐하임 빌바오 미술관과 스페인의 사라고사 다리 건축물, 뉴욕의 그라운드제로 건설에 이르기까지 이들의 공사를 맡은 건설회사 '우루사'와 스페인 전자제품 시장의 30퍼센트를 차지하고 있는 파고르(Fagor) 전자회사의 공통점은 무엇일까. 그것은 바로 이 기업들이 '몬드라곤 협동조합'이라는 것에 있다.

보는 바와 같이 지방의 작은 소도시에 자리한 협동조합이라 하기엔 결코 무시할 수 없는 규모를 자랑하고 있다. 금융, 산업, 유통 등 약 260여 개의 사업체를 운영 중이며, 150억 유로(한화 약 23조 원)의 매출을 올려 스페인 전체 기업 중 7위를 달성하기도 했다. 몬드라곤에서는 현재 약 8만3천여 명이 일하고, 9천여 명이 공부하며, 직원의 85퍼센트가 협동조합원이다. 이곳은 지난 60년간 단 한 번의 해고가 없었으며, 비정규직은 전체의 15퍼센트이내로 채용, 물론 급여나 처우는 정규직과 동일하다.

세계금융위기와 남유럽 경제위기가 닥쳤을 때도 몬드라곤은 수백 개의 기업 가운데 도산한 기업은 단 하나뿐이었다. 이 역시 걱정할 것이 없었다. 자신이 다니던 회사가 도산을 해도 협동조합 내 다른 기업에 취직하여 계속해서 일할 수 있는 구조다. 우리의 기업들을 보라. 경제위기가 닥치면 가장 먼저 하는 것이 '정리해고'라는 이름 아래 회사를 함께 키워오고, 어려운 시절을 함께 해준 직원들을 해고하는 일이다. 그러나 몬드라곤은 첫째도, 둘째도, '함께 가는 것'을 목표로 늘 모든 조합원과 일자리를 공유한다. 구조조정이나 인원해고가 아닌, 그룹 내에 고용 여력이 있는 다른 조합에서 인력을 수용하거나, 협의 하에 사원들이 1년씩 휴직하면서 일자리를 나누어 갖는다. 이처럼 협동조합 내 기업들과 조합원이 서로 도와가며 위기를 헤쳐 나간다.

지역사회가 곧 삶터이자, 일터이며 나와 이웃 모두가 함께 하는 조합원이자 또 주인인 셈이다. 이렇듯 경제적 구조가 안정적인 형태를 갖춘 이곳에 다양한 문화와 교육, 예술을 위한 복지가 더해진다. 해고와 실직에 대한 불안이 없는 곳, 이러한 단단한 경제적 울타리와 함께 내 아이의 교육에서 노후에 이르기까지 생활 복지의 모든 것이 안정된 삶을 살 수 있는 곳. 이렇듯 생에 필요한 생계와 복지, 그리고 이웃과의 유대관계가 잘 짜여진 톱니바퀴처럼 함께 맞물려 돌아가는 곳. 그곳이 몬드라곤이자, 내가 이곳에서 배워오고 싶은 지역사회의 미래이다.

물론 이와 같은 거창하고 거시적인 선례가 아니더라도, 지역공동체의 복원을 통한 우리 사회의 긍정적인 에너지는 어디서든 찾아볼 수 있다. 얼마 전 흥미로운 기사를 접했다. '성북구, 마을을 살리니 자살률이 뚝!'이라는 제목의 기사였다. 서울시 25개 자치구 중 자살사망률이 5위였던 성북구가 20위로 자살 발생률이 대폭 낮아졌는데 이에 일등공신은 바로 '지역공동체'였다고 한다. 성북구는 마을공동체를 되살려 주민 스스로가 이웃의 문제를 살피고, 사각지대를 극복할 수 있도록 함께 힘을 모았다. '공동체망' 활동을 통한 이웃간의 노력과 함께, 시는 자살고위험군 1:1 마음돌보미 결연사업, 어르신 정서지원을 위한 치료활동 등의 지원 사업을 함께 펼치며 지역시민의 생명을 지켰다.

나의 이웃을 돌아보고, 나의 마을을 둘러보고, 우리의 행정기관과 함께 도모하는 일. 내가 지역사회의 미래로 '재생과 복원'을 끊임없이 외치며 무엇보다도 '지역공동체의 복원'을 힘주어 말하는 이유 또한 바로 이것이다. 물론 그 시작은 미미할 수 있다. 몬드라곤 역시 시민들이 버리고 떠난 황량한 도시에서 겨우 다섯 명의 기술자들에게서 시작된 생산협동조합이었다.

사람들은 이렇게 물을 수 있다. "힘없는 동네 사람들 몇이 모여서 뭘 할 수 있겠어?!" 그들은 이렇게 답할 것이다. "이곳에 나 혼자 부자가 되려는 사람은 없다. 모두가 모두를 위해 일하고, 모두가 함께 행복한 마을. 그것은 선택이 아니라 당연한 일이다."라고 말이다.

물론 이것에는 용기있게 첫 발을 내딛어 지역 시민을 하나로 모을 수 있는 선구자가 필요하다. 몬드라곤 역시 스페인 내전으로 인구의 80퍼센트 이상이 떠나간 가난하고 황폐해진 땅에 호세마리아라는 신부에게서 이 기적의 역사가 시작되었다. 이 버려진 땅을 다시 일으키기 위해 그는 가장 먼저 학교를 세워 소년들에게 희망을 주었다. 기능과 기술을 가르치는 이 직업기술 학교가 낳은 다섯 명의 제자와 함께 작은 석유난로공장을 세웠고, 이것이 바로 전설의 시작이었던 것이다. 그 조그마한 석유난로 공장의 이름은 울고(ULGOR). 이는 다섯 명의 제자의 이름의 첫 글자를 따 지은 것으로, 몬드라곤 협동조합의 이름이 된다.

감히 나는 그와 같은 도전을, 그리고 꿈을 꾼다. 미천할지라도 내가 먼저 첫 발을 디뎌 대한민국의 몬드라곤을, 이곳 남양주에 실현할 수만 있다면 그 어떤 고난도 달콤하리라. 마지막으로 어떠한 어려움 속에서도 뜻을 굽히지 않은 채 오늘의 몬드라곤을 이루어낸 호세마리아 신부의 메시지로 나의 의지를 대신한다.

> 진보하기 위해!
> 변화하기 위해!
> 이 땅을 넓히기 위해!
> 우리 모두의 상생을 위해!
> — 호세 마리아 아리스멘디아리에타

## 남이섬에서 제주까지, '자치지구'를 꿈꾸다

잠시 남양주에서 눈을 돌려 가까이 있는 한 섬으로 가보자. 바로 강원도 춘천에 자리한 남이섬, 아니 이제는 독립국인 '나미나라공화국'이다. 이곳을 이야기하려면 소위 '남이섬의 천지개벽'을 이룬 전설 같은 인물, '월급 100원 사장, 강우현 대표'의 이야기를 빼놓을 수 없다.

그는 원래 홍익대를 졸업한 그림동화작가였다. 남양주종합촬영소에서 애니메이션 아카데미를 운영하던 당시, 초대 교수로 활동하며 학생들을 가르치기도 했다. 그러한 인연으로 지금까지도 가깝게 지내며 그의 남이섬의 신화를 더욱 실감나고 흥미롭게 전해 듣고는 했다.

처음 그가 남이섬을 맡게 된 동기는 간단했다. 그는 광고 디자인, 조각 등의 조형미술 분야도 함께 겸하고 있었는데, 이를 위한 작업실이자 개인 스튜디오가 필요하던 차에 남이섬을 발견하고는 고즈넉한 섬에서의 작업 활동을 상상하며 이곳을 찾아왔다 한다. 그러나 도착하는 순간, 그의 상상은 산산이 부서지고 만다.

'늙고 병든 촌부가 새벽에 부스스 일어나 막 세수하고 툇마루에 걸터앉아 먼 산을 쳐다보는 듯한 초점 없는 섬'

강 대표가 처음 남이섬을 찾았을 때, 그 첫인상에 대해 표현한 글귀다. 2000년, 그가 처음 마주한 남이섬은 말 그대로 엉망진창이었다. 연매출은 20억 원, 그러나 은행빚 60억 원이라는 엄청난 부채를 끌어안은 패쇄 위기의 섬, 휑하디 휑한 곳에 이따금씩 중년 남녀가 어우러져 춤판을 벌이고, 술에 취한 방문객이 고래고래 소리를 지르던 그런 죽어가는 섬이었다.

어찌 되었든 큰 부담 없이 장소를 쓸 수 있는 곳이고 하니 섬의 빈 창고를 하나 얻어 작업을 시작했다. 그러면서 이따금씩 섬의 주인을 만나게 됐는데 주인이 땅이 꺼져라 한숨을 쉬며 '이놈의 섬을 팔아야 하는데 도무지 팔 길이 없다'며 종종 하소연을 했다고 한다. 그 하소연에 대뜸, '저한테 맡겨 보시죠' 했다는 것이다.

기울어가는 섬 살림에 딱히 월급이랄 것도, 계약이랄 것도 없었다. 바로 여기서 그가 언론플레이와 마케팅에 있어 발군의 귀재라는 사실을 알 수 있는데 이를 두고 '남이섬의 월급 100원 사장, 강우현'이라는 자극적이면서도 흥미로운 타이틀로 언론 인터뷰와 기사를 내보내 대대적인 관심과 집중을 이끌어 낸 것이다.

막말로 실제로 섬 주인이 그에게 월급이라며 매달 100원을 주었겠는가. 아니다. 이는 그만큼 남이섬의 처지와 자신의 역할을 상징화한 것이다. 막상 현실이야 어차피 남이섬을 작업실로 쓰고 있고 하니 이와 겸하여 섬을 관리해 주기로 한 것이겠지만 그 포장을 이토록 기가 막히게 한 것이다. 군중의 심리를 얼마나 잘 꿰고 있으며 또 재기발랄한 발상인가!

남이섬의 유명한 상징물인 인어공주상에 얽힌 이야기 또한 흥미롭다. 처음에 이 조각상은 이름조차 없었다고 한다. 어느 날 우연히 숲속에 방치되어 있었던 조각상을 그저 강가로 옮겨 놓았을 뿐이다. 그러자 강물 위에 서 있는 여인 조각상을 향해 사람들의 입에서 자연히 '인어공주상'이라는 이름이 붙여졌고, 이것이 그대로 남이섬의 심볼이 되었다.

아무것도 아닌 것이 '자리'만 바꿨을 뿐인데 저절로 섬의 상징이 되었다. 강대표는 말했다. 자신은 그저 이야기'거리'만 제공했을 뿐, 이야기는 사람들에 의해 저절로 만들어진다고 말이다. 이것이 바로 '이야기의 힘'이자 우리가 그토록 부르짖는 '스토리텔링'이다. 인간에게는 '이야기'를 만들고자 하는 일종의 본능이 있다. 이것이 '문화'와 '콘텐츠' 탄생의 출발점인 것이다.

이 후 그는 섬의 변화를 위해 '새로 만드는 것'이 아닌 '버리기'를 택했다. 섬 곳곳에 솟아 있던 전봇대를 뽑고, 전등을 걷어냈다. 매점의 바가지요금을 없애고 놀이공원 시설도 대폭 줄였다. 여기 저기 낡은 콘크리트를 보수하려고 보니 비용이 만만치 않자 아예 콘크리트를 전부 걷어내 버렸다. 뽀얀 흙길이 남이섬 전역에 드러났다.

그러고 나니 가을이면 흙길 위에 소담하게 쌓이는 낙엽이 제 맛인데 남이섬은 섬 날씨 특성상 가을이 짧아 이것이 녹록치 않았다. 묘수를 낸 그는 인근의 송파 지역 등에 낙엽을 요청했고, 이를 계기로 송파는 매해 200톤가량의 은행잎을 남이섬으로 보내주고 있다. 해당지역에서는 처치 곤란인 낙엽 쓰레기를 해소하여 좋고, 남이섬은 이를 비용 없이 받아 섬의 '낭만의 아이템'으로 이용할 수 있으니, 이만한 지역 간의 협업이 또 있으랴.

전등을 걷어내고, 별빛을 드리웠다. 콘크리트를 걷어내고, 흙을 드러냈다. 낙엽을 모아 '낭만'으로 밟게 했다. 겨울철 땔감 나무를 주워다 조각상을 만들고, 버려진 쓰레기를 재활용해 섬 곳곳에 조형물을 세웠다. 그 어느 것도 새로 만든 것이 없고, 버리고 주운 것들이 대부분이었다. 그 행위들 대부분은 남이섬의 자연을 그대로 되찾는 일이었다. 이것이 바로 내가 그토록 부르짖는 자연의 '재생'이요, 문화와 자연의 '공생'인 것이다. 남이섬의 탄생비화에 얽힌 그 모든 것들이 '자연 재생'과 '문화공생'을 향한 최초의 시도나 다름없었다. 그가 얼마나 탁월한 '문화디자이너'인지를 알 수 있는 대목이다.

모든 것을 버린 후에야 비로소 '채우기'를 시작했다. 갤러리, 도자기 공방 등의 문화시설을 늘리고 각종 전시회와 공연 이벤트를 열었다. 이후 문화전시관인 안데르센홀, 체험공방, 유니세프홀, 레종갤러리 등이 들어섰다. 숲에는 타조, 토끼 등이 살아있는 동물들을 그대로 풀어두어 자유롭게 돌아다니도록 했다. 그렇게 '죽어가던 유원지'에서 '자연'과 '문화'가 살아 숨쉬는 '생태문화관광지'로 탈바꿈 시킨 것이다.

그는 동화작가였다. 그리고 자연과 문화를 깊이 이해하는 혁명가였다. 남이섬을 '동화의 나라'를 만드는 것이 꿈이었다. '동화(童話)를 쓰고 동화(童畵)를 그리고 동화(動畵)를 함께 보고 자연 속에 동화(同化)되고 사람끼리 동화(同和)되는 세계'가 그가 꿈꾸는 나라이자 그의 '동화나라론'이다.

그리고 마침내 그는 '나미나라공화국'을 세운다. 3·1절을 기념해 독립을 선언하고 개국을 선포했다. 더 이상 허물어져가던 골칫덩어리 섬이 아닌, 매해 태국, 대만, 중국 등 동남아 외국 관광객들이 수십 대의 관광버스를 타고 와 즐기고 있는 한류의 성지이자 연인원 200만 명이라는 국내 단일관광지로서는 최대 규모의 방문객 수를 기록하고 있는 최고의 명소로 거듭난 것이다.

서론이 길었다. 내가 남이섬을 조명한 이유는 바로, 이러한 과정 속에 새롭게 태어난 '나미나라공화국'에 있다. 나는 이곳을 보며 자연히 남양주의 '수동'과 '조안면'을 떠올렸다. '나미나라공화국'과 '제주특별자치도'와 같이 독립된 공간, 이를 스스로 운영되는 자치지구를 보며 새로운 꿈을 꾸고는 한다.

남양주에는 '전혀 다른 나라 같은' 혹은 '딴 세상'과도 같은 두 지역이 있다. 바로 위에 언급한 수동과 조안면이다. 조안면은 전형적인 농촌을, 수동은 깊은 산촌의 모습을 띠고 있다. 구리와 인접해 매일을 빠르게 변모하고 있는 도농과 당장 비교해 보아도 이곳이 얼마나 고즈넉하며 고요한 고장인지를 알 수 있다.

그 느낌이 가끔은 아주 먼 곳에 자리한 '산마을'처럼 느껴지고, 때로는 홀로 외딴 '섬마을'처럼 느껴진다. 마치 남이섬처럼 말이다. 그래서 나는 이곳을 남양주시 안에 존재하지만, 독립된 행정구역인 '특별주민자치지구'로 선정하여 새롭게 꾸려가고 싶은 욕심이 있다. (물론 법적으로 가능한지 등을 면밀히 살펴봐야겠지만 말이다.)

이는 남양주의 곳곳을 그리고 면면을 살펴본 이만이 느낄 수 있는 두 지역의 낯설면서도 독특한 색깔 때문이다. 이곳은 다른 지역과는 좀 다르다. 다른 지역과 똑같은 시선으로 바라보고, 또 같은 방식으로 꾸려가서는 지역 발전을 도모하기가 어렵다. 그래서인지 지금까지도 그 발전 속도가 다른 곳에 비해 더딘 편이다.

이와 같은 지역을 눈여겨보고 또 다른 활로를 모색하는 것은 행정

기관과 행정인의 의무다. 나는 이 두 곳을 통해 새로운 방식의 행정, 새로운 방식의 자치 형태를 꿈꾸어 본다. 이를 '특별주민자치지구'로 지정하여 도시 자체를 아웃소싱하는 것이다. 축제 이야기에선 아웃소싱에 대해 난색을 표하더니 난데없이 관할지역을 아웃소싱 하라니! 싶을 것이다. 여기서 아웃소싱이란 지역행정의 주최가 '남양주시'가 아닌, 이곳의 '주민'으로서, 필요한 부분에 있어서는 외부의 전문가를 영입하여 행정 컨설팅과 지역 운영을 함께 겸하는 것이다.

이러한 새로운 주민자치지구를 연구하는 데에는 현 행정기관이 지닌 한계와 모순 때문이다. 남양주시에서 해당 구역으로 배정된 공무원들로는, 그들의 1~2년이라는 짧은 임기 안에서는 이곳을 다 이해하기란 쉽지 않다. 지역의 특색을 파악하고 또 이를 바른 방향으로 이끌어가기엔 턱없이 부족한 시간과 이해도가 문제인 것이다. 그 탓에 수동과 조안면은 새로운 변화를 일으키지 못한 채 늘 같은 모습으로 머물러있다.

이곳의 주민자치위원회에게 직접 나의 지역을 운영할 수 있는 행정권을 맡겨야 한다고 생각한다. 물론 여러 가지 어려움이 따를 것이므로 1~2년의 그저 왔다가는 자리가 아니라 시장과 함께 지속적이고 심도있는 대화와 협의를 이뤄낼 수 있도록 적어도 4년의 임기를 보장해 주는 주민자치위원회와 외부 전문가를 함께 운영하는 것이다.

내가 내 집 살림을 하는 것만큼 당연하고, 또 책임감 있는 일이란 없다. 모두가 보다 실질적으로 지역의 일을 함께 도모하고, 또 이로 인해 지역 발전을 기대할 수 있는 것이다. 이해관계와 지역의 부가가치를 스스로 개척하는 남양주 최초의 '특별주민자치지구'를 나는 오래도록 꿈꿔왔다.

물론 그 바탕은 두 지역 모두 볼거리와 먹거리 등의 기본 '거리'가 좋고 또 풍부하기 때문이다. 워낙 수려한 자연 조건을 갖추고 있으니, 자신의 지역을 크게 어필할 수 있는 관광 콘텐츠를 자체 개발하고 또 운영하기에 안성맞춤인 곳이다.

자연으로부터의 힐링, 휴양, 맛기행, 체험마을 등 다양한 아이템을 개발하여, 방문자가 즐길 수 있는 곳으로 특화하고, 숙박시설과 부대시설을 함께 마련하여 주민 모두가 합동하여 체계적으로 운영하는 것이 기본 계획이다.

이러한 콘텐츠의 개발에 있어서는 '나미나라공화국'의 강우현 대표와 같은 '문화디자이너'이자 전문가를 영입하여 주민을 돕게 하는 시스템이 내가 꿈꾸는 '특별주민자치지구'다.

그렇다면 시는 이에 아무것도 관여하지 않고, 그저 바라만 보는 것일까. 아니다. 여기서 무엇보다 중요한 역할이 바로 시에 있다. 시는 이것이 잘 운영될 수 있도록 다양한 시도들에 대한 '기준'을 세워주고, 일정부분을 통제해 주는 것이다. 우선은 그 과정에서 '난개발'이 되지 않도록 정책을 마련하고, 지역 고유의 특색인 청정한 자연환경을 그대로 지켜나갈 수 있도록 이를 관리해주는 것이다. 이와 함께 자치 과정에서 발생할 수 있는 다양한 돌발 상황과 애로사항에 대해 귀를 기울여주고, 주민과의 끊임없는 대화를 이어나가는 것, 이것이 시의 역할이다.

물론 주민자치에 있어 가장 중요한 것은, 주민들 스스로의 양심과 책임을 다하는 개인의 '투명성'과 자치위원회의 '건전성'이 밑바탕이 되어야 한다. 누구도 난개발을 조장하거나 땅값 올리기에 연연해서는 안 된다. 좀 더 긴 안목으로 마을의 전통성과 자연을 지켜나가고자 하는 아주 건전한 시민모임이어야 하며, 그런 이들을 중심으로 발언권이 주어져야 할 것이다.

이 또한 내가 그토록 '지역공동체'와 '주민자치'를 부르짖는 이유 중 하나이다. 감시자. 건강한 시민사회는 지역사회와 서로를 위한 '선의의 감시자'를 만든다. 이들은 잘못된 것을 바로잡고, 한쪽으로 편중되려는 것을 예방할 수 있도록 견제와 감시의 눈으로 지역사회를 보다 깨끗하고 투명하게 만든다.

'깨어있는 의식으로 더 나은 세상을 만들려는 건강한 감시자들의 도시' 바로 이것이 지역 네트워크의 힘이자 공동체가 가진 본질이다.

이를 위해서는 지역사회와 행정기관 모두 운영에 있어 모든 부분을 서로에게 오픈하여 그 과정과 내용을 겉으로 드러내 공론화하고 또 공유하는 것이 옳다. 이는 자연히 시민들의 더 큰 관심과 적극적인 참여를 유도한다. 주민이야말로 누구보다 자신의 땅을, 그리고 경제적 지원이 필요한 곳을 잘 알고 또 공유할 수 있기 때문이다.

이는 비단 수동과 조안면에서만 머무는 이야기가 아니다. 행정기관에서 제대로 케어하기 곤란한 지역이 있다면, 이를 시민사회가 스스로 치유하고 또 일으킬 수 있도록 지역민에게 돌려주어야 하는 것이 맞다. 이 세상 그 무엇도 '사랑'을 이길 수는 없다. 나만큼 내 고장을 사랑할 수 있는 이도 없다. 지역사회에 대한 애정은 결국 지역사회의 주민들이 실현해가는 것이기에 나는 이러한 주민자치의 미래를 위해 끝까지 노력하며 함께 하고 싶다.

## 다산의 생가에서,
## 정조의 '꿈의 도시' 화성을 떠올리다

이른 아침, 공기가 차다. 그러나 한없이 청량하다. 나는 고요한 아침에 홀로 다산 생가 '여유당'을 거닌다. 다산 정약용, 그가 나고 또 잠든곳을 거닐며 나는 엉뚱하게도 이곳에서 '정조'를 떠올린다. 다산의 유적지가 자리한 조안면 능내리에서 나는 문득 '화성'을 떠올린다. 아니, 어찌 엉뚱하다 말할 수 있으랴, 정조에게는 정약용이라는 최고의 실무자가, 정약용에게는 자신을 믿고 인정해주는 정조라는 최고의 리더가 있었으니 서로를 만난 것은 시대의 행운이었다. 그 시대의 행운이창조한 것이 바로 동양 최초의, 그리고 최고의 신도시 '화성축조'다.

화성은 나에게 오래전부터 배움의 대상이었으며 내가 꿈꾸는 도시계획의 이상향이었다. 사람과 문화, 그리고 이 모든 것을 스스로 이끄는 '자치'가 지역사회를 이끄는 '정신'이라면, 정조의 '화성'은 이러한생각과 의지를 담대하게 실천해가는 리더의 '리더십'과 도시행정의'틀'에 대한 가르침으로 나를 다잡게 한다.

생가를 지나 꼿꼿하지만 아늑하게 나를 감싸주는 소나무 숲을 지나 실학박물관으로 걸음을 옮긴다. 멀리 다산이 사랑했던 한강과 운길산이 있다. 이곳에서도 역시나 정조와 화성을 떠올린다. 실학에 매료된 것은 비단 다산뿐만이 아니었다. 조선 최고의 실학자의 모든 행보에 힘을 실어준 정조 그 역시 시대의 깨어있는 리더이자 대단한'실학 마니아'였다.

실학이란 무엇인가. 그 바탕이란 간단하다. '실용'과 '합리'다. 국가가 필요 이상의 것을 취하기 위해 백성을 괴롭히지 않는 것, 더 나아가 백성을 위하고, 백성은 진심으로 지도자와 국가를 위해 자신의 몫을 해내는 세상, 정조는 화성축조에 이를 담고자 했다. 화성은 이러한 정조의 실학사상의 실험장이자 그 결정체였다.

그 실학의 근간에는 단 하나의 진심이 있다. 그것은 '다산'에게도, '정조'에게도 그들이 눈을 감는 그 순간까지 아니, 시대를 뛰어 넘어 오늘의 우리에게까지도 고스란히 닿아있다.

바로 백성을 아끼는 '애민'과 백성을 위하는 '위민'의 마음이다. 수원성 축조에 일등공신이자 다산의 가장 위대한 작품, 거중기의 설계 동기는 간단하다. '백성을 다치지 않게 하기 위해서'다. 화성축조작업에 있어 행여라도 인명 피해가 발생할까, 행여라도 과중한 작업 강도로 백성이 힘겨울까, 다산은 거중기를 비롯한 녹로와 유형거 등의 시대를 앞선 과학적 기구를 총동원하여 화성을 축조한다. 물론 그 뒤에는 다산의 모든 행정과 도전을 물심양면으로 서포트했던 정조가 있었다.

성은 언젠가 완성된다. 그러나 백성이 언제까지나 성을 위해 희생할 수는 없다. 그 위민의 마음으로 화성은 10년의 건축기간을 무려 2년 7개월로 단축해 도시를 완성한다. 이것이 동양 최초의 신도시이자 18C 말의 첨단시범도시 '화성'이다.

백성을 사랑하는 정조의 마음은 신도시건설의 행정에 있어서도 빛을 발한다. 이전까지는 나라에서 '무언가를 짓는다'라는 소리가 들리면 백성의 얼굴은 하얗게 질려버렸다. 부역제도는 나랏일에 강제동원된 백성들에게 보수는커녕 그들의 생계마저 위협하였다. 누군가의 아버지, 누군가의 아들인 그들이 식솔조차 챙기지 못한 채 나랏일에 희생당하는 것이 당시의 조정에게는 '당연한' 일이었다. 그러고보니 부역을 피해 숨거나 도망치는 백성이 부지기수였다. 그러나 정조는 달랐다. 화성축조를 위해 모인 모든 일꾼들에게 일한 만큼의 임금을 지급했던 것이다.

뿐만 아니라, 개인의 사정으로 인해 반나절만 일한 일꾼들에게도 그에 합당한 임금을 지급하였다. 일종의 '반차'를 인정한 셈이다. 이와 함께 일을 하다 다친 백성에게는 치료와 함께 일당의 50퍼센트를 지급하게 했다. 이 역시 일종의 '산재' 처리를 해준 것이다. 이러다보니 점차 화성축조에 참여코자 하는 백성들이 늘어나기 시작했다. 너도나도 스스로 화성을 향해 걸음을 옮겼다.

이와 함께 세금감면 혜택과 전매권을 부여하는 등 화성축조로 인한 '이주민들의 안착지원프로그램'을 실행한다. 조선 최초의 '도시개발사업으로 인한 토지보상 및 이주민정착지원'을 펼친 셈이다.

정조의 백성을 향한 마음은 한결 같았다. '국가로 인해 고통 당하지 않는 백성', '결코 배고프지 않은 백성'을 만드는 나라, 그것이 그가 화성과 함께 시작하려 했던 '새로운 세상'이었다.

조선의 왕 중 '대왕'의 칭호를 얻은 임금은 세종과 정조 단 둘뿐이다. 정조가 대왕일 수밖에 없는 가장 큰 이유는 그의 '백성 프렌들리' 마인드에 있다. 진심으로 '백성'을 생각하고 위하는 '시대의 리더' 정조. 이러니 나의 영원한 멘토일 수밖에.

또 한 가지 정조의 도시 계획 중 놀랍도록 현대적이며 원시안적 시각의 실행이 있었으니 그것은 화성이 '친환경 자족도시'를 표방하고 있다는 사실이다. 애초부터 사통팔달의 교통 요충지를 고려해 화성을 축성하고, 이를 기반으로 상공업의 거점으로 만들고자 상업시장인 시전을 설치했다. 이와 함께 선진적 농업기술을 보급하고 실험하기 위한 국영 농장, 둔전을 설치한다. 농업기반시설인 물의 확보를 위한 저수지 역시 곳곳에 설치하는 등 완전체이자 자급자족의 도시로서 화성을 설계한 것이다. 이와 함께 당대 제일의 예술과 문화, 학문 분야의 전문가를 도시 설계에 동원하여 도시미학을 추구하였고, 이로서 화성은 그 빼어난 아름다움과 과학적 산실로 인해 유네스코 세계문화유산에 등재되었다.

그는 완벽했다. 하나의 도시가, 그리고 '도시 계획'에 있어 리더가 가져야 할 모든 덕목을 정확히 이해하고 실현한 유일한 왕이자 내가 그토록 난색을 표하는 '신도시 개발'을 대한민국 최초로 성공적으로 이루어낸 왕이다.

물론 '도시재생', '마을복원'을 강조함에 있어 대조적으로 '도시개발'이란 표현에 거듭 난색을 표했지만 이는 극심한 난개발로 인한 거부반응일 뿐, 순수한 의미의 '개발'에 있어서는 정조, 그를 누구보다도 본받고 싶다. '개발'이 옳지 않은 것이 아니다. '합리적이지 못한' 개발이 옳지 않을 뿐. 그것이 적재적소에 필요한 맞춤형 개발이자, 합리적 개발이라면 이를 누가 마다하겠는가.

최근 신도시 개발이라는 명분 아래, 마치 영화 〈배트맨〉에 나오는 '고담시' 마냥 황량한 허허벌판에 덩그러니 아파트만이 즐비한 지역들이 만연하다. 남양주의 새로운 신도시 '별내' 역시 아직까지는 이와 비슷한 양상이다. 이렇듯 사람이 모여 '마을'을 만드는 것이 아닌, '마을'을 만들어 사람을 후에 모으려는 신도시의 경우, 무엇보다 '문화인프라'의 구성이 우선되어야 한다. 정조 역시 당대 제일의 예술과 문화, 학문 분야의 전문가를 도시 설계에 동원하고, 또 주민복지에 힘을 쏟은 것 또한 이를 염두에 두었기 때문이다. '집'만 있다고 사람이 살 수는 없다. 그 집을 둘러싼 곳곳에 교통에서 쇼핑, 문화예술에서 주민 복지에 이르기까지 시민의 라이프 사이클을 오롯이 감쌀 수 있는 도시의 생태계가 마련되어야 한다.

도시는 하나의 살아있는 생명체다. 지상에 존재하는 모든 것은 그 만의 체계를 가진다. 도시 역시 마찬가지다. '도시의 생태계'를 이해하는 자만이 '지역사회'를 올바르게 바라보고 또 이끌어갈 수 있다. 정조는 이 도시 생태계를 누구보다 잘 이해하고 또 그 핵심을 예리하게 간파했던 지도자로서, 결과보다는 과정에 집중하는 '창의'와 '프로세스' 중심의 사고를 한 최초의 왕이었다. 그런 '정신'을 통해 '생동감을 지닌 지속가능한 도시'로 이 멋진 화성 신도시를 백성들에게 고스란히 돌려주었다.

늘 백성을 향한 그 '마음'과 도시 생태계를 꿰뚫어 보는 그의 '깊이'를 쫓기 위해 노력하지만 나 역시도 이를 완전히 이해하고, 모두 체득했다고는 말할 수 없다.

정조, 그를 따라 진심으로 애민과 위민을 실천할 수 있는 하나의 일꾼이자, 그와 같은 혜안과 분명한 기준을 가지고 정책을 실현할 수 있는 '시대의 리더'가 될 수 있기를 간절히 희망하고 있다. 그 희망의 '성지'가 남양주가 되기를 온 마음을 다해 기도해 본다.

## 노블레스 오블리주 실현가와
## 시민을 사랑한 행정인들의 도시, 남양주

남양주에서 행해지는 다양한 다산 행사와는 성격이 조금 다른, 다산연구소와 행안부가 함께 주관하는 보다 전국적 규모의 '다산목민

대상'이 있다. 지방행정 현장에서 다산 정약용 선생의 목민정신을 실천하는 우수 지방자치단체를 발굴하여 매해 시상하는 것으로 무엇보다 청렴하고, 누구보다 시민을 위한 행정을 펼치고 있는 기초단체와 단체장에게 수여된다. 선정된 단체장은 이를 매우 영광스럽게 생각하며 공직생활 중 최고의 영예로 꼽는다.

바로 그 다산 정약용의 고장이 이곳 남양주가 아닌가. 그러나 애석하게도 이곳은 단 한 번도 그 상의 영예를 안지 못했다. 도리어 연이어 들려오는 남양주의 공무원 및 측근 비리와 갖은 스캔들 속에 '다산 정약용의 고향땅'이라는 사실이 부끄러울 지경이다. 어디서부터 잘못된 것일까. 아니 우리는 그분의 '무엇을' 잊고 사는 것일까.

> 세상에서 지극히 천하고 하소연할 곳 없는 자가 백성이지만,
> 세상에서 무겁기가 높은 산과 같은 자도 백성이다.
> 백성을 떠받들면 세상에 무서울 것도 못할 것도 없다.
>
> ─ 〈목민심서〉 봉공편 中

다산은 공직자인 '목민관'이 되는 순간부터 백성의 바람에 부응해야함을 강조하고, 또 스스로 다짐했다. 공직자가 행할 것은 오로지 '백성이 바라는 바를 실천에 옮기는 것'임을 천명하고 또 온 생애를 거쳐 이를 몸소 행하였다.

또 한 가지 놀라운 것은 그는 『목민심서』를 통해 일찍이 오늘날 민주주의의 뼈대라 할 수 있는 '선거'의 의미를 간파하고 또 거듭 강조하고 있다는 사실이다. 다산이 살았던 시대에서는 가히 상상할 수도, 감히 입 밖에 낼 수도 없는 위험한 사상(?)이기도 했다. 선거란 무엇

인가. 국민의 대표 즉 공직자를 뽑는 행위이다. 이의 주인공은 단연 백성이라는 것이다. 우리나라 최초의 선거가 제헌국회의원 선거로 이때가 1948년 5월 10일이었으니 다산이 세상을 떠난 후에도 100년이 넘게 흐른 뒤의 일이다. 과연 그가 행정인으로서 얼마나 깨어있는 생각과 백성을 지극히 사랑하는 마음을 지닌 인물인지를 알 수 있는 대목이다.

100년을 앞서, 아니 100년 후의 백성의 안위까지도 걱정하고 사랑했던 목민관, 다산 정약용. 그의 생가에 홀로 앉아 정조도 화성도 아닌, 그분을 떠올려 본다. 이러한 공직자로서의 올곧은 마음과 의지로 온 생애에 걸쳐 저술한 서책과 사회의 다양한 방면을 향해 기술한 사상은 지금까지도 우리 사회의 갖가지 개혁방안의 지침이 되고 있다.

다산과 남양주, 이를 떠올리다 보면 한 가지 더 재미있는 이야기가 있다. 다산과 정조의 콤비 플레이가 워낙에 유명한 터라 그에 비해선 상대적으로 덜 알려지긴 했지만 바로 대동법을 실현코자 했던 광해군과 신하 김육에 관한 이야기다. 광해군의 무덤 또한 남양주 진건읍 송릉리에 마련되어 있으며, 그의 신하 김육 또한 오래도록 남양주에 기거했던 인연을 갖고 있다.

한때 연산군과 함께 폭군으로 알려졌던 광해군이 요즘 새롭게 재조명되고 있다. 2012년, 영화 〈광해, 왕이 된 남자〉는 천만 명 이상의 관객을 끌어 모으며 한국의 역대 흥행작에 기록되기도 한다. 바로 이 광해와 함께 늘 거론되고 있는 '대동법' 실현을 위해 자신을 바친 이가 바로 잠곡 김육이다. 조선의 공납제도의 폐단을 혁파하기 위한 '대동법'을 끊임없이 주장하고 또 실현하려 했던 인물. 76세라는 고령의 나이까지 영의정을 지내며 나라의 안위와 백성을 돌본 인물로 그 또

한 남양주가 낳은 위대한 공직자이자 행정인으로서, 후에 다산이 가장 존경하는 위인으로 꼽기도 한 분이다.

그러나 그의 생은 갖은 고난과 가난, 역경들로 점철되어 있다. 15세 때 아버지를, 21세 때 어머니를 잃었다. 어머니의 상을 치를 때는 인부를 살 돈이 없어 직접 무덤을 파고서 장사지냈다고 한다. 그렇게 뿌리를 잃고 단신의 몸으로 조선 이곳저곳을 떠돌다 남양주의 삼패동에 자리한 평구마을에 터를 잡는다. 여전히 가난은 가장 큰 고통이자 고난이었고, 먹고살 길이 없어 산에서 숯을 구워 동대문까지 이를 지고 와서 숯을 팔아 생계를 연명했다고 한다. 평구에서 동대문까지는 대략 30, 40리. 그러나 동대문이 열리면 가장 먼저 들어오는 사람이 잠곡이었다고 할 정도로 그는 근면함과 강한 생활력을 지닌 인물이었다. 더 놀라운 것은 그 어려운 상황에서도 학문에 대한 의지를 놓지 않았고, 마침내 25세에 장원급제하여 조선의 '인간승리'의 표본이 된다. 그러나 점차 변모해가는 광해군의 난정에 관직을 떠나 가평의 잠곡에 다시 터를 잡고 식솔과 함께 살았다. 그러나 모든 것을 두고 떠나온 터라 중년의 나이에도 집 한 칸 없어 토굴을 파 움집을 만들어 살았다 한다. 여섯의 자녀를 두고 여덟 식구가 그 토굴 속에 살았으니, 그 비참함과 고달픔은 오죽했으랴. 잠곡은 이후 인조반정 후에야 비로소 벼슬길에 나갔다. 이때 나이 41세. 그리고 여든이 가까워지는 나이까지 자신이 젊은 시절, 백성의 곁에서 몸소 겪었던 가난과 갖은 고생을 초석 삼아 백성을 위한 직무에 온 생을 바쳤다.

그런 그에게서 감히, 자꾸만 나의 모습을 발견하게 된다. 처음부터 윤택한 무엇도 주어지지 않았던 생애, 고난과 좌절이 족쇄처럼 따라다녔던 생애, 그럼에도 굳은 의지와 포기하지 않는 정신으로 늦깎이 공직자가 되어 백성을 위한 뜻을 펼치다 떠난 그 마지막 길까지. 나는 그에게서 나의 지난날을 발견하며, 또 내게 다가올 미래가 그와 꼭 닮기를 간절히 바라본다.

"나는 흐리멍덩하고 천박하여 학문이란 것이 과연 어떠한 것인지 잘 모른다. 내가 원하는 것은 바른 마음을 가지고 실제적인 일을 하는 것이며 쓰임을 절약하여 백성을 사랑하고 요역을 줄여 세금을 적게 거두는 것이다. 나는 헛되이 이상만을 추구하거나 형식적인 것을 숭상하지 않으려 한다."

그는 늘 형식적인 것을 경계하며 백성을 위한 실제적인 일을 하기를 원했다. 군자가 학문을 하는 궁극적인 목적은 '백성에게 은택을 내려주어, 백성의 삶이 편안해지도록 하기 위한 것'이라는 말과 함께 반대파의 끈질긴 방해에도 대동법을 호서지방까지 확대시켜 시행해 나갔으며 대동법 외에도 백성을 혹사시키는 여러 제도를 개혁하는 등 백성에게 실질적인 혜택을 주기 위해 평생을 바쳤다.

다산의 생가에 앉아 깊이 숨을 들이마시면 마치 그들의 숨결과 그 성성한 의지들이 그대로 가슴속을 파고드는 것만 같다. 남양주는 이토록 진심으로 백성을 사랑하고, 그들의 삶을 윤택하게 하려 했던 '진짜' 행정인들의 정신이 살아 숨쉬는 곳이다. 이곳에서 또 다른 목민관으로서의 꿈을 키운다는 것은 얼마나 큰 행운인가. 쫓으려 한다. 그리고 그 마음을 언제까지나 배우고 또 담으려 한다. 그리고 그것을 그대로 21C의 이 땅의 백성들에게 돌려주려 한다.

그들은 언제까지나 세상에서 무겁기가 높은 산과 같은 자이며, 그들을 떠받들면 세상에 무서울 것도, 못할 것도 없기 때문이리라.

남양주는 이처럼 뛰어난 행정인과 함께 노블레스 오블리주를 실천한 위대한 성인들이 함께 자리한 곳이다. 광해군과 인연이 깊은 또 다른 명신이자 조선의 정승 백사, 우리에게 너무나 잘 알려진 오성 이항복이 마지막 생애를 보낸 곳 또한 이곳 남양주다. 그리고 그의 10대 손이자, 이 땅에서 가장 위대하고 숭고한 노블레스 오블리주를 실현한 독립운동가, 우당 이회영 선생의 6형제가 있다.

이들 6형제의 가문은 백사 이항복 이래 모두가 정승, 판서, 참판을 지낸 손꼽히는 명문가이자 조선 4대 부자라 불리울 정도로 재산 또한 몇 대에 걸쳐 풍족하게 쓰고도 남을 만큼 어마어마한 재산가였다고 한다.

그러나 1910년 조선이 일본에 합병되자, 이들 형제는 그들이 가진 모든 부귀와 명예, 풍족함을 버리고 독립자금을 마련하여 만주로 떠난다. 그렇게 무장독립투쟁의 시작이자 청산리대첩의 주역인 신흥무관학교를 설립, 독립이 되는 그날까지 모든 재산과 모든 생애를 바쳤다.

그 6형제 중 둘째아들로 남양주 가곡리에 살았던 이가 바로 이석영 선생이다. 그는 가곡리의 모든 땅과 재산을 처분하여 6형제와 함께 압록강을 건넜는데 당시 6형제가 가지고 간 돈은 엽전 26가마였으며 그 중 이석영은 가곡리의 소유전답 6,000석 토지를 매각하여 현금 40만 원(당시 쌀 1석은 3원이었다.)을 내어놓아 이들 중 가장 많은 액수였다고 한다. 6형제가 독립자금 마련을 위해 처분한 토지만 해도 현 시가로 600억의 규모라 한다.

이는 우리 역사상 유례를 찾기 힘든, 한 가문의 독립운동이자 감히 '노블레스 오블리주'라는 표현으로도 담기 어려운 숭고한 희생이었다. 그렇게 나라의 독립을 위해, 모든 것을 함께 바쳤던 6형제 중 5명은 중국대륙에서 지독한 가난과 굶주림에 시달리다 아사하거나 병사하거나 행방불명이 되었다. 유일하게 살아남아 조국의 해방을 맞이하고 초대 부통령까지 지낸 분은 성재 이시영 선생뿐이다.

그들은 명백한 사회의 1퍼센트였다. 그 1퍼센트가 99퍼센트의 모두를 위해 자신들을 아낌없이 불태웠다. 그 정신의 한 시작점이 남양주라는 것이 진심으로 자랑스러우며 나 또한 그 숭고한 1%의 정신을 본받고자 한다.

### 나의 이야기를 마치며……

다산유적지를 유유히 빠져나와 한국 천주교의 성지이자 살아있는 역사, 마재성지로 향한다. 온화하면서도 단단한 힘이 느껴지는 마재성지의 한옥 성당이 나를 반긴다. 남양주는 이런 곳이다. 돌아보면 강이 있고, 돌아보면 산이 있고, 돌아보면 숲이 있다. 또 그 사이사이로 시대를 앞서간 위대한 지도자의 흔적(다산 유적지)이 있고, 숭고한 신앙의 시작(마재성지)이 있으며, 가난을 끊고 시대를 뒤바꾼 혁명의 역사(봉안마을 가나안농군학교)가 살아 숨쉰다.

아무도 없는 성당 안에 홀로 앉아 짧은 기도를 마치고 상념에 젖는다. 고요한 공기 속에 다시 한 번 이곳의 위대한 성인들을 떠올리다 이내, 나에게 '그럴 자격이 있는가?' '그러한 혁명가이자 시대의 리더를 꿈꿀 만한 의지와 생각을 지니고 있는가?'에 대한 고민에 빠진다.

지금껏 달려온 생을 되짚어 보면 적어도 이에 도전할 만한 '자격' 정도는 있지 않나 싶다. 돌이켜보면 참 하고 싶은 대로 살고 싶은 대로 살아왔다. 그 '하고 싶은 것'에는 영화와 문화를 향한 맹목적인 애정과 그 애정을 문화행정으로 세상에 돌려주었던 나름의 자긍심이 자리하고 있다. 또 긴 세월을 지나 나의 '살고 싶은 곳'에는 여기, 남양주가 있다.

60여 년간의 삶이 단 한순간도 쉬운 적은 없었다. 때로는 휘몰아치는 급류와 같았고, 때로는 혼탁한 탁류처럼 부끄러웠으며, 비로소 지금은 얼굴 하나 말갛게 비추어 볼 수 있을 만한 고요한 물결 위에 서 있다.

곧 다시 한 번 뜨겁게 달려야 할 숙명의 시간이 다가온다. 그러나 나는 천천히 가고 싶다. 느리지만 깊게, 저 멀리 굽어보이는 한강처럼 흐르고 싶다. 세상은 너무나 빠르게 흘러간다. 이는 사람을 초조하게 만들고 급하게 만든다. 우리는 어느새 세상을, 문화를, 도시를 '서두름' 속에 바라보고 있다. 나는 '서두름'이 아닌, 차라리 '서투름'을 택하고 싶다.

문화란 '숙성'되어야 하는 것이다. 느리게 먹는 것이 아니라, 기다렸다가 먹는 것이다. 그 과일이 그 계절에 비로소 제대로 익었을 때, 제철을 기다려 한입 맛있게 깨어 무는 것. 그것이 내가 생각하는 '문화 남양주'이자 '남양주의 문화'다.

결국 '기다림'이란 자연과 '같이' 가는 것이다. 자연은 서두르지도, 채근하지도 않고 그저 '때'가 돌아오기를 기다린다. 저 스스로 흐르게끔 놓아두는 기다림, 이것이 자연의 생태계요, '문화의 생태계'이자 '도시의 생태계'가 아닐까.

나 또한 오래도록 그때를 기다려왔다. 시련도 시행착오도 많았다. 그러나 흔들리지 않고, 느리지만 올곧게 걸어왔다. 그것이 삶의 흐름이었고, 내가 선택한 '문화'로 가는 길이었다.

비록 그 시작이 조금은 작고, 느리고 서툴지라도 남양주 시민으로 하여금 우리의 축제를, 우리의 문화를, 이 땅의 미래를 스스로 개척하고 또 만들어가는 '서투름'으로 시작해 '숙성'으로 완성되는 남양주를 향해 함께 가고 싶다.

또 이러한 남양주를 위해 행정기관인 '시'는 언제고 따뜻한 이웃이 되어야 한다. 침묵한 곳에는 입을 열어 어려움을 토로하게 하고, 어두운 곳에는 빛을 밝혀주고, 몰려 있는 곳은 넓게 분산시켜 모두가 함께 행복한 도시, 사는 것 자체가 따뜻함이오, 축복인 도시를 만들고 싶다. 남양주시의 모든 공무원과 함께 이 따뜻함을 지켜갈 '온도지킴이'가 되어 도시의 내일을, 문화를 바꾸어 가고 싶다.

사랑을 이길 수 있는 것은 아무것도 없다. 정조의, 정약용의, 김육의 애민정신을 꺾을 수 있는 이는 아무도 없었다. 이석영과 6형제의 의지와 희생을 꺾을 수 있는 이도 없었다. 나도 감히, 이 땅에 그 마음을, 그 사랑을 품는다. 남양주를 향한 진정한 애정의 주인은 남양주 시민뿐이다. 그 사랑으로 우리 함께 가자. 이 땅의 '자연'을 아끼고, '역사'를 지키고, '문화'를 키우며 느리지만 아름답게 남양주를 이루어 갈 것이다.